KB012913

흔해빠진 **직업**으로

ARIFURETA SHOKUGYOU DE SEKAISAIKYOU

세계최강

\#11

시라코메 료 지음

타카야Ki 일러스트

김장준 옮김

CONTENTS

　찬란히 쏟아지는 햇빛. 그것은 본래 【슈네 설원】이라는 영구동토의 설원 지대를 탈출한 자에게 주어지는 무엇보다 간절한 보상이다.

　최후의 대미궁인 【빙설 동굴】을 공략한 뒤라면 그 고마움은 배가 된다.

　하지만 지금은 그 빛이 차단되어 있었다.

　어마어마한 수의 회룡.

　거대한 백룡을 타고 내려다보는 【마국 가란드】의 총대장 프리드 바그어.

　낯선 회색 머리카락과 날개를 가지고 끈적한 웃음을 머금은 나카무라 에리.

　그리고―.

　'젠장. 역시 하나가 아니었군.'

　자기도 모르게 속으로 혀를 차게 되는 최악의 재앙, 『신의 사도』 500명에 의해서…….

　지상에서 햇빛을 빼앗듯 하늘을 뒤덮고 막아선 몸이 은색으로 빛났다.

　대낮인데도 흡사 별바다 같았다.

　철저하게 아름답지만 모두 같은 얼굴에 무표정으로 늘어서 있으니, 이루 말할 수 없는 불쾌감을 유발했다.

"섣부른 행동은 삼가라, 이레귤러. 우리는 싸울 의향이 없다."

"그래? 난 또 한판 붙으러 온 줄 알았지. 위에 고자질하고 말이야."

코웃음 치는 하지메에게 프리드가 눈살을 찌푸렸다.

전투가 목적이 아니라면 과도한 병력이었다. 이렇게 과보호 받지 않으면 대화도 못 하느냐는 하지메의 야유는 오해 없이 전해졌다.

"합당한 처사지. 너 같은 미치광이에게는."

【하일리히 왕국】 왕도를 침공했을 때처럼 예고도 없이 광역 병기를 쏘지 말라는 법은 없었다. 과잉 병력으로 견제해야 비로소 대화가 성립한다.

프리드는 그렇게 받아치면서 차가운 눈빛으로 쏘아봤다.

"그러면 좀 진정해. 아까부터 너무 살벌하게 쳐다보니까 나도 비위에 거슬리잖아."

많은 사명을 훼방 놓고 많은 동포를 티끌도 남기지 않고 소멸시킨 원한을 어찌 잊으랴. 애써 냉정해지려고 해도 새어 나오는 살의는 하지메에게 전해졌다.

농담치고는 신랄한 말을 주고받으며 하지메는 남몰래 발동한 『순광』 상태로 머리를 굴렸다.

'이걸 어떻게 한다…….'

최후의 대미궁 【빙설 동굴】을 공략하고 【슈네 설원】을 나오자마자 직면한 불의의 사태. 동료들의 긴장감이 느껴졌다.

유에와 시아, 티오와 카오리는 역시 배짱이 있었다. 적당한 긴장감을 유지하며 자연스럽게 전투에 대비하고 있었다.

하지만 그 외 멤버에게는 조금 문제가 있었다.

혼자 대미궁을 공략하지 못했을 뿐 아니라 하지메를 죽이려 들다가 철저하게 패한 코우키는 말할 것도 없었다. 에리가 주변 상황을 무시하고 러브콜을 보내도 그저 혼란에 빠져 대답 한마디 하지 못했다.

에리와 대화할 기회를 그토록 바라던 스즈도 너무 갑작스러운 사태와 에리의 변모에 아연실색해서 할 말을 잃었다.

간신히 시즈쿠와 류타로가 전투태세를 취했지만 『신의 사도』가 발하는 강대한 압박감에 기가 눌린 것 같았다.

순간 작전상 후퇴라는 말이 하지메의 머리를 스쳤다.

뒤쪽에는 【슈네 설원】과 바깥세상을 나누는 『보이지 않는 경계선』이 있다.

만년 극한과 눈보라가 지배하는 설원이지만 경계선에서 한 발이라도 나오면 그곳부터는 남쪽 대륙의 평범한 온대 기후였다. 눈가루 하나 날리지 않았다. 격심한 눈보라로 인한 화이트아웃이 흰 벽처럼 서 있는 격이었다.

뛰어들면 몸을 숨길 수는 있다. 하지만 그렇게 시간을 벌어 크리스털 키로 멀리 도망칠 수 있느냐면…… 어렵다. 거의 확신에 가까운 추측이었다.

"무의미한 저항은 하지 마십시오."

억양 없는 목소리가 머릿속을 들여다보는 것처럼 들려왔다. 프리드에게 가장 가까운 위치에 있는 사도 하나가 유리구슬 같은 눈을 굴려 주시하고 있었다. 도망가도록 보고만 있지는 않을 것이다.

백룡 우라노스가 날개를 퍼덕여 앞으로 나왔다.

바람이 휘몰아치는 중심에서 프리드는 용건을 밝혔다.

"마왕 폐하의 말씀을 전하겠다. ―『나의 성으로 와라. 환영하겠다』."

"마왕이 초대했다고?"

"우리는 마중을 나온 것이다."

놀랍게도 정말로 싸울 생각은 없는 듯했다. 사도를 대량 투입해서 절망적인 물량 공세로 사생결단을 내려는 줄 알았는데…….

사도가 마인족과 함께 있는 시점에서 성교 교회의 신 에히트와 그들의 유착 관계는 거의 확실해졌다. 노인트를 처치한 보복이라도 하러 왔다고 생각하는 것이 자연스러웠다.

하지만 그 예상이 틀렸다고 분명히 선을 그은 프리드는 자못 엄숙하게 고개를 끄덕였다.

"원래는 당치도 않은 일이지만, 우리의 신을 알현할 영광이 네놈들에게 주어졌다."

"……신? 마치 신과 마왕이 같다는 말 같아."

의문이 고개를 들었다. 하지메 대신 유에가 미심쩍게 묻자 프리드가 유에를 돌아봤다. 애써 감정을 억제하던 그의 무표정에 희열과 황홀감이 번졌다.

"그렇다. 우리 마인족의 왕은 진실한 신이시다. 위대한 창세신― 에히트 님의 유일한 권속신이시다."

그의 이름은 알브.

지금까지 마국의 『마왕』이란 국가 원수이자 신탁을 전하는 신의 대변자로 받아들여졌다. 그 인식은 타국도 다르지 않았다.

하지만 사실 마왕은 신이 현세로 내려오기 위한 빙의체이고, 그의 말과 명령이 신의 의지 그 자체였다고 한다.

마국의 최고위 인사인 프리드조차 사도 강림 후 처음 들은 사실 중 하나였다.

"수천 년 세월 속에서 신은 언제나 우리 곁에 계셨다. 그리고 이번에 마침내 신의 군세가 강림했다. 우리 마인족을 구제하기 위하여! ……이게 무슨 뜻인지 알겠나?"

양팔을 벌린 프리드가 무대 위 배우처럼 지상을 내려다봤다.

"그분은 인정하셨다. 우리 마인족이야말로 진정 선택받은 종족이라고. 세상을 관리하고 이끌 자격이 있는 신의 권속이라고!"

프리드는 낭랑하게 외쳤다.

이곳이 마국 수도였으면 틀림없이 나라가 떠나갈 듯한 대환성이 터졌을 것이다.

하지만 이곳에는 그 연설에 감명받을 사람이 한 명도 없다. 심지어 하지메는 새끼손가락으로 귀를 후비고 있었다.

프리드의 이마에 핏줄이 붉거지는 가운데, 방관하던 티오가 한 발 앞으로 나갔다. 그러면서 잠깐 코우키와 아이들을 봤다. 그들이 얼마나 동요에서 벗어났는지 확인하기 위함이리라.

어느샌가 시아가 스즈와 시즈쿠 옆에, 카오리가 코우키와 류타로 옆을 지키고 있었다. 두 사람도 하지메가 프리드와 대화하는 사이 아이들을 진정시킨 모양이었다. 아마 유에의 질문도 그런 시간 벌기의 일환이었을 것이다.

하지만 아직 조금 더 시간이 필요하다고 느낀 티오가 이어서 물었다.

"하나만 묻고 싶구나."

"……뭐지? 용인의 생존자."

다시 목소리에서 억양이 사라지고 표정이 사라졌다. 감정 기복이 너무 극단적이었다. 오히려 미치광이는 그가 아닌가 싶을 정도였다.

"그대는 공략자다. 그렇다면 알지 않는가? 세계의 진실을……"

그 질문에 오히려 시즈쿠나 카오리 쪽이 더 놀라는 눈치였다.

티오 말대로 프리드는 알고 있을 것이다. 대미궁 공략자인 그라면 해방자들이 후세에 남긴 메시지를 보고 들었을 것이다.

하지메 일행은 이미 알기 때문에 무시했지만【빙설 동굴】에도 그러한 가르침을 주는 방이 분명히 있었다. 반드르 슈네는 그림과 조각으로 진실을 전하려고 했다.

심지어 반드르 슈네는 용인의 피가 섞였다고는 하지만 마인족, 그것도 마왕과 같은 피가 흐르는 왕족이었다. 고대의 고귀한 동족이 다른 종족과 힘을 합쳐 싸웠다는 사실을 알고도 왜 그는 에히트 편에 서는가.

프리드는 질문의 의도를 분명히 이해하고…… 차가운 표정으로 잘라 말했다.

"왜 그것을 진실이라고 생각하지? 해방자, 아니, 반역자들의 헛소리를 왜 의심하지 않지?"

"흠, 그대는 거짓이라 생각하는가?"

"하긴, 증거는 없으니까."

대답한 사람은 하지메였다. 어깨를 으쓱이고 있었다.

아이들이 놀란 눈으로 하지메를 봤다. 하지메는 해방자가 말하는 진실을 믿는다고 생각했었다.

하지만 실제로는 진위 따위 아무래도 상관없다는 것이 하지메의 본심이었다. 결국 신이 선이든 악이든, 애초에 신이 맞든 아니든, 자신의 앞길을 막느냐 마느냐. 하지메의 판단 기준은 오직 그 하나에 있었다.

물론 프리드는 그렇게 쉽게 생각하지 않았다.

"반대로 묻겠는데, 프리드. 그러는 너는 왜 의심하지? 너한테 에히트는 원래 불구대천의 원수였을 텐데?"

원래부터 적. 적인 인간족이 숭배하는 신.

그렇다면 그게 세상을 어지럽히는 악이라는 말을 왜 믿지 않는단 말인가?

역시 우리가 옳았다! 인간족은 속고 있다! 정의는 마인족의 편이다! 왜 그렇게 소리 높여 에히트를 규탄하지 않는가?

"얄팍한 생각이군. 모든 것은 선별하기 위함이었다고 왜 깨닫지 못하지? 신의 권속으로 선택받기 위한 위대한 시련이었다는 것을 왜 이해하지 못하나?"

"……아, 그런 거군."

하지메는 알겠다는 투로 중얼거렸다. 물론 그 말에 설득된 것은 아니었다.

─사실 에히트는 마인족도 숭배해야 할 신이었다. 지금까지 있었던 모든 일은 시련이었다.

태어나면서부터 가졌던 가치관이 송두리째 뒤집히는 말을 들었다…….

믿었던 신은 사실 숙적이 숭배하는 신과 한통속이었다…….

대체 얼마나 많은 동족이 전쟁에서 희생됐는지는 장군인 그가 누구보다 잘 알 텐데…….

그런데도 이 해석, 이 판단.

"불쌍하군."

그는 어디서부터 잘못된 걸까. 예전의 프리드 바그어를 모르니까 억측일 뿐이었다. 하지만 성교 교회의 성직자들과 아주 닮았다. 신앙에 모든 것을 바치는 광신도의 표정을 보면 그 억측은 분명 틀리지 않다.

그것은 조그만 혼잣말이었다. 입속에서 웅얼거린 정도의 소리. 그래서 들릴 리 없건만 하지메의 분위기에서 조롱에 가까운 연민을 느꼈는지, 프리드의 마음에 분노가 끓어올랐다. 결코 원수에게 받아서는 안 될, 용납할 수 없는 감정 때문에 온몸의 피가 끓는 착각마저 들었다.

하지만 그 감정을 쏟아내기 전에─

"프리드~, 쓸데없는 소리 좀 그만하고 대충 끝내~. 난 빨리 코우키랑 즐거운 시간을 보내고 싶단 말이야."

"……금방 끝난다."

에리가 지루해 죽겠다고 성화를 부리자 프리드는 혀를 차면서도 끊길 뻔한 이성의 끈을 부여잡았다.

그때, 시간을 번 덕에 침착함을 되찾았으나 이야기에 끼어들지 못하던 스즈가 에리에게 소리쳤다. 목소리가 떨릴 정도로 간절하게…….

"에, 에리! 나…… 너랑—."

"응? 아, 있었어?"

"……."

너 따위 안중에도 없다. 에리의 눈은 너무나도 차가웠다. 그야말로 길거리의 돌멩이를 보는 듯한 눈. 한때는 친구였던 사람을 보는 눈은 절대로 아니었다.

이렇게 될 줄 알았으면서도 마음이 얼어붙었다. 칼에 찔린 것처럼 마음이 아팠다.

그래도 스즈는 의지를 쥐어짰다. 두 번 다시 눈을 돌리지 않겠다고 맹세했으니까.

"있었어. 에리를 만나고 싶어서 여기까지 왔어."

"하, 그래서 뭐? 불평이라도 하게? 하고 싶으면 맘대로 떠드시든가. 나랑 무슨 상관이래."

"아, 아니야! 난 그냥, 에리랑 한 번 더 이야기하려고!"

하고 싶은 말은 많고 듣고 싶은 말도 많았다.

마음속으로는 당장에라도 뭔가가 넘쳐흐를 것만 같았다.

그래도 너무 갑작스러운 재회와 너무 짧은 시간은 스즈에게 마음을 말로 바꿀 여유를 주지 않았다.

그래서 스즈가 다시 입을 열기 전에 에리는 눈길을 돌려 버렸다.

그 태도가 무엇보다 정확하게 알려줬다. 완벽한 무관심을, 에리에게 스즈란 정말로 아무 볼일도 가치도 없는 존재임을⋯⋯.

"야, 에리! 너—."

스즈를 생각해서 류타로가 발끈하여 소리쳤지만—.

"코우키~! 어때? 전보다 더 멋있어졌지?"

에리는 진흙처럼 끈적거리는 음성으로 코우키를 불렀다.

류타로는 인식조차 하지 못하는 듯이, 비뚤어지고 으슬으슬한 느낌마저 드는 웃음을 지으며 공중에서 빙글빙글 춤추기 시작했다.

스즈는 옷자락을 움켜쥐고 이를 악물었다. 그 냉담한 분위기에서 감싸주듯 시즈쿠가 스즈를 끌어안은 한편, 누굴 신경쓸 여유가 없는 코우키는 당혹감이 가시지 않은 채로 물었다.

"에, 에리⋯⋯ 그 머리와 날개, 어떻게 된 거야?"

"마왕님이 강하게 만들어주시지 뭐야~? 난 코우키랑 단둘이 알콩달콩 살고 싶을 뿐인데, 그런 소소한 소원을 방해하는 쓰레기들이 워낙 많아야 말이지. 그래도 이젠 걱정 마! 코우키를 귀찮게 하는 쓰레기들은 내가 다 처리해줄게! 둘이서 평생, 쭈우우욱 같이 사는 거야~."

"에, 에리⋯⋯."

웃음소리가 울려 퍼졌다. 경박한 웃음이었다. 때를 탄 듯한 머리와 날개를 휘날리며 자기만의 세계에 빠진 그녀에게는 이미 이성적으로 말이 통할 것 같지 않았다. 왕궁에서 본성을 드러냈을 때보다도 인간성이 치명적으로 결여된 느낌이었다.

구태여 말하자면 시즈쿠가 자기도 모르게 중얼거린 한마디—.

"어쩌다 저 지경이 된 거야……."

그렇게밖에 표현할 수 없었다.

흩어지는 회색 깃털이 바닥에 닿자마자 잡초와 땅까지 소멸시키며 구멍을 냈다. 노인트와 같은 고유 마법, 『분해』였다.

"나랑 같은 몸…… 아니야. 에리의 몸 자체가 변했어……."

비통하게 일그러진 표정으로 카오리가 자기 추측을 입에 담았다.

이번에는 반대로 프리드의 인내심이 바닥났다.

"이야기는 여기까지다. 이제 초대에 응하라. 미리 말해 두겠지만 이레귤러, 너희에게 거부권은 없다."

회룡 무리가 위협처럼 일제히 포효했다. 공기가 찌릿찌릿하게 떨렸다. 기분 탓인지 사도들이 내는 위압감도 늘어난 것 같았다.

하지만 긴박감을 더해 가는 와중에 하지메는 짧게 말했다.

"사람을 바보로 아나."

초대인의 의도를 알 수 없고 애초에 적대관계였다. 이게 사기나 계략이 아니면 뭐란 말인가?

초대에 응할 이유가 전혀 없었다.

그래서 대답은 살의로 대신했다. 양손에는 어느샌가 돈나 & 슈라크가 들려 있었다.

주인의 의지에 반응한 것처럼 이미 붉은 스파크는 임계점에 달했다.

"함정인 걸 알고도 적진에서 싸우는 바보는 없어. 그럼 대답은 하나지. 여기서 끝장을 보자고, 프리드!"

입이 쭉 찢어졌다. 사도 500명이라는 절망적 전력 앞에서 하지메의 전의는 한 치 흔들림도 없이 오히려 갈수록 강해지고 있었다.

실제로 하지메는 이길 생각이었다.

사투가 될 것이다. 상처 없이 이길 수 있는 싸움은 아니다.

하지만 노인트와 싸웠을 때와는 또 달랐다.

승화 마법으로 폭발적으로 강해진 아티팩트 병기들. 노인트와의 사투 끝에 오른 경지 『한계 돌파 최종 파생 패궤』. 그리고 지금까지 쌓은 전투 경험. 수도 없이 반복한 사도 전(戰) 시뮬레이션. 그리고 유에를 필두로 한 동료들.

곁에 그녀들이 있는 한 질 거라는 생각이 털끝만큼도 들지 않았다.

무엇보다…….

돌아가야 한다. 드디어 돌아갈 수단이 손에 들어왔다. 모두 데리고 집으로, 고향으로 돌아갈 것이다.

그 염원을 이런 곳에서 끝나게 둘 수는 없다.

"……응. 이제 널 상대하는 것도 질렸어. 이제는 죽어."

"후훗, 지금 저는 무적 토끼라구요! 몽땅 토끼 박살을 내주 겠어요!"

"인형 따위에게는 안 져!"

"좋구나, 좋아. 신의 계획을 또 하나 뭉개 버릴 기회로구나."

하지메의 마음에 호응하듯 유에, 시아, 카오리, 티오의 전의 가 마력이 되어 솟구쳤다.

하지메의 눈이 어깨 너머로 뒤를 향했다.

눈이 마주친 스즈의 어깨가 반사적으로 튀어 올랐다. 이해 했기 때문이었다.

―각오는 됐어?

그렇게 말하고 있다는 것을…….

무슨 각오? 뻔하다. 지금 이곳에서 에리를, 옛 친구를 되찾 을 각오다.

"시즈시즈, 류타로, 코우키! 힘을 보태줘!"

쌍철선이 부드럽게 펼쳐졌다. 눈동자는 똑바로 에리만을 바 라봤다.

"헹, 좋지. 까짓것 해 보자!"

"물론이야, 스즈. 도와줄게!"

류타로와 시즈쿠가 즉시 대답했다. 코우키는 말이 없었지만 성검을 들어 무언으로 답했다.

그렇게 극도로 팽팽해진 전의와 살의의 끈이 마침내 끊어진다.

그렇게 생각한 순간―.

"섣부른 행동은 삼가라고 했을 텐데! 이 괴물 자식!"

이 병력 차를 보고도 망설임 없이 싸움을 벌이려고 하자 프리드는 조급하게 욕설을 뱉었다. 그와 동시에 피아 사이에 빛의 장막이 끼어들었다.

공간 마법 게이트였다. 방패로 쓰기에는 분명히 유용한 마법이었다.

하지만 의도는 그게 아니었나 보다.

"응? 실내? ……성인가?"

그곳으로 보인 것은 대리석처럼 광택 나는 바닥과 장엄한 조각이 들어간 두꺼운 기둥, 그리고 예술적인 장식품들이었다. 두 줄로 나란히 선 기둥 사이에는 레드 카펫이 깔렸다.

무척 넓은 공간이었고 게이트는 천장 부근에서 안쪽으로 내려다보는 위치에 열려 있었다.

그 게이트가 레드 카펫이 이어진 안쪽— 왕좌 옆을 비추도록 이동했다.

그리고 공간을 가로질러 펼쳐진 광경은—.

"누가 초대객이 너희뿐이라고 했지?"

"아하하, 다들 걸레처럼 널브러졌네~? 그러게 왜 되지도 않는 저항을 해서 생고생을 해."

그것은 거대한 우리였다. 검은 금속으로 된 우리는 무슨 마법을 걸었는지 희미한 빛을 냈다. 그 안쪽에 많은 사람이 쓰러져 있었다.

"애들아, 선생님!"

"릴리까지!"

왕국의 왕궁에 있을 아이코와 반 아이들, 그리고 릴리아나 왕녀였다.

카오리와 시즈쿠에게는 초조한 기색이 역력했다. 코우키와 류타로, 스즈도 한 번 진정됐던 마음이 다시 요동치는 것을 느꼈다.

걱정이 안 될 수 없었다. 나가야마 파티나 아이코 호위대 멤버는 만신창이였다. 그들은 아마 초대라는 이름의 습격을 건 사도에게 맞서 싸웠을 것이다.

특히 나가야마 쥬고와 엔도 코스케, 소노베 유카와 타마이 아츠시의 상태가 심각했다. 의식도 몽롱한지 네 사람은 미동조차 하지 않았다.

필사적으로 응급처치를 하는 아이코와 릴리아나의 손은 피로 흥건했다.

비교적 무사한 학생― 처음부터 전의를 상실해 싸우기를 포기했던 왕궁 잔류 멤버도, 불안과 공포에 물든 얼굴로 무릎을 끌어안은 채 웅크려 앉아 있었다.

류타로가 분을 참지 못하고 바락 소리쳤다.

"이 개자식들! 사람을 인질로 잡고 얼어 죽을 놈의 초대야! 지금 당장 풀어줘!"

친구의 순수한 분노에 【빙설 동굴】 공략 후 줄곧 기운이 없던 코우키도 눈이 뜨인 것처럼 합세했다. 그가 화난 얼굴로 에리를 바라봤다.

"에리, 이런 짓을 해도 소용없어! 사람들을 풀어줘!"

"어떡해, 우리 코우키는 마음씨도 착해. 후후후, 그렇지만 안 돼~!"

"에리!"

"아하하, 그렇게 열정적으로 부르면 나 이상해질 거 같아! 기다려, 코우키! 내가 금방 나만의 코우키로 만들어줄게."

대화처럼 들리지만 대화가 전혀 성립하지 않았다.

이미 에리에게는 코우키의 말조차 들리지 않았다. 그녀가 가장 사랑하는 코우키는 『나카무라 에리가 마음대로 할 수 있는 코우키』뿐일 것이다.

아무것도 잘 풀리지 않았다. 이를 간 코우키가 성검으로 프리드를 가리켰다. 그리고 말 그대로 칼끝의 원수처럼 따지려는데 작렬음이 두 번 울렸다.

"큭!"

"우와?!"

두 줄기 붉은 섬광이 각각 불가능한 각도에서 프리드와 에리를 덮쳤다.

찰나의 순간 반응한 것은 두 사람 곁에 대기하던 사도 둘이었다. 잔상을 남기며 사선으로 끼어든 사도들이 대검을 교차해 막아 냈다.

"……?!"

"전에 비해 위력이……."

두 사도의 눈이 살짝 커졌다. 단 한 발에 대검 하나에 바람구멍이 나고 남은 대검에도 균열이 생겼다. 아마 두 번은 못

막는다. 프리드가 식은땀을 흘렸고 에리는 표정이 굳었다.

"아, 안 돼! 잠깐만! 제발 기다려줘! 나구모, 에리랑 이야기하게 해준다고 약속했잖아!"

"호들갑 떨지 마, 타니구치. 살살 쐈어."

"총알이 어떻게 살살 나가?!"

스즈가 하지메의 팔에 매달렸다. 스즈의 몸무게 정도로는 꿈쩍도 안 해서 총구는 흔들림 없이 **바로 옆**을 노렸다.

총구 앞에 있는 것은 손바닥만 한 게이트였다. 그것이 하지메의 좌우, 프리드와 에리의 대각선 위치에 총 네 개 열려 있었다.

유에와 연계한 공간 도약 총격이라고 불러야 할까? 정면에 있는 프리드의 게이트를 피하기 위한 공격 같았다.

조금 전 사선을 보면 에리의 어깨를 노렸나 보지만, 사도의 대검을 한 방에 못 쓰게 만드는 파괴력이 어깨를 관통했을 때…… 팔 하나만 날아가고 끝나면 다행이리라. 프리드의 경우는 애초에 다짜고짜 머리를 노렸다.

"이 미치광이가!"

"그러는 너는 금붕어야? 저 인간들이 인질로 가치가 없다는 건 이미 증명했을 텐데?"

총성이 들렸는지 프리드의 게이트 안쪽에서 아이코와 아이들이 주위를 두리번거렸다.

그 모습을 얼핏 보고 하지메는 스즈를 팔에서 떼어놓으며 말했다.

"얌전히 말을 듣는다고 인질의 안전을 보장해줄 것 같지도 않고 말이야. 나도 그런 헛소리는 안 믿어."

동요하는 스즈나 코우키에게 들으라고 한 말일까? 하지메는 게다가, 라며 말꼬리를 이으면서 프리드에게 시선을 고정했다. 그 눈이 흉악하게 번들거렸다.

"너희를 다 죽이고 나서 초대에 응해도, 별문제는 없잖아?"

마왕성으로 쳐들어가긴 할 모양이다.

확실히 반 아이들을 인질로 잡아도 하지메는 막을 수 없으리라.

하지만 구할 수 있다면 구하려고 하는 점이 분명히 전과는 달랐다.

엉덩방아를 찧었던 스즈를 시작으로 코우키와 류타로는 어떻게 반응해야 할지 모르겠다는 양 어정쩡한 표정을 지었다.

"알고 있다마다."

프리드가 눈을 찌푸렸다. 우라노스의 고삐를 잡은 손에 급격히 힘이 들어갔다.

"잊을 턱이 없지. 그래서 초대장을 한 장 더 준비했다."

그 표정은— 희열과 조소일까?

동향 사람은 인질로 쓸모가 없다? 그렇다면 쓸모 있는 인질을 준비하면 된다. 그렇게 말하는 것 같았다. 무언가 확신이 있는 것처럼…….

그리고 그것을 틀리지 않았다.

게이트가 이동했다. 왕좌를 중심으로 반 아이들을 잡아 둔

우리의 반대쪽. 똑같이 기둥 너머에 있는 작은 우리에—.

그 순간, 소리가 사라졌다.

그렇게 착각할 정도로 상식을 벗어난 살기가 주변 일대를
집어삼켰다.

"으, 으윽?!"

숨이 막혔다. 소름이 끼쳤다. 본능이 닥치는 대로 적색경보
를 울렸다.

끓던 피도 얼어붙을 것 같은 살기— 아니, 이미 귀기라고 표
현해야 할 기운에 몸이 저절로 도망치려고 한 자는 그나마 강
한 축에 속하리라.

실제로 프리드가 지배하는 회룡은 공격이라도 당한 것처럼
하나둘 땅으로 떨어지거나 발광해 날뛰기 시작했다. 그들의
왜소한 정신과 생물로서 가지는 본능은 새까만 공포의 폭풍
을 견디지 못했다.

자신을 향한 것도 아닌데 코우키와 류타로, 시즈쿠까지 괴
롭게 인상을 찌푸렸고 가까이 있던 스즈는 다리에 힘이 풀려
주저앉아 버렸다.

사도까지 낯빛을 바꾸는 하지메 앞에서, 그 귀기를 정면으
로 받는 프리드는 입술을 깨물어 가까스로 긍지를 지켰고 에
리는 부리나케 후방으로 도망쳤다.

"……하지메!"

"유에……."

유에가 이름을 외친 덕분에 분노로 터질 것 같던 머리가 조금 식었다.

하지메는 바로 옷에서 『도월의 나침반』을 꺼냈다.

그리고 발동해 찾았다.

반드시, 무조건 데리러 가겠다고 약속한 소중한 딸의 위치를…….

"진짜군……."

하지메의 얼굴에 쓰라린 감정이 떠올랐다. 비로소 동료들도 확신했다.

하지메가 바라보는 곳, 게이트 안쪽에 붙잡힌 어린 해인족 소녀— 뮤가 정말로 본인이라고.

"뮤!"

"레미아 씨까지!"

"건드리지 말아야 할 걸 건드렸구먼."

어머니인 레미아도 함께 있었다. 두 사람은 서로 몸을 맞대고 불안함에 떨고 있었다. 하지만 눈물은 흘리지 않고 꿋꿋하게 서로를 격려하는 듯 보였다.

"……확인은 끝났나 보군."

흥미로운 아티팩트에 관해 물어볼 여유는 없었다. 프리드는 식은땀이 눈에 들어가도 닦으려 하지 않고 이를 악문 채 하지메를 응시했다.

잠깐이라도 눈을 떼는 순간 죽는다고 생각하는 것처럼…….

"뮤와 내 관계를 알려준 건…… 너냐?"

하지메의 시선이 사도 사이를 가로질렀다. 사도들을 방패로 쓰며 후방으로 대피한 에리가 그 눈빛에 붙잡혔다.

"하, 하하, 글쎄…… 그랬나~?"

여전히 능구렁이 같은 태도였지만 안색은 창백했고 표정이 뻣뻣하며 말을 더듬거렸다. 공포 때문인지 전혀 속내를 숨기지 못하고 있었다.

물론 프리드와 사도는 뮤와 면식이 없었다. 【오르크스 대미궁】에서 뮤와 하지메의 관계를 본 에리가 아니면 그녀들이 유효한 인질이라고 알려줄 사람은 아무도 없었다.

"경위 따위는 아무래도 좋다. 이레귤러, 대답을 들려주실까!"

프리드는 자신의 용기를 고취하듯 목소리를 키워 대답을 요구했다.

그에 대해 하지메는 벌레를 관찰하는 눈으로 프리드를 마주 봤다.

귀기는 여전히 감돌지만 조금 전만큼 거칠지는 않았다. 오히려 차분하기까지 했다. 하지만 그것이 불안을 부추겼다. 마치 어둠 속에서 괴물이 엿보는 듯했다.

부지불식간에 프리드의 숨소리가 낮아졌다. 스스로 깨달을 여유도 없었다.

그리하여 돌아온 답은—

"초대를 받아주마."

"……이제야 현명한 판단을 내렸군."

속박에서 벗어난 폐가 급하게 산소를 빨아들였다. 프리드는 다시 우위에 섰다고 조소를 머금었다.

기절하거나 발광한 회룡은 변성 마법을 응용해 억지로 깨우고 대군이 지나갈 크기의 게이트 구축에 들어갔다.

사도가 한순간도 눈을 떼지 않고 내려다봤으나 귀기가 겨우 평범한 살의 정도로 누그러들어 아이들도 한숨 돌릴 여유를 찾았다. 그런 가운데 유에가 목소리를 낮춰 확인했다.

"……괜찮아?"

"……그래. 크리스털 키를 쓰면 구할 수 있지만, 시간이 필요해. 게다가 공간 전이 계열 힘을 가진 건 저쪽도 이미 알겠지."

"뭔가 대책을 세웠을지도 모르겠네요."

"만에 하나라도 일이 틀어지면 안 된다. 선생님과 학생들은 몰라도 뮤와 레미아는 무력해. 그 시간을 버티지 못할 게야."

티오의 말이 옳았다. 마음만 먹으면 크리스털 키와 나침반을 사용해 정확히 마왕성으로 전이할 수는 있다.

하지만 크리스털 키 전이는 개념 마법이었다.

파격적 성능을 발휘하는 대가로 소비 마력과 발동 시간은 무시할 수 없는 수준이었다.

속도가 생명인 인질 구출을 하기에는 상황이 여의치 않았다.

"나구모. 마왕의 목적은 뭐라고 생각해?"

살며시 다가온 시즈쿠가 물었다.

"몰라. 하지만 어쩌면 내가 모든 대미궁을 공략하고 돌아갈 수단을 얻었다는 것을 알지도 몰라."

"그렇다는 건⋯⋯."

기껏 소환했는데 돌아가 버리면 곤란하다. 그러니까 교섭하자는 뜻일까?

아직 재소환을 방지하는 개념 마법을 만들지 못했으므로 지구로 귀환한 뒤 다시 끌려 올 가능성은 있었다. 신이란 자에게 그것이 얼마나 수고로운 일인지는 모르겠으나, 어쩌면 제법 어려운 게 아닐까?

"아마노가와."

"뭐, 뭐야, 나구모."

"이제부터 어떻게 할지, 지금 빨리 정하는 게 좋을지도 몰라."

"그게 무슨 뜻이야?"

하지메의 말에 반응한 사람은 류타로 쪽이었다.

"우리가 이 세상에 온 건 『용사 소환』이 있었기 때문이야."

"그건⋯⋯ 적어도 내가 돌아가 버리면 곤란하다?"

"가능성일 뿐이지만. 어찌 됐든 나카무라가 널 쉽게 놔줄 거 같지는 않군."

"⋯⋯."

함께 돌아갈 것인가. 아니면 전에 선언한 것처럼 이 세계에 남아 신과 싸울 것인가.

【빙설 동굴】의 시련에서 추태를 보이고 자신감도 긍지도 잃은 코우키가 어떤 판단을 내릴까.

"뭘 고르든 네 마음이야. 하지만 어중간한 판단으로 우리를 방해하지는 마."

"……그런 말 안 해도 내가 알아서 해."

류타로와 스즈가 걱정스럽게 코우키를 봤다. 시즈쿠와 카오리는 어딘지 모르게 어두운 분위기를 풍기는 코우키를 불안한 눈초리로 바라봤다.

"유에, 티오. 전투가 벌어지면 뮤와 레미아를 최우선으로 생각해."

"……응. 손끝 하나 못 대게 할 거야."

"맡겨만 다오. 내 한 몸 바쳐서라도 지킬 터이니."

"시아, 너는 휘저어 놔. 적대하는 놈은 전부 죽여."

"넵, 알겠습니다. 대가는 철퇴로 치르게 할게요."

그렇게 의논하는 사이 프리드가 준비를 마쳤다.

거대한 게이트가 이름 그대로 문처럼 버티고 섰다.

"안내하기 전에 무장을 해제하겠다, 이레귤러."

"뭐?"

"마력을 봉하는 구속구도 차야 한다."

"……."

절그럭 소리를 내며 꺼낸 수갑 같은 구속구는 왕도를 침공했을 때 아이코와 코우키에게 채웠던 것과 아주 흡사했다.

명색이 초대인데 취급은 영락없는 포로였다.

인상을 찌푸리는 하지메 앞에 수갑 하나가 던져졌다.

"직접 차라."

지금껏 고배를 마셨던 탓인지 프리드의 조소는 전례 없이 추악하게 변해 있었다.

전에는 이토록 저열한 성격이 아니었을 텐데…….

거듭되는 패배, 하지메를 향한 강한 증오가 그의 성격을 바꾼 것일까? 아니면 광신이 더 깊어지며 내면에도 변화가 있었던 것일까?

진실이 뭐든 결론은 변하지 않았다.

"헛소리 작작 해."

하지메는 발치의 수갑을 밟아 뭉개 버렸다.

"거부권은 없다고 했다! 아니면 저 모녀도 버릴 셈이냐?! 추악한 열등 종족에게 자비를 베풀 거라는 기대 따위 하지 마라!"

순간 놀라는 표정을 보인 프리드가 짜증스럽게 눈살을 찌푸리며 바로 협박해 왔다.

흥분한 프리드에게 하지메는 냉정하게 답했다.

"뮤와 레미아를 인질로 잡으면 내가 하라는 대로 다 할 줄 알았냐? 이해가 안 되나 본데, 너희가 꺼낸 카드는 양날의 검이야."

"양날의 검이라고……?"

굉장히 조용한 말이었다. 어느샌가 살의도 사라졌다. 마력 한 방울도 느껴지지 않고 『위압』조차 쓰지 않았다.

그런데 그 말은 얼음 사슬이 되어 프리드를 옭아매는 듯했다. 간담이 서늘해지고 온몸의 털이 곤두섰다.

"너희가 지금 살아 있는 이유도 뮤와 레미아가 있기 때문이야. 저 두 사람한테 상처라도 내 봐ㅡ."

흰 머리칼 사이로 형형하게 빛나는 눈이 엿보였다.

"군인만으론 안 끝나. 여자에 어린애, 노인…… 가치관도 귀천도 따지지 않고 마인이라는 종족을—"

천천히 올라온 손이 유령처럼 흔들리며 손가락을 뻗었다. 게이트 너머를 가리키듯이…….

"—멸종시킬 거다."

그건 결의이자 서약이자 선언이었다.

프리드의 증오와 짜증을 단숨에 덮어 버리는 너무나도 무겁고 흉흉한 발언이었다. 기분 탓에 하지메 주위만 어두워진 느낌마저 들었다.

불가능하다고 단정할 수 없었다. 어쩌면 가능할지도 모른다…….

등이 오싹했다. 마음을 압도하는 불길함에 프리드는 자기도 모르는 사이 고삐를 잡아당겼다. 우라노스도 지시와는 별개로 뒤로 슬그머니 물러났다.

"무장 해제를 원하면 그냥 여기서 싸워. 어디 힘으로 해결해 보시지."

이야기에서 인질을 잡힌 주인공은 시키는 대로 무장을 내려놓는다. 하지만 하지메에게는 어림도 없는 소리였다. 잠깐의 안전을 위해 구해줘야 할 사람이 무력화되는 것은 최악의 선택이다.

인질을 사지 멀쩡하게 구할 수 없더라도 적은 격멸한다.

전멸할 가능성보다는 다치더라도 살아남는 쪽을 택한다.

심지어 지금은 혼백 마법과 재생 마법이라는 한정적인 소생 수단까지 있지 않은가.

물론 뮤와 레미아를 다치게 하고픈 마음은 추호도 없었다. 가능하다면 온전히 구해 내고 싶었다. 하지만 이미 그러기는 어려운 상황……. 하지메는 선택했다. 망설임 없이.

상식적으로 생각하면 악행이라고 할 수 있는 선택이었다.

무장 해제와 구속을 피해야만 구출이 가능하고, 하지메의 공격적인 성격을 지긋지긋하게 봐 온 프리드에게라면 협박이 통하리라는 자신이 있었다고 해도, 원래 인질 구출에는 최대한의 배려와 신중함이 요구되는 법이었다. 보통은 죽지만 않으면 된다는 생각은 하지 않는다.

그래서 이렇게 말할 수밖에 없었다.

"역시 너는…… 미쳤어."

상대가 공세에 나서면 이쪽도 공세로 나간다. 수비는 없다. 먼저 죽이는 자가 승리하는 치킨 게임.

분명히 제정신이라고 보기는 어려웠다.

"자, 잠깐만, 프리드! 네 마음대로 정하지 마! 무장 해제는 명령에 없었잖아! 그놈은 진짜 위험하니까 건드리지 마!"

"그러면 어전에 이 괴물을 그대로 끌고 가란 말이냐?!"

무장 해제는 프리드가 충성심으로 내린 독단이었다.

프리드는 하지메를 노려봤지만 그곳으로 사도 하나가 끼어들었다.

"프리드, 무의미한 행위는 그만두십시오. 그분은 이러한 일을 사사로이 마음에 두지 않으십니다. 그리고 우리가 있는 한 불상사는 없을 테지요. 이레귤러를 묶는 구속은 우리의 존재만으로 족합니다."

『진짜 신의 사도』가 그렇게 말하니 프리도도 더는 대꾸하지 못했다. 납득하기 어렵지만 수긍한 프리드에게서 눈을 돌려, 사도는 하지메를 돌아봤다.

"이레귤러. 제 이름은 『에르스트』입니다."

여전히 무감정한 눈이었다.

"당신과 노인트의 전투 데이터는 이미 해석했습니다. 두 번 다시 우리에게 이기리라고 생각하지 마십시오."

하지만 그렇게 못박는 에르스트의 눈동자는 어째선지 다른 개체와 달리 조금 흔들리는 것 같았다.

하지메에게는 그것이 『적개심』 혹은 『증오』에 가까운 감정처럼 보였다.

"그만 조잘대고 안내나 해."

하지메가 여전히 냉정한 눈으로 턱짓을 했다.

거만한 태도에 프리드는 더 화가 나는 모양이었으나 에리는 이때다 싶어 냉큼 게이트로 뛰어들었다.

사도들이 대열을 다시 바꿔, 마치 기둥이 줄지어 선 것처럼 서서 게이트까지 가는 길을 만들었다.

하지메 일행은 주저 없이 그곳으로 발을 내디뎠다.

그때, 하지메의 손이 한순간 반짝인 것을 눈치챈 사람은 옆에 선 유에뿐이었다.

게이트의 출구는 예상과 달리 조금 전까지 본 알현실이 아니었다.

거성 어딘가에 있는 수백 명 규모로 파티를 열 수 있는 넓은 테라스였다.

돌아보자 마국 수도가 한눈에 들어왔다. 의외로 적갈색 지붕이 많은 점을 빼면 도시 경관은 왕도와 아주 비슷했다.

하지메 일행에 이어 속속 들어온 회룡 무리와 사도 대부분이 도시 방향으로 날아갔다.

"이쪽이다. 허튼 생각은 하지도 마라."

50명의 사도가 하지메 일행을 포위한 상황에서 프리드는 우라노스도 하늘로 보내고 게이트를 닫았다. 그리고 테라스에서 왕성 안으로 안내를 시작했다.

복도는 남부 대륙 지배자의 거성답게 어마어마하게 넓었다. 하지메, 시아, 카오리, 티오를 선두로 코우키, 시즈쿠, 스즈, 류타로가 한곳에 뭉쳐 뒤따랐다.

일행이 긴장을 풀지 않고 주변을 관찰하며 나아가는데, 뜬금없이 에리가 코우키의 팔을 잡았다.

"코우키~, 저 괴물 무서워~. 나 위로해줘~."

"에, 에리, 너는!"

에리는 그대로 달라붙어서 몸을 밀착해 코우키의 귀를 입술로 훑다시피 뭐라고 속삭였다.

"에, 에리! 내 말 좀 들어줘, 나는—."

스즈가 안간힘을 다해 말을 쥐어짰다. 하지만 에리의 눈은 코우키만을 보느라 말을 거는 줄도 모르는 눈치였다.

얼굴에는 고혹적인 웃음이 달라붙었고 눈에는 질척한 망념이 열을 내고 있었다. 솔직히 말해 차마 못 봐줄 꼴이었다.

끝까지 자기만 생각하는 모습과 스즈의 구겨진 얼굴을 보고 류타로가 참다 못해 소리쳤다.

"야, 에리! 스즈가 말하잖아!"

"얌전히 있으십시오."

달려들어 뻗으려던 손을 대검이 가로막았다. 빛이 없는 사도의 눈이 류타로를 주시했다.

류타로는 답답한 마음에 코우키를 봤지만 코우키도 에리를 상대하기 벅찬지 류타로나 스즈를 돌아봐 주지 않았다.

"스즈. 지금은 참자. 알았지?"

"시즈시즈…… 응. 류타로도, 고마워."

"쳇…… 그래. 나중에 꼭 우리가 자리를 만들어줄게."

시즈쿠가 제지하여 스즈와 류타로는 한숨을 쉬며 물러났다.

그리고 몇 번인가 모퉁이를 꺾고 연결 복도도 여러 번 지나서야 일행은 마침내 도착했다.

눈앞에는 거대한 쌍여닫이문이 있었다. 마왕성의 알현실 입구에 걸맞은 위용 있는 문이었다. 위엄을 드러내기 위함인지 태양과 내리쬐는 빛의 기둥이 장식으로 들어가 있었다.

프리드가 문 앞을 지키는 마인족 병사에게 눈짓해 신호를 줬다.

그 병사가 문 일부에 손을 대자 빛기둥 부분이 빛나며 중후한 소리를 내면서 좌우로 열렸다.

게이트에서 본 광경이 펼쳐졌다. 두 줄로 나란히 선 기둥과 100미터는 될 레드 카펫. 안쪽에는 계단이 있고 단상에는 장엄한 왕좌가 보였다.

급한 마음을 부여잡고 공석인 왕좌로 다가갔다. 가까워질수록 기둥에 가렸던 왕좌의 좌우가 서서히 드러났다. 물론 잡혀 있는 사람들도…….

당연히 상대편에서도 다가오는 일행이 보였다.

아이코가 가장 먼저 그들을 알아보고 눈을 크게 떴다. 그러고는 옆에서 등을 돌리고 앉은 릴리아나의 손을 잡았다. 놀라서 돌아본 릴리아나도 눈을 동그랗게 뜨며 숨을 헉 들이켰다.

그러자 다른 아이들도 알아차렸다.

"저, 정말로? 정말로 와줬어?"

"유카, 봐! 나구모야!"

처음 목소리를 낸 사람은 미야자키 나나와 스가와라 타에코였다. 누워 있는 유카 옆에서 눈물로 젖은 눈동자를 환희로 물들였다. 노무라 켄타로와 니무라 아키토, 아이카와 노보루도 희망이 돌아온 표정으로 쥬고와 코스케, 아츠시에게 말을 걸었다. 하지만 하지메 일행이 사도에게 둘러싸인 모습을 보고 이내 표정이 흐려졌다.

"나구모……."

아이코의 떨리는 목소리가 들렸다.

노인트와 싸우는 광경을 코앞에서 지켜본 유일한 목격자였다. 그 힘을 뼈저리게 느꼈기에 50명이나 되는 사도에게 절망을 느꼈다.

물론 그것도 잠깐뿐이었다. 하지메가 눈길을 보내며 천연덕스레 어깨를 으쓱이는 것을 보자 신기하게도 마음이 놓이고 감격하여 눈물이 고였다.

바로 그 직후였다.

"아빠? 아빠아아!"

"하지메 씨!"

이번에는 왼쪽에서 벅찬 기쁨에 찬 소리가 들렸다. 뮤가 태양에도 지지 않을 만큼 환한 웃음을 지었고 레미아는 악몽의 출구를 발견한 표정이었다.

두 사람이 무사한 것을 확인한 하지메도 표정을 풀고 안심시키듯 부드럽게 웃어 보였다.

"뮤, 레미아. 말려들게 해서 미안. 조금만 기다려. 바로 꺼내줄게."

"아빠, 뮤는 괜찮아. 믿고 기다렸어. 그러니까 악당들한테 지면 안 돼!"

"하지메 씨. 우리는 괜찮으니까 조심하세요."

뮤에게는 사도 집단도 프리드도 눈에 들어오지 않는 것 같았다. 아빠가 왔으면 이제 무서울 게 없다는 무한의 신뢰가 느껴졌다.

레미아는 아직 조금 불안한 표정이지만 뮤를 보고 평소의 차분한 분위기로 돌아오고 있었다.

유에와 시아, 카오리, 티오도 두 사람에게 말을 걸려고 했다.

프리드가 잡담은 삼가라고 충고하려는데 그 전에 목소리가 파문을 일으켰다.

"어느 시대건 부모자식의 정은 참 보기 좋아."

메아리처럼 울리는 목소리는 왕좌 뒤에서 들렸다. 벽이 빛나고 사람의 실루엣이 나타났다.

"나도 경험이 있어서 알지. 내 경우에는 숙부와 조카였지만."

낮지만 맑은 그 목소리를 듣고 왠지 유에가 움찔 반응했다. 의아하게, 기억을 뒤지는 것처럼…….

하지메가 왜 그러냐고 묻기 전에 목소리의 주인은 빛나는 벽을 투과하는 것처럼 모습을 드러냈다.

아름다운 금발과 붉은 눈을 가진 초로의 남성이었다.

새까만 천에 금색 자수가 들어간 고급스러운 옷과 망토를 착용했고 머리는 뒤로 넘겼다. 몇 가닥 앞으로 드리운 머리카락과 가슴골이 살짝 드러나는 옷이 묘한 퇴폐미를 자아냈고 젊은 활기와 노숙함을 동시에 느끼게 했다. 그것은 보는 이의 눈을 사로잡는 기묘한 카리스마였다.

십중팔구 그가 마왕이다. 알브라는 이름을 쓰는 에히트의 권속신이다.

온화하게 머금은 미소는 맥이 빠질 정도라 언뜻 마왕이나 악신으로는 보이지 않았다.

그러나 인질을 잡고 초대한 점에는 변함이 없었다.

하지메가 그를 노려보며 입을 열려는데― 선수를 빼앗겼다.

프리드는 아니었다. 마왕 본인에게도 아니었다.

얼떨떨한 목소리를 낸 사람은—.

"……그럴, 리가…… 어떻게……."

"유에?"

바로 유에였다.

몹시 동요하고 있었다. 있을 리 없는 것을 본 사람처럼 떨리는 손으로 입을 막았다. 평소에는 반쯤 감긴 눈이 더없이 크게 벌어졌다.

반응이 심상치 않아 하지메가 말을 걸려는데 갑자기 이상한 감각이 밀려왔다. 햇빛을 보고 난 뒤 잔상이 남듯 유에의 금발과 붉은 눈이 마왕의 그것과 겹쳐졌다.

설마…… 비현실적인 추측이 머리를 스쳤다. 하지만 난데없이 떠오른 그 생각을 부정할 새도 없이 증명되고 말았다.

"아레티아, 오랜만이구나. 너는 여전히 작고 귀여워."

마왕이 유에에게 보내는 눈빛에는 초면에 있을 수 없는 친밀감이 담겼다. 그리고 현대에는 아는 자가 얼마 없을 유에의 본명을 불렀다.

"……숙부, 님……."

유에가 힘겹게 짜낸 목소리가 결정타였다.

모두 놀라서 유에를 돌아보고는 바로 마왕을 쳐다봤다. 그럴 리 없다고 생각하면서도 동시에 납득할 수밖에 없었다. 마왕과 유에는 그만큼 닮았다.

유에의 손이 떨렸다. 심하게 동요했다. 당장에라도 풀썩 주저앉지 않을까 싶을 정도로······.

그런 유에에게 마왕은 상냥하게 배려하듯 말을 걸었다.

"그래. 나란다, 아레티아. 놀랐나 보구나······. 그럴 만도 하지. 하지만 그런 모습마저 그립고 사랑스러워. 300년 전과 변한 것이 없구나."

표정에서는 한없는 애정이 흘러내렸다.

거기서 옛 숙부의 모습을 보았는지, 유에는 한 걸음 물러섰고······.

살며시 닿은 따뜻한 손의 감촉에 꿈에서 깬 것처럼 눈을 깜빡였다. 옆을 보니 하지메가 마왕에게서 눈을 떼지 않고 있었다.

말은 없어도 지탱해줬다.

유에는 겨우 호흡을 가다듬었다. 깊이 심호흡해도 동요는 사라지지 않았지만 적어도 말은 할 수 있게 회복됐다.

떨리는 입술을 벌려 뭐라고 말을 꺼내려는데—.

"알브 님?"

사도 하나가 마왕을 불렀다. 목소리에 감정은 실리지 않아도 의문이 담겼다는 것은 알 수 있었다. 마치 유에를 대하는 마왕의 태도가 뜻밖이라는 것처럼······.

사도뿐만이 아니었다. 프리드와 에리도 똑같이 의아한 표정을 지었다.

마왕은 아무 말도 하지 않았다.

대신 미소 지은 채 무심하고 자연스러운 동작으로 손을 들었다.

사도들을 향해서.

그 순간 마력광이 섬광탄처럼 터졌다. 유에와 닮았지만 조금 어두운 금색 빛이 공간을 집어삼켰다.

정말로 찰나에 벌어진 일이었다. 하지만 그 빛에는 하지메 일행의 시야마저 빼앗아 버리는 어떤 힘이 담겼다.

그리고 그 빛이 사라진 뒤에는—.

"엉?"

"어? 뭐야? 왜?!"

뒤쪽에서 류타로와 스즈가 놀라는 소리가 들렸다. 소리는 내지 않아도 놀란 것은 모두 매한가지였다. 왜냐하면 사도 50명이, 그리고 프리드와 에리까지 건전지가 다한 기계인형처럼 쓰러져 있었으니까.

"에, 에리!"

"스즈, 괜찮아. 정신을 잃었을 뿐이야."

반사적으로 에리에게 달려가려는 스즈를 코우키가 한 팔로 제지했다. 이미 쓰러진 에리의 목에 손을 대고 맥박을 확인한 듯했다.

"무슨 꿍꿍이지?"

아연실색한 분위기를 깬 사람은 하지메였다.

날카로운 안광으로 마왕을 노려봤지만 정작 마왕은 손가락을 한 번 튕기는 것만으로 어떤 술법을 발동하더니, 오히려 긴장을 내려놓은 양 안도의 한숨을 내쉬었다.

"도청과 감시를 피하기 위한 결계야. 내가 사전에 준비한 다른 목소리와 광경을 보여주지. 이거면 밖에 있는 사도들도 여기서 일어난 일을 눈치채지 못할 거야."

그 말대로 하지메의 마안석에도 알현실을 덮는 어두운 금색 장벽이 보였다.

"……대담해. 속셈이 뭐야?"

마치 사도와 적대하는 것 같은 언동에 유에가 연이어 물었다.

그러자 마왕은 희색을 띠며 유에를 보고는 오히려 경계심이 강해진 하지메 일행에게 친근하게 웃어 보였다. 그리고 당황한 뮤와 아이코를 미안하게 돌아봤다.

"당황하고 경계하는 것도 당연해. 그러니까 거두절미하고 말할게. 나, 마국 가란드의 현대 마왕이자 흡혈귀의 나라 아바타르 왕국의 옛 재상, 딘리드 가르디아 웨스페리티오 아바타르는— 신에게 반역하는 자야."

위엄을 발하는 말이 넓은 알현실에 당당하게 메아리쳤다.

청천벽력이 이런 말일까. 이건 예상도 하지 못했다. 하지만 그 말과 딘리드가 내는 분위기에는 이곳에 있는 이들을 설득할 만한 힘이 있었다.

적어도 하지메를 뺀 전원에게는…….

감정적인 목소리가 그 말을 철저히 부정했다.

"거짓말…… 그럴 리 없어. 딘리드가 살아 있을 리 없어!"

"아레티아…… 동요했구나. 그래, 당연하지. 필요한 일이었다지만, 난 너에게 몹쓸 짓을 했어. 그런 사람이 갑자기 나타나면 누군들 심란하겠지.”

“날 아레티아라고 부르지 마! 숙부님인 척하지 마!”

하지메조차 본 적 없을 만큼 격분한 유에에게 딘리드는 슬프게 미소 지었다. 그런 태도마저 마음에 거슬리는지 유에는 살의에 차서 손을 내밀었다. 그러자 몸에서 막대한 마력이 분출했다.

【빙설 동굴】에서 기억이 잘못됐을 가능성을 인정했으나 지금 눈앞에 있는 남자는 유에를 300년간 어둠 속에 가뒀던 자였다. 진심 어린 신뢰를 배신한 자였다. 쉽게 받아들일 수 있을 리 없었다.

심지어 죽었을 사람이 갑자기 나타나서 300년 전과 다를 바 없는 애정을 보여주는 것이 아닌가.

아무리 유에라도 냉정할 수 없었다. 마음 한구석은 태풍이 직격한 바다처럼 어지러웠고 스스로도 이해하지 못할 충동에 이끌렸다. 손은 어느새 『뇌룡』을 풀어놓고 있었다.

뇌성 포효가 울려 퍼졌다. 황금빛 용은 순식간에 먹잇감에게 육박했다.

그러나 그 먹잇감— 딘리드의 여유로운 태도는 조금도 흐트러지지 않았다. 손가락을 튕기는 것만으로 왕좌 제단을 둘러싼 빛의 장막은 뇌룡이 직격했음에도 잔물결조차 일지 않았다.

뇌광이 튀는 가운데, 장막 너머에서 딘리드가 부드러운 음성으로 말을 걸었다.

왜일까? 적의를 가지고 공격하는데 그 목소리는 무척 편안하게 귀로 들어와 마음속까지 침투했다.

"아레티아 가르디아 웨스페리티오 아바타르. 역사상 가장 아름답고 총명한 여왕, 사랑하는 내 조카야. 나는 네 숙부야. 기억나니? 내가 강력한 마물 조련사라는 걸."

"무슨?!"

"지금 너라면 알 거야. 당시 나에게 어떻게 그런 강력한 힘이 있었는지."

"……신대…… 변성 마법."

유에의 공부를 봐주던 옛날처럼 딘리드는 정답이라며 미소 지었다. 기시감이 몰려왔는지 유에는 인상을 찌푸렸다.

"더불어 나는 생성 마법도 얻었어. 아쉽게도 재능이 없어서 활용하진 못했지만."

그 대신 변성 마법에는 특출한 재능이 있어서 자신의 육체를 변질, 강화해 수명을 늘렸다고 한다.

"유에, 진정해."

"……하지마."

사실 『뇌룡』 사이로 은근슬쩍 레일건을 쐈지만 장막에는 금하나 가지 않았다. 금방 돌파될 것 같지는 않았다.

그렇다면 쓸데없이 힘을 빼지 않게 유에의 어깨를 잡고 제지했다.

혼란에 빠져 평소와는 비교도 되지 않게 비효율적으로 마법을 운용한 탓일까. 어깨를 가볍게 들썩이는 유에는 주체하기 어려운 혼란을 가까스로 다스리고 『뇌룡』을 해제했다.

하지만 하지메가 있어도 간신히 억제되는 상황이었다. 자연스럽게 말은 거칠어졌다.

"……프리드 바그어는 널 알브라는 에히트의 권속신이라고 했어. 수천 년 전부터 마국을 통치했었다고!"

적어도 300년 전 유에가 유폐될 때까지는 【아바타르 왕국】에서 재상으로 지내던 그였다. 프리드의 발언과 모순됐다.

하지만 그렇게 지적해도 딘드리드는 거목처럼 태연했다.

"프리드 말이 틀린 게 아니야. 알브는 분명히 나지만, 동시에 내가 아니지."

수수께끼 같은 말이었다. 유에의 눈빛은 점점 더 험악해졌다.

딘드리드는 피식 웃으며 이야기꾼처럼 말했다.

"알브란 신대에 있던 에히트의 권속신이야."

그의 충성심은 에히트의 만행을 지켜보면서 흔들렸다. 그리고 수천 년을 지내던 사이 마침내 반역을 꿈꾸게 됐다.

"하지만 권속신이 주신에게 대적할 수 있을 리 없지. 그래서 알브는 하나 꾀를 냈어. 지상에 내려와 마왕을 연기하며 신 에히트의 수족이 되어 역사를 배후에서 조종한다─ 그런 명목으로 지상에서 저항할 수단과 힘을 찾기로 한 거야."

하지만 육체가 없는 신은 지상에서 원만하게 활동할 수 없다. 빙의할 몸이 필요하다.

역대 마왕은 바로 알브의 빙의체. 속사정은 몰라도 프리드의 설명은 틀리지 않았다. 하나 다른 점이 있다면 알브가 빙의해도 본래 인격이 사라지지 않는다는 것.

"……딘리드도, 알브에게 선택받았나?"

의심에 찬 눈길을 보내는데도 딘리드는 여전히 온화하게 고개를 끄덕였다.

"알브는 미치도록 기뻐했다고 해. 빙의체로서 적성이 대단히 높은 데다가 세상의 진실을 아는 신대 마법 사용자였으니까."

그야말로 진정한 동지였다. 에히트와 사도의 감시를 빠져나가 뜻을 공유할 수 있었다.

"지금도 내 안에는 알브가 있고 다방면으로 도와주고 있어. 하나의 몸에 두 영혼이 깃들었지. 그게 알브면서 알브가 아니라고 한 이유야."

딘리드는 왕좌에 손을 올리고 청중이 이야기에 잘 따라오고 있나 확인하듯 잠깐 시간을 뒀다. 유에가 복잡한 표정으로 질문했다.

"……언제부터?"

"네가 왕위에 오르기 얼마 전부터. 그리고 진실을 알아도 어떻게 할 방도가 없던 내게도 할 수 있는 일이 있다는 걸 알았어. 사명이라고 생각했지."

"……사명."

"그래. 악신을 타도하겠다는 사명. 신 에히트와 사도에게 진의를 들키지 않는 건 힘들었지만, 그 탓에 마음에도 없는 일을 여러 번 해야 했어."

다른 질문은 없냐며 미소 짓는 딘리드를 보고 자신의 선생님이던 시절을 떠올려 유에의 마음이 흔들렸다.

【빙설 동굴】에서 확신한 『기억 착오』가 더 마음을 혼란스럽게 했다.

어쩌면 이게 다 사실일지도 모른다는 생각이 들었다.

마음의 천칭이 흔들렸다. 만약 딘리드의 이야기가 사실이라면…… 유에에게는 듣고 싶은 이야기, 아니, 들어야만 할 이야기가 있었다.

"……왜 조국을 배신했어? 왜 나를……."

"미안해."

"……사과하라는 게 아니야! 이유!"

유에가 침통한 표정인 딘리드에게 소리쳤다.

어깨에 놓인 하지메의 손을 무의식적으로 잡아 매달리듯 꽉 쥐었다.

어느샌가 다른 동료들도 흔들리는 유에를 받쳐주려는 듯 곁으로 왔고 진실을 파악하려는 눈으로 딘리드를 바라봤다.

"아레티아, 너는 천재였어. 마법 분야에서는 타의 추종을 불허할 정도로. 신대 마법 사용자인 나조차 따라가지 못할 정도로. 그 힘이 너무 눈에 띈 거야. 그래서 관심을 끌고 말았지. 네 곁에 있는 나구모 하지메처럼."

"……이레귤러."

"맞아. 아레티아, 네가 기억할까 모르겠어. 당시에는 이미 아바타르 상층부에 에히트 신앙이 침투하는 추세였어. 너희 부모님도 그랬지. 그런 기색을 너도 느꼈을 거야."

"……기억나. 숙부님과 아버지는 자주 내 교육 방침으로 다퉜어. ……하지만 내 교육 담당은 숙부님이었어. 나는 신앙과 관계없이 컸어."

유에는 괴로운 얼굴로 긍정했다. 딘리드도 마주 고개를 끄덕였다.

"해방자가 한 말의 진위를 확인할 방법은 없지만, 적어도 어린 너에게 무비판적인 신앙을 허락하면 위험하다고 생각했어. 너를 지키고 싶었어. 하지만 그렇게 신앙에서 떨어뜨려 놓은 게 역효과를 냈지."

"……생각대로 움직이지 않는 말은 필요 없다?"

"바로 그거야. 널 암살하려는 움직임이 본격화됐어. 알브에게서 신 에히트의 강대함을 들은 나는 널 지킬 자신이…… 없었어. 네 불사성에도 한계가 있으니까."

딘리드는 참담한 심정을 드러내며 고백했다.

"더군다나 네 강력한 힘을 잃어서도 안 된다고 생각했어. 그래서 암살이 실행되기 전에 너를 숨긴 거야. 언젠가 반기를 들 그날까지."

"……."

숙부는 배신하지 않았다. 오히려 자신을 지키려고 했다.

설령 전략적 가치도 고려했다고는 하나, 단순히 소중하니까 죽지 않기를 바란 것은 사실이리라.

허상이 일깨워준 기억의 단편이 이번 이야기로 확실해졌다. 강한 부정의 말은 더 이상 나오지 않았다.

유에는 이제 딘리드의 이야기를 어떻게 받아들여야 할지 알 수 없었다.

뭔가 중대한 사실을 놓친 기분도 들지만, 딘리드의 말은 메아리처럼 마음속에서 춤췄고 머리는 제자리에서 헛돌 뿐이었다. 감정은 갈 곳을 잃었고 표정은 막막하게 선 미아 같았다.

불안정한 마음의 표출일까? 힘없이 떨리는 목소리가 마지막 의문을 제기했다.

"……인질은? 당신이 정말로 딘 숙부님이라면…… 나를 배신하지 않았다면, 왜?"

"아 참……."

고개 숙인 유에에게서 비난 섞인 말이 날아들자 딘리드는 머쓱하게 웃으며 손가락을 세 번 튕겼다.

그러자 사람들을 가두던 우리의 빛이 녹아내리듯 사라지고 잠금이 풀리는 소리가 났다.

우리 안에서 마른침을 삼키며 유에와 딘리드의 대화를 듣던 이들이 쭈뼛거리면서 조심스레 문을 열었다.

"이렇게라도 하지 않으면 만나러 와주지 않을 거라고 생각했어. 게다가 일이 틀어졌을 때를 대비해 그들을 보호하려는 목적도 있었지. 다치게 한 점은 용서해줘. 데리러 간 게 사도였고 그들이 보는 앞에서 치료해줄 수도 없었어. 일단 죽이지 말라고 명령은 해뒀지만. 앞으로 너희 동료가 될지도 모르니까 말이야."

"……동, 료?"

정리되지 않은 마음으로는 그렇게 되풀이하는 게 고작이었다.

그래도 딘리드가, 한때 누구보다 믿고 따른 숙부가 돌아온 기억 그대로고, 배신에도 피치 못할 사정이 있었다면…….

우리에서 나오려는 뮤나 아이코를 손으로 제지하는 하지메도, 유에를 똑바로 바라보는 다른 동료도 눈에 들어오지 않는 유에에게 딘리드가 거듭 말했다.

"아레티아. 날 믿어주렴."

또각또각 소리를 내면서 왕좌가 있는 단상에서 내려온다.

"예나 지금이나 너를 사랑해. 다시 보게 될 이날을 얼마나 기다렸나 몰라. 300년 동안 단 하루도 널 잊은 적이 없어."

"……숙부, 님……."

사랑이 담긴 미소를 짓고 똑바로 유에에게로 다가왔다.

"그래. 네가 알던 딘 숙부님이야. 우리 귀여운 아레티아. 때가 됐어. 너의 힘을 빌려주렴. 전부 끝내기 위해서."

"……힘을?"

"함께 신 에히트를 타도하자. 등을 맞대고 외적과 싸우던 그때처럼."

에히트는 이미 이 시대를 끝내려고 한다.

반복되는 역사. 문명의 발전과 붕괴라는 유희.

지금까지 몇 번이고 이루어진 비극이 또 일어나려고 했다.

"하지만 그것도 여기까지야. 요행이지. 너는 옛날보다 훨씬 강해졌고 이렇게 많은 신대 마법 사용자도 모였어. 분명히 신 에히트에게도 대적할 수 있어."

"……."

유에는 미간에 주름을 잡고 말문이 막힌 것처럼 입을 다물었다.

그런 유에를 감싸 안으려는지 딘리드가 살며시 두 팔을 벌렸다.

그 모습이 다시 어린 시절 기억을 불러일으켰다.

어린 유에가 마법이나 학문으로 어떤 결과를 남겼을 때 칭찬해주던 사람, 머리를 쓰다듬어주던 사람, 유에 본인보다 기뻐해 주던 사람. 그건 언제나 『딘 숙부님』이었다.

지금처럼 보고하러 온 유에를 두 팔 벌려 반겨주곤 했다.

살아 있던, 그리고 배신하지 않았던 소중한 가족의 포옹.

친아버지보다 훨씬 아버지처럼 따르던 인물.

유에의 마음속 천칭은 의혹에서 믿음 쪽으로 기울어 가고…….

딘리드의 웃음이 짙어지며 유에를 맞아들이기 위해 말을 꺼냈다.

"자, 함께 가자. 나의 아레티—."

하지만 말을 마치기 전에, 굉음과 붉은 섬광이 터졌다. 그것을 확인했을 때는 이미 늦었다. 딘리드의 머리는 풍선처럼 터지고 뒤로 젖힌 몸은 그대로 넘어갔다.

그 누구도 무슨 일이 벌어졌는지 이해하지 못하고 크게 벌어진 눈으로 쓰러진 딘리드를 바라봤다.

그는 미동도 하지 않았다. 넓은 알현실에 숨 막히는 적막이 감돌았다.

철컥, 격철을 당기는 소리가 유난히 크게 귀를 찔렀다. 그때서야 모두의 경직이 풀렸다. 어색한 동작으로 고개를 돌리고 시선이 한곳에 모였다.

그곳에는 반쯤 예상하던 광경이 펼쳐져 있었다.

바로—.

"이 쓰레기가 죽고 싶어 환장했나."

흰 연기가 피어오르는 돈나를 들고 이마에 핏줄을 세우며 욕하는 하지메였다. 동네 양아치가 따로 없었다.

사람들이 할 말을 잃었다.

딘리드가 나타난 후로 예상치 못한 사태가 이어졌지만 이야기가 좋은 쪽으로 일단락 나는 분위기였다. 자세한 사정은 몰라도 이 절망적 상황이 사실 진짜 적을 속이기 위한 연극이었고 마왕은 아군이며 자신들도 해방되리라 생각했다.

그러던 차에 이 참극이 벌어졌다. 뇌가 정지할 만도 했다.

게다가 아무도 말리지 않으니 하지메가 시체를 능욕하듯 딘리드의 심장과 팔다리까지 쏴 버리고 『볼라』 수십 개까지 던져 구속하는 사이……

"으랏차아아아, 예요오!"

이번에는 시아가 펄쩍 뛰어올랐다.

목표는 프리드. 머리를 향해 아무런 주저 없이 전투 망치를 내리찍었다.

결과는 뻔했다. 굉음과 함께 바닥이 함몰하며 프리드의 머리가 바닥 아래로 사라졌다. 원형을 유지할지 의문이었다. 뼈와 살이 으깨지는 소리와 낭자한 피가 스플래터 영화를 방불케 했다. 안 봐도 치명상이었다.

"어어, 그럼 난— 에잇!"

카오리가 귀여운 기합을 질렀다. 넓게 펼쳐진 은색 날개에서 필살의 은빛 깃털이 날아가 쓰러진 사도 50명에게 차례차례 꽂혔다. 핵이 있는 가슴에 바람구멍이 났다.

그들에겐 망설임이 없었다. 자비도 없었다. 부조리할 정도의 폭력.

하지만 언제까지고 넋을 놓고 있을 수만은 없었다.

왜냐면 하지메의 총구가 에리를 향했으니까.

"으아아아아~!"

만세를 부르며 달려온 스즈가 반쯤 패닉 상태로 하지메에게 매달렸다. 마치 마왕에게 무작정 달려드는 마을 주민A 같은 꼴이었다. 하지메에게 달라붙어 올려다보는 촉촉한 눈망울이 제발 약속을 떠올려 달라고 호소했다.

하지메는 마지못해 『볼라』로 구속하는 데 그쳤다.

"시아! 뮤랑 레미아를 챙겨! 카오리는 선생님 쪽!"

"넵, 알겠습니다!"

"응! 다들 금방 고쳐줄게!"

깜짝 놀라서 눈을 댕그랗게 뜬 뮤는 「뮤! 시아 언니가 왔어요!」라며 단걸음에 달려온 시아를 보자마자 무섭게 가슴에 와락 안겨들었다. 멍해 있던 레미아도 무사히 정신을 차렸다.

카오리도 아이코와 학생들에게 이동하더니 즉시 재생 마법을 발동했다. 은색 빛이 쏟아지며 만신창이였던 이들이 눈 깜짝할 사이에 치유되었다.

굳어 있던 코우키나 시즈쿠도 마침내 일제히 현실로 돌아오면서 시끄러워지기 시작했다.

"나, 나나나, 나구모! 너 대체 뭘 한 거야! 유에 숙부님이라 잖아?! 카오리, 너도! 재생 마법! 빨리! 빨리 날아와!"

"미쳤어. 행동에 맥락이란 게 없잖아. 저건 누가 봐도 즉사야. 시아 씨랑 카오리도 일단 죽이고 보질 않나……."

"나구모…… 역시 너는……."

시즈쿠가 숨이 넘어가도록 카오리를 불러댔고 류타로가 전율했다. 코우키만은 이상하게 침착한 분위기로 에리 곁을 지키며 고개 숙여 뭐라고 웅얼댔다.

그런 아이들과 아직 떨어질 줄 모르는 스즈에게 하지메가 버럭 지시를 내렸다.

"타니구치, 빨리 나카무라를 확보해! 야에가시, 사카가미는 어리바리하지 말고 움직여! 언제 눈을 뜰지 몰라. 나카무라가 허튼짓 못 하게 해!"

스즈는 허둥대며 뒤로 달려갔다. 시즈쿠와 류타로는 딘리드와 유에를 번갈아 보면서도 에리를 포위했다.

하지메는 크리스털 키를 꺼내 마력을 불어넣으며 언성을 더키웠다.

"정신 똑바로 차려, 선생님! 준비 끝나는 대로 지구로 돌아갈 거야! 애들 전부 한곳에 모아!"

"네, 넷— 아니, 잠깐만! 뭐요?! 지구요?!"

"공주님! 너도 일단 와! 싫으면 혼자 남든가!"

"호, 혼자 남긴 싫어요! 아아, 나 어떡해!"

아이코와 릴리아나를 시작으로 이번에는 다른 이유 때문에 소란이 일었다.

지구로 돌아간다. 뜻은 알아도 퍼뜩 이해되지 않았다.

뮤와 학생들이 모두 모였고, 지구로 돌아갈 채비도 마쳤으며, 누가 뭐래도 지금은 고향 땅이 최고의 안전지대였다. 물론 아직 소환 방지 마법을 만들지 못해 재소환될 우려는 있으나 적어도 토토스의 다른 곳으로 피난하는 것보다는 손대기 힘들 것이다.

용사 소환은 500년 역사 속에서 처음이었다는 티오의 말이 맞다면 더더욱.

하지만 구구절절 설명할 시간은 없었다.

이곳은 적진 한복판이고 언제 사도 대군이 몰려들지 알 수 없었다.

"나구모?! 대체 어떻게 된 거야!"

"도, 돌아갈 수 있어? 어, 어떻게?"

나나와 타에코가 영문을 모르겠다며 물었지만 하지메는 질문을 모두 묵살했다.

세계를 넘기 위한 마력을 운용하면서 경계를 풀지 않고 딘리드에게서도 눈을 떼지 않았다.

"티오, 보였어?"

"그만큼 시간이 있으면 보일 수밖에. 그런 형태의 혼은 처음 봤어. 흡사 거미집이야. 아니, 부정형(不定形)의 기생충인가? 참으로 징그럽더구나."

"동감이야. 혼백 마법으로 혼도 속박할 수 있어? 가능하면 정신 붕괴 상태로 만들어."

"맡겨 두거라. 주인님이 전에 만든 『서약의 목걸이』와 비슷한 마법이 아닌가? 조금 유예가 필요하겠지만, 해 보마."

"방심하지 마."

"……하, 하지메?"

무언가 이심전심으로 뜻을 전한 뒤 티오가 딘리드에게 신중하게 다가갔다.

그것을 무의식적으로 눈으로 좇으며 유에가 겨우 하지메에게 말을 걸었다.

사랑하는 애인이 옛 가족을, 어쩌면 지금도 가족일지 모를 인물을 쐈다. 상식적으로 보면 참극이었다.

눈동자가 흔들리는 유에에게 하지메는 왠지 몹시 불쾌한 투로 딘리드에게서 총구를 떼지 않고 말했다.

"놈의 정체를 간파하기 위한 시간 벌기와 제단 결계 안에서 끌어내기 위해 필요한 대화였다지만…… 유에, 너무 동요했어."

따귀를 때리는 것처럼 엄한 말투였으나 눈에는 배려가, 입에는 어렴풋한 미소가 떠올라 있었다.

"웬만하면 유에가 스스로 깨닫고 이해해주길 바랐지만…… 네 과거를 생각하면 현혹돼도 어쩔 수 없지. 그래도 그 헛소리를 받아주는 건 못 봐주겠더라고."

"……헛소리? 무슨 말?"

"냉정하게 생각해 봐. 정말로 사랑하면 왜 300년 동안 한 번도 안 만나러 왔겠어?"

딘리드의 말은 곰곰이 생각해 보면 허술한 부분이 많았다.

예를 들어 유에를 숨기기 위해 세심한 주의를 기울였다고 해도 유에를 홀로 절망 속에 밀어 넣을 필요는 없었다.

심지어 신이 깃든 반역자고 【오르크스 대미궁】 공략자이기도 한 그가 진짜 목적을, 배신하지 않았다는 사실을 한 번도 전하러 오지 않을 리 없었다.

"반역에 관한 이야기도 그래. 공략자인 주제에 300년 넘도록 대미궁 공략자를 프리드 하나밖에 못 모았다고? 그게 사실이면 지독하게 무능한 거지."

네 숙부는 그렇게 무능했느냐는 질문이 함축된 말이었다. 유에는 서서히 이성을 되찾고 고개를 저었다.

그렇다면 답은 자명하다. 딘리드는 반역자 동료 따위 모으지 않았다.

"……그래도 기억과는 일치해……."

그렇기에 당황했다. 숙부가 떠올린 기억 속 모습 그대로 여기 있었으니까.

그립고 정겹고 따스한 기억을 공유했으니까.

그래도 유에는 스스로 답을 찾았다.

"……기억이라면, 이미 여러 번 읽혔어."

자기 자신에게 한숨이 나오려고 했다. 무심결에 이마를 손으로 짚었다.

티오가 딘리드의 혼을 묶는 마법을 걸며 추측을 밝혔다.

"사도들을 기절시킨 처음 빛. 아마 그것이 기억을 읽는 마법이기도 했겠지."

"……응."

유에의 기억을 읽어 적당한 이야기에 끼워 맞춘다. 그리고 유에가 바랄 법한 과거를 만들어 낸다. 아마 그렇게 된 것이리라.

"안심하거라, 유에. 주인님의 마안과 내가 찬찬히 시간을 들여 놈의 혼을 관찰했다. 보인 것은 하나의 혼뿐이야. 그것도 네 가족일 리 없는 진창처럼 추악한 혼뿐이었지."

승화 마법으로 혼을 가시화하는 기능이 추가된 마안석.

혼백 마법에 자신의 경험과 우수한 능력을 가미해 진실을 파헤치는 티오의 용안.

두 사람이 확인했다면 아니, 둘 중 한 명뿐이었어도 유에가 믿지 않을 이유는 없었다.

왜 딘리드와 똑같은 육체가 있는지, 그리고 왜 유에를 유인하려고 했는지는 의문으로 남았다.

하지만 그것도 조사할 방법은 얼마든지 있었다. 예를 들어 무력화한 뒤 혼백 마법을 써서 기억을 살피는 식으로 말이다. 육체적 손상이야 재생 마법으로 고치면 그만이었다.

지금 이렇게 육체를 소멸시키지 않고 구속하는 것도 유에를 위한 일행의 배려였다.

하지메와 티오의 설명을 듣고 시즈쿠와 스즈도 겨우 이해한 표정이었다. 아이코와 아이들도 「그, 그랬어……?」, 「나구모가 미친 게 아니었어……」라며 안도 반, 이해 반인 표정으로 가슴을 쓸어내렸다.

"무엇보다도."

하지만 그런 와중에 하지메만은 이마에 굵은 핏줄을 세우고 숨을 깊이 들이켰다.

"무슨 얼어 죽을 『나의 아레티아』야! 얘는 『나의 유에』다!"

다아! 다아! 다아! 하지메의 혼신을 담은 외침이 알현실에 울려 퍼졌다.

모두 얼이 빠졌다.

하지만 상당히 쌓인 것이 많은지 하지메의 심정 고백은 끝나지 않았다. 오히려 흥분은 더해 갔다.

"게다가 그놈의 아레티아 타령 좀 그만해, 쓰레기 자식아. 같이 가자고 하질 않나, 껴안으려고 하질 않나, 누구 허락받고 개수작이야, 어?! 사지 절단해서 퇴비 더미에 처박히고 싶냐!"

""""그냥 질투잖아?!""""

시즈쿠, 아이코, 릴리아나, 그리고 빈사 상태에서 막 회복한 유카가 진상을 파악했다.

하지만 너그러이 이해해줘야 할 상황이었다. 생각해 보라. 육체는 몰라도 영혼은 누군지도 모를 인간이 사랑하는 애인의 옛 이름을 불러 대더니 급기야 껴안으려고 하지 않는가?

맞아 죽어도 할 말이 없다. 적어도 하지메의 논리로는…….

"……하, 하지메…… 이런 상황인데……."

왠지 유에가 꼼지락대기 시작했다. 흔들리던 눈동자는 안정됐고 볼은 장밋빛으로 물들었다. 설탕처럼 달콤한 분위기가 피어올랐다.

"……하지메, 미안. 안 좋은 모습을 보여서."

정말로 끔찍한 추태를 보였다. 지금 생각하면 딘리드의 목소리에는 마음에 스며드는 것 같은 정체 모를 힘이 느껴졌다.

애초에 딘리드가 진짜였다고 해도 지금 유에가 그 손을 잡을 리는 없었다. 잊기 힘든 추억도, 잊을 수 없는 배신도 지금은 모두 하지메가 준 행복이 덧씌웠다. 무엇보다 소중한 약속이 있었다.

그것만으로 괜찮았다. 딘리드의 가죽을 쓴 누군가가 말하는 동안 쭉 지탱해주듯 닿아 있던 하지메의 따뜻한 손을 더 의식해야만 했다.

동요한 탓에 마음에 파고들 여지를 주고 말았다. 유에는 자기 뺨을 있는 힘껏 치고 싶은 기분이었다.

"사과할 필요는 없어. 유에에게 과거가 얼마나 큰 영향을 주는지, 나는 잘 알아."

"……응. 하지메, 사랑해."

유에는 하지메의 팔에 이마를 비비고, 뮤와 레미아를 데리고 온 시아와 티오, 카오리에게도 눈길을 보냈다.

"……너희도, 고마워. 좋아해."

시아와 카오리가 곧장 움직인 것도, 티오가 짠 것처럼 혼을 확인한 것도 하지메와 같은 이유였다. 『유에를 지킨다』, 그 일념으로 이야기 내용과 관계없이 경계를 풀지 않은 덕분이었다.

"후훗, 이 정도는 별거 아니죠! 처음부터 아, 이 녀석 유에 씨 숙부님이 아니다, 하고 감이 왔는걸요!"

"어? 시아, 그랬어? 나는 그냥 하지메가 경계하니까 똑같이 경계했을 뿐인데."

"나도 혼을 확인할 때까지는 반신반의였어. 어찌 알았을꼬?"

"감! 이요!"

"……응, 역시 시아야."

이 버그 토끼는 이제 그러려니 할 수밖에 없었다. 참고로 『뭐예요, 저거? 실실 웃기나 하고. 유에 씨에 관한 건 뭐든 다 안다는 태도가 재수 없어요』라는 질투 비슷한 감정도 있었다. 하지메와 별반 다르지 않았다.

그 후, 카오리가 대강 치료를 끝내고 뮤와 레미아가 하지메와 재회의 포옹을 나누려던 바로 그때—.

"크아?!"

티오가 수평으로 날아가 등부터 기둥에 격돌했다. 파괴력을 말해주듯 기둥이 부서지고 티오는 잔해에 기댄 채로 쓰러졌다.

"티오!"

"걱정할 것 없다. 쿨럭."

어렵사리 몸을 일으키다가 한쪽 무릎을 풀썩 꿇었다. 맷집

하나는 알아주는 티오가 바로 일어나지 못할 정도였다. 기침하는 입에서는 피가 맺혀 떨어졌다.

하지메는 즉시 방아쇠를 당겼다. 티오를 날려 버린 상대에게…… 하지만—.

"깜짝 놀랐어. 완전한 기습이군. 수복하는 데 이렇게 시간이 걸릴 줄 몰랐어."

비웃는 것 같은 박수 소리가 짝짝 울렸다. 그리고 장벽에 막혀 찌그러진 탄환이 후드득 떨어졌다.

"사랑하는 연인이 아버지처럼 따르는 사람이라면 조금 부자연스러워도 봐줄 줄 알았는데. 설마 그런 이유로 죽이려고 들다니…… 인간의 옹졸함을 과소평가했어."

딘리드가 어느새 일어나 있었다.

하지만 좀 전과는 달리 그 목소리에는 따뜻함이 전혀 없었다. 오히려 경멸과 조소가 듬뿍 담긴 듯했다.

몸에 걸친 의상은 어디도 흐트러지지 않았다. 충격 따위 처음부터 없었던 것처럼. 아래 떨어진 볼라 잔해가 없었으면 모든 게 꿈이 아니었을까 의심했으리라.

"기껏 기울어 가던 정신까지 바로잡았군그래. 차선책을 써야만 하나……. 이러면 그분을 뵐 면목이 없잖나."

"……너는 누구야? 알브?"

"그래. 내가 알브다. 하지만 이 육체는 딘리드 것이지."

"……빼앗았다는 말?"

유에가 오른손을 뻗으며 신문했다.

딘리드— 아니, 그의 피부를 뒤집어쓴 악신 알브는 입을 찢어 음흉하게 웃었다.

"말은 똑바로 해야지. 이건 쓰레기 재활용이야. 에히트 님의 권속신인 나, 알브가 죽은 뒤에도 육체를 써준다는데 이런 영광이 어디 있나? 오히려 감동이라도 하지 그러나?"

알브는 어깨를 으쓱하며 고개를 저어 보였다. 그리고 푸념하듯 말했다.

"참 불손하지. 이 남자는 죽기 전에 너를 숨긴 사실과 신대 마법의 지식까지 스스로 지워 버렸어."

"……네가 딘리드를 죽였어?"

"글쎄?"

"……대답해."

유에에게서 황금색 스파크가 튀었다. 붉은 눈동자가 밝게 빛나고 알브를 중심으로 엄청난 중력 소용돌이가 휘돌았다.

하지만 알브는 능구렁이 같은 웃음을 지을 뿐, 아무런 위협도 느끼지 않는 눈치였다.

"어허, 괜찮겠나? 사실 지금 이야기가 거짓말이고 딘리드가 살아 있을지도 모르는데? 이 몸 깊은 곳에 숨어 있다든가?"

"……그럴 리 없어. 이제는 안 속아."

적의 말을 믿을 이유는 없었다. 하지메와 티오가 이미 증명했으니까.

"거짓말은 좀 그럴싸하게 해, 짝퉁 신."

"이번에야말로 박살내버리겠어요!"

하지메와 시아도 뮤와 레미아를 감싸며 알브에게 살기를 띠었다.

슬쩍 눈치를 주자 카오리가 아이코와 학생들을 지키는 위치에서 고개를 끄덕였고 시즈쿠와 류타로, 스즈도 임전 태세에 돌입했다.

그런 일행을 보고 알브는 한숨을 푹 쉬었다.

"딘리드의 유언을 전해주지. 숨을 거두기 전, 흡혈 공주, 너에게 남긴 말이다."

"……헛소리는 안 들어!"

유에가 자기 말만 끝낸 후 중력장으로 찍어 누르고 시아가 바닥을 깨며 돌진했다. 하지메도 방아쇠를 당기고—.

후에 하지메는 이 순간을 후회한다. 유에를 생각해 딘리드에 관한 질의를 기다려준 것을…….

조금만 더 있으면 지구로 가는 게이트가 열리므로 시간을 벌기 위한 목적도 있었다. 유에도 그것을 반쯤 의도했다.

그러나 알브가 일어난 순간 최대 화력을 퍼붓는 것이 분명 정답이었을 것이다.

설사 티끌도 남지 않고 소멸해 딘리드의 진상을 알 기회를 잃을지라도…….

유에가 원하지 않을지라도…….

알브가 그 말을 꺼낼 기회를 줘서는 안 됐다.

—아레티아. 전부 네 탓이다. 고통받으며 죽어 가라.

"······!"

일종의 마법일까? 유에의 머릿속에 그 광경이 선명하게 떠올랐다.

셀 수 없는 흡혈귀의 시체가 산을 이루고 피는 강이 되어 흘렀다. 그 속에서 피를 토하면서 통곡과 원망을 쏟아내는 자가 있다. 딘드리드였다. 증오로 얼룩진 붉은 눈동자가 시공을 뛰어넘은 것처럼 똑바로 유에를 바라봤다.

언어의 화살은 신비로울 정도로 깊이 유에의 가슴을 찔렀다. 날카로운 통증이 퍼졌다.

그 순간이었다.

그것들이 거의 동시에 일어난 건―.

"『극대 광폭』!"

―『한계 돌파』한 코우키가 바로 옆에 있는 **소꿉친구들을** 전부 후방으로 떠밀었다.

"―응?!"

―하늘에서 은색 빛이 쏟아졌다. 천장을 투과하고 유에를 향해.

"아하핫, 『종극 광월』."

―유에 눈앞에 명멸하는 검은 달이 출현했다. 어둠 속성 마법 비기 중 하나인 그것은 잠시간 무조건적으로 의식을 단절한다. 범인은 쓰러져 있는 에리······가 아니라 전혀 다른 허공에서 서서히 나타난 멀쩡한 에리였다.

잠시 회피도 마법 방어도 불가능한 상태에 빠진 유에에게 빠르게 다음 공격이 이어졌다.

『그대여, 닿지 말지어다.』

―알브가 손가락을 튕기자마자 달려들던 시아가 핀 볼처럼 튕겨 나갔다. 동시에 유에를 둘러싼 장벽이 나타나 구속했다.

『진천!』

―에리와 마찬가지로 엉뚱한 곳에서 출현한 프리드가 하지메에게 공간 폭쇄 마법을 시전했다.

"무력화합니다."

―허공이 울렁이고 스르륵 나타난 사도 열 명이 카오리 쪽으로 일제히 달려들었다.

타이밍을 계산했다고밖에 생각할 수 없는 완벽한 동시 기습.

욕할 틈도 없이 하지메는 『순광』을 최대로 발동했다. 찰나를 수 초로 늘려 시간의 흐름이 완만해진 색바랜 세계에서, 그것을 보았다.

검은 달빛과 장벽에 구속되어 쏟아지는 은색 빛에 삼켜지기 직전인 유에.

멸망의 은빛이 몇 줄기나 아이코와 학생들을 향하고 그 앞을 막아선 카오리.

시아와 티오에게도 사도가 쌍대검을 쳐든 채 돌진하고 알현실 중간까지 날아가 버린 시즈쿠, 류타로, 스즈 세 명에게 에리와 코우키가 달려드는 광경.

그리고 일그러진 공간이 바닥을 깎으며 해일처럼 자신에게 밀려오는 광경.

손이 부족했다. 적의 진짜 목적은 분명히 유에였고 당장에라도 구하고 싶었다. 하지만······.

그 순간, 강렬한 시선이 날아와 꽂혔다.

유에였다. 빛에 삼켜지기 일보 직전이면서 그 눈빛에는 흔들림이 없고 강한 의지가 전해졌다. 말은 없어도 하지메가 모를 리 없었다.

뮤와 레미아를 지켜라.

하지메에게 등 뒤에 둔 무력한 두 사람을 지켜라고 전했다.

"이런 망할!"

욕설을 내뱉으면서도 결단은 빨랐다. 가장 사랑하는 이의 믿음을 어떻게 저버릴 수 있겠는가.

대형 방패를 소환해 등을 지키며 의수를 뻗어 뮤와 레미아를 한꺼번에 끌어안았다.

그 후, 시간의 흐름이 돌아오면서 현실이 밀려왔다.

공간 폭쇄의 어마어마한 충격이 방패 너머로 하지메의 등을 때렸다. 공격받으면 마력 충격파—『마충파』를 돌려주는 충격 반응 장갑 기능이 발동. 이어서 방어 기능 『금강』도 발동했다.

그래도 숨이 막혔다. 의식까지 휘저어 놓는 느낌이었다.

뮤와 레미아를 최대한 지키면서 바닥에 뿌리박혔던 다리를 들어 스스로 충격의 파도에 올라탔다. 뮤가 비명을 질렀고 레미아는 그마저도 하지 못했다.

방패에 스파이크를 돌출시키고 몸을 틀어 바닥에 박았다. 드드드득, 굴착기 같은 소리를 내면서도 속도를 줄이는 데 성공해 가까스로 착지했다.

"뮤! 레미아! 다친 데는?!"

"아, 우~."

"괘, 괜찮, 아요……."

뮤는 눈이 핑글핑글 돌았고 레미아는 머리를 흔들었다. 그래도 둘 다 상처는 없었다. 하지메가 공간 폭쇄에서 두 사람을 지켜 낸 것이다. 유에가 바란 대로…….

시선은 다시 전장이 된 알현실을 향했다.

시야에 들어온 것은 바닥을 내리친 드뤼켄의 물리력과 마력 충격파로 사도 수 명을 한꺼번에 날려 버리는 시아.

분해 마법을 두른 은색 날개를 최대로 펼쳐 아이코와 학생들을 감싸고 사도들의 분해 포격을 등으로 막아 내는 카오리.

달려드는 사도들을 상대로 브레스를 쏘는 티오.

기를 쓰며 코우키와 칼을 맞댄 시즈쿠, 기둥에 부딪쳤는지 머리에서 피를 흘리며 쓰러져 있는 스즈. 그런 스즈를 감싸려고 에리와 대치한 류타로. 그리고―.

"……."

유에가 은색 빛기둥 속으로 사라지는 광경이었다.

"유에!"

심장을 틀어잡는 초조함에 하지메가 소리쳤다. 다른 이들의 얼굴에도 강한 초조함이 퍼졌다.

유에를 둘러싼 알브의 장벽은 이미 사라졌고 에리의 『광월』도 흩어졌지만, 은색 빛이 새로운 우리가 되어 유에를 가뒀다. 작은 주먹으로 빛기둥을 두드렸으나 단단한 감촉이 전해질 뿐이고 하지메에게 전하려는 말도 전혀 들리지 않았다.

유에가 눈에 힘을 줬다. 그 순간 공간이 일그러지는 만물 절단의 공간 마법이 작렬했다.

"……윽?!"

놀랍게도 최강의 살상력을 가진 신대 마법으로도 빛기둥에는 금도 내지 못했다. 발상을 전환해 게이트로 탈출을 시도했지만 그것도 공간이 틀어지는가 싶더니 이내 복구되어 발동하지 않았다.

"쳇. 뮤, 레미아, 여기 가만히 있어!"

"아빠……."

"네, 하지메 씨."

유에의 궁지를 확인한 하지메는 기둥 뒤로 데리고 간 뮤와 레미아를 크로스 비트 사점 결계로 보호하고 맹렬하게 유에를 향해 달려갔다.

"후후, 네 마음대로는 안 돼, 이레귤러."

알브가 하지메의 험악한 표정을 보고 희열로 얼굴을 일그러뜨리며 손가락을 튕겼다.

그러자 사도 수십 명과 예전 【오르크스 대미궁】에서 본 것과 아주 닮은 마물, 그리고 눈에 초점이 없는 병사들— 에리의 시수(屍獸) 병단이 출현했다.

방금 사도들이 나타났을 때처럼 울렁이는 공간에서 스며 나오듯이 나타났다.

시수 병단은 시즈쿠 쪽으로, 모든 마물은 카오리 쪽으로, 카오리를 집중포화하며 잡아 두던 사도를 포함해 모든 사도는 하지메에게 쇄도했다.

"꼭두각시들은 꺼져!"

노성과 함께 붉은 마력을 폭발시켰다. 범상치 않은 마력의 흐름―『한계 돌파 최종 파생 패궤』였다. 그 발동에 맞춰 『충격 변환』을 사용하자 공간 폭쇄도 저리 가라 할 마력 충격파가 발생해 주위를 유린했다.

쌍대검을 휘두르려고 날아들던 사도 넷이 사방으로 튕겨 나갔다.

하지만 이 세상의 기준을 벗어난 진짜 신의 병사가 그렇게 쉽게 돌파당할 리도 없었다.

잔상을 남기며 순식간에 다른 네 사도가 진로를 막아섰다.

크로스 비트 세 기와 오르칸을 소환해 작렬 슬러그 탄과 미사일 & 로켓탄을 난사했다. 전에 비해 파괴력은 현격히 올랐다. 사도도 무사할 수는 없으리라.

그러나 사도의 강인함은 어처구니없을 정도였고 분해 마법을 병용하면 가히 악몽이었다.

그래서 폭염과 충격이 공간을 유린해도 하지메는 낙관하지 않고 오히려 각오를 굳혔다. 『금강』과 『축지』, 그리고 방패로 강행 돌파에 나선다.

"목숨을 돌보지 않는 그 무모함! 이미 해석했다고 했을 텐데요!"

"젠장!"

사도 둘이 뒤로 돌아가 있었다. 분해 마법을 부여한 은빛 쌍대검이 4방향에서 하지메의 등을 노리고—.

"아자아아아아아아아!"

드뤼켄 머리 부분이 대포처럼 날아와 사도 둘을 옆에서 치어 날려 버렸다.

플레일처럼 사슬로 이어진 드뤼켄을 휘둘러 원상태로 돌려놓으며 시아가 하지메의 등 뒤로 착지했다.

"뒤쪽은 맡겨주세요!"

"역시 버그 토끼! 부탁해!"

폭염을 향해 돌격했다. 예상대로 대검은 손상됐으나 신체는 무사한 사도들이 벽처럼 거대한 방패에 달라붙으려고 했다.

"어딜 덤벼!"

"윽, 너는, 얼마나!"

『마충파』, 『강완』, 『호각』, 의수 팔꿈치의 격발 시 충격. 아울러 크로스 비트로 사도들의 발치를 공격해 버틸 발판을 빼앗는 실드 배시.

네 명이 달라붙어도 사도들은 덤프트럭에 부딪친 것처럼 튕겨 나갔다.

하지만 물량 공세는 단순하면서도 강력했다. 날아간 사도와 교대하듯 바로 더 많은 사도가 막아섰다.

심지어 위쪽과 뒤에서도 다섯 명씩 기습해 왔다.

사도의 공격을 막거나 튕겨 내고, 고위력 공격으로 날려 버렸다.

다수의 사도에게 밀리지 않는다.

하지만 그뿐. 걸음은 점차 느려졌다. 지금 당장 유에에게 가고 싶은데, 40미터도 되지 않는 그 길이 끝도 없이 멀게 느껴졌다.

그리고 누구나 고전하긴 마찬가지였다.

"다들 더 모여! 나한테서 절대로 떨어지지 마!"

카오리에게 어울리지 않는 성난 고함이 울려 퍼졌다.

사방팔방에서 마물이 몰려오고 있었다.

사도의 분해 포격이 아니면 날개 방벽으로 농성하지 않아도 금방 해치우고 다른 쪽을 엄호할 수 있으리라 생각했지만, 현실은 그렇게 녹록하지 않았다.

물량도 물량이거니와 모든 마물이 비정상적으로 강했다. 대부분이 한때 【오르크스 대미궁】에서 싸운 키메라와 흡사하지만 스펙은 수준이 달랐다. 고유 마법도 모습을 지우는 『미채』가 아니라 『고속 치유』 계열로 바뀌어 굉장히 끈질겼다.

손이 닿는 범위는 모조리 쌍대검으로 베어 넘겼으나 사지 중 하나가 날아가도 멈추지 않고, 은빛 깃털은 피격 범위가 너무 작아 몇 번 맞춘 정도로는 주눅조차 들지 않았다.

그래서 분해 포격을 써서 후방까지 단번에 휩쓸었다.

진화판 키메라도 이건 어찌할 도리가 없는지 몇 마리가 소멸했고 사선상에 일직선 길이 뚫렸다. ……하지만 그것도 잠깐뿐. 마치 바다를 뚫은 것처럼 순식간에 다른 마물이 쏟아져 빈 곳을 메우고 말았다.

"으, 쏘기 힘들어!"

더구나 카오리가 있는 곳은 알현실 우측이었다. 당연히 다른 동료와의 사이에 기둥을 끼고 있었다.

함부로 분해 포격을 쐈다가는 기둥들을 잃은 알현실이 붕괴할 우려가 있었다. 무엇보다 중앙에 있는 하지메와 동료들이 말려들지도 모른다.

물밀 듯 쏟아지는 강력한 마물 떼. 제한되는 발사각……

물론 카오리의 실력이라면 질 리 없었다. 언젠가 소탕할 수있으리라.

하지만 호위가 목적이라면 사정이 완전히 달라진다. 이 수적 차이는 치명적이다.

한순간도 틈을 보여서는 안 된다. 아이코와 아이들은 마법진도 아티팩트도 없는 비무장 상태. 그들의 목숨은 자신에게 달렸다.

그런 생각이 머리를 맴돌아 대담하게 치고 나가기는 더욱 꺼려졌다.

"카오리, 결계를 칠게요!"

릴리아나가 자신의 손가락을 깨물어 피를 흘렸다. 아마 피로 마법진을 그려 도울 생각이겠지. 그러나 그러기 전에―.

"시라사키!"

"카오리!"

아이코와 유카의 경고가 날카롭게 날아들었다. 온몸의 털이 곤두서는 감각과 함께 위를 쳐다보자 그곳에는 원을 그리며 카오리를 포위한 회룡 무리가 있었다.

"으윽!"

반격하기에는 늦었다. 말을 꺼낼 여유도 없이 카오리는 냉큼 뒤로 돌아섰다. 그리고 다시 은빛 날개를 최대로 펼쳐 아이코와 아이들을 고치처럼 감쌌다.

분해 능력을 부여한 날개 결계는 브레스 난사를 안전하게 막아 냈지만—.

"공격이, 안 멎어."

엄청난 밀도로 브레스가 쏟아졌다. 위에서만이 아니었다. 수평 방향에서도 끊임없이 쏘아 댔다. 키메라는 포위 브레스를 위한 시간 벌기에 불과했고 회룡이 교대로 브레스를 쏘는 것 같았다.

반격할 틈을 주지 않는 집중포화였다. 위력은 사도의 분해 포격에 한참 못 미쳐도 숫자로 제자리에 묶어 뒀다. 설마 이대로 마력을 바닥내서 무력화할 작정일까?

카오리의 눈에 겁먹고 웅크려 든 반 아이들이 보였다. 아이코와 릴리아나, 유카와 그 친구들은 겁은 먹었지만 어떻게든 카오리의 힘이 되어줄 방법을 애타는 심정으로 생각하는 것이 느껴졌다.

'지켜야 해. 우린 돌아갈 거야. 하지메가 이뤄냈는걸! 한 명

도 빠짐없이 돌아가기 위해서, 반드시 지켜야 해!'

결의를 금강석보다 굳게 다지며 카오리는 은색 날개를 유지한 채 바깥 기척에 집중했다.

눈이 아닌 감각으로 위협을 배제하기 위해. 은빛 깃털로 적들을 저격하는 것이다.

한편, 시즈쿠 쪽도 힘겨운 싸움을 이어가고 있었다.

"큿, 코우키! 정신 차려! 지금 무슨 짓을 하는지 알고나 있어?!"

칼과 칼이 격렬하게 부딪치는 소리 사이로 시즈쿠의 당황과 분노 섞인 소리가 울렸다.

"정신 차려야 할 건 너야, 시즈쿠."

"너 또 무슨 소릴⋯⋯!"

"딘리드 씨 이야기 들었지? 그 사람은 이 세계를 구하려고 하는데, 나구모는 그런 훌륭한 사람을⋯⋯ 용서 못 해!"

시즈쿠의 얼굴 근육이 심하게 떨렸다. 자기가 듣고 싶은 말만 주워듣는 그 행동이 익숙했다.

문득 한 가능성이 머리를 스쳤다. 마치 굉장히 쓴 커피를 입 안 가득 머금은 것처럼 인상이 구겨졌다.

"젠장할, 에리! 너일 줄 알았다!"

류타로도 같은 생각 같았다. 코우키는 【빙설 동굴】에서는 자기 허상에, 그리고 이번에는 에리의 허언에 넘어간 것이다. 대검으로 류타로를 쉼 없이 몰아붙이는 에리의 그 사악한 웃음이 가장 큰 증거였다.

"너무해~! 난 그냥 생각을 살짝 유도해줬을 뿐인걸? 그 다음에는 코우키가 혼자 그렇게 믿은 거거든요~?"

아마 딘리드의 첫 말만 믿도록 유도한 듯했다.

"젠장, 코우키! 정신 차리라고…… 컥?!"

근력은 압도적으로 우위였을 류타로가 에리의 돌려차기에 돌멩이처럼 날아가 버렸다. 몸이 기역 자로 꺾여 스즈가 쓰러진 곳 근처 기둥에 충돌해 발작하듯 기침을 했다.

"코우키! 지금 저 소리 들었지!"

"소용없어~. 이미 『박혼』을 썼으니까~."

"뭐? ……읍?!"

아무리 제정신이 아니라도 『한계 돌파』 중인 코우키는 에리의 말에 정신이 팔린 시즈쿠의 허점을 놓치지 않았다. 명치에 주먹이 꽂힌 시즈쿠는 충격으로 숨을 못 쉬며 바닥을 미끄러졌다. 류타로와 스즈가 있는 곳에서 조금 멀어져서 이를 갈았다.

그런 시즈쿠에게 에리는 무엇이 즐거운지 신나게 깔깔 웃었다.

"나라고 놀고 있을 줄 알았어? 더 좋은 코우키를 얻으려고 노력을 게을리하지 않는 『능력 있는 여자』야~."

"그게, 무슨……."

"『박혼』은 죽은 사람뿐 아니라 산 사람의 사념에도 직접 영향을 줄 수 있게 됐단 말이야! 살아 있는 혼을 노예로 만든다고 하면 될까?"

무릎을 꿇은 시즈쿠와 류타로가 노려보는데 에리는 험악한 표정으로 선 코우키에게 찰싹 달라붙어 한 손으로 목을 더듬었다.

"이상하다고 느끼지도 못한 채 예속되는 거야! 그래서 맥없이 생각을 유도당하고 듣기 싫은 부분은 전부 무시해! 지금 코우키에게 『올바른 사람』은 나 한 명! 내가 바로 코우키의 히로인이야."

"도착한 후부터 이상하게 붙어 있는다 싶더니…… 그래서였어?"

시즈쿠는 이를 갈았다. 말 그대로 눈 뜨고 코 베인 격이었다.

무서운 점은 혼백 마법의 영역에 자력으로 도달하고 주문이 주문처럼 들리지 않는 수준까지 진화시킨 역량 아니, 집념이었다.

코우키의 상태를 보는 한 지금은 무슨 말을 해도 들리지 않는다.

반대로 에리의 말은 모두 들린다. 그것도 코우키 본인은 스스로 생각해 판단했다고 믿는 형태로. 그것은 시간이 지나면 지날수록 본인의 내면에 고착된다.

실제로 지금 코우키는 에리와 딘리드가 세상을 구하려고 노력하는 선인으로 보일 것이다. 그들을 방해하는 하지메는 악이고, 그런 하지메를 따르는 자들은 모두 세뇌라도 당한 피해자로 인식하고 있으리라.

코우키라는 인물에게 이토록 효과적인 마법이 또 있을까. 자신의 정의를 의심하지 않아도 된다는 면죄부를 준 것이나 다름없었다. 보나 마나 별다른 저항도 없이 술수에 넘어갔을 것이다.

시즈쿠는 눈을 힐끔 돌렸다. 유에와 카오리의 궁지에 마음이 급했다.

"안 되지, 안 돼~! 어딜 가려고?"

어느샌가 시수병이 세 사람을 포위하고 있었다.

"대체 언제……."

"에리, 너 대체 어디까지 추락한 거냐?"

그들을 보고 시즈쿠는 가슴이 철렁했고 류타로는 격분해서 도끼눈을 떴다. 하지만 코우키는 개의치 않고 자기 할 말만 늘어놓았다.

"시즈쿠, 류타로, 스즈. 조금 아프겠지만 참아. 나중에 에리가 세뇌를 풀어줄 테니까."

"이 바보야! 저 사람들 보고도 느끼는 게 없어?!"

슬픈 표정으로 성검을 고쳐 쥐는 코우키에게 시즈쿠는 포화된 감정을 토했다.

어린애처럼 자기만의 망상 속으로 도망쳐 버린 것도 그렇지만, 무엇보다 주위 시수병은 본 척도 하지 않는 점이 이루 말할 수 없이 불쾌했다.

왜냐면 시즈쿠는 그들의 얼굴을 아니까.

그들의 정체는 에리에게 살해당해 죽어서도 꼭두각시로 부려 먹히는 왕국 기사와 병사들이었다.

지나가며 본 얼굴뿐 아니라 말을 나눈 사람도, 훈련을 봐준 사람도, 상담을 들어줬던 사람도 있었다. 그런 이들이 누더기같이 아인의 특징을 기워 넣어 초점 없는 눈으로 도구처럼 취급받고 있었다.

주체할 수 없는 연민을 느꼈다. 너무나도 비극적이었다. 지금 느끼는 격정을 도저히 말로 할 수 없을 정도로…….

그것은 코우키도 마찬가지일 것이다. 오히려 용사인 코우키는 시즈쿠보다 훨씬 그들과 많은 교류를 나눴으니까 더 화가 나야 했다.

그렇지만 역시 코우키는 눈길도 주지 않았다.

자기가 보고 싶은 것 외에는…….

강한 실망이 가슴에서 넘쳐흐르지만 현실은 마음을 정리할 시간조차 주지 않았다.

시수병이 일제히 그들에게 달려들었다.

주저할 수 없었다. 그들은 이미 죽었다. 해치우면 오히려 혼을 해방해줄 수 있다.

알고 있다. 하지만 마음으로는 알아도 마음은 별개였다.

그렇게 생각하던 때—

"『천절』! 『소환』!"

류타로 바로 옆에서 처절한 주문이 울려 퍼졌다. 쓰러져 있던 스즈였다.

한쪽 무릎을 꿇고 장벽을 겹겹으로 펼쳐 따로 떨어진 류타로와 시즈쿠를 순식간에 감쌌다. 그녀의 손이 빛나고 있었다. 손에 쥔 것은 『게이트 키』. 열리는 것은 당연히 수해로 통하는 길— 종마들의 교두보.

"""""크워어어어어!"""""

호출받은 호랑이와 늑대, 거대한 뱀 마물이 일제히 시수병에게 달려들었다.

"에게, 뭐야? 기절한 척하고 뭘 하나 했더니 겨우 이거야?"

"겨우 이런 거라도, 나구모가 애들을 구할 시간 정도는 벌 수 있어!"

머리에서 흐르는 피도 무시하고 스즈는 쌍철선을 휘둘렀다.

치유의 빛이 시즈쿠와 류타로에게 쏟아졌다. 일어난 두 사람은 스즈의 보호를 받으며 한숨 돌릴 기회를 얻었다. 그것은 각오를 다지기 위한 시간이었다. 감정을 논리로 삭이고 전의에 불을 지폈다.

"넌 좀 맞아라, 친구야!"

"에리, 팔다리 정도는 날아가도 참아."

"아하하, 곧 알게 될걸~? 다 부질없는 짓이라는 걸."

에리는 여유작작한 태도로 비웃으며 격전지로 눈을 돌렸다.

그곳에는 하지메와 시아가 한발 한발 전진하는 모습이 보였다.

전투 불능에 빠져 쓰러진 사도가 열 명 가까이 있었다.

한 명으로도 천재지변이나 다름없건만 하지메 일행은 다치기는 했으나 전의도 전력도 전혀 떨어지지 않았다.

시아의 수 초 앞 미래를 내다보는 힘, 미래시 파생 『천계시』. 그리고 지금도 발전 중인 신체 능력, 하지메가 축적한 노인트와의 전투 데이터와 시뮬레이션이 실전과 결부되기 시작한 점. 그 요소들이 전투에 시시각각 노련미가 더해 갔다.

무엇보다도—.

"하지메 씨! 더블 갈기기!"

"……! 따라와!"

두 사람의 콤비네이션.

하지메가 방패를 등에 지고 대수가 뿌리를 내리듯 무겁고 낮게 몸을 낮췄다.

그 방패에 시아가 드뤼켄을 힘차게 내리찍었다. 그 순간, 홍색과 하늘색 충격파가 퍼지며 육박하던 사도들을 개화하는 꽃처럼 날려 버렸다.

드뤼켄의 『마충파』와 방패의 충격 반응 장갑으로 생긴 더블 충격파였다.

긴말이 필요 없는 환상적인 호흡.

유에에게 닿기까지 앞으로 10미터도 남지 않았다.

"멈추십시오, 이레귤러!"

하지메 옆에서 잔상을 끌며 사도가 출현했다. 전에는 거의 호각이었거늘 이번에는 떼로 몰려들어도 멈출 수 없었다.

기능이 정지한 개체는 적지만 진격을 멈출 수 없다는 사실에 무감정이어야 하는 사도가 언성을 키우고 말았다.

휘두르는 대검도 한층 거칠어졌다.

"한눈팔지 마, 요오오오오!"

하지만 결과는 이거다. 상식을 초월한 버그 토끼의 전투 망치가 철저하게 방해했다.

단순한 신체 강화로 사도의 완력을 따라잡아 격전지에서 말 그대로 날려 버렸다.

"방해하지 말고 꺼져!"

크로스 비트 세 기를 전방으로 보내 즉시 자폭시킨다.

강제로 사도의 방어선에 구멍을 내고 더욱 전진한다.

"……알브 님, 역시 놈은……."

"놀랍네요. 저 많은 사도를 상대로……."

설마 수십 명의 사도를 투입해도 막지 못할 줄은 몰랐다. 프리드는 전율한 표정을, 알브는 감탄 반 황당 반이 섞인 표정을 짓고 동시에 손을 들었다.

공간 폭쇄와 지름이 3미터는 되는 어두운 금빛 마탄이 하지메와 시아를 덮쳤다.

『멈춰라!』

끼어든 것은 『용화』한 티오였다.

아무리 알현실이 넓다고 해도 실내에서 『용화』하면 공격의 표적밖에 되지 않는다. 티오 본인이 가장 잘 알 텐데도 『용화』한 이유는 자신의 거구와 흑린으로 하지메를 지키는 성벽이 되기 위함이었다.

『으으윽.』

몇 겹으로 겹친 바람 장벽을 병용해 위력을 분산하려고 했으나…… 상대가 너무 좋지 않았다.

티오의 아름다운 흑린이 죄다 깨지며 파편이 피와 함께 튀었다.

"티오! 무리하지 마!"

"티오 씨!"

보다 못해 소리치는 하지메와 시아를 무시하고 티오는 브레스로 알브와 프리드를 휩쓸었다. 브레스는 알브의 장벽에 허무하게 막히고 프리드의 마법에 더 많은 비늘이 깨지는 가운데, 티오는 목청을 키워 질타했다.

『지금 무리하지 않고 언제 하란 말이냐! 어서 가거라!』

하지메와 시아에게 쇄도하는 사도들에게도 허공에 낳은 화염탄과 풍인을 난사해 발을 묶었다.

『저 빛은 심상치 않다! 한시바삐 구해야 해! ……안심하거라. 주인님이 안아주기 전까지 나는 절대 죽지 않을 테니!』

"제길, 고맙다. 믿고 있을게!"

『그래, 나만 믿어라.』

몸을 희생해 방패가 되고 생명을 쥐어짜듯 브레스를 토해 알브와 프리드를 제자리에 묶어 뒀다.

타오르는 불길 같은 각오에 부응해 하지메도 피격을 무시하고 돌격했다.

"여기서부터는 못 지나가요! 다 덤벼, 예요오!"

시아가 멈춰 섰다. 돌아서서 드뤼켄 슬러그 탄을 전부 아낌없이 뿌리며 거대 쇠공을 꺼내서 사슬을 잡고 돌렸다.

극도로 공격적인 라운드 실드로 변한 구슬이 국지적 태풍을 일으키며 시간을 번다!

하지메는 더는 돌아보지 않았다.

오르칸의 잔탄을 모두 흩뿌리고 크로스 비트 예비 기체를 재소환해 단숨에 달려나가―.

"유에!"

"……!"

도달했다. 사랑하는 애인에게.

폭염과 분진, 그리고 추락하는 사도 사이로 튀어나온 하지메에게, 유에는 빛기둥에 손을 대며 입을 움직였으나 역시 목소리는 들리지 않았다.

다만 거친 호흡, 초조한 표정, 한 손으로 가슴을 부여잡아 무언가를 떨쳐내려는 듯 머리를 흔드는 모습을 보면 상황이 좋지 않다는 것은 자명했다.

계속해서 빗발치는 백은색 빛기둥이 뭔가 악영향을 주는 것이 확실했다.

"부숴 버리겠어!"

방패와 오르칸을 던지고 방해받지 않게 크로스 비트로 결계를 치며 허공에서 『파일 벙커』를 새로 꺼냈다.

애가 타지만 승화 마법을 사용해 폭발적으로 증가한 파괴력을 최대 위력까지 충전한다.

붉은 스파크가 임계점을 알려줌과 동시에—.

"유에! 떨어져!"

방아쇠를 당겼다.

엄청난 충격음이 퍼지며 칠흑색 말뚝이 빛기둥을 관통했다.

유에의 마법에도 꼼짝하지 않던 빛기둥이 왜 이리도 쉽게 뚫리는가…….

의문을 품을 여유도 없이 관통된 구멍을 중심으로 쩍쩍 금이 가는 빛기둥에 의수의 『진동 파쇄』 기능을 발동해 혼신의 일격을 가했다.

팡! 메마른 파열음이 공기를 진동시켰다.

쏟아지던 백은색 빛이 봇물 터지듯 쏟아졌고 빛 입자를 뿌리면서 일시적으로 하지메와 유에의 모습을 가렸다.

"윽, 유에!"

하지메는 백은색 입자를 걷어내듯 팔을 휘저으며 유에가 있던 곳으로 손을 뻗었다.

그 표정에는 초조감이 퍼져 있었다.

분명히 구했다. 그런데 가슴속 불안은 가시지 않고 오히려 커져만 갔다.

"유에!"

"……여기 있어."

두 번째로 불렀을 때, 겨우 대답이 돌아왔다.

앞으로 내민 손으로 부드러운 감촉이 전해졌다. 유에의 팔이었다. 힘껏 당기자 백은색 입자 속에서 유에가 빠져나왔다. 당연한 수순처럼 끌어안았다.

"다행이야. 유에, 몸은 괜찮아?"

"……후후, 괜찮지. 오히려 기분이 아주 상쾌해."

"뭐? 유에? 너— 욱?!"

자기 가슴에 얼굴을 묻은 채 대답하는 유에의 목소리는 어딘지 모르게 즐거워 보였다. 유에를 보는 하지메의 눈이 가늘어졌다. 그리고 가슴속 불안이 오한으로 바뀐 순간, 반사적으로 뒤로 뛰려는데…….

"커헉…… 너…….."

"후후후, 정말로 기분이 좋아, 이레귤러. 마지막으로 세상에 내려온 게 대체 언제였던가……."

하지메는 거리를 두지 않았다.

유에의 목소리, 유에의 모습, 하지만 절대로 유에는 아니었다. 그럴 리가 없었다.

그런 확신이 들 만큼 위험하고 악독한 분위기를 내는 『누군가』에게…… 배를 찔렸으니까.

홍기는 유에의 가느다란 팔. 그것이 손칼처럼 하지메의 몸을 파고들어 등 쪽으로 튀어나와 있었다. 평소에는 우아한 백자 같은 유에의 손이 마치 살갗을 벗긴 것처럼 음산한 붉은색으로 젖었다.

그 직후, 시야를 뒤덮던 백은색 입자가 회오리치며 머리 위로 사라졌다.

갑자기 멈춘 사도들을 의아하게 생각하면서도 경계하는 눈빛을 보내던 동료들이 깜짝 놀라 하지메와 유에를 돌아봤다.

그리고 이해하기 힘든 광경을 보며 입을 멍하게 벌렸다.

하지메는 퍼뜩 『마충파』로 유에를 떼어 놓으려고 했다. 정체 모를 누군가가 유에에게 씐 이상, 일단 거리를 벌려야 했다.

하지만 그마저도 뜻대로 되지 않았다.

"에히트의 이름으로 명한다―『멈춰라』."

"뭐라, 고?!"

하지메가 경악해서 눈을 크게 떴다. 유에의 입에서 나온 『이름』과 그 명령에 자기 몸이 속수무책으로 복종한다는 사실에…… 마치 몸속의 신경을 차단하고 표본처럼 고정한 것 같았다.

그런 하지메에게 유에의 모습을 한, 그 입에서 나온 말대로라면 『창세신 에히트』가 요염하게 미소 지었다.

하지메는 그 웃음에서 기시감을 느꼈다.

유에의 미소가 아닌 더 전에 본…… 이 세계에 소환됐을 때 【신산】에 있는 성교 교회 총본산, 그곳 대성당에서 본 에히트의 그림에 있던 미소다. 그때도 느낀 본능적 혐오감이 다시 살아났다.

에히트는 석상처럼 굳어 비지땀을 흘리는 하지메의 배에서 팔을 뽑았다.

그 순간 배에서는 수도꼭지를 끝까지 연 것처럼 피가 분출했다. 그 선혈을 뒤집어쓰며 처참한 붉은색으로 물든 에히트는 손에 맺힌 피를 음미하듯 혀로 핥았다.

"오호라, 이게 흡혈귀가 느끼는 감미로움인가? 나쁘지 않군. 네가 절망 끝에 죽는 모습을 보고 싶다고 생각했는데…… 가축으로 키우는 것도 괜찮을지 모르겠어."

"으으으아아아아아아!"

에히트가 싱긋이 미소 지으며 악의를 토했고 하지메가 목청이 찢어지라 기합을 질렀다. 구멍 뚫린 복부에서 어마어마한 피가 터져 나왔지만 상관하지 않고 힘을 실었다. 『한계 돌파

패궤』가 더욱 빛을 더해 갔다.

그리고 잠시 후.

뭔가가 쨍강 깨지는 소리가 들리며 하지메는 몸의 자유를 되찾았다. 백 스텝으로 멀찍이 후방으로 물러나면서 돈나를 뽑아 쐈다.

물리적 피해 따위 유에의 육체에는 무의미할 뿐. 그렇다면 지금은 상대를 제압하는 것이 선결 과제.

"쯧."

사도의 대검조차 일격에 뚫는 탄환은 목표에 닿지도 않았다.

유유히 서 있는 에히트의 손 앞 공간에 우뚝 멈춰 있었다.

"이거 참…… 내 『신언(神言)』을 자력으로 풀어? 괜히 이레귤러가 아니야. ─『천작』."

하지메 주위로 순식간에 상하 2단으로 전개된 스물네 개의 전기 구슬이 출현했다. 순식간에 전기 벽을 형성해 하지메를 가두고 탈출할 기회조차 주지 않은 채 거목 같은 전격 기둥을 세웠다.

한때 나락 밑바닥에서 최후의 시련인 히드라에게 결정적 타격을 준 번개 속성 최상급 마법. 하지만 위력은 차원이 달랐다. 전기 구슬의 수도, 시전 속도도, 그리고 가장 핵심인 전격도…….

알현실에 어마어마한 뇌광이 터지며 그곳에 있는 모든 이의 시야를 새하얗게 뒤덮고 폭음이 고막을 난타했다.

사도의 공격을 옆으로 뛰어 피하던 시아와 심각한 피해를 입어 일시적으로 『용화』가 풀린 티오가 여파에 휘말려 20미터 가까이 뒤로 날아갔다.

그래도 낙법을 취해 일어난 직후—.

"하지메 씨!"

"주인님!"

"하지메!"

때마침 은색 날개 결계를 푼 카오리도 포함해 벽력 속으로 비명처럼 소리쳤다.

달려가려고 해도 격한 스파크가 해일처럼 밀려드는 터라 움직일 수 없었다.

이윽고 뇌광이 잦아들고 흰 연기가 피어오르는 중심에서 나타난 것은 똑같이 흰 연기를 내는 하지메였다.

크로스 비트가 중력 마법이라도 당한 것처럼 전부 바닥에 파묻혔고 하지메가 두른 『금강』의 빛도 약하게 깜빡였다.

원형을 유지한 것만 해도 경이적인데 하지메는 여전히 서 있었다. 『한계 돌파 패궤』가 가져온 스펙 상승이 목숨을 구했고 정신까지 붙들어 놓았다. 전신 화상을 입으면서도 하지메는 이를 악물며 유에에게 썬 에히트를 쏘아봤다.

"아무렴, 버티겠지. 이레귤러, 너라면. 하지만 전격을 그만큼 뒤집어쓰면 둔해지게 마련이야. —『사진(四陣) 진천』."

하지메의 본능이 사력을 다해 경보를 울렸지만 몸이 마비되어 반응이 살짝 늦었다.

치명적인 틈이었다. 주위 모든 공간이 엿가락처럼 휘었다. 하지메는 이미 도망갈 곳이 없다고 깨닫고 속으로 욕을 쏟아부으며 다시 『금강』을 최대로 발동했다.

그 직후, 공간 폭쇄의 충격파가 전 방위에서 하지메를 덮쳤다.

"큭, 으아아아아아아아!"

한 점으로 집중된 충격파는 가히 가공할 위력이었다. 『금강』
이 벗겨지고 온몸의 뼈가 끔찍한 소리를 냈다. 신 앞에서 불
경했기 때문일까? 다리에 힘이 풀리고 의지에 반해 무릎이 꺾
였다.

유에도 다루는 마법인데 위력도 운용법도 수준이 달라 등
줄기가 오싹했다.

"당장 멈춰요!"

"하지메한테서 떨어져!"

"유에의 몸과 마법으로 주인님을 상처 주다니…… 정녕 죽
고 싶은가 보구나!"

단번에 만신창이가 된 하지메를 보고 시아와 카오리, 티오
가 역린을 건드린 용처럼 격노하고 일제히 달려들려고 한다.
하지만…… 그녀들에게 말 한마디가 떨어졌다.

"에히트의 이름으로 명한다—**『엎드려라』**."

"아윽."

"꺅!"

"으응?!"

그것만으로 시아, 카오리, 티오 세 사람은 위에서 거대한 힘
으로 찍어 누른 것처럼 바닥에 처박혀 움직이지 못했다.

"—『희수(戲獸) 창조』."

그녀들 주위 바닥이 융기해 삽시간에 거대한 석조 늑대가 됐다. 신언으로 부족했는지, 그 날카로운 이빨과 발톱으로 물리적으로도 속박했다. 등과 어깻죽지에 퍼지는 격통에 세 사람이 신음했다.

"이런 건, 전부 분해해 버리면—"

카오리가 은색 날개를 펼치려고 했다. 하지만 그보다 앞서.

"에히트의 이름으로 명한다—『**기능을 멈추어라**』."

"아—."

창조주의 권능으로 카오리의 눈에서 빛이 사라졌다. 양손에서 쌍대검이 빠져나가 철그렁 소리를 내며 떨어졌다. 그 모습이 영락없는 인형이 된 것 같았다.

무력화된 세 사람을 보고 하지메가 짐승처럼 울부짖었다. 입가를 타고 폭포처럼 피가 흐르고 몸은 한계를 나타내듯 경련했지만, 그래도 일어서려고 했다.

하지만 에히트의 한마디, 신의 심판이 하지메의 기백을 무자비하게 유린했다.

"—『책형에 처한다』."

하지메의 머리 위에서 공간이 일그러지며 십자가 모양으로 변했다. 공간 그 자체로 만들어진 그것은 극도로 투명한 유리 세공 같았다. 다만, 그 효과는 절대적이며 흉악했다.

"크흑."

낙하해서 저항의 여지도 없이 바닥에 깔아뭉갰다.

기어코 쓰러진 하지메는 자신이 만든 피바다에 가라앉았다.

강렬한 압박감이 더 많은 피를 짜냈다. 등에 선 십자가는 흡사 묘비였다.

그것을 본 스즈가 돔 모양 결계를 쳐서 하지메에게 가는 길을 확보했다.

"둘 다 가!"

"나구모, 카오리!"

"젠장, 뭐가 어떻게 돌아가는 거야?!"

시수병과 코우키를 히트 & 런으로 상대하던 종마들도 지금은 절반 이하로 줄었다. 왕좌에서 제법 멀리 떨어진 이곳에 스즈만 두고 가자니 불안하긴 했다. 그러나 지금은 중상인 하지메와 움직이지 않는 카오리를 구하는 것이 먼저라고 판단하고 시즈쿠와 류타로는 달려가려고 했다.

하지만 이번에도 역시나 신의 심판이 떨어졌다.

"―『환사(幻死)에 처한다』."

"윽?!"

"으, 어……."

"힉."

단 한마디에 시즈쿠와 류타로, 그리고 스즈까지 얼굴이 창백해져 주저앉았다. 그러고는 목을 더듬거나 떨리는 손으로 다리를 만지기 시작했다.

마치 자기 목과 다리가 절단됐다고 착각하는 것처럼……. 그러나 목과 다리가 붙어 있다고 해도 그 표정에는 안도가 돌아오지 않았다. 감각이 없는지 핏기가 가신 채 일어서지도 못했다.

"흠. 역시 좋은 몸이군. 나의 그릇으로 적합해."

전멸이었다. 너무나도 허무하게, 괴멸당하고 말았다.

에히트는 흡족하게 손을 쥐락펴락했다.

"나의 『무녀』를 해방하느라 수고가 많았다. 감사하마, 이레귤러."

"으…… 쿠흡."

따각따각 발소리를 내면서 에히트가 다가왔다.

바닥에 고정된 하지메는 크로스 비트를 조종하려고 했으나 강력한 중력에 짓눌린 것처럼 바닥에 파묻힌 그것들은 꼼짝도 하지 않았다.

간신히 고개를 꺾어 눈을 돌리자 어느샌가 뮤와 레미아를 지키던 크로스 비트도 똑같은 상태였다.

"아빠……."

뮤가 중얼거리며 울음이 터지려는 눈으로 보았고 레미아가 그런 뮤를 굳은 얼굴로 끌어안고 있었다.

아이코와 학생들도 도우려고 했지만 사도 하나가 막아서자 함부로 움직일 수 없었다.

하지메는 폭발물을 꺼내서 모조리 날려 버리려고 했다. 『금강』의 『집중 강화』로 급소만 지키면 살지도 모르고 신수를 마시면 부활할 수 있다.

하지만 그 의도를 파악당한 것처럼 하지메가 보물고를 기동하려 한 순간 에히트는 우아한 동작으로 손가락을 튕겼다.

그러자 하지메가 손가락에 낀 보물고 반지가 불현듯 사라지고 에히트의 손바닥 위로 전이됐다.

그 손바닥에는 그밖에도 반지가 몇 개 더 있었다. 동료들 전원의 보물고다. 게이트도 만들지 않고 정확하게 동시다발적으로 공간 전이를 한 모양이었다.

그뿐 아니라 곧 돈나 & 슈라크, 오르칸, 방패, 크로스 비트에 드뤼켄, 흑도와 쌍철선 등 하지메가 만든 아티팩트들이 전이되어 에히트 주위를 위성처럼 돌았다.

"좋은 아티팩트야. 이 반지에 보관된 것들도 제법 흥미를 끌었어. 이레귤러의 세계는 나름대로 유쾌한 곳인가 보군."

그러면서 에히트는 손바닥 위로 놀리던 보물고를 꽉 쥐었다.

그 직후, 주먹 안에서 미미한 빛이 새어 나왔고 손을 폈을 때는 가루가 된 보물고의 잔해만 남아 있었다.

"이 세계에서 노는 데도 질린 참이야. 혼백만으로는 이세계 전이가 힘들었지만…… 최고의 빙의체도 얻었으니 이번에는 이세계에서 놀아 보도록 할까. 흐흐흐."

에히트는 유에가 절대로 내지 않을 역겹고 악의 넘치는 웃음소리를 내며 손바닥을 기울였다.

하지메에게 보여주듯 잔광을 품은 보물고 잔해가 고운 모래알처럼 떨어졌다. 가루는 바닥에 닿기 전에 빛에 싸여 사라져 갔다. 수납물도 나오지 않고 모두 함께 소멸해 버린 모양이었다.

눈을 크게 뜨는 하지메 앞에서 다른 아티팩트도 가루가 되어 빛으로 사라졌다.

"아차, 잊을 뻔했군."

거짓말이라는 확신이 드는 음흉한 웃음을 드리우며 에히트는 시선을 하지메의 의수로 옮겼다. 손가락을 한 번 튕기자, 그걸로 끝이었다.

하지메의 의수가 콰직 소리를 내면서 부서졌다. 인공 신경을 억지로 잡아 뜯는 듯한 격통에 하지메가 신음하는 사이 가루로 변해 갔다.

이제 아티팩트를 모두 잃었다.

결판이 났다고 판단했는지 알브와 프리드가 달려와서 절도 있게 무릎 꿇었다.

"강림을 진심으로 감축드리옵니다."

"배현하게 되어 영광스러울 따름입니다."

"알브, 프리드, 아주 잘해 주었다."

그 한마디만으로 두 사람은 표정이 황홀해지고 감격에 겨워 몸을 떨었다.

유에의 졸려 보이고 무표정하지만 분명히 온기와 장난기가 느껴지는 표정이, 지금은 거만하고 냉혹하며 희미한 웃음으로 덧칠됐다. 하지메 일행의 얼굴이 분해서 혐오스럽게 구겨졌다.

그런 가운데―.

"크, 으아아아아아! 연서엉!"

"응?"

붉은 스파크가 튀었다. 하지메를 중심으로 바닥이 함몰되어 갔다.

"참 질기군. 보통이라면 진작 죽었을 텐데. ……흠. 너를 빙의체로 써도 나쁘지 않았겠어. 300년 전에 잃었다고 생각한 내 빙의체가 살아 있어서 너무 급하게 결정을 내렸나……. 아니, 마법 재능은 비교가 안 되지."

위에서 찍어 누른다면 바닥을 『연성』해서 속박을 벗어난다. 그럴 의도로 붉은 마력을 발산하지만…….

"에히트의 이름으로 명한다―『가라앉아라』."

에히트의 명이 떨어지자마자 붉은 스파크는 사그라들고 바닥 함몰도 멈추고 말았다.

"―아직 멀었어."

하지만 하지메는 포기하지 않았다. 생명 자체를 깎는 듯한 결사의 표정으로 마력을 짜냈다.

한번 사라졌던 붉은 빛이 다시 힘을 되찾았다. 에히트의 명령과 겨루며 빛을 더해 갔다.

"허어…… 내 신언에 저항하는가?"

"우오오오오오오오오오!"

처절한 기합이 울리며 함몰이 다시 시작됐다. 심지어 본래 연성 범위를 넘어 바닥에 균열이 퍼졌다.

공간이 뒤흔들리는 것 같았다. 마력의 너울은 시시각각 격해지고 심장이 뛰듯 힘이 맥동했다.

피에 젖은 백발 사이로 하지메의 소름 끼치도록 형형한 눈이 엿보였다.

이런 상황에서도 아무것도 포기하지 않았다.

살의에 흔들림 따위 없고, 절망이라는 개념조차 모르는 것처럼…….

그 직후, 뭔가가 깨지는 소리가 들린 것은— 과연 착각일까.

"연서어어어어어어어엉!"

절규 같은 주문이 울림과 동시에 붉은 마력이 아니, 더욱 선명하고 더욱 짙은 진홍색 빛이 폭발적으로 퍼졌다.

바닥에서 빛나는 검이 밀려 올라오고 지름 5센티미터쯤 되는 구체들도 생기며 기포처럼 떠올랐다.

"나의 주인이시여!"

"다 죽어 가는 녀석이!"

이 상황에 이르러서도 상상을 초월하는 압박감을 뿌리는 하지메를 보고 알브와 프리드의 안색이 변했다. 즉시 마무리를 지으려고 했다.

그것을 한 손으로 제지한 에히트는 감탄해 중얼거렸다.

"이 상태에서 또 한계를 넘었나? 신대 마법 즉시 부여…… 재능을 한계 돌파한 셈인가? 희귀한 파생을 얻었군."

공간을 절단하는 검, 주변 바다를 초중력으로 압축한 중력탄. 그리고 에히트가 혼백 마법과 변성 마법 복합 응용으로 창조한 그 거대 늑대와 유사한 것까지 만들어지고 있었다.

명백하게 기존의 하지메를 능가한 연성 마법, 그리고 생성 마법이었다.

하지만—.

"역시 너는 아까운 인재로군. 하지만…… 주제를 알아야지."

에히트에게서 백은색 빛이 쏟아졌다. 그리고 입으로 흘러나온 말은 마치 공간 전체에 울리듯 메아리쳤다.

"에히트르주에의 이름으로 명한다―『**흩어져라**』."

"욱, 으윽, 젠자아아아앙!"

조금 전과는 비교도 되지 않는 강제력이 세계를 침식했다.

그 명령대로 새롭게 만들어 낸 즉석 아티팩트가 깨지고 진홍색 빛도 뿜어져 나오는 족족 사그라지며 하지메의 절규에 반비례하는 기세로 사라져 갔다.

그래도 진홍색 빛은 완전히 사라지지 않았다. 약하게 명멸해도, 최후이자 근간을 이루는 등불만은 절대로 꺼뜨리지 않겠다는 듯이…….

"나 참, 끈질긴 것에도 정도가 있어야지. 아직 절망이 부족한가?"

"당연, 하지. 넌 죽인다. 유에는, 되찾는다! 그리고 끝내는 거다!"

"크큭, 그러냐? 그렇다면 이제 그만 마무리를 지어 볼까. 한 번에 섬멸하지 않은 이유를 선보일 수 있어서 나도 기쁠 따름이다."

피를 토하면서도 살의는 충만한 하지메에게 에히트는 만면에 미소를 지어 보였다.

그리고 구태여 유에가 창작한 오리지널 마법을 발동했다.

"―『오천룡』. ……제법 기품이 있는 마법이야. 난 이것이 마음에 들었다."

에히트를 중심으로 『번개』, 『폭풍』, 『돌』, 『얼음』, 『불』을 다스리는 다섯 천룡이 출현했다. 그 위용은 유에가 구사하던 것에 비해 압도적으로 우월했다.

마력, 존재의 밀도가 차원이 달랐고 거기에 있는 것만으로 주위 마력을 집어삼켜 에히트에게 헌상하는 파격적인 능력까지 붙었다.

그 천룡이 고개를 들고 백은색 안광으로 표적을 내려다봤다.

뮤와 레미아, 아이코와 릴리아나, 시즈쿠와 친구들, 시아와 동료들, 그리고 하지메.

앞으로 벌어질 일은 뻔했다. 모조리 먹어치워 하지메의 모든 것을 빼앗는다. 그리고 하지메의 고통, 분노, 증오를 마음껏 즐기고 절망 속에서 죽이려는 것이다.

하지메는 소리쳤다. 혼을 실어서.

"유에! 눈을 떠!"

"훗, 이제는 연인에게 애원인가? 부질없는 짓이야. 이 빙의체는 이미 내가 장악했다."

"유에! 내 목소리가 들리잖아?! 유에!"

에히트의 조소 따위 들리지 않는 것처럼 하지메는 그녀가 깨어나길 바라는 일념으로 부르짖었다.

자신이 붙여준 사랑하는 흡혈 공주의 이름을······.

신을 무시하는 무례함에 대해 에히트는 눈을 실룩이고 한 손을 들었다.

이제는 내리기만 하면 끝이다. 칼이 사냥감의 목을 치듯 명줄을 끊으라고 신명이 떨어진다— 하지만 그때였다.

"음?! 뭐지? 마력이…… 몸이…… 설마?! 이럴 리가!"

에히트가 갑자기 동요했다. 눈이 커지고 한 손을 든 채로 몸을 떨었다.

그러더니 마치 몸이 마음대로 움직이지 않는 것처럼 휘청거렸고 마력 제어도 뜻대로 되지 않아 『오천룡』까지 명멸했다.

알브와 프리드도 당황하기는 마찬가지였다. 하지메의 동료들도 절체절명의 위기 상황에 에히트가 고통스러워하자 눈만 동그랗게 뜨고 있었다.

그곳으로 목소리가 들렸다.

—그만둬.

염화처럼 머릿속에 직접 울린 그것은 짜증스럽게 중얼거리는 에히트와 같은 목소리였다. 하지만 하지메 일행에게는 훨씬 사랑스러운 소리였다.

"유에!"

하지메가 환희해 외치고 다른 동료들도 표정을 펴면서 입을 모아 유에의 이름을 불렀다.

"인간 주제에 기어오르지 마라! 에히트르주에의 이름으로 명한다! —『**악몽을 상기하라**』!"

일행에게 가장 고통스러웠던 기억이 강제로 끌려 나왔다.

이겨 내지 못할 것은 없지만 무시할 수도 없었다. 유에의 정신에 영향을 주기에는 충분하고도 남았다.

비지땀을 흘리면서도 에히트는 자유를 되찾았다. 가까스로 유에의 정신을 억누르는 데 성공한 듯 보였다. 화가 치미는 표정으로 손바닥을 들여다보고 있었다.

"……알브헤이트. 나는 신역으로 한 번 돌아가겠다. 너의 속임수로 흔들린 정신을 파고들었다 여겼거늘…… 역시 개심한 상태에 비하면 온전히 다룰 수가 없군. 믿어지지 않지만, 나에게 저항하고 있다. 조정할 필요가 있겠어."

"주, 주인이시여. 송구하옵니다……."

"됐다. 사흘이면 충분할 것이다. 이곳은 맡기마. 프리드, 에리, 따라오도록. 너희의 바람을 이루어주마."

"예, 명을 삼가 받들겠습니다."

"네~. 코우키와 나만의 세상을 준다는 거였지? 그럼 뭐든 해야죠~."

"누가…… 보내준대?!"

지저에서 올라오는 듯한 목소리였다. 뭔가 콰직 부서지는 소리가 났다.

놀랍게도 하지메가 일어나려고 하고 있었다. 십자가가 부서져 흩어지는 아래에서 꺼져 가던 마력이 조금씩 되살아나고 있었다.

"주인님 앞에서 무엄하게도."

사도 다섯 명이 동시에 날아들었다. 이미 한계에 달한 하지메는 맥없이 바닥에 찍혀 제압당했다. 가차 없는 구타가 이어지며 피가 튀었다.

저항할 여력도 없어진 하지메 대신 방향성은 달라도 유에를 생각하는 마음은 뒤지지 않는 또 한 명의 일탈자, 버그 토끼 가 포효와 하늘색 빛을 터뜨렸다.

"유에 씨! 유에 씨!! 이익, 움직여! 움, 직, 여어어어어!"

"어떻게 에히트 님의 신언을? 이레귤러도 아니거늘!"

알브가 괴기 현상이라도 본 것처럼 놀랐다.

거대 늑대가 더 깊이 발톱을 찔러 넣지만…… 시아의 주먹 이 전투 망치처럼 바닥을 내리쳤다. 단순한 주먹질이라고 믿 기 어려운 폭발적 충격파가 발생하고 거대 늑대의 몸이 공중 으로 떴다.

신의 명령을 기합으로 떨쳐낸 시아가 튀어 올랐다. 거칠게 후려친 백스핀 블로가 공중에서 무방비해진 늑대를 일격에 분쇄했다.

파편이 튀는 중심에서 시아가 돌진했다. 유에를 되찾고자 바닥을 파괴하는 속도로 달렸다.

그 모습을 보고 대체 누가 연약한 숲 속 토끼였다는 사실 을 믿으랴. 그야말로 악귀의 표정이었다.

"—『진천』!"

"더는 나의 주인을 번거롭게 하지 마라."

프리드의 공간 폭쇄가 시아에게 직격했다. 유에와 싸울 때 는 기합으로 견뎠지만 그것은 당연히 유에가 봐준 것이었다. 하지메의 위험함을 누구보다 잘 아는 프리드가 만약을 위해 서 단련한 『진천』은 비교를 불허하는 파괴력을 보유했다.

"윽, 으극"

시아의 발이 멈췄다. 산산이 부서지지 않은 것만으로도 상식의 범주를 넘어섰지만 무릎조차 꿇지 않는 모습은 보고도 믿지 못할 지경이었다.

하지만 더는 앞으로 오지 못했다. 온몸을 강타하는 막대한 충격 앞에 서 있는 게 고작이었다.

그래서 뒤따른 공격— 알브의 특대 마력탄에 정통으로 당했다.

원리는 알 수 없으나 압축한 마력 덩어리에 질량을 부여한 그것은 고속으로 날아드는 쇠공이나 다름없었다. 더불어 마력 충격 변환까지 부여했는지 직격한 시아는 버티지 못하고 수평으로 날아갔다. 시아의 몸이 기둥을 부수고도 멈추지 못해 벽에 격돌하고, 굉음과 함께 우르르 무너진 잔해 속에 반쯤 묻히고 말았다.

피를 흘리며 천장을 보고 쓰러진 시아는 더 이상 움직이지 않았다.

"시아! 내 이것을 당장!"

"큭, 왜 안 움직이는 거야!"

아득바득 발버둥 치는 티오와 시즈쿠가 보였지만 움직이는 것은 감정뿐이었다. 몸은 식물이라도 된 것처럼 꼼짝하지 않았다.

"이레귤러 제군, 나는 이만 물러가겠네. 우선해야 할 일이 생겨서 말이지."

일련의 사건을 마음에도 두지 않은 채, 에히트는 자신의 떨리는 손만 신경 쓰면서 위를 올려다봤다.

그러자 다시 백은색 빛기둥이 내려와 이번에는 천장 일부를 원형으로 소멸시켜 직접 밖으로 통하는 구멍을 뚫었다.

햇빛이 드는 천장 구멍으로 환상적인 광경이 보였다.

마왕성 위쪽, 먼 하늘에서 공간이 물결친 후 백은색으로 빛나는 거대한 소용돌이가 출현한 것이었다. 그것은 수축한 은하 같아서 화가 날 정도로 신성하게 비쳤다.

"아 참, 일단 알려주마. ―사흘 후다. 사흘 후에 나는 이 세상에 꽃을 피운다. 인간으로 만든 새빨간 꽃이 세상을 뒤덮겠지. **마지막** 유희다."

둥실 떠오른 에히트가 쓰러진 하지메 일행을 비웃으며 내려다봤다.

"너희 세상이 기대되는구나. 뭐, 여기서 죽을 너희에게 무슨 상관이겠냐마는."

"기, 다려. 유에를, 돌려내……."

갈라진 목소리로 하지메가 유에에게 손을 뻗었다.

바로 사도의 속박이 강해졌다. 그래도 악귀처럼 찌푸린 얼굴로 앞으로 기어가려는 하지메를 알브가 공간 고정 마법으로 묶었다.

보통 사람이라면 과다출혈로 진작 죽었을 피에 가라앉아 있는데 어떻게 아직 저항할 수 있는가. 왜 절망하지 않는가.

사도들의 눈동자에 퍼지는 잔물결이 보였다. 그것은 어쩌면 두려움인지도 모른다. 적어도 경계심은 강해져서 만약을 위해 분해 마법으로 옷에 들어간 연성 마법진을 모두 파괴했다.

아직 의식이 남아 있는 이들이 사력을 다해 구속에서 벗어나려고 했으나 『신언』의 효과는 절대적이라 누구도 헤어나지 못했다. 아이코와 학생들도 막아선 사도와 마물 포위망 앞에서 아무것도 하지 못했다.

에리가 날개를 펼치고 코우키를 감싸 안아 데리고 갔다. 에리가 속삭이는 말을 듣고 코우키는 뭔가를 수긍한 뒤 결의를 다진 표정으로 시즈쿠와 친구들을 내려다봤다. 또 코우키가 듣고 싶어 하는 『올바름』을 심어줬으리라.

스즈도 시즈쿠도 류타로도 외쳤지만 마음은 닿지 않았다.

하늘에서 빛나는 은하, 백은색 게이트를 후광처럼 업은 에히트는 마지막으로 두 팔을 벌렸다.

마국에 모인 마인족을 환영하듯. 전에 본 대성당의 초상화처럼……

고혹적이면서도 위엄 있는, 비현실적으로 신성한 그 모습은 유에의 미모와 어우러져 민중의 마음을 사로잡기에는 충분하고도 남았다. 숭배에 대한 근본적인 의문조차 앗아갔다.

말 그대로 새로운 신화의 한 페이지였다.

이내 폭격을 의심케 하는 우렁찬 환성이 대기를 뒤흔들었다. 마인족의 광희에 마도가 떠나갈 듯했다.

마인족도 마물도, 시수병과 수많은 사도도 춤추다시피 천상 세계로 올라갔다.

분명히 훨씬 전부터 이때가 오리라 알고 있었겠지. 신에게 간택받은 종족이 되어 천상 세계로 초대받는 이 최고의 순간을……

　그리고—.

　『잘 가거라, 이레귤러. 너는 내 무료함을 달래는 좋은 놀잇감이었다.』

　유에에게는 너무나도 어울리지 않는, 악의를 욱여넣은 듯한 추악한 표정으로 그렇게 말하고 에히트와 그의 추종자들은 사라졌다.

　천공에 뜬 게이트 너머로. 신의 영역으로……

　"유에, 유에에에에에에에에!"

　하지메의 절규가 허망하게 메아리쳤다.

　뻗은 팔은 아무것도 붙잡지 못한다.

　평소의 따뜻하고 사랑스러운 감촉은…… 이미 그곳에 없었다.

제2장 ◆ 작은 용사

또각또각, 발소리가 울렸다.

하지메를 속박하는 다섯을 포함해 열 명의 사도와 약 서른 마리 마물만 남기고 부쩍 한산해진 알현실.

바깥에서 들리는 환성에 비해 이곳은 조용했다.

사랑하는 연인의 이름을 부르짖는 하지메의 목소리가 어찌나 비통한지 모두 할 말을 잃었다.

"아직 명줄이 붙어 있나? 진저리나게 끈덕지군. 아니, 악착스러운 건가?"

뒤처리를 맡아 남은 알브가 하지메의 앞에서 멈췄다.

내려다보는 눈에는 여전히 조롱하는 기색이 역력했으나 그 이상으로 증오와 닮은 감정이 넘쳐나고 있었다.

주인의 빙의가 완벽하지 못했던 점이 숭배자로서 참을 수 없는 모양이었다.

그에 비해 하지메는 반론은커녕 얼굴을 바닥에 묻은 채로 미동도 하지 않았다. 살의도 증오도, 아무것도 느껴지지 않았다. 출혈량과 생기가 없는 것을 보면 이미 죽은 사람처럼 보였다.

"흥, 비참하군."

화풀이일까? 알브는 하지메의 머리를 짓밟으며 악담을 늘어놓기 시작했다.

다른 이들은 그 모습을 절망적인 표정으로 바라봤다. 특히 처음부터 왕궁에 틀어박혀 지내던 학생들은 자신의 말로를 짐작했나 보다. 눈에서는 희망이 사라졌고 체념한 표정을 짓거나 흐느끼는 아이들도 많았다.

'나구모……'

그런 가운데, 이를 악물고 하지메의 고통을 나눠 받는 것처럼 글썽이면서도 주먹을 꽉 쥔 사람이 있었다. 엉망인 몸 상태에서 간신히 회복한 유카였다.

유카는 하지메를 무적이라고 생각해 왔다.

어떤 장애가 있어도 대담무쌍하게 웃으며 어떻게든 해결하는, 무섭지만 누구보다 믿음직한 사람.

한 번은 트라움 솔저에게서, 또 한 번은 【우르 마을】에서 목숨을 구해준 은인.

'아무것도, 아무것도 못 갚았어. 나는 약하니까…… 도움이 안 되니까…… 그래도.'

유카는 다른 동료와 똑같이 고개를 살짝 숙여 앞머리로 표정을 가리고 몰래 관찰했다.

자신들의 행동을 막는 것은 사도와 마물.

하지만 사도는 아이들을 감시하지는 않았다. 아무도 방해하지 못하게 한데 뭉쳐 자신들과 알브 사이에서 등을 돌리고 있을 뿐.

가까운 곳에는 기능이 정지해 쓰러진 카오리가 있지만 석조 늑대가 붙잡아 두기도 하여 딱히 감시하지는 않았다.

원본이 사도의 대검을 수리한 것이라서 에히트의 소멸 대상에 들어가지 않은 카오리의 쌍대검은, 회수해서 허리에 차고 있었지만 시선은 하지메에게 고정되어 있었다.

그밖에는 알브의 양옆에 대기하는 개체 두 명, 티오나 시즈 쿠 등 전투원과 알브 사이를 가로막는 개체가 각각 한 명씩. 대부분 마물은 흩어져서 포위망을 펼쳤는데 거리는 꽤 멀었 다. 그저 퇴로를 막는 것이 목적 같았다.

경계할 가치도 없다고 생각하고 있으리라. 실제로도 그랬다. 사도에게는 설령 빈사 상태라도 하지메만이 경계 대상이었다.

유카는 잠시 눈을 감았다. 흘러 떨어지는 땀을 의식하지도 않고 생각을 정리해 자신을 질타했다.

그리고 알브가 하지메에게 집착하는 것을 확인하고 슬그머 니 이동했다.

"……!"

아이코가 흠칫 떨었다. 누가 자기 손을 잡는 감촉에 믿기 어려운 현실 앞에서 망연자실하던 머리가 빠르게 각성했다.

(목소리 죽여요, 아이 선생님.)

(소, 소노베?)

유카가 아이코에게 몸을 기대고 목소리를 최대한 줄여 귓 가에 속삭였다.

(선생님, 전에 알려준 그거, 지금 가능해요?)

(그거라뇨……?)

유카는 어리둥절한 아이코에게 계속 귀띔했다. 머리가 이야 기를 따라가면서 아이코의 눈이 커졌다. 무슨 말을 하는지 믿기 어려워 유카를 봤다.

코앞에 유카의 눈동자가 있었다. 구하는 것을 위해 천 길 낭떠러지를 뛰어넘는 결의가 깃든 눈. 아이코는 호흡을 멈췄다.

하지만 그것도 잠시뿐.

반쯤 자포자기했던 아이코도 활기를 돌아온 강인한 눈으로 마주 봤다. 그리고 눈에 띄지 않게, 하지만 결연한 표정으로 고개를 살짝 끄덕였다. 그런 그때.

(유, 유카? 엔도 불러왔어…….)

(유카? 뭐, 뭘 하려고?)

나나와 타에코가 살며시 유카 뒤로 모였다. 바로 옆에 코스케도 있었다.

아이코와 이야기하면서 등 뒤로 나나와 타에코에게 수신호를 보냈다. 두 사람은 확실히 그 뜻을 인지한 눈치였다. 행여 사도가 돌아볼지나 않을까 전전긍긍하는 것이 느껴졌다.

유카는 조용히 아이코에게서 떨어졌다. 아이코도 살금살금 릴리아나 곁으로 자리를 옮겼다.

(소, 소노베?)

(엔도, 내 얘기를 들어줘. 네가 해줬으면 하는 일이 있어.)

나나와 타에코에게 목소리가 들리도록 양쪽에 밀착시키고 상황이 파악되지 않는 코스케를 앞으로 옮겨 뒤에서 귓속말을 건넸다.

그렇게 유카는 자기 계획을 설명했다. 코스케도 아이코와 똑같이 순간 호흡을 멈췄다. 하지만 그 뒤에 오는 반응은 달랐다. 혼이 빠진 표정은 무력감에 덮여 있었다.

{⋯⋯바보 같은 소리 하지 마. 가능할 리 없잖아.}

(그래도 해야 해. 이건 너밖에 못 해.)

(나, 나 같은 게 어떻게⋯⋯ 봤잖아, 왕궁에서! 나는 속수무책이었어! 난 아무 도움도 안 돼. 따돌릴 수 있을 리가 없어!)

(잠깐, 소리 줄여!)

나나가 경고한 후 사도가 수상하게 돌아봤다. 간발의 차로 돌아보기 직전에 고개를 숙였다. 유카가 「우리, 죽는 거야?」라고 나지막이 중얼거렸다.

사도는 유카를 힐끗 보고는 금세 시선을 돌렸다.

유카는 그것을 확인하고 뒤에서 코스케의 팔을 잡았다.

(못 해⋯⋯ 나는⋯⋯.)

(헛되게 하고 싶지 않아.)

(⋯⋯헛, 되게?)

이상하게 심금을 건드리는 말이었다. 누가 부른 것처럼 어깨 너머를 돌아본 코스케는 거기서 알아챘다. 유카 눈 깊은 곳에 감도는 틀림없는 두려움을⋯⋯.

이제껏 알아채지 못했으나 자세히 보니 유카의 안색은 창백했다.

그래도 유카의 눈은 마음 약해진 자신을 꿰뚫으려는 양 강하게 바라보았다.

(나는 헛되게 하고 싶지 않아. 걔가 구해준 목숨을 그냥 버리긴 싫어. 엔도, 너는 아니야?)

(……)

코스케와 유카의 시선이 짧은 시간 교차했다.

시야 한쪽에서 아이코가 릴리아나에게, 다시 두 사람이 쥬고와 켄타로, 아츠시에게 말을 돌리는 모습이 보였다. 다들 공포와 긴장으로 얼굴이 굳었다.

코스케는 눈을 감았다. 아주 잠깐. 그리고 마음속에서 기억의 책장을 넘겼다. 기사들의 헌신으로 홀로 도망쳐 하지메에게 도움받은 날을. 그리고 멜드의 죽음을……

형처럼 따르던 사람이 너무나도 허망하게 세상을 뜬 충격이 아직 코스케의 마음을 어지럽혔다. 마음이 쭉 꿈속을 거느리는 것처럼 현실감을 느끼지 못했다.

그 결과, 사도가 왕궁을 습격했을 때도 아무 저항도 못 하고 칼에 맞았다.

그래도 여기서 또 아무것도 못 한다면…….

자신을 살리기 위해 목숨을 던진 기사들, 그리고 멜드는 어떻게 생각할까.

그렇게 자문자답하고…… 코스케가 눈을 떴다.

(해 볼게.)

이미 무력감과 체념은 찾아볼 수 없었다.

잠시 후, 멜드의 죽음 후로 오랜 기간 느끼지 못한 아니, 쭉 느껴지던 코스케의 기척이 유령처럼 사라졌다.

그런 모의가 오가는 줄은 꿈에도 모른 채, 알브는 마지막으로 하지메의 머리를 발로 문지르고서야 겨우 울분이 가신 모양이었다.

"훗, 이렇게 해도 반응이 없는 걸 보면 육체보다 정신이 먼저 무너졌나?"

그때, 그림자가 뛰어들었다. 사도가 지체 없이 뒷덜미를 붙잡아 막았다.

"무, 묻고 싶은 게, 있어요!"

고통으로 인상을 찌푸리면서도 필사적으로 말하는 사람은, 릴리아나였다.

알브는 의외라는 표정을 보이면서도 뭔가를 확인하듯 하늘을 우러렀다.

"흠, 마인족 수용에는 아직 조금 시간이 걸리겠군. 좋다, 왕국의 공주여. 어차피 마지막 기회일 테니 직소를 윤허하마."

알브가 손을 젓자 사도가 릴리아나를 놓아줬다.

티오와 시즈쿠 일행이 생각지도 못한 사태에 눈을 크게 뜨는 가운데, 릴리아나는 약하게 기침한 후 곧 왕국의 공주다운 당당한 자세로 앞으로 나왔다.

"마지막 유희라는 것과 이세계를 기대한다는 건, 무슨 의미인가요? 신은 우리 인간을 멸망시킬 생각인가요?"

"아니다."

말이 떨어지기 무섭게 대답이 돌아왔다. 릴리아나는 의아해했지만 그것도 한순간이었다.

"『인간을』이 아니다. 정확하게는 『이 세상을』이지."

"......!"

"사흘 후, 신역에서 군단을 소환한다. 무한에 가까운 신의 군세. 인간이든 아인이든 관계없이, 자연마저 빼앗아 이 세상 자체를 멸하는 것이다. 그 옛날, 신역을 창조할 마력을 얻기 위해 서부 대륙의 광활한 자연을 불모지로 바꾼 것처럼."

"네? 그류엔 대사막은…… 신이……."

어떤 역사서에도 실리지 않은 경악스러운 사실에 놀라 릴리아나는 그만 말문이 막혔다.

그 반응이 마음에 들었는지 알브는 비릿한 악의에 찬 얼굴로 유창하게 떠들었다.

"영광으로 생각하라, 왕국의 공주여. 멸망은 하일리히 왕국에서 시작될 것이니. 신산을 올려다보아라. 그곳에 신문(神門)이 열릴 때, 네 백성은 믿어 왔던 신에게 한 명도 남김없이 죽임당할 것이다!"

"미쳤어요……. 당신들, 신은 전부 미쳤어."

"모든 것은 주인님의 뜻이다. 천지 만물에게서 마력을 빼앗아 우리는 신역과 함께 세계의 벽을 넘는다! 그 신세계에서 나의 주인은 새로운 신으로 군림하시리라!"

웃음소리가 알현실을 가득 메웠다. 알브는 두 팔을 크게 벌리고 황홀한 표정으로 하늘을 올려다봤다.

너무나도 두렵고 잔혹한 내용에 질려 사람들의 표정이 비통하게 일그러졌다.

고향에 있는 가족과 친구, 소중한 사람들이 겪을지 모르는 비참한 미래를 상상하고 이 세계에서 반복되었던 비극을 상기했다.

　허용해서는 안 되는 미래. 그래도 지금 상황에서 무엇을 할 수 있겠느냐고 자신의 무력함에 치를 떨었다.

　하지만 시즈쿠 일행은 잊고 있었다. 알브조차 전혀 고려하지 않았다.

　시즈쿠 일행도 지켜야 할 상대로만 인식했기에―.

　이곳에는 또 한 명, 신대 마법 사용자가 있다는 사실을…….

　"그렇게는 안 돼요! 절대로!"

　새로운 목소리가 울려 퍼졌다.

　알브는 눈살을 찌푸리며 소리가 난 곳으로 눈을 돌리고, 목격했다.

　상처투성이인 팔에서 흐르는 피. 그것으로 두 손등과 바닥에 그린 복잡한 마법진을.

　"어두운 혼에 빛을―『진혼』!"

　바닥을 양손으로 짚고 결연한 표정으로 발한 것은 온갖 상태 이상을 떨쳐 내는 혼백 마법의 빛. 연분홍색으로 빛나는 아이코의 마법.

　방사형으로 힘차게 퍼진 빛이, 반격의 섬광이 알현실에 작렬했다.

　"역시 아이 선생님이야. 스즈! 류타로! 뮤와 레미아 씨를 지켜!"

　"아, 그치만 아티팩트가 없어!"

　"그래도 할 수밖에 없잖아!"

　육체 절단 및 죽음의 환각으로 일종의 정신 마비 상태에 빠졌던 시즈쿠, 스즈, 류타로가 벌떡 일어났다. 그곳 조금 앞에는─.

"신언이라고 했나? 이리도 강력한 암시를 자력으로 풀다니, 시아 네게는 혀를 내둘렀어."

티오가 어느새 일어나 자조하고 있었다. 등허리에 난 용의 꼬리로 휘감은 석조 늑대를 알브에게 고속으로 내던졌다.

그것을 마탄으로 대수롭지 않게 파괴한 알브는 시아의 이름을 듣고 무심결에 시선을 그쪽으로 돌렸다. 그리고 놀라서 눈을 깜빡였다.

벽 잔해에 묻혀 기절했던 시아가 피 웅덩이만 남기고 사라졌다. 바로 그때─.

"……! 너는!"

"힉!"

경악과 짧은 비명이 울렸다.

돌아보자 아이코 앞에 대기하던 사도가 돌아보고 있었다. 그리고 그 앞에 있는 것은 쌍대검을 든 코스케였다.

사도가 퍼뜩 자신의 허리를 봤다. 회수했던 카오리의 쌍대검이 없었다.

사도를 속일 정도의 기척 차단. 아니, 이미 존재가 희박해진다는 표현이 옳은 듯했다.

【오르크스 대미궁】 하층을 마물을 모두 무시하고 오갈 수 있는 유일한 사람이자, 소환되기 전부터 이상할 정도로 존재감이 없던 남자, 코스케는 공포에 떨면서도 기개를 보였다.

"야에가시, 이거 써어어어!"

쌍대검 중 하나를 비무장 상태인 시즈쿠에게 투척했다.

"호오, 재미있군. 상대해줘라."

"알겠습니다."

엄청난 실수를 저지른 사도가 자신의 대검을 코스케에게 휘둘렀다. 어마어마한 압박과 대검이 두른 흉악한 은빛 앞에서 코스케는 뒤로 구를 수밖에 없었고⋯⋯.

"흐읍!"

"윽, 시아 하우리아! 또 방해를!"

코스케의 손에서 대검을 가져간 시아가 끼어들어 간발의 차로 사도의 일격을 막아 냈다.

두 번째 대검을 휘두르기 전에 한 번의 기합성과 함께 대검을 위로 튕겨 한 손을 하늘로 치켜들게 하고, 진각 같은 돌진으로 팔꿈치를 꽂았다. 사도의 몸이 직각으로 꺾여 날아갔다.

"츠지 아야코 씨였나요? 회복 고마워요! 거기 모르는 사람도!"

"아, 아니에요!"

"아니, 저, 만난 적 있는데⋯⋯."

나가야마 파티의 치유사이자 마빡이로 통하는 아야코가 머쓱하게 대답했고, 구사일생해서 다리에 힘이 풀린 코스케가 머뭇거리며 말했다.

사실 기적을 없앤 채 시아 곁으로 달려가 업어 오고 아야코에게 회복시키는 작전을 완벽하게 수행해 냈지만⋯⋯ 시아의 토끼 귀에는 들리지 않는다!

"선생님! 카오리 씨에게 한 번 더 혼백 마법을 부탁해요!"

"네, 넷!"

신체 강화를 최대로 높여 돌격했다. 근처에서 쓰러진 카오리의 등에 발톱을 쑤셔 넣은 거대 늑대를 대검으로 박살 내버리고, 그 기세 그대로 알브에게 돌진했다.

그 사이에 아이코의 주문과 아야코의 치료에서 관심을 돌려놓기 위해 죽을 각오로 시간을 벌던 릴리아나가 결계를 펼치며 돌아왔고, 쥬고가 카오리를 되찾기 위해 움직였다.

"알브는 제가 상대할게요! 하지메 씨를 부탁해요!"

"알았어!"

"그러마!"

알브 양옆에 대기하던 사도 중 하나가 앞으로 나오려고 했으나 『상대한다』는 시아의 말이 비위에 거슬렸는지 알브는 사도를 제지하며 스스로 앞으로 나섰다.

"우랴아아아아아아아!"

바라지도 않은 행운! 대검을 수직으로 내리친다. 어마어마한 충격파가 퍼졌다.

"토인족이 내서는 안 될 완력이군."

대검은 알브 바로 앞에서 정지했다. 장벽 안쪽으로 알브의 태연한 얼굴이 보였다.

"더 강하게! 더, 더어!"

쿵쿵쿵쿵쿵, 연이어 충격음이 울려 퍼졌다.

1초 사이에 대체 몇 번을 휘두른 것일까? 대검이 흐릿하게 보일 정도의 속도로 연타를 가했다.

"아무리 해도 소용없― 음?"

"처날아가! 예요오!"

설마, 라고 중얼거릴 틈도 주지 않았다. 장벽에 금이 갔다. 그러는가 싶더니 곧 유리가 깨지는 소리와 함께 시아의 돌려차기가 아름다운 호를 그리며 알브에게 작렬했다.

그래도 신은 신인지라 바로 팔로 막으려고 했지만, 그 무지막지한 각력에 버티지 못하고 알브는 왕좌를 쓰러뜨리며 단상을 나뒹굴었다.

대기하던 사도들이 알브의 상황을 보고 움직이려 했다.

"아서라. 신에게 발길질을 한 불경함, 내 직접 벌하지 않으면 분이 풀리지 않는다."

알브는 분노한 표정을 하고 자신을 뭉갠 왕좌를 산산조각으로 폭파하며 일어났다.

시아가 대검을 어깨에 턱 올리고 말했다.

"덤벼요."

그러고는 『한계 돌파』라도 한 것처럼 하늘색 마력을 폭발시킨 후 돌격했다.

한편, 하지메 구조를 부탁받은 직후 티오와 시즈쿠는 각자의 앞을 막아선 사도와 대치 중이었다.

그 사도 둘이 티오와 시즈쿠에게 분해 섬광을 날린 순간, 두 사람은 동시에 동일한 말을 읊었다.

"""『금역 해방』!"""

투명감 있는 검정과 감청색 마력광이 선풍이 되어 두 사람의 모든 것을 승화시켰다.

시즈쿠는 대검을 허리춤에 찬 채 몸을 숙여 섬광 아래로 파고들었고, 티오는 피하지도 않고 양손을 교차해 막았다.

티오의 의복에 구멍이 났지만 팔이 분해되어 소멸하지는 않았다.

그 팔은 검은 비늘로 덮여 있었다. 비늘이 얼마나 겹쳤는지 팔이 두 배로 두꺼워 보일 정도였다.

승화, 변성 복합 마법『용린 적층 경화』라고 불러야 할까? 본래부터 내구도가 높은 흑린이 적층 구조로 더 견고해져 이제는 분해로도 피부까지 닿지 않았다.

"시즈쿠, 내가 방패가 되마! 가자꾸나!"

"알았어!"

그때는 이미 시즈쿠가 미끄러지는 듯한 독특한 보법으로 사도의 품에 파고들었다.

『축지』이상의 속도면서 원근감을 망가뜨리는 이동 때문에 사도가 눈을 크게 떴고 제대로 인식할 새도 없이 시야가 반전됐다. 팔을 잡아『손목 뒤집기』요령으로 던진 것이었다.

그 찰나, 거꾸로 공중에 뜬 사도의 목을 쳐올리는 궤도로 대검이 날아들었다.

—야에가시류 체술 경뢰(鏡雷).

목과 몸통이 이별하는 필중의 참격. 아무리 못 해도 큰 피해를 줄 수 있는 공격이지만……

충격으로 공중을 미끄러진 사도는 땅에 발을 붙이지 않고도 날갯짓으로 공중에 정지했다.

그 직후, 그 눈에 무언가가 직격했다.

—야에가시류 투척술 천력(穿礫).

원래 힘은 약한 편이지만 승화 마법으로 폭발적으로 상승한 완력은 이미 인간의 영역을 넘어섰다. 그 힘으로 깨진 바닥 파편을 눈에 던진 것이었다. 이거라면 통하지 않을까……그렇게 생각했으나—.

"역시 쉽지 않아."

"그럴 테지요."

눈에도 목에도 이렇다 할 피해는 없었다. 그 인형 같은 얼굴은 눈썹 하나 까딱하지 않았다.

반격은 시야를 뒤덮는 은색 깃털 난사였다.

시즈쿠는 앞으로 나아갔다. 기능『무박자』를 통한 완급 조절 보법으로 깃털 탄막을 빠져나간다. 쉭쉭 몸을 스치는 정도로 아슬아슬하게 피하고, 때로는 대검을 방패로 이용했다.

"머리 숙여라!"

"……!"

시즈쿠가 냉큼 림보처럼 몸을 접어 슬라이딩했다. 그 위로 칠흑색 브레스가 공기를 불태우며 지나쳤다.

깃털을 난사하던 사도는 대수롭지 않게 공중을 미끄러져 피했다. 그러나 그대로 옆으로 따라붙는 브레스를 막고자 어쩔 수 없이 대검을 교차했다.

승화한 브레스의 파괴력은 가공할 수준이라 사도를 벽까지 밀어냈다.

시즈쿠를 지킨 대가로 조금 전까지 상대하던 사도의 포격이 티오를 덮쳤다.

"티오!"

"염려치 마라! 주인님부터 탈환하는 거다! 최소한 카오리가 돌아올 때까지 시간을 버는 게야! 그것 말고는 방법이 없어!"

쩍쩍 소리를 내며 온몸을 흑린으로 감싼 티오는 사람 형상의 용이나 다름없었다.

『금역 해방』 상태에서 무리하게 변성 마법을 사용하여 육체 변화의 격통이 따르는지, 표정은 고통으로 일그러졌다. 하지만 그것마저 『통각 변환』으로 활용해 분해 포격이 직격해도 즉시 소멸하지 않는 내구력을 얻는 데 성공했다. 정말로 대단한 기량이라고밖에 말할 수 없었다.

시즈쿠는 『축지』를 병행했다. 티오에게 포격을 날리는 사도 옆을 한 줄기 그림자가 되어 빠져나갔다.

사도가 은빛 깃털을 난사했지만 다소의 피격도 격통도 이를 악물어 무시하고 땅을 기다시피 자세를 낮춰 돌파했다.

그 순간, 눈앞에 사도가 나타났다. 복부가 살짝 함몰되어 있었다. 방금 시아가 날려 버린 개체였다. 깨달았을 때는 이미 그 개체가 대검을 내리치고 있었고—.

'아차……'

"『천절』!"

절박함이 느껴지는 스즈의 목소리가 울려 퍼지고 경사각을 이룬 주황색 다중 장벽이 대검의 궤도를 대각선으로 틀었다.

간발의 차로 시즈쿠의 머리 옆을 지나간 대검 때문에 식은 땀이 확 배출됐지만 단 한 순간도 정체되지는 않았다.

수십 미터나 후방에서 아티팩트도 없이, 심지어 뮤와 레미아를 『성절』로 지키면서 정밀하게 엄호. 스즈가 위험한 순간에 신들린 기술을 보여준 것이다.

그 양팔은 마법진을 그리기 위한 피로 물들었고 제어에도 상당히 무리를 하고 있으리라. 그렇다면 그 분투에 보답해줘야 마땅하지 않겠는가.

시즈쿠는 아래에서 위로 찌르기를 감행했다. 그리고 사도의 두 번째 대검에 막혔다. 예상대로였다.

"흡."

"……!"

한 손으로 바닥을 짚고 대검 뒤에서 튀어나와 날아차기처럼 찬다. 마치 독수리가 사냥감을 노리고 하늘에서 발톱을 뻗는 모습을 뒤집어 놓은 것 같다 하여 붙은 그 기술의 이름은…….

—야에가시류 체술 역취조(逆鷲爪).

사도의 몸이 흐릿해졌다. 발차기가 낚아챈 것은 잔상뿐. 시즈쿠의 대검은 튕겨 날아갔고 우아하게 돌며 시즈쿠 뒤로 돌아간 사도는 그대로 첫 번째 대검을 가로로 휘둘렀다.

몸통이 두 동강 나는 게 아닌가 싶던 그 순간—

"하압!"

짧은 호흡과 동시에 시즈쿠는 발차기의 원심력을 이용해

공중 옆 돌기, 바로 아래로 검광이 지나감과 동시에 팽이처럼 돌며 다시 다리로 카운터를 날렸다.

—야에가시류 체술 오의, 역취조 2형 겹발톱.

원래 2단 공격인 발 기술은 사도의 안면에 정통으로 꽂혀 공중제비를 돌게 했다.

초인적이며 오묘한 격투술이었다. 바닥을 뒹구는 사도는 허를 찔렸다는 표정이었다.

'싸울 수 있어!'

시야 한쪽에서 티오가 두 사도를 막아주고 있었다. 지금 한 명을 제쳤다.

하지메까지 가는 길을 뚫었다— 그렇게 생각한 직후였다.

"……윽?!"

등에 얼음덩어리를 집어넣은 것 같은 오한이 퍼지고 시즈쿠는 낙법을 쓸 새도 없이 옆으로 몸을 던졌다.

종이 한 장 차이로 바닥을 깎는 은색 포격이 통과했다. 그래도 본능의 경종은 그치지 않았고 시즈쿠를 무의식적으로 구르게 했다.

바로 전까지 있던 곳에 대검이 쿵 내리꽂혔다. 시즈쿠는 그대로 동물처럼 네 발로 엎드린 채 굴러서, 추적하는 은빛 깃털 호우를 간신히 회피했다.

하지만 결과적으로 하지메까지 가는 거리는 또 멀어지고 말았다.

앞쪽에는 알브 양옆을 지키던 사도 둘, 뒤쪽에는 발로 찼던 사도 하나.

그야말로 진퇴양난. 그 절망 너머에 구해야만 하는 사람이
있었다.

'처음으로 정말 좋아하게 된 사람. 몇 번이나 구해줬어. 마
음도, 목숨도…… 그 사람을 위해서라면 뭐든 할 수 있어. 사
도가 상대라고, 무기가 없다고 포기할 이유는 못 돼! 이번에
는 내가 널 구할 테니까!'

기운을 북돋고 사도를 매섭게 노려봤다.

카오리는 언제 부활할까? 하다못해 그때까지 시간을 번다.
하지메는 탈환하지 못해도 카오리라면…….

그렇게 친구를 생각하던 탓일까.

"어?"

사도 하나가 불시에 시즈쿠에게서 눈을 돌렸다. 그것이 바
라보는 곳에는 같은 반 친구들, 아니, 아이코에게 안긴— 카
오리가 있었다.

사도가 잔상을 남기며 사라졌다.

"기, 기다려! 내 상대를—"

"그건 우리만으로 충분합니다."

사도의 분해 포격이 두 발 터져 나왔다. 하나는 진로를 막
기 위해, 또 하나는 시즈쿠를 노렸다.

"한눈을 팔면 어떡해, 이것아!"

몸에 성한 곳이 없는 티오가 시즈쿠에게 뛰어들었다. 그 몸
을 방패로 삼아 시즈쿠를 지키고 온몸에서 불꽃처럼 피를 뿌

기면서도 포격 범위에서 뛰쳐나왔다.

지체 없이 은빛 깃털 난사가 맞이한다.

"으, 크윽─『성절』!"

아티팩트 없이 수십 미터 앞에 최상급 결계를 하나 더 펼친 부담에 스즈는 신음했다. 티오도 결계를 덧씌웠지만⋯⋯.

분해 능력에 가차 없이 깎이고 은빛 깃털들이 드문드문 관통해 시즈쿠를 감싼 티오에게 쏟아졌다.

티오는 적층 흑린에 재생 마법을 걸어봤지만 세 가지 신대 마법을 유지하려니 정신이 끊어질 것 같았다. 어금니를 꽉 깨물어 버티는 티오를 시즈쿠가 비통하게 쳐다봤다.

'내 실력으로는 시간도 못 벌어?!'

하지메 일행 외에 승화 마법을 쓸 수 있는 사람은 자신뿐이었다.

자기라면 최소한 시간 벌기는 가능하다. 그렇게 생각했는데⋯⋯.

"포기하지 마라, 시즈쿠! 마음이 약해지면 지는 거다!"

"으, 알아! 걱정하지 마!"

시즈쿠는 울상 지은 자신을 타이르며 도래할지 모를 기회를 기다렸다.

절대로 포기하지 않는다. 포기할 수 없다. 왜냐면 그것이, 그게 바로 하지메가 강한 이유니까. 티오가 마음을 주고 시즈쿠가 반한 광채니까.

그렇게 생각한 순간, 시즈쿠와 티오의 마음에 부응한 것처럼 대망의 빛이 솟구쳤다.

"두 사람한테서 떨어져!"

은색 빛이, 분해 포격이 사도를 덮쳤다. 누가 쐈는지는 굳이 생각할 필요도 없었다.

"카오리!"

"시즈쿠!"

사도 이상의 힘을 가진 카오리가 부활했다.

조금 전.

카오리를 깨우려고 집중하는 아이코를 유카가 이끄는 일부 학생들이 필사적으로 지켰다.

공격 중인 것은 알현실에 남은 마물 서른 마리 중 반수였으나 아무런 위안도 되지 못했다. 회룡은 없지만 남은 마물은 모두 진화형 키메라였다.

"아야코! 릴리에게 마력을 양보해! 남은 마력을 전부 릴리한테 써! 릴리의 결계가 깨지면 다 끝장이야! 마오도 지원 마법은 전부 릴리한테 몰아줘!"

"아, 알았어!"

"그, 그렇지만 마력이 거의 바닥이야!"

유카의 지시에 맞춰 아야코와 같은 파티원인 천직 『부여술사』 요시노 마오가 당장에라도 울음을 터뜨릴 듯한 얼굴로 『성절』을 유지하는 릴리아나를 지탱했다.

"젠장, 이것들 석화도 자력으로 풀어 버려!"

"환술도 잘 안 통해! 상태 이상까지 고치는 거야?!"

"사이토! 나카노! 너희도 마법계 천직이잖아! 좀 도와!"

천직『토술사』를 가진 켄타로가 석화 마법을 계속 깔아주고, 『환술사』 아키토가 인식 장애 마법으로 키메라끼리 싸우게 하며, 『빙술사』 나나가 얼음 창을 탄막처럼 뿌렸다.

멀쩡한 무기가 없는 이상 근접 전투원은 거의 도움이 안 되고 아티팩트가 없는 원거리 전투원도 자기 피로 그린 마법진을 써야 해서 비효율적이고 제한된 마법밖에 쓸 수 없었다.

현 상황에서 귀중한 전력인 『화염술사』와 『풍술사』, 사이토 요시키와 나카노 신지도 친구인 히야마 다이스케와 콘도 레이치가 죽은 후로 완전히 주눅이 들어 버렸기 때문에 잔류파 학생들 사이에 끼여 벌벌 떨고 있었다.

"쥬, 쥬고! 무리하지 마!"

"그건 어렵겠는데."

앞에 나서서 공격 마법을 빠져나온 마물을 상대하는 코스케와 쥬고는 이미 상처투성이였다. 특히 유도와 비슷한 기술을 메인으로 싸우는 쥬고는 회복 담당인 아야코가 릴리아나를 전담하느라 이미 몸이 망가질 대로 망가졌다.

"젠장, 무기만 있으면!"

"튼튼한 나가야마와 유령 같은 엔도가 아니면 곧 죽을 거야! 버텨! 정말 위험할 때는 몸을 던져서라도 아이 선생님을 지켜!"

"말 안 해도 알아!"

아츠시와 노보루가 이를 갈았다. 그 옆에서 유카는 켄타로가 깨뜨린 바닥재를 천직『투척사』의 묘기로 던져 쥬고와 코스케를 지원했다.

스즈와 류타로가 도와주면 더 좋겠지만 저쪽은 저쪽대로 손을 뗄 수 없는 상황이었다.

스즈는 뮤와 레미아를 지키는 결계를 유지하며 시즈쿠와 티오의 격전을 엄호해야 했고, 류타로는 그런 스즈를 노리는 마물 다섯 마리와 홀로 싸우고 있었다.

남은 열 마리는 퇴로를 막는 위치에서 움직이지 않았지만 언제 참전해도 이상하지 않았다.

'나구모, 왜 그래! 왜 저항을 안 해! 설마, 이미…… 마음대로 죽으면 가만 안 둬!'

그러던 그때―.

"소노베, 큰일 났어, 큰일! 왔어, 저 녀석이 왔다고!"

켄타로의 비명 같은 경고가 고막을 때렸다. 누가? 라고는 물을 필요도 없었다.

사도다. 공포가 번진 목소리만으로 알았다. 왕궁에서 넌더리 나게 당했으니까.

"노무라! 나나! 사도에게 집중 공격―."

지시를 다 내리기도 전에 은색 섬광이 번뜩였다.

"으윽, 으아아아아!"

릴리아나가 절규를 터뜨렸다. 저항할 수 있었던 것은 한순간뿐이었다.

"선생님!"

결계가 부서지고 은색 섬광이 아이코와 카오리에게 육박했다. 옆에 있던 타에코가 둘을 몸으로 들이박아 가까스로 위기를 모면했으나 바닥이 푹 깎여 나간 것을 본 타에코는 공포로 움츠러들었다.

보호막을, 잃었다.

사도가 다가오고 마물이 몰려왔다.

'선생님만이라도!'

유카는 실신해 버릴 것 같은 공포를 억누르고 결사의 각오로 끼어들려고 했다. 그곳에 잡초를 베듯 사도의 검광이 가로질렀고—.

"그렇겐 안 돼!"

은색 섬광이 카운터로 작렬했다. 접근했던 사도가 역재생한 것처럼 날아가고 은빛 깃털이 분수처럼 뿜어져 나와 마물을 차례대로 꿰뚫었다.

카오리가, 부활했다.

"선생님, 유카, 다들 고마워!"

치유할 틈은 주지 않는다. 이번에는 맹렬한 눈보라 같은 탄막으로 마물을 소멸시켜 나갔다.

"시, 시라사키! 만약을 위해 『진혼』을 계속 걸게요! 정신이 가라앉을지도 모르지만……."

"기능 정지에 조금이라도 대항할 수 있다면 뭐든 해주세요!"

전장을 돌아보고 하지메를 발견했다. 유에도 없고 모두 다쳤다. 치미는 분노 앞에 『진혼』의 부작용은 아무런 효과도 주지 못했다.

그리하여 카오리는 궁지에 빠진 시즈쿠와 티오를 보고 분해 포격을 날리며 화살처럼 날아갔다.

아이코와 아이들의 기도를 받으면서…….

기습적인 분해 포격에 티오와 시즈쿠를 공격하던 사도 넷이 급속도로 산개했다.

"둘 다 괜찮아?!"

"멈추지 마라! 수세에 몰리면 바로 와해될 게다!"

회복보다 공격을 외치는 티오는 피를 뒤집어쓴 것처럼 보였고, 그렇기에 그 의지에는 비장한 박력이 서려 있었다.

카오리는 즉시 지시에 따랐다. 사도 하나에게 신속히 분해 포격을 쏘자 상대도 분해 포격으로 맞대응했다. 상쇄로 붙잡아 두고 다른 개체로 접근할 생각인 것이다. 하지만—.

"질 수 없어, 나는 단순한 인형한테는 안 져!"

자신에게 들려주는 듯한 말과 함께 카오리에게서 은색, 아니, 서서히 변화해 찬란한 연보라색으로 변한 마력이 휘몰아쳤다. 그것은 승화 마법을 통한 강화, 지금껏 넘지 못한 벽을 넘었다는 증거였다.

그 선언대로 카오리가 쏘는 연보라색 섬광은 두근! 맥박 침과 동시에 갑자기 기세를 올려 사도의 은광을 삼켜 버렸다.

"우리의 육체로, 우리를 능가하나요……."

사도는 형용하기 힘든 표정을 지은 채 빛 속에서 사라져 갔다.

"방심하지 마라!"

"나도 주의 정도는 끌 수 있어!"

"……인간 주제에……."

그 목소리는 카오리의 뒤쪽에서 들렸다. 우회한 사도의 가슴에서 팔이 튀어나와 있었다. 그녀의 뒤에는 티오가 등을 껴안는 자세로 매달려 있었다.

흑린과 압축한 흑염 브레스로 무장한 용의 발톱이 사도의 핵을 정확히 관통했다.

사도가 등을 보인 것은 시즈쿠의 몸을 던진 공격 덕분이었다.

하잘것없는 잡초를 뽑는 기분이었지만 그렇게 한순간 정신을 팔아서 치명적인 공격을 당하고 말았다.

팔을 쑥 뽑자 사도는 실이 끊긴 마리오네트처럼 쓰러졌다. 완전한 기능 정지— 사도의 죽음이었다.

일기당천이라는 말로도 부족한 재앙, 『신의 사도』 둘을 처치했다. 그것은 인류가 상상도 하지 못한 믿기지 않는 승리였다.

하지만—.

"참으로 번거롭게 하는군. 비록 주인님의 발끝에도 미치지 못하지만, 신인 나에게 대적할 수 있을 줄 알았느냐?"

그 소리에 카오리, 시즈쿠, 티오가 퍼뜩 눈을 돌렸다.

자신들의 싸움에 정신이 없어서 신경 쓰지 못했는데 어느샌가 알브와 시아가 싸우는 소리가 멎어 있었다.

""""시아!""""

그곳에는 알브에게 목을 붙잡힌 채 공중에 축 늘어진 시아가 있었다.

정신은 있는 모양이지만 저항하는 힘은 무척이나 약했다. 아래에는 피 웅덩이가 고였고 누가 보나 빈사 상태였다.

그래서 방심하고 말았다. 그것이 치명적이었다.

"알브헤이트의 이름으로 명한다―『정지하라』."

알브의 『신언』이 혼백을 침식한다. 아이코의 『진혼』 덕분인지, 카오리는 즉시 의식을 잃지는 않았지만 그 외에는 아이코와 아이들을 포함한 모두가 몸이 굳어 버리고 말았다.

알브의 말대로 에히트 정도로 강력하지는 않았다. 티오와 시즈쿠라면 자력으로 풀 수 있을지도 모른다. 하지만 사도의 공격을 멈출 방도는 없었다.

은빛 깃털 마법진에서 거대한 전격이 쏟아졌다. 체내로 침투하기 쉬운 전기적 특성은 카오리의 사도 육체와 흑린 갑옷을 입은 티오에게도 효과를 미쳤다.

그것도 모자라 쐐기를 박기 위해 알브는 번개 폭풍 속으로 시아를 던져 넣으며 언어에 힘을 실어 발했다.

"함께 명한다―『받아들여라』."

그 말처럼 순간적으로 방어도 마력 저항도 그만둔 네 사람은 짧은 비명을 지르며 쓰러졌다. 전신에 큰 화상을 입고 사지가 경련했다.

시아가 패배한 이유도 이것 때문이었다. 저항은 가능했다. 잠깐만 버티면 풀 수 있었다.

하지만 찰나를 다투는 전투 중에 그 찰나를 방해받아 피해가 쌓이면…… 시아라 할지라도 쓰러지는 것은 시간문제에 불과했다.

"이제 때가 되었군. 여흥은 이쯤에서 끝내기로 하지."

아무래도 마인족 수용이 끝난 것 같았다.

하늘에서 빛나는 【신문】을 올려다보며 알브는 어떤 술식을 발동했다.

어두운 금색 입자가 알현실 전체를 돌면서 바닥 위로 떠오르는 복잡기괴한 마법진을 구축해 나갔다.

"나의 실수를 조금이라도 만회하기 위해 너희를 헌상품으로 삼아야겠다. 그 생명에 담긴 마력, 나의 주인께 바쳐라."

에히트는 전 세계의 마력을 빼앗겠다고 했다. 이곳에 있는 모든 이의 마력을 모아간다면 완전 빙의에 실패한 에히트의 비위 정도는 맞출 수 있을지도 모른다.

무작정 죽이지 않은 이유는 마인족 수용이 끝날 때까지 시간을 죽이며 울분을 푸는 것 말고도 이런 목적이 있었나 보다.

"너희는 하나같이 양질이야. 나의 주인께서도 분명히 기뻐하시겠지. ……하지만 무가치한 불순물도 끼어 있군?"

마법진이 완성되어 감에 따라 어두운 금색 입자가 모두에게 달라붙었다. 감촉은 없을 텐데도 온몸에 벌레가 기어 다니는 듯한 불쾌감에 소름이 돋았다.

그런 가운데 알브의 눈길이— 뮤와 레미아에게 멈췄다.

손가락을 튕기자 스즈와 류타로가 뭔가 할 틈도 없이 뮤와 레미아 바로 아래에 게이트가 열렸고, 알브 옆 허공으로 전이 되어 떨어졌다.

이어서 알브가 손가락을 흔들자마자 뮤만 떠올라 알브에게 로 옮겨졌다.

『신언』을 해제했는지 뮤가 비통한 목소리로 소리쳤다.

"어, 엄마아!"

"그, 만! 내 딸, 돌려─ 아윽?!"

레미아는 공중에서 버둥대는 뮤를 필사적으로 되찾으려고 했으나 손을 뻗을 뿐 제대로 일어나지도 못했다.

물론 레미아에게 걸린 『신언』은 풀리지 않았다. 그런데 단순 한 일반인인데도 불구하고, 작고 쉰 목소리로나마 말을 하고 팔을 뻗은 것은 놀라웠다.

하지만 어머니의 사랑이 이룬 기적에도 알브는 눈썹 하나 까딱이지 않았다.

"마지막이다. 적어도 티끌만큼이라도 보탬이 되어라."

공중에 묶인 것처럼 고정된 뮤가 얼굴을 땅에 묻고 꼼짝하 지 않는 하지메 앞으로 옮겨졌다.

"잘 보아라, 이레귤러! 이것은 신벌이니라!"

에히트의 유희를 방해한 죄. 에히트의 강림을 방해한 죄.

용서할 수 없는 죄악을 뉘우쳐라. 너를 아버지처럼 따르는 아이가 그 죗값을 대신 치를 것이다.

"아빠! 아빠아!"

아이가 비명 질러도 움직일 수 있는 이는 하나 없었다.

시아와 시즈쿠는 전격으로 입은 피해가 막심해 정신을 유지하는 것만으로 벅찼다. 티오와 카오리도 어떻게든 『신언』을 깨려고 했지만 시간이 부족했다. 다른 사람은 말할 필요도 없었다.

게다가 알현실 전체에 퍼진 어두운 금색 마법진이 이미 완성되어 몸에서 생명력이 흘러나가듯 힘이 빠졌다…….

알브의 손이 뮤의 뒤통수에 닿았다. 마치 사신의 낫이라도 되는 양.

"고개를 들어라, 이레귤러! 아직 살아 있는 것을 안다!"

지금 하지메는 『신언』의 영향도 받지 않았다.

알브의 웃음소리가 크게 울려 퍼졌다.

울려 퍼지고…… 깨달았다. 들리는 것이 자신의 목소리뿐이라고.

의아하여 웃음을 그치자 괴이할 정도의 정적이 깔렸다.

그것은 소리가 없기 때문이기도 하며 기척이 없기 때문이기도 했다.

하지메에게서 아무것도 느껴지지 않았다.

무서울 정도로…….

사도 다섯이 조금도 방심하지 않는 모습을 보면 살아 있는 것은 분명했다.

그러다가 시아와 동료들 쪽이 먼저 깨달았다.

피부에 오돌토돌한 닭살이 돋았다. 본능이 지금 당장 도망치라고 경고했다.

조금 전부터 느끼던 그것은 알브나 사도 때문이라고 생각했으나…… 아니었다.

생물로서 느끼는 그 두려움은―.

"아, 아빠?"

뮤가 겁먹은 투로 말을 걸었다.

알브가 분위기가 묘해지자 언짢게 사도에게 눈짓했다.

지시를 이해하고 사도 하나가 하지메의 머리를 움켜잡았다. 그리고 놀랍게도 순간 망설이는 태도를 보이더니 이내 마음을 굳히고 머리를 들어 올리는데…….

"……!"

그 순간, 알브는 부지불식간에 한 발 뒤로 물러났다.

심지어 몇 천 년이나 한 적 없는 초보적 실수― 마법 제어가 흐트러지는 꼴사나운 모습까지 보이고 말았다.

그 결과 공중에 묶였던 뮤가 하지메 앞으로 떨어졌다.

허둥지둥 뮤에게 다시 마법을 걸려고 손을 든 알브는 이해할 수 없는 광경을 보고 눈을 크게 떴다. 왠지 앞으로 내민 자신의 팔이 작게 떨리고 있었다.

그것은 틀림없이 공포의 증거.

그 원인은 하지메의 눈이었다.

수축한 동공 안쪽에서 느껴지는 그것을 구태여 표현하자면― 허무.

어둠보다 검고 나락보다 깊었다. 한 줄기 빛조차 보이지 않았다.

보기만 해도 빨려 들어갈 것 같은, 자신의 존재가 사라져 버릴 것 같은, 광기를 불러일으키는 괴물의 눈.

"으, 주, 죽여―."

알브는 스스로도 이해하기 힘든 충동에 사로잡혀 사도에게 하지메를 당장 죽이라고 명령하려 했다. 힘없이 쓰러져 무기도 없고, 절망해서 마음이 꺾였다고 생각하는데도 그러지 않고는 견딜 수 없었다.

사도는 마치 그 명령을 기다렸다는 것처럼 즉시 응답했다.

그것은 한시바삐 공포에서 벗어나기 위한 행동으로도 보였다.

사도들의 손날이 은광을 띠었다. 분해 능력으로 하지메의 목을 치려는 것이다. 하지만 그 행동은 조금 아니, 치명적으로 늦었다.

알브와 사도는 하지메에게 너무 시간을 줘 버렸다.

오밤중 묘지를 방불케 하는 고요가 거짓말처럼 깨졌다.

하지메에게서 온몸의 털이 곤두서는 귀기가 흘러넘쳤다. 파열한 육체에서 피 연기가 피는 것처럼 검붉은 마력이 범람했다. 흡사 지옥문이 열린 것 같았다.

어둡고 무겁고 진흙이 끓는 듯한 소리가 파문을 일으켰다.

그것은 그야말로…….

"―모든 존재를 부정한다."

『저주』였다.

세계를 부정하는 『개념』이 해방됐다.

하지메를 구속하던 사도들이 위기를 감지했는지, 일제히 뒤로 날아갔지만 조금 늦었다.

다섯 사도 중 셋이 퍽, 하고 기괴한 소리를 내며 상하로 갈라졌다. 그것을 확인했을 때는 이미 좌우로도 절단되어 4등분으로, 계속해서 조각조각 잘리기 시작했다.

불과 몇 초. 그 짧은 시간에 사도 셋이 산산이 부서지고 말았다.

모두 할 말을 잃었다.

무슨 일이 일어났는지 이해되지 않았다.

"알브 님, 물러나십시오!"

살아남은 두 사도가 알브 앞에 착지했다.

마물의 피처럼 검붉은 마력이 휘몰아치는 중심에서 하지메가 느릿하게 일어났다.

유령처럼 창백한 얼굴로 사도보다 훨씬 기계적인 표정을 보이며 뚝뚝 피를 떨어뜨렸다…….

"아, 아빠…… 괜찮아? 많이, 다친— 꺄악?!"

하지메 바로 앞에 있던 뮤가 마력 폭풍의 여파에 휘말려 뒤로 굴러갔다.

그런데도, 평소라면 그럴 리 없건만 하지메는 눈길조차 주지 않았다.

"물러나라고? 신인 내가 인간 따위 앞에서? 가소로운 소리로군."

사도의 충고가 오히려 알브를 제정신으로 돌려놓았다.

그리고 믿어 의심치 않는 자신의 권능을 최대한으로 발휘해 입을 열었다.

"알브헤이트의 이름으로 명한다, 『**무릎 꿇**― 으, 악, 키, 아아아아아악!"

"알브 님!"

아무런 전조도 없이 알브의 오른팔이 떨어졌다. 공중을 빙글빙글 돌던 오른팔은 조금 전 사도들처럼 잘게 조각나며 흔적도 없이 소멸했다.

사도 하나가 바로 알브를 안고 그 자리에서 대피했다.

머리에 총을 맞고도 멀쩡하고, 사지가 꿰뚫려도 비명 한 번 지르지 않고 완벽하게 몸을 재생하던 알브가 고통스러운 표정으로 절규했다.

그 고통 속에는 강한 당혹감이 떠올라 있었다.

통증은 몸에서 보내는 경고다. 하지만 권속신인 알브를 위협하는 존재가 거의 없던 터라 어지간한 피해는 『위기』가 되지 못했다.

그래서 그것은 수천 년이나 느끼지 못한 감각이었다. 바로 통증을 인식하지 못하고, 인식한 후에도 육체가 경종을 울리는 의미를 이해하지 못했다.

단순한 빙의체다. 파괴되어도 복원하면 되고 최악의 경우 갈아타면 그만이다.

알브의 존재 자체가 위협받는 일은 없다…… 그렇게 생각했다.

"뭐, 뭐냐? 무슨 일이 일어난 거냐?!"

"가느다란 실…… 아니, 사슬 같은 것이 공중에 날리고 있습니다. 저것에 닿으면 방어를 무시하고 절단, 소멸 당하는 것으로 보입니다."

"뭐, 뭐라고?"

그 말을 듣고 주시하자 분명히 쉭쉭 바람 가르는 소리를 내는 사슬이 하지메를 중심으로 날리고 있었다.

아마 소재는 바닥이었다. 오른팔이 떨어졌을 때도 알브 아래에서 직접 뻗어 나온 것이다.

"무슨 말도 안 되는 소리냐! 그런 아티팩트가 있었으면 왜!"

왜 지금까지 쓰지 않았는가. 왜 에히트는 놓쳤는가.

혼란에 빠진 머리에서 의문이 흘러넘쳤지만 현실은 생각할 시간을 주지 않았다. 설마 마법진도 없이, 마력도 감지되지 않고 엎어져 있는 동안 쭉 바닥 밑에 그런 것을 만들었으리라고는 생각지도 못했다.

차마 말을 잇지 못하고 알브가 산소를 원하는 생선처럼 입을 뻐끔거렸다. 신으로서 있을 수 없는 추태였다.

"파악되지 않은 미지의 힘. 위험도 최고 수준. 알브 님, 대피하십시오! 여기는 저희가—."

"……윽?!"

목이 날아갔다. 두 팔이 날아갔다. 채소처럼 발아래부터 썰리면서 또 한 사도가 사라졌다.

지금 이 순간에도 하지메의 뒤에서 세 사도가 은빛 깃털과 은색 포격을 쏘고 있었다.

하지만 하지메는 전혀 개의치 않았다. 모든 공격이 하지메의 손앞에서 허무하게 흩어져 닿지도 않았다.

검붉은 마력이 하지메를 중심으로 나선을 그렸다. 그것은 단순한 마력광이 아니었다. 마력을 띤 초극세 사슬이 똬리를 틀고 주위를 돌고 있었다.

"달려드세요!"

알브를 지키려고 자리 잡은 사도의 명령에 따라 모든 마물이 돌격했다. 그 마물을 미끼, 혹은 방패로 쓰면서 남은 사도 넷이 틈을 살폈다. 다중으로 잔상이 남는 초고속 이동으로 조준을 방해하고 치명적인 일격을 노린다.

그리고 알브가 이를 갈면서도 천장에 난 구멍을 통해【신문】으로 대피하려는데—.

"어딜 가려고?"

"너, 너는……!"

알현실에 머리를 쳐든 어마어마한 수의 뱀이 출현했다. 그렇게 착각할 만큼 도처의 바닥에서 검붉은 빛을 내는 죽음의 사슬이 튀어나왔다.

천장까지 꾸물거리며 올라가고, 바닥을 기고, 공중에 휘날리며 돔을 만들어 갔다. 그것은 사냥감을 놓치지 않는 거대한 우리였다.

마력을 빼앗던 어두운 금색 마법진이 흩어지고 검붉은 빛이 그 자리를 메워 갔다.

"안 된다…… 이래서는 안 돼. 카오리! **아래층으로 떨어뜨리**

거라!"

간신히 『신언』을 푼 티오가 위기감과 초조함에 쫓겨 소리쳤다.

카오리는 퍼뜩 말뜻을 알아듣지 못했으나, 티오의 눈길이 아이코와 아이들을 향한 것을 보고 등이 오싹해졌다.

티오와 마찬가지로 간신히 『신언』에 저항해 즉시 은빛 깃털을 대량 사출했다. 사도들의 전투 영역을 피해 서로 밀착해 뭉친 아이코와 아이들의 주위를 원형으로 분해했다.

검붉은 빛이 도달하기 전에 둥글게 뚫린 바닥은 아이들의 비명과 함께 아래층으로 떨어졌다. 그것을 확인한 카오리가 주변을 돌아봤다.

"뮤, 레미아 씨!"

두 사람에게 날아가서 낚아채다시피 안아 몸을 납작 숙였다.

"카오리 언니, 아빠가……."

"하지메 씨가 대체 왜……."

"괜찮아, 괜찮아요!"

카오리는 걱정스레 하지메를 보는 뮤와 불안해하는 레미아에게 억지로 웃는 얼굴을 보여줬다. 마음속으로는 상태가 심상치 않은 하지메가 무사하기만 빌면서…….

그사이 티오는 시아와 시즈쿠를 안고 스즈와 류타로에게로 뛰어들었다.

그들 앞에서는 대검째로 8등분이 난 또 다른 사도가 바닥을 굴렀고, 마물이 정신 나간 자살 공격처럼 돌격해 소멸하는 광경이 펼쳐졌다.

"뭐야, 대체 어떻게 된 거야?!"

"나구모가 갑자기 왜 저래?!"

티오가 등으로 감싼 스즈와 류타로가 혼란에 빠져 소리쳤다.

그 두 사람에게 티오는 눈을 가늘게 뜨며 대답했다.

"……아마 개념 마법일 게다."

스즈와 류타로는 당황하여 눈동자가 흔들렸다.

"그, 그래도 개념 마법은 유에 씨랑 함께해야 간신히 가능하다고……."

"맞아, 티오 씨. 나구모가 돌아가고 싶은 마음만큼 강한 『극한의 의지』가 필요하다며?!"

"유에가 없으니까 도달한 걸 테지."

듣지 않았느냐며 티오는 말했다. 두 사람은 잠깐 고민하다가 하지메가 품은 극한의 의지가 무엇인지 알아차리고 침통하게 몸을 떨었다.

그것은 유에를 빼앗긴 사실에 대한 끝없는 분노와 증오, 그리고 그런 감정이 포화되어 도달한 압도적 허무감.

가장 사랑하는 이가 사라진 세상에 무슨 가치가 있는가?

사랑하는 이와 찢어지고 존재해도 될 이유가 어디 있는가?

그런 것이 있을 리 없다. 인정할 수 있을 리 없다. 용서하지 않겠다.

그렇기에 탄생했다.

—개념 마법, 모든 ^{전부 사라져 버려라} 존재를 부정한다.

크리스털 키를 창조했을 때와는 정반대, 말하자면 극에 달한 감정이었다.

스즈와 류타로가 애절하고도 막막한, 이루 말할 수 없는 표정을 지었다.

"아마 저 사슬에 닿으면 끝이야. 적이고 아군이고 구분 없이 소멸시킬 테지. 그래도 너희까지 아래층으로 보내줄 여유는 없구먼. 내 곁에서 떨어지지 말아라."

티오의 추측은 정확했다.

새로운 개념의 정체는 승화 마법의 『정보에 간섭한다』는 근본적인 힘을 바탕으로 『그곳에 존재한다』는 대상의 정보를 『존재하지 않는다』로 바꾸는 마법이었다.

절단 능력으로 보이지만 실상은 『사슬에 접촉한 존재를 말소한다』라는 흉악하다는 말로도 한참 부족한 능력.

알브가 절규하는 이유도 여기 있었다. 설령 재생 마법을 사용해도 두 번 다시 돌아오지 않을 영구 소멸이었다. 혼이 격통이라는 이름의 경보를 울리는 것도 당연했다.

그런 대화를 하는 사이에—.

"알브 님, 죄송—."

마지막 사도가 소멸했다.

불합리의 상징이었던 사도가 속수무책으로 안개처럼 사라지는 광경은 현실감이 들지 않았다.

물리적인 도주는 불가능했다. 이미 존재 부정의 검붉은 사슬이 하늘을 가리고 알현실 전체를 덮었다. 그래서 가공할 마력탄 폭풍으로 견제하면서 게이트로 탈출하려고 했지만······.

"네 이놈!"

사슬이 스치기만 해도 게이트 자체가 사라져 버렸다.

살아남은 마물 몇 마리가 절대복종해야 할 신명을 어기고 본능대로 도망치려고 했으나, 그것도 뱀처럼 똬리 튼 사슬에 얽혀 지금 막 전멸했다.

알브는 홀로 남았다.

'어찌 된 일이냐…… 이게 어찌된 일이냐! 저 힘은 정상이 아니다. 반드시 나의 주인께 알려야 한다!'

알브는 슬금슬금 하지메에게서 거리를 뒀다.

신을 넘어 삼라만상에 대한 모독이나 다름없는 힘 앞에서 그 표정이 유례없이 얼어붙었다.

'이렇게 된 이상…….'

알브의 눈이 뮤에게 돌아갔다.

인질밖에 없다. 한순간이라도 망설이면 그 틈에 게이트로 탈출할 수 있다.

"신에게 거역하는 우매한 놈!"

매도와 동시에 최대 화력을 퍼부었다. 자신의 안전도 도외시한 섬멸용 전격이 공간을 유린한다.

섬광이 시야를 뒤덮고 굉음이 고막을 마비시켰다.

그 틈에 알브는 뮤를 빼앗으려고 손을 뻗었지만—.

"응? —큭?!"

남은 팔과 두 다리를 모두 잃었다. 인형의 팔다리를 뜯는 것보다도 훨씬 쉽게…….

알브는 몸뚱이만 남아 바닥에 철퍽 떨어졌다.

절규는 이미 소리가 되지 못했다. 통증에 내성이 없고 의도적인 통각 차단도 통하지 않았다.

육체를 깎아 말소될 때마다 영혼이 비명을 질렀다.

정신이 끊길락 말락 하며 차라리 발광하고 싶었다.

알브는 반쯤 공황에 빠져 먹따는 닭처럼 찢어지는 목소리로 애원했다.

"아, 앗, 자, 잠깐! 기다려! 소, 소원을 말해라! 내가 어떤 소원이든 들어주마! 나의 주인께 부탁해줄 수도 있다! 내가 설득하면 그분도 귀를 기울여줄 것이다. 세계. 세계다! 너에게도 세계를 마음대로 주무를 권리를 나눠주겠다는 거다! 그러니까!"

그것은 의심의 여지가 없는 신의 목숨 구걸이었다.

그렇다면 비척비척 다가오는 하지메는 사신이라도 되는 것일까.

하지메의 눈이 알브를 똑바로 쳐다봤다.

그곳에 펼쳐진 허무에서 알브는 죽음을 감지했다. 불멸자인 자신이 망각하던 근원적 공포가 정신을 갉아먹었다.

머릿속이 새하얘졌다. 세로로 뻗는 무수한 사슬이 구형 우리를 형성해 자신을 가두는 광경을 망연자실 지켜볼 수밖에 없었다.

순식간에 완성된 구형 우리 속에 누운 알브에게는 신의 위엄은 조금도 느껴지지 않았다. 오히려 동물원에서 사육되는 특이한 동물 같았다.

그러나 그곳은 디스토피아조차 아니었다. 우리를 형성하는 사슬이 일제히 미끄러지기 시작했다.

마치 회전하는 공처럼. 서서히 줄어들면서.

깎여 죽는다…….

처참한 미래를 상상한 알브의 정신은 겨우 현실로 돌아왔고 동시에 한계를 맞이했다.

"너에게, 아니, 당신께 따르겠습니다! 저는 도움이 됩니다! 그러니까 제발!"

이미 신의 긍지는 버렸다. 체면도 자존심도 내려놨다.

그러자 알브의 몸에 닿기 직전인 사슬 우리의 회전이 갑자기 약해지며 축소를 멈췄다.

"살고 싶나?"

"어, 아?"

인간미가 완전히 배제된 목소리가 알브를 좀먹었다.

절망 속에 보인 한 가닥의 희망은 그것이 허상에 지나지 않는다고 이해한 순간 맹독으로 변모한다. 보통이라면 알아차릴 단순명쾌한 답, 자신도 자주 써 왔던 수법. 하지만 알브는 앞뒤 생각 없이 물고 늘어졌다.

"그, 그래, 살고 싶어. 죽기는 싫습니다!"

"그래…….."

딱히 의미도 없이 벌레를 밟아 죽이는 듯한 하지메의 눈을, 그는 역시 알아차리지 못했다. 살아남았다고 기쁨을 숨기지 못하는 알브의 모습은 우스꽝스러울 따름이었다.

그것을 보던 티오와 다른 이들은 연민마저 느꼈다.

누구나 아는 사실인데. 알브가 살아남을 가능성은 티끌만큼도 존재하지 않는데…….

"그럼 죽어."

"뭐? 왜, 왜냐?! 힉, 그만, 키악?! 으아아아아아아아아아!"

잔혹할 정도로 천천히 수축하는 사슬 우리가 알브를 신체 말단부터 깎아 나갔다.

알현실에 끊이지 않는 절규가 울려 퍼졌다.

눈앞에서 벌어지는 잔악무도한 처형식에 질려 아무도 말을 꺼내지 못했다.

정상적인 죽음이 아니었다. 『천룡』에게 먹히는 편이 차라리 자비로웠다.

그렇게 생각할 수밖에 없는 처참한 광경은 대부분의 사람이 자기 정신을 지키기 위한 방어 기제로 눈을 돌린 사이 이내 끝을 고했다.

이 세상에서 하나의 신이 사라진 순간이었다.

"하지메!"

"주인님!"

알현실을 뒤덮은 대량의 사슬과 알브를 소멸시킨 우리가 자기 역할을 끝낸 것처럼 사라지는 가운데, 카오리와 티오가 하지메를 불렀다.

하지만 하지메는 눈길도 주지 않았다. 들리지 않는 것처럼 고개를 들어 구멍이 난 천장 너머를 보려는 듯 눈을 가늘게 찌푸렸다.

그 직후, 사슬 몇 가닥을 주위에 띄운 채 하지메는 하늘을 찌를 듯이 뛰어올랐다.

머리에 있는 것은 오로지 하나.

하늘에서 빛나는 백은색 게이트— 【신문】뿐.

독수리 마물을 타고 그곳으로 가는 마인들이 보였다. 이제 쉰 명도 남지 않았다. 후미를 지키는 군복 차림 마인족이 절반, 나머지 절반은 여자와 아이, 노인을 포함한 민간인으로 보이는 자들이었다.

"……? 뭐, 뭐야?"

"저건……."

처음으로 가장 뒤에 있던 병사들이 무언가가 뛰어오르는 것을 느꼈다. 검붉은 마력광과 비상식적인 기운에 당황한 기색이었다.

하지만 그것이 마인족이 아닌 자의 추격이란 것을 깨닫고 신속하게 마법을 썼다. 거의 주문 없이 발사되는 초급 마법, 염탄과 빙창, 풍인이었다.

물론 그런 것으로 지금의 하지메를 막을 수 있을 리 만무했다. 존재 부정의 사슬을 채찍처럼 휘두르기만 해도 모든 것이 소멸해 버렸다.

"저게 뭐야?!"

"이, 이 자식! 멈춰라!"

몇몇 병사가 타고 있던 독수리를 돌려 막아섰다.

　하지메는 그들이 눈에 들어오지도 않는 듯 직진했다. 그리고 진로상에 있던 병사 세 명은 독수리와 함께 갈기갈기 찢겨 사라졌다.

　동포가 눈앞에서 조각나는 믿기지 않는 광경을 목격한 마인들이 넋이 나간 가운데, 하지메는 그들을 무시하고 【신문】으로 돌격했다.

　그러나―.

　"큭, 으으으으으으으으으으!"

　【신문】은 하지메를 거부하는 것처럼 물결치기만 하고 【신역】으로 가는 길은 열리지 않았다.

　아무리 포효해도, 아무리 마력을 실어도, 아무리 주먹질을 해도 하지메를 보내주지 않았다.

　사슬을 모아 랜스 돌격처럼 찔러 봤지만 【신문】 자체가 흩어져 버려 의미가 없었다. 아마 에히트에게 허락받은 자만 지날 수 있게 조정됐을 것이다.

　"멍청한 놈. 신에게 선택받은 우리 마인족 말고는 신역으로 초대받지 못한다!"

　"네 주제를 알고 신벌을 받아라! 이교도 자식!"

　병사뿐 아니라 민간인 같은 마인족, 아녀자까지도 하지메에게 공격 마법을 구사했다. 방어하지도 않고 직격한 하지메의 등에 점점 상처가 늘어났다.

　그래도 하지메의 의식은 【신문】에만 향해 있었다.

"열어, 이거 열라고오오오오오오!"

몸이 망가지건 말건 계속해서 절규하며 미친 듯이 몸으로 들이박는 하지메를 보고 마인들이 알 수 없는 공포에 움직임을 멈췄다.

하지만 그것도 곧 분노로 바뀌었다.

【신문】이 빛을 잃기 시작한 탓이었다.

"네놈 탓에 문이!"

"서, 서둘러라! 닫히기 전에 뛰어들어!"

마인들이 급하게 【신문】으로 쇄도했다. 동시에 방해되는 하지메를 제거하려고 더 가열하게 공격을 감행했다.

"주인님! 뭐 하는 겐가! 죽으려고 그러는가?!"

간발의 차였다. 마인들을 추월해 하지메와 등을 맞댄 티오가 장벽과 흑린으로 방벽이 되었다.

그 직후, 결국 백은색 소용돌이는 허공으로 녹아들듯 사라지고 말았다.

멍해 있던 것도 잠시. 마인들의 분노가 극에 치달았다. 상급 마법 주문이 잇달아 들려 왔다.

하지만 그런 상황에서도 하지메는 힘없이 축 늘어져 【신문】이 있던 곳을 허무한 눈빛으로 바라볼 뿐이었다.

"에잇, 일단 돌아가자!"

티오는 넋 나간 하지메를 울 것처럼 바라보면서도 억지로 어깨에 짊어지고 빠르게 낙하했다.

유에를 소중하게 여기는 마음은 티오도 마찬가지였다. 그러므로 하지메의 심경은 이해한다. 마음이 아팠다. 가슴을 옥죄는 것처럼…….

그래도 지금 하지메는 만신창이로도 모자라 빈사 상태였다. 오히려 아직 살아 있는 게 용했다.

사태는 촌각을 다툰다. 사랑하는 이를 되찾고 싶은 충동은 이해하지만, 하지메를 최우선으로 치료하지 않으면 정말로 손쓸 방도가 사라진다. 그렇기에―.

"주인님, 제발 자기 몸을 생각해다오."

하지메의 의식이 추적하는 마인들에게 향해 있다는 사실에 이를 갈면서 진심을 담아 설득해 봤다. 그래도 대답은 없었다. 좌우지간 카오리에게 치유를 부탁하기 위해서 티오는 알현실로 뛰어들었다.

"하지메! 티오!"

카오리가 부리나케 달려왔다.

시아를 필두로 시즈쿠와 스즈, 류타로는 부상을 치유했고 레미아에게 안긴 뮤도 곁에 있었다. 아이코와 아이들도 아래층에서 알현실로 돌아와 있었다.

카오리는 하지메를 바로 쫓고픈 충동을 참고 우선 중상을 입은 이들을 치유했다.

정상이 아닌 하지메를 홀로 보낼 수 없으므로 싸울 수 있는 상태에서 쫓기 위함이었다. 결과적으로 쫓을 필요는 없어졌지만…….

착지하자마자 티오가 무릎을 꿇었다. 하다못해 한 명이라도 가 봐야 한다며 바로 하지메를 쫓은 티오는 여전히 중상을 입은 채였고 용인의 몸이라도 이미 한계에 달했다.

"나는 됐다! 나보다 주인님을 먼저 봐라!"

그래도 티오는 하지메가 더 위험하다고 걱정했지만…… 정작 하지메는 망연자실 서 있을 뿐이었다. 그 몸에서는 아직 검붉은 마력이 튀고 있었다.

"하지메, 마력을 제어해! 그대로 두면 정말로 죽어!"

막대한 마력을 필요로 하는 개념 마법 창조와 발동. 진작 강제 해제됐어야 할 『한계 돌파』 상태.

아무리 몸의 상처를 고친다 한들 하지메 본인이 마력 유출을 막지 않으면 마력 고갈 끝에 힘이 다해 죽을 것이다.

그래도 여전히 하지메는 반응이 없었다. 눈은 머리 위 하늘에서 떨어질 줄 몰랐다.

자신의 말이 들리지 않는 사실을 분하고 답답하게 생각하면서도 카오리는 재생 마법을 쓰려고 했다.

그런데 그곳으로 햇빛을 가로막는 그림자가 드리웠다.

"사도님?! 아직 남아 계셨습니까!"

"아아, 다행이야! 한때는 어떻게 되나 싶었습니다!"

"뭐야? 인간에…… 아인까지 있어? 흥, 됐다. 사도님, 이교도 놈들을 처분하고 어서 우리를 신에게로 인도해주십시오!"

마인족이었다. 병사 스무 명과 남녀노소를 불문한 약 서른 명의 인물이 독수리 마물과 함께 내려왔다.

"여기 있는 사람들에겐 손끝 하나 못 대!"

"다들 제 뒤로 오세요!"

"이제 고비를 넘겼나 했더니!"

불온한 발언과 마물의 출현으로 카오리, 시아, 시즈쿠가 긴장했지만 그럴 필요는 없었다.

모든 독수리의 목이 공깃돌처럼 공중을 날았다.

영문도 모른 채 죽은 독수리에게서 마인들이 우르르 떨어졌다.

병사들은 노련하게 착지했지만 처음에 불온한 말을 입에 담은 병사가 4등분되며 피 분수를 만들었다.

무슨 일이냐고 소리칠 여유도 없었다. 스무 명의 병사가 눈 깜짝할 사이에 절단됐다.

원인은 물론 하지메가 휘두른 존재 거부의 사슬이었다.

조금 전만큼 양이 많지는 않아 사도들처럼 완전히 소멸하지는 않았다. 그러나 그 탓에 육편과 피 연기를 흩뿌려 질 낮은 B급 스플래터 영화 같은 참상을 만들어 냈다.

오히려 나나와 타에코를 포함한 학생들이 더 창백해져 비명을 질렀고 구토하는 사람까지 있었다.

적대하는 존재가 누구인지 뒤늦게 알아챈 마인들이 하지메에게 적의로 불타는 눈을 돌렸지만―.

""""……?!""""

곧 모두 비명을 지르며 뒤로 물러났다. 하지메의 눈을 보고 말았으니까. 사람이 알아서는 안 될 것을 보고 말았다며 본능이 기피했으니까.

"도, 도망쳐! 성에서 나가―."

마지막 병사의 머리가 지금 몸통에서 떨어졌다.

검붉은 마력과 히드라처럼 꿈틀대는 사슬. 조용히 손을 뻗어 손가락을 내미는 악귀 앞에서 마인들은 움직이지 못했다. 뱀이 노려보는 개구리처럼.

그리고…….

―죽어.

나지막한 속삭임이었다. 하지만 그들은 분명히 알아들었다. 몸과 마음에 침투하는 사신의 『저주』를…….

"사, 사도님! 제발 살려주십시오!"

척 보기에도 고급스러운 옷을 입어 지위가 높아 보이는 노인이 마찬가지로 고급스러운 복장의 늙은 여인을 감싸며 카오리에게 애걸복걸했다.

"하, 하지메."

참극으로 마비된 정신이 부활한 카오리가 하지메를 제지하려고 했으나―.

"꺄아아아아아아악!"

그 전에 늙은 여인의 비명이 터졌다.

노인의 목이 하늘을 날았다. 그리고 바닥에 떨어지기 전에 잘게 조각나 소멸했다.

"아, 안 돼! 하지메!"

"하지메 씨! 이 사람들은 이미 적이―."

"당신들! 빨리 항복해! 무릎 꿇고 양손 들어!"

마인족이라서 싸울 힘은 있지만 그들은 어디까지나 일반 시민에 불과했다. 이교도를 향한 경멸이나 적의는 있어도 독수리 마물과 병사가 전멸한 순간부터 마음은 이미 공포에 휩싸였다.

그래서 카오리와 시아가 말리고 시즈쿠가 적이 아니라는 명확한 의사를 표시하라고 설득했다.

그러는 사이 늙은 여인의 비명이 사라졌다. 그 존재와 더불어. 의분에 찬 청년이 반격에 나섰지만 그도 가로로 갈라져 피바다를 만들었다.

"하, 항복한다!"

아이를 자기 뒤로 보낸 아버지가 스스로 두 무릎을 꿇고 손을 들었다. 다른 이들도 덩달아 무릎 꿇고 항복 의사를 표했다.

신에 대한 광신과 완강한 선민사상이 눈앞에 선 무자비와 공포의 구현자에게 굴복한 순간이었다.

그런데도…….

주르륵. 혐오스러운 소리가 고막에 엉겨 붙었다. 가장 끝에 있던 엄격한 인상의 남성의 몸이 대각선으로 미끄러지는 소리였다. 그의 얼굴에는 믿어지지 않는다는 경악과 절망의 표정이 남아 있었다.

"……?! 왜, 왜…….."

누군가 의문을 입에 올린 순간, 절단된 남자를 멍하게 바라보던 아내로 추정되는 여성이 깔끔하게 깬 달걀처럼 갈라졌다.

항복 선언에도 하지메는 멈추지 않았다.

어떻게 보면 당연했다. 하지메가 현재 발현한 감정의 극치—

그것은 『모든 존재를 부정한다』였다.

지금 하지메에게는, 적어도 본인이 의식하는 범위에서는 이 세계에 있는 모든 것이 똑같이 무가치했다. 포로로 삼을 필요 따위 없고 존재하는 것만으로도 눈에 거슬렸다.

눈에 보이는 것을 감정대로 죽이는 데에 아무런 주저가 없었다.

마인들 사이에 절망이 만연했다.

동료들도, 그리고 아이코와 학생들도 너무나 무자비한 광경에 할 말을 잃었다. 마음을 닫아 버린 하지메를 어떻게 해야 할 줄 몰라 초조함만 더해갔다.

하지메의 시선이 항복 선언을 한 남자에게 돌아갔다. 정확히는 그 옆, 아버지를 꽉 붙잡고 고개를 내민 아이를 보았다.

그것을 깨달은 남자는 반사적으로 돌아서서 소년을 끌어안았다.

시아, 카오리, 시즈쿠, 티오, 아이코, 릴리아나가 겨우 마비된 마음에서 벗어나 억지로라도 하지메를 말리려는데—.

그 누구보다 먼저 작은 그림자가 달려왔다.

"아빠, 안 돼! 원래 아빠로 돌아와!"

뮤였다.

죽음을 목전에 둔 부자와 하지메 사이에 끼어들어 두 팔을 벌리고 막아섰다.

떨고 있었다. 눈가에는 눈물이 고였다.

표정은 굳었으나 놀라울 만큼 힘찬 눈은 똑바로 하지메를 쳐다보고 있었다.

"……비켜."

식어서 굳어 버린 듯한 음성이었다.

지금까지 단 한 번도 들은 적 없는 소리에 마음을 얻어맞는 충격을 느꼈다. 너무 슬퍼서 풀썩 주저앉아 버릴 것 같았다.

하지만—.

"아, 안 비켜!"

절대로 물러나지 않았다.

왜냐면 용납할 수 없으니까. 마인을 이유도 없이 죽이는 것만이 아니었다.

사랑하는 아빠가 더 이상 타락하는 것은 절대로 용납할 수 없으니까.

이렇게나 슬퍼하는 아빠를 절대로 가만히 둘 수 없으니까!

그래서 뮤는 하지메를 똑바로 쏘아보며 입가에 웃음을 지었다. 눈물과 굳은 얼굴 때문에 몹시 어색한 웃음이었다.

그래도 웃는 사람은 아무도 없었다. 그것이 누구를 흉내 낸 표정인지, 누구나 아니까. 모를 리가 없으니까.

그것은 절체절명의 순간에도 불요불굴을 나타내는 표정.

뮤가 진심으로 동경한, 사랑하는 아빠이자 무적의 히어로가 보이는 대담한 웃음.

"뮤의 아빠는 이렇게 못나지 않았어! 훨씬 멋있어! 더 강한 눈을 하고 있어! 그러니까!"

누구나 그 기백에 입을 벌리지 못했다.

당당하게 마음을 말로 하는 작은 소녀는 마치 이야기에 나오는 용사 같았다.

무시무시한 괴물에게 도전하는 작디작은 용사에게 모두가, 마인족까지도 감명받은 것처럼 빤히 바라보았다.

"나는 안 져! 지금 아빠한테는, 나 절대로 안 져!"

되찾는다. 본래 하지메를……

이대로 저런 텅 빈 눈을 한 채 멀리 보내지 않겠다. 돌아오지 못할 곳으로 가기 전에 그 손을 잡겠다!

알브조차 직시하기를 꺼린 하지메의 허무로 소용돌이치는 눈동자를, 뮤는 결의로 빛나는 눈동자로 노려봤다.

"……으."

반응이 있었다. 누가 뭐라고 해도 귀를 닫고 있던 하지메가 지금 처음으로 표정에 변화를 보였다. 아주 살짝 얼굴을 찌푸렸다.

그것은 분명히 하지메의 패배였다.

"……세 번은 말 안 해. 비켜—."

"하지메."

카오리와 다른 동료들도 앞으로 한 걸음을 내디뎠다.

하지메의 어깨를 강하게 잡고 강제로 돌아 세운 카오리는 웃음기 없는 눈으로 싱긋 웃으며—.

"잠깐 어금니 깨물어."

"……읏."

혼신의 한 방으로 하지메를 후렸다. 진심이 담긴 주먹은 상상 이상으로 강해서 하지메는 그대로 나동그라졌다.

팔꿈치를 세워 상체를 일으켰지만 그게 다였다. 일어날 기력까지 모조리 날아가 버린 것 같았다.

카오리는 분노와 슬픔이 섞인 표정으로 하지메를 바라봤다.

"제발 눈을 떠. 언제까지 그렇게 추한 모습을 보일 거야?"

"으……."

"뮤한테…… 자기 딸한테 상처를 주려고 해? 추해서 못 봐 주겠어. 이런 하지메를 유에가 보면 뭐라고 할 거 같아? 아, 그래도 유에를 포기한 하지메한테는 이제 상관없지?"

카오리의 말에 비수를 찔린 듯 하지메가 눈을 번쩍 떴다. 그 눈에는 유에를 포기했다는 말에 대한 막연한 반항이 서렸다.

하지메의 속마음을 정확하게 읽어 낸 카오리는 계속해서 말을 이었다.

"『전부 사라져 버려』…… 다 들었어. 유에가 없는 세상은 아무런 가치도 없다고 생각했어? 그건 두 번 다시 유에랑 못 만난다고 생각해서 그런 거지? 유에를 찾길 포기한 거지?"

"……."

정신이 돌아오는 것처럼 하지메의 눈에 빛이 돌아오기 시작했다.

마인들을 둘러싼 존재 부정의 사슬에서 검붉은 빛이 점점 약해지고 색도 조금씩 밝게 변해 갔다.

카오리가 하지메 앞에 쭈그려 앉았다. 결의가 담긴 눈초리와 목소리가 하지메의 마음을 찔렀다.

"나는 유에를 구할 거야. 반드시, 무슨 일이 있어도 되찾을 거야. 하지메는 어떡할래? 싸울 의지가 없는 사람들을 한 명씩 죽이고 다닐래? 그렇게 쓸데없이 낭비할 시간이 있어? 정말로 포기했어? 포기할 수 있겠어?"

"……그럴 리가 없잖아."

겨우 하지메에게서 대답이 돌아왔다.

카오리가 비난하는 눈길로 보고 있었다. 그 뒤에서는 뮤도 흔들리지 않는 눈빛과 의지를 보여줬다.

그것들은 진창 속으로 가라앉았던 하지메의 정신에 커다란 파문을 일으켰다. 청결한 물로 정화하는 것처럼 이성이 진흙을 씻어 내고 다시 떠올랐다.

그런 그때, 머리에 충격이 퍼졌다. 어깨 너머로 돌아보자 시아가 우는지 웃는지 모를 표정으로 하지메의 머리를 쥐어박고 있었다.

"우리에게는 못난 모습 정도야 얼마든지 보이셔도 돼요……. 하지만 뮤 앞에서만은 멋있는 아빠로 있어 주셔야죠. 게다가 저렇게 슬프게 하고……. 이건 벌이에요!"

"……그랬지."

반론의 여지도 없어 하지메는 벌을 달게 받았다.

존재 부정의 사슬이 사라져 가고 하지메의 몸에서도 마력 유출이 멈췄다.

"우선 내게도 혼 좀 나거라."

"이건 내 몫이야."

티오와 시즈쿠에게서도 꿀밤을 맞았다. 두 사람 다 하지메가 이성을 되찾아 가슴을 쓸어내리고 있었다. 그것을 보고, 그리고 새삼스럽게 자신이 발현한 개념 마법을 생각하고 하지메는 겸연쩍은 표정을 지었다.

"……미안. 돌이킬 수 없는 짓을 저지를 뻔했어."

"주인님이라도 이성을 잃을 때는 있겠지. 그래도 의식이 불분명한 상태에서도 결국 우리에게는 상처 하나 내지 않았어."

"……그러고 보니 티오는 나랑 다른 사람들까지 감싸줬는데…… 혹시 자기가 있으면 나구모가 공격하지 않는다는 확신이라도 있었어?"

"……글쎄? 그건 나도 모르겠구나."

시치미 떼는 티오에게 시즈쿠가 눈을 샐쭉거렸다.

사실 시즈쿠의 추측이 맞았다. 티오는 믿었다. 설령 이성을 잃었어도 하지메가 자신들을 세상에서 없애려 하지는 않으리라고…….

다만 확신이 있었던 것은 시아, 카오리, 뮤와 레미아, 그리고 자신뿐.

어느 정도 신뢰를 쌓고 고백한 전적이 있는 시즈쿠와 마찬가지로 신뢰하는 아이코도 괜찮지 않을까 생각했지만, 스즈와 류타로, 그리고 릴리아나나 학생들에게도 해를 끼치지 않으리라는 확신은 서지 않았다.

그래서 그들을 아래층으로 대피시키고 인질을 못 잡게 뮤와 레미아는 카오리에게 지키게 했으며 빈사인 시아와 시즈쿠, 그리고 스즈와 류타로는 티오 자신이 방파제가 되어 지킨 것이었다.

실제로 가장 가까이 있던 뮤도 마력 여파에 굴러갔으나, 결과적으로는 알브와 하지메 사이에서 벗어나 안전할 수 있었다.

시즈쿠와 티오의 대화로 그런 사정을 짐작한 스즈와 아이코, 그리고 아이들이 저마다 복잡한 표정을 지었지만 분위기는 한결 나아졌다.

카오리가 두 손으로 하지메의 뺨을 누르고 자기 쪽으로 돌리더니 조금 전과는 확연히 다른 아주 다정한 표정으로 말했다.

"아직 아무것도 안 끝났어. 그렇지?"

"……그래. 그 말이 맞아."

"하지메는 혼자가 아니야. 우리가 있고 무엇보다 유에가 있잖아. 몸은 떨어졌어도 마음은 함께 있어. 아마도, 아니지, 분명히 지금도 싸우고 있을 거야. 하지메 곁으로 돌아오려고. 다른 사람도 아니고 유에잖아. 그런 놈한테 질 리가 없어."

"……그래. 우리를 구해줬을 때처럼, 에히트가 후회할 정도로 방해하고 있겠지."

"맞아. 심술로는 유에를 따라올 사람이 없으니까!"

"그 심술은 너한테만 부리지만."

농담을 나누고 서로 소리 없이 웃은 후에야 하지메는 몸에서 힘을 뺐다.

그리고 그곳에 있는 모두를 돌아보고 말했다.

"미안."

그러고는 마지막으로 쭉 참고 상황을 지켜보던 뮤를 돌아 봤다.

눈이 마주치고 하지메가 똑같이 사과하려다가 생각을 고쳤다. 해야 할 말은 따로 있었다.

"뮤."

"아빠……."

잠깐의 침묵 후, 하지메는 만감을 담아 그 말을 꺼냈다.

"고마워."

뮤가 알던 것보다도 더 상냥한 미소였다.

자신을 아버지라며 따르는 작은 용사가 정말로 자랑스럽다.

그런 하지메의 마음을 아낌없이 받고, 마침내 뮤의 눈물샘이 터졌다.

"아빠아아아아!"

눈물이 봇물 터지듯 쏟아지고 안도감이 가슴을 채웠다.

온힘을 다해 달린 뮤는 곧장 하지메의 가슴으로 뛰어들었다.

"자, 잠깐, 뮤— 푸학?!"

환희의 로켓 다이브는 하지메에게 신의 공격보다 무서운 치명타를 입혔다. 저항하지 못하고 그대로 뒤로 자빠져 바닥에 뒤통수까지 박았다.

"아, 못 버티겠다……."

나락의 괴물을 구한 것이 작은 용사라면 마무리를 지은 것도 작은 용사였다.

—지금 아빠한테는 절대로 안 져!

아빠처럼 한 말은 반드시 지킨다. 그 아버지에 그 딸이었다.

오늘 최대의 벌을 받은 하지메는 눈을 까뒤집고 정신을 잃었다.

그 후─.

"아빠? 아빠아아?! 눈 떠 봐! 자면 죽어!"

"뮤, 뮤! 하지메 씨를 더 때리면 안 돼!"

고사리손으로 왕복 따귀를 맞거나─.

"헉, 하지메 씨가 숨을 안 쉬어요!"

"큰일이구먼! 맥박도 약해지…… 어? 멈췄어?"

"카오리, 빨리빨리! 빨리 와! 빨리 재생 마법!"

"알았어─『절상』! ………응? 상처는 나았는데 심박이 안 돌아와? 죽었어?! 늦은 거야?!"

"으아아, 시라사키, 진정해요! 누구 혼백 마법 쓸 수 있는 분?!"

"아이 선생님이나 진정해요! 선생님도 쓸 수 있잖아요!"

"키, 키스할까요?! 저 알아요! 공주는 왕자님의 키스로 깨어나요! 책에 적혀 있었는걸요! 그럼 반대도 될지도 몰라요! 전 왕녀니까!"

그런 간담 서늘하고 시끌벅적한 소동이 일어날 줄은 꿈에도 모르고.

참고로 그 와중에 마인족들은─.

"저기…… 저희는 어떻게 해야……"

도망치면 뒷일이 무섭다. 머물러도 무섭지만 작은 용사가 있다.

그래서 일단 그렇게 물었지만…… 당연히 아무도 대답해주지 않아 불편하게 침묵을 이어갔다.

어둡고 차갑다. 고요한 물 밑에 가라앉은 감각 속에서 귀가 소음을 잡아냈다.

"―빠―지 마―빠."

"하지―!"

"눈을― 하지메―."

세상의 종말을 목격한 것처럼 절박한 목소리가 물 밑에 파문을 일으켰다.

대답해야 한다…… 무의식중에 생각했다.

감각이 선명해지면서 강렬한 권태감이 몰려왔다. 육체는 틀림없이 각성을 거부했고 가만히 두면 어둠 속으로 끌려 들어갈 것 같았다.

'……따뜻한, 빛?'

막연하게 느낀 것은 깃털처럼 부드럽고 편안한 따뜻함. 그리고 수면에 비친 태양 같은 빛이었다.

그것들을 인식한 순간에 연료라도 채워 넣은 것처럼 활력이 돌아오고, 쉬라고 명령하는 권태감을 밀어내는 데 성공했다. 정신이 급속하게 물 위로 떠오른다―.

"아빠!"

"하지메 씨!"

"하지메!"

"주인님!"

"나구모!"

눈을 떴다. 시야가 들여다보는 미소녀, 미녀, 꼬마 숙녀로 뒤덮였다.

뮤, 시아, 카오리, 티오, 시즈쿠였다. 모두 눈가에 고인 눈물과 깊은 안도가 범벅이 되어 어색하게 웃고 있었다.

얼마나 걱정을 끼쳤을까. 기절하기 전에 자신을 꾸짖어주던 말들이 떠올랐다. 기쁘면서도 미안한 마음에 뭐라고 말해야 할지 모를 표정을 지었다.

"걱정했지? 내 부상은⋯⋯ 아, 그 따뜻한 빛은 카오리의 재생 마법이었어? 고마워."

"⋯⋯갑자기 심장까지 멈추질 않나⋯⋯ 훌쩍, 정말로, 정말로 천만다행이야⋯⋯."

"시, 심장이 멈췄다고⋯⋯? 그럼 더 고마워해야겠는데."

카오리가 철퍼덕 주저앉아 참았던 눈물을 쏟았고, 옆에 있던 시즈쿠가 어깨를 안아 위로했다.

"말이 좋아서 심장이 멈췄다지, 그냥 죽은 상태였어. 혼이 몸에서 떨어졌다고 티오가 식겁하면서 혼백 마법을 썼는데⋯⋯."

시즈쿠가 무척 무서운 경험을 한 것처럼 창백한 얼굴로 입을 우물거렸다.

하지메는 시아에게 부축받으며 힘겹게 상체를 일으켰다. 시아가 트이고 다섯 명 뒤로 사람들이 모여 있는 것을 겨우 알아차렸다.

스즈와 류타로, 아이코와 릴리아나, 유카와 학생들, 그리고 레미아였다. 모두 진심으로 안도한 표정이었다.

하지메는 무슨 문제라도 있었느냐는 눈초리로 티오를 봤다.

"피해가 너무 심각하니 당최 혼이 정착되어야 말이지…… 설마 이대로 끝인가 싶었어. 500년 동안 이리도 마음 졸인 적이 없구먼."

"그 정도였어……?"

아무래도 『한계 돌파』 강제 발동 상태로 쌓인 근본적 피로는 혼백에까지 영향을 미치는 듯했다. 상상을 초월하는 쇠약 상태였으리라. 어쩌면 혼백 자체가 죽음의 문턱에 있었는지도 모른다.

"선생님에게 감사하거라. 내가 혼을 정착시키려는 동안 선생님이 혼을 치유하는 마법을 써주었어. 카오리와 나, 그리고 선생님. 한 명이라도 없었다면 어찌 됐을지……."

그러면서 티오는 끔찍한 상상을 털어 버리듯 머리를 흔들었다. 하지메는 감사의 마음을 담아 티오의 손을 잡았다.

그리고 일어서서 눈물지은 채 자신을 보는 아이코를 봤다.

"선생님, 큰 빚을 졌어."

"빚이라뇨. 저는 그저 나구모를…… 살아 있어 준 것만으로도……."

"정말, 나구모! 우리가 얼마나 걱정한 줄 알아?! 빚이니 뭐니, 그런 소리를 들으려는 게 아니잖아!"

아이코가 양손으로 얼굴을 가리고 온갖 감정이 흘러넘친

것처럼 울었다.

옆에 있는 유카가 눈물을 머금고 하지메를 노려봤다. 역시 감정을 주체하지 못하는 것 같았다.

나나와 타에코가 각자 두 사람을 끌어안으며 「나구모, 말 좀 골라서 해!」, 「눈치 챙겨!」라며 항의해 댔다.

"누가 아니래요! ……하지메 씨가 잘못되면 저는 유에 씨에게 뭐라고 설명해야 하냐구요……."

"시아……."

시아의 주먹이 하지메의 어깨를 툭툭 때렸다. 시아에게 어울리지 않게 힘이 없었다. 토끼 귀도 시들시들했다.

그만큼 하지메의 상태가 위험했다는 증거일 것이다.

"어떤 때라도 반드시 살아남는다. 무슨 일이 있어도 결국 해결한다. 우리에게 나구모는 그런 사람이야. 그 믿음을 저버리는 행동은 하지 말아줘."

겨우 조금 진정된 카오리 옆에서 시즈쿠가 미소 지었다. 긴장이 풀린 부드러운 웃음이었지만 그 손은 아직 조금 떨리고 있었다.

자신의 목숨이 그들에게 얼마나 큰 의미를 가지는지 새삼 깨달은 하지메는 속으로 자신의 한심한 정신머리를 자조했다.

나락 아래에서 유에가 붙잡아준 인간성을 망각하고 시아와 동료들이 받쳐준 자신을 버리는 것은 분명히 믿음을 저버리는 행동이었다.

하지메는 주위를 돌아보고 자신에게 향한 다양한 감정 실린 눈빛과 마주했다.

"……정말로 걱정 끼쳐서 미안해. 그리고 다시 한 번 고마워."

나락 아래에서 유에와 단둘이 세상을 적으로 돌릴 각오로 시작한 여행.

어느샌가 괴물 같은 자신들을 진심으로 사랑하고 걱정해주는 사람들이 이렇게 많이 모였다.

이제 두 번 다시 지지 않는다. 적뿐 아니라, 그 누구보다도 자기 자신에게…….

그렇게 마음속으로 맹세한 하지메는 하늘을 우러러봤다.

사랑하는 흡혈 공주를 그리며 결의를 새롭게 다졌다.

그런 하지메의 표정은 보는 이까지 애절하게 하면서도 왠지 마음이 안정되는 강한 힘이 있었다.

그 감정을 참지 못하고 시아와 카오리가 말을 걸려고 했다. 하지만 그 전에—.

"아빠, 미안해요……. 이제 안 아파?"

레미아에게 안긴 채로 뮤가 쭈뼛쭈뼛 물었다. 아무래도 자기가 안긴 탓에 하지메가 죽을 뻔했다고 생각하는지 미안해서 어쩔 줄 모르는 눈치였다. 얼마나 울었으면 눈이 새빨갛게 부었다.

"뮤, 네 잘못이 아니야. 사과할 필요 없어. 한 번 더 말할게. 나를 말려줘서 고마워. 이제는 나보다 뮤가 더 강하겠는데?"

하지메는 뮤에게 손을 내밀었다. 그 표정은 모두 한 번은 숨 쉬는 것마저 잊을 정도로 부드러웠다. 류타로를 포함해 남자들은 믿어지지 않는다는 눈으로, 유카와 일부 여자들은 얼굴을 살짝 붉히고 넋이 나간 눈으로 바라보았다.

뮤도 하지메의 표정을 보고 빈말이 아니라고 이해한 모양이었다.

"에헤헤. 나는 아빠 딸이니까! 당연한 거야~!"

뮤는 레미아에게서 떨어져 하지메의 무릎 위에 폴싹 앉더니 가슴에 얼굴을 묻었다. 얼굴을 도리도리 문지르며 쑥스러운 듯, 혹은 기쁜 듯 헤벌쭉 웃었다.

하지메는 뮤의 풍성한 에메랄드그린 색 머리를 다정하게 쓰다듬었다. 자애로운 표정으로 레미아를 돌아보며 입을 떼려고 했지만 그 전에 무슨 말을 할지 깨달은 레미아가 선수를 쳤다.

"사과하지 마세요. 전 말했어요."

"아, 그랬지……."

말려들게 했다고 사과하지 마라. 용서하기 어려워서가 아니었다. 하지메에게 어리광 피우는 뮤를 보는 눈— 어머니의 눈은 자랑스러움으로 차 있었다.

물론 위험에서 멀리 떨어뜨려 놓고 싶기는 했다. 하지만 이렇게 행복해 보이는 딸을 보면, 그리고 당당하게 하지메 앞을 막아선 모습을 보면 두 번 다시 엮이고 싶지 않다고는 생각할 수 없었다. 단순한 피해자라고 생각할 수도 없었다.

그런 심정을 알았는지 하지메는 난감하게 눈썹을 팔자로 뜨고 말했다.

"……난 이렇게 착하고 강한 아이를 본 적이 없어. 신도 괴물도, 분명 이 아이에게는 못 당하겠지. 레미아, 네 딸은 세계 최고야."

"……후후, 알아요. 멋진 아빠가 있으니까요."

하지메의 말을 듣고 레미아는 딸과 쏙 빼닮은 쑥스러움과 기쁨 섞인 웃음을 보여줬다.

온화한 분위기가 무르익고 사람들의 마음에 차분함이 돌아왔다.

그러자 카오리와 시즈쿠는 눈빛을 교환하고─.

"어흠, 레미아 씨. 하지메랑 너무 가깝지 않나요?"

"그, 그러게. 은근슬쩍 밀착했어……."

그런 소리를 꺼냈다. 편승해서 아이코와 유카까지 한마디씩 거들기 시작했다.

"으, 뭐예요, 저 『이상적인 가족』 같은 분위기……."

"……왜 우리가 불편하지……."

뮤를 사이에 두고 몸을 기대는 세 사람은 누가 보나 가족 같았다. 하지메와 레미아는 아주 자연스러운 부부로 보였다.

"어머나. 그렇다는데요, 여, 보?"

"놀리지 마……."

우후후, 하고 레미아가 웃음을 흘린 후 여성들 사이에 전율이 퍼졌다.

"여, 역시 레미아구먼. 여전히 내 용안으로도 속내가 보이지 않아. 어찌 보면 최강의 웃음이야."

"여, 여기서는 역시 제가 대항해야겠죠! 애인으로서 하지메 씨를 지켜야 해요! 릴리아나 씨처럼 상황에 편승해 키스하려 고 하는 발칙한 사람도 있으니까요!"

"넷?! 그런 식으로 생각하셨어요?! 아니에요! 그건 응급처 치지 절대로 『지금이라면 이야기 속 주인공이 된 기분을 느낄 수 있어!』라는 생각은 안 했어요!"

"제 무덤을 파는군, 공주님. 내가 사경을 헤맬 때 무슨 짓 을 하려고 했어?"

"정말로 릴리는 연애 소설 좀 그만 봐야 해. 하지메, 괜찮 아. 키스라면 내가 할 테니까!"

"뭐가 괜찮은지 하나도 모르겠는데."

카오리가 치료라면 자기한테 맡기라며 키스하려고 덤비고 다른 이들도 편승해 잠시 소란이 일었다.

물론 그것이 억지로 밝은 척하고 민감한 사항을 건드리지 않 으려고 조심하는 작위적인 분위기임을 하지메는 알고 있었다.

이유는 하나밖에 없었다.

원래 이 대화에 있어야 할 소중한 동료, 친구, 언니, 사부, 전우, 연적, 동경하는 사람⋯⋯ 누구도 무시할 수 없는 존재감 을 가진 하지메의 사랑.

그녀가 없다⋯⋯.

그 사실에 상처받은 사람은 하지메만이 아니었다.

이렇게 냉정해지고 보니 분노와 결의의 표층에 쓸쓸함이 떠 올랐다.

그녀의 이름을 쉽게 입에 올리지 못할 만큼. 연극 같은 분위기로 서로를 받쳐주려고 할 만큼. 그다지 친분이 없는 사람은 마음을 써서 분위기를 맞춰줬으리라.

실제로 갑자기 시작된 콩트 같은 대화 때문에 학생들은 조금 당황한 눈초리였다.

그런 묘한 분위기가 감도는 가운데.

"뮤? 다 같이 아빠랑 뽀뽀해? 그럼 나도 할래~!"

"어어?!"

마침 팔에 카오리가 매달린 참이었다. 문어처럼 입술을 쭉 내밀고 덮치는(?) 뮤를 막지 못하고 하지메는 뒤로 넘어지며 얼굴을 돌렸다.

입과 볼 중간쯤 위치에 쪼옥 입술이 찍혔다.

순간의 정적과 경직 후 왠지 새된 소리와 비명 같은 환호성, 탄성이 도처에서 터져 나왔다.

"선은 지켰군."

입술 박치기는 면했다. 어린아이, 그것도 딸의 첫 키스 상대가 되는 불상사만은 피했다고, 하지메는 뮤를 떼어 놓으며 주장했다.

서양이라면 가정에 따라 할지도 모르지만 순수 일본인인 하지메에게는 간과할 수 없는 사태였다. 그 점을 확실히 해 두고 싶었다.

"선 넘었어!"

"범죄야!"

다른 사람이 보기에는 어린아이에게 쓰러져서 키스받는 하지메였다.

아이코와 릴리아나가 양손으로 새빨간 얼굴을 가렸으나 손가락 사이로 볼 것은 다 보고 있었다. 릴리아나는 연애 경험도 없는 열네 살 소녀니까 이해하지만…… 외모는 넘어가더라도 아이코와 릴리아나의 나이 차이는 열한 살…….

유카와 나나, 타에코가 아이 선생님 부끄럽지 않느냐, 너무 숙맥 아니냐……라는 표정으로 보고 있었다.

"어머머머. 얘도 참 대담하다니깐, 우후후."

"카오리랑 시즈쿠도 호들갑이 심하구나. 아이가 한 일 아니더냐."

레미아가 우스워하면서 뮤를 안아 들었고 티오는 어이없어 했다.

마찬가지로 대부분 학생은 아빠를 좋아하는 아이의 훈훈한 행동으로밖에 보이지 않았나 보다.

극히 일부, 누구라고는 말하지 않겠지만, 모 호위대 남자 멤버가 「로리콤……」, 「설마 현실의 히카루 겐지[#1] 계획이냐」, 「나구모, 진짜 갈 데까지 갔구나」라고 중얼거렸고 여자들에게서는 절대영도로 식은 눈빛이 날아들었다.

하지만 뮤의 행동은 아빠에 대한 단순한 애정 표현은 아닌 듯했다.

#1 히카루 겐지 일본 최초의 소설 「겐지 모노가타리」의 주인공. 어린아이를 납치해 결혼하는 이야기도 있다.

"우으~, 왜 피해! 유에 언니가 못 해주는 만큼 내가 아빠 기운 나게 해주려고 했는데!"

"뮤……."

모두 꺼낼 타이밍을 살피던 그녀의 이름을 뮤는 아무렇지 않게 입에 담았다.

뽀뽀의 진의를 알고 일행이 의표를 찔린 표정이었다.

"다른 언니들도 다 쓸쓸해 보여. 그러니까 내가 전부 뽀뽀 해줄게. 뽀뽀는 기운이 나는 주문이야."

유에 언니가 그렇게 말했다며 뮤가 눈을 살포시 감고 미소 지었다. 착한 마음씨와 깊은 속. 그 성숙한 분위기에 기시감을 느꼈다.

'혹시, 유에 흉내를 내는 건가?'

하지메가 동료들을 돌아보자 눈부신 것처럼 눈을 가늘게 뜨고 있었다. 느끼는 바는 다 같은 모양이었다. 돌이켜보면 조금 전에는 하지메 흉내를 내서 용기를 쥐어짰다.

"아이는 어른을 보고 배운다더니……."

그것이 바로 짧지만 밀도 있는 시간을 보낸 뮤가 배운 것이리라.

뮤는 하지메 일행이 생각하는 이상으로 『진심으로 믿고 따르는 아빠와 언니들』을 잘 보고 있었다. 그 삶, 그 마음, 그 힘의 근원을 알고 있었다.

"아빠, 유에 언니가 말했어."

"……뭐라고?"

"아빠랑 같이 있으면 세계최강! 그래도 지금은 다른 언니들이 있으니까……."

뮤의 시선이 시아와 티오, 카오리에게로 돌아갔다.

"─『우리는 무적』이래."

과거 에리센에서 유에가 뮤에게 몰래 알려준 말 하나를 자기 일처럼 뿌듯하게 알려줬다.

시아와 카오리와 티오는 무심결에 하늘을 봤다. 감정이 흘러넘치지 않게 하려는 것처럼…….

"아빠, 빨리 유에 언니를 데리고 와줄 거지?"

"하하, 그래. 어쩌면 실수해서 풀이 죽었을지도 몰라. 그러면 유에한테도 뽀뽀를 해줘."

"……응!"

레미아에게 안긴 채로 뮤는 만세를 불렀다.

뮤는 유에가 돌아오지 못한다고는 눈곱만큼도 의심하지 않았다. 하지메 일행이 데리러 가면 아무 걱정 없다, 전부 잘 풀린다는 무조건적인 믿음이었다.

일행이 함께 그 말이 맞다며 자조적인 웃음을 흘렸다.

쓸쓸함을 느끼고 있을 때인가? 연극을 할 여유가 어디 있는가?

하지메에게 잔소리해 놓고 자신들도 감상에나 빠져 있지 않았는가.

이리도 한심할 수가! 마음속으로 자신의 따귀를 올려붙였다.

"뮤한테는 못 이기겠네요."

"후후, 그러게. 뮤가 제일 강할지도 몰라."

"누가 아니래. 역시 작은 용사님은 다르구먼."

"정말 장래가 유망한 아이야."

어색하게 웃는 시즈쿠에게 모두 동조하는 분위기였다.

괜히 성장한 뮤를 상상하고 말았다.

평소에는 천진난만하고 착하지만 싸움이 벌어지면 대담무쌍하게 웃고, 어떤 때는 엄청난 매력을 발산하는 레미아 같은 외모의 미녀……

이런 하이브리드가 또 있을까. 정말로 크면 어떻게 될지 두려웠다.

문제는 아빠와 언니들의 영향을 강하게 받은 뮤가 남은 한 명에게 어느 정도 영향을 받았을까 하는 점이었다.

모두 짠 것처럼 티오를 주목했다.

"뭐, 뭐냐? 불쌍한 동물을 보는 그런 눈으로! 흐, 흥분되지 않느냐!"

모두 짠 것처럼 한마음이 됐다. 이 희대의 변태성만은 실수로라도 보고 배우지 않기를……

하지메는 있어서는 안 될 미래를 머릿속에서 털어 버리듯 고개를 흔들고는 분위기를 냉엄하게 바꿔 눈을 찌푸렸다.

그리고 천천히 일어나서 잠시 허공을 주시했다.

"……가능하겠어."

그렇게 중얼거린 하지메는 한 호흡 쉬고 『연성』을 발동했다.

붉은색보다 선명하고 짙은 선홍색 스파크가 튄 후 발밑에서 돌바닥을 재료로 한 칼이 솟아났다. 석재면서도 칼날은 보는 이의 정신을 빼놓을 만큼 날카로웠고 숙련된 장인이 벼린 것처럼 야릇한 광택을 뽐냈다.

거의 마력이 없는 상태였다. 당연히 신대 마법은커녕 단순한 마법을 부여할 여력도 없었다. 그래서 그것은 단순한 돌칼이었다.

그래도 그 돌칼은 존재만으로 타인을 위압했다. 마치 역사에 이름을 떨친 명도처럼······.

잠시 돌칼을 관찰하며 확인하던 하지메는 납득한 표정으로 고개를 끄덕이고 천천히 시선을 돌렸다.

조금 떨어진 곳에서 무릎 꿇고 숨죽이던 마인들에게로.

긴장이 잔물결처럼 퍼졌다.

"하지메······."

카오리가 확인하듯 진지하게 이름을 불렀다. 하지메가 곁눈질했다.

이어서 레미아의 팔에 안겨 빤히 자신을 보는 뮤를 보고는 어깨를 으쓱인 후 살며시 웃어 보였다.

걱정하지 말라는 의도는 평소의 능청스러운 분위기가 말해 줬다. 눈에도 허무는 깃들지 않아 카오리는 안도의 한숨을 쉬었다. 뮤도 씨익 웃었다.

그것을 확인하고 돌아선 하지메는 모두가 지켜보는 가운데, 마인들을 위압하듯 앞에 다가가 섰다.

"큰 기대는 안 하지만, 아는 게 있으면 전부 불어."

"아, 아는 거? 우리는 아무것도……."

대답한 사람은 아까 아들을 감싸던 남자였다.

"모르면 모른다고 해도 상관없지만, 거짓말이나 묵비는 추천하지 않겠어. 물론 절개를 지키는 건 개인의 자유지만…… 대가는 비싸게 치르겠지. 곁에 있는 사람이 소중하면 바른대로 불어."

하지메는 돌칼로 어깨를 톡톡 치면서 대놓고 협박했다.

"깡패도 아니고……."

"야, 조용히 해! 대가를 비싸게 치르면 어쩌려고!"

뒤에서 코스케가 중얼거리고 켄타로가 전전긍긍하는 소리가 들렸지만 무시했다.

"마, 말하면 살려줄 건가?"

"뭐? 네가 협상할 입장이냐? 그딴 건 내 기분 따라서 정할 테니까 신경 꺼. 정 살고 싶으면 손 싹싹 비비면서 친절하게 응답해. 프리드부터 시작해서 마인족들이 하도 죽이려고 들어서 짜증이 좀 많이 났으니까. 지금 살려 둔 것만 해도 울면서 고마워해야 해."

"아까랑 별로 다를 게 없는데?"

"마오! 친절하게 응답해!"

뒤에서 마오가 속삭이는 소리와 아야코가 당황하는 소리가 들렸지만 무시했다.

하지메는 입을 다문 마인족 생존자들을 내려다봤다.

허무한 눈동자에서 느낀 두려움은 없었다. 하지만 그렇기에 더 선명해진 냉혹하고 폭력적인 분위기는 마치 폭군 같아서 다른 성격의 공포를 불러일으켰다.

"신역에 대한 정보를 뱉어. 그리고 카오리…… 사도에게 신문을 열어 달라고 했지? 사도 개인이 신문을 열 수 있나?"

남자는 신중하게 말을 골라 입을 열었다.

"……신역은 우리 마인족의 낙원이라고밖에 듣지 못했어. 그곳으로 초대받으면 우리는 더 우수한 종족— 신의 권속이 된다고 했지."

"그리고?"

"시, 신문에 관한 건 몰라. 그저 사도님이라면 어떻게 할 수 있을지 않을까 해서……."

"뭐? 사실이야? 대충 속아 넘기려는 건 아니겠지? 신앙과 아이, 둘 중 하나만 지켜, 인마."

하지메는 남자 앞에 쭈그리고 앉아 돌칼로 뺨을 찰싹찰싹 때렸다. 쭉 등에 매달려 있던 그의 아들이 헉 소리를 내며 겁에 질린 눈초리로 하지메를 봤다.

"아무리 봐도 야쿠자……."

"오히려 쟤가 마왕 같은데."

뒤에서 요시키가 중얼거리고 신지가 두려워하는 목소리가 들려서 나중에 반 정도 죽이기로 했다.

하지만 뮤가 「아빠, 멋있어!」라고 하는 소리를 듣고 기분이 좋아졌으므로 용서했다. 유카가 「어?! 저건 괜찮아?!」라고 경악하는 소리를 냈지만 그건 아무래도 상관없었다.

미묘하게 소란스러운 하지메 뒤쪽을 신경 쓸 여유도 없이 남자는 생사가 걸린 문답에 폭포 같은 땀을 흘리면서 절박하게 말을 이었다.

"저, 정말이야! 믿어줘! 신앙을 시험하는 질문도 아닌데 거짓말을 할 리 없어! 게다가 아들 목숨이 걸렸다고! 정말로 이것밖에 몰라!"

하지메는 어깨 너머로 티오를 힐끔 봤다. 사람을 보는 눈은 티오가 뛰어났다. 그 믿음에 보답하듯 티오는 확신을 가지고 거짓이 아니라고 고개를 끄덕했다.

"쳇, 쓸모없긴. 다른 놈들은?"

"아, 아니, 그 이상은 아무것도……."

"저, 저도……."

"제, 제발 아이만은!"

다시 일어서서 그들의 주위를 천천히 걸었다. 이번에는 돌칼 끝을 바닥에 대고…….

가열한 나이프를 버터에 꽂은 것처럼 칼날이 바닥에 쑥 꽂힌 후 믿어지지 않도록 매끈하게 금이 갔다.

마인들은 핏기 가신 얼굴로 입을 모아 목숨 구걸을 시작했다.

"아무리 봐도 악역은 나구모야."

"……멋져."

"엥?! 잠깐, 타에코?!"

뒤쪽에서 그런 대화가 들렸지만 심문 분위기를 망치지 말아줬으면 좋겠다.

하지메는 마인들을 한참 관찰한 뒤 한숨을 쉬었다.

"후, 어쩔 수 없지. 일반인이 뭘 알겠어."

머리를 한 차례 저어 약간의 낙담을 떨쳐 냈다. 그 모습을 본 마인들이 혹시 도움이 안 된다고 죽이지나 않을까 벌벌 떨었다.

그런 그들을 중심으로 진홍색 스파크가 일었다. 마인들이 반사적으로 도망치려고 했으나 곧 다리가 움직이지 않는다는 사실을 깨달았다. 아래를 보자 융기한 바닥이 모두의 발을 파묻어 고정하고 있었다.

"일단 거기 얌전히 있어. 허튼짓할 생각으로 귀찮게 굴면······ 알지?"

"그, 그래······."

마인족이라면 마법을 써서 탈출하지 못할 구속은 아니었다.

그래도 그들의 표정을 보면 그럴 마음이 없다는 것은 일목요연했다. 목숨까지 거두지는 않는다고 이해해서 그냥 안도의 한숨을 내쉴 뿐이었다.

반 아이들도 눈앞에서 아이를 참살하는 광경을 보지 않아도 된다고 생각한 뒤 가슴을 쓸어내렸다.

마인들을 두고 돌아온 하지메는 알현실 중앙 부근으로 이동했다.

그리고 줄줄이 따라온 아이들과 동료들 앞에서 발로 바닥을 탁 쳤다. 그러자 원탁 세 개가 삼각형을 이루는 위치에 생성됐다. 원탁 하나당 의자 열한 개가 있는 커다란 원탁이었다.

"일단 앉아. 계획을 짜자고."

말하자마자 하지메는 의자에 몸을 내던졌다.

혼이 죽음을 인식하는 상태에서 가까스로 부활한 직후였다. 마력도 거의 고갈되어 별것 아닌 『연성』으로도 지치는 모양이었다.

그래도 땅바닥에 앉지 않고 회의장에 있을 법한 원탁과 의자를 마련한 것은 그만큼 중요한 이야기를 하기 위함이리라.

제1 원탁에는 시아, 티오, 카오리, 시즈쿠, 스즈와 류타로, 아이코와 릴리아나, 그리고 뮤를 안은 레미아가 둘러앉았다.

유카는 힐끔힐끔 그쪽 원탁을 엿봤지만 아이 호위대와 함께 제2 원탁에 앉았다. 나가야마 파티 다섯 명도 같은 원탁에 착석했다.

필연적으로 제3 원탁에는 요시키와 신지 및 왕궁 잔류파 학생 아홉 명이 머뭇거리며 착석했다.

하지메는 엄숙한 눈빛으로 일동을 돌아보고 입을 열었다.

"우선 정보를 정리하자. 교회가 숭배하는 신— 에히트가 유에의 몸을 탈취했어. 하지만 유에의 혼이 주도권을 빼앗으려고 방해하는 중이야. 그 덕분에 완전히 장악하려면 최소 사흘이 걸린다고 해."

담담하게 상황을 나열하는 하지메에게 아이들이 다시 답답하고 애통한 표정을 지어 보였다.

마인족 왕도 침공 후 불과 하루만 봤지만 하지메와 유에의 사이는 누구나 목격한 바였다. 에히트가 【신역】으로 떠날 때

통곡처럼 부르짖던 절규에도 딱한 마음을 감출 수 없었다.

"신역에 쳐들어가야겠네요. 문제는 그 신문이에요."

시아가 설명을 이어받았다. 표정에도 목소리에도 흔들림은 없었다.

그런 감정은 뮤가 말끔히 덜어내 줬으니까. 그것은 카오리와 시즈쿠, 티오도 매한가지였다.

"에히트가 허가한 사람만 통과할 수 있다고 했나? 뭔가 수단을 강구하지 않으면 못 쳐들어가."

"맞아. 그리고 『사흘 후』란 건 세계 멸망의 카운트다운이기도 해. 신의 군대가 신산에 출현한다고 했어……. 상상을 초월하는 수의 사도가 강림할 거야."

"임시로 『결전』이라고 부르자꾸나. 에히트의 목적은 이 세상의 마력을 송두리째 빼앗아 신역을 지구로 전이하는 게야. 그리되면 토터스는 죽음의 세계가 돼."

다시 정리한 내용은 너무나도 비현실적이었다.

대부분 학생은 이 지경에 이르러서도 무슨 농담이 아닐까 하는 생각을 지울 수 없었다.

유카와 호위대 멤버, 나가야마 파티조차 하지메 일행의 대화에 끼지 못하고 묵묵히 듣고만 있는 것은 일종의 현실 도피일지도 몰랐다.

그런 상황에서 아이코가 조금 머뭇거리며 손을 들었다.

하지메 일행의 시선이 집중되어 햄스터처럼 떨었지만 선생님답게 심호흡으로 마음을 가다듬고 쭉 확인하고 싶었던 사항을 물었다.

"나구모. 처음 알브를 쏜 후에 『준비가 끝나는 대로 지구로 돌아간다』라고 했었죠?"

"여전히 기억력이 좋아."

하지메는 기막혀서 웃었으나 아이들은 웅성대기 시작했다. 맞아, 분명히 그랬어! 라면서…….

"나, 나구모! 혹시 돌아갈 수단을 얻었어?!"

"그럼 지구로 도망가면 되겠네! 야, 바로 갈 수 있어?!"

제3 원탁에서 의자가 소리를 내며 넘어졌다. 자리를 박차고 일어난 사람은 요시키와 신지였다. 잔류파 학생들도 절망 속에서 희망의 끈을 발견한 것처럼 기대에 찬 눈빛을 보냈다.

물론 호위대와 나가야마 파티도 놀란 표정이었다.

그들의 눈빛에 하지메는 귀찮다며 손을 휘휘 저었다.

"귀환할 수단을 얻긴 했지만, 에히트 그 자식이 보물고랑 같이 부숴 버렸어. 그러니까 지금은 안 돼."

"뭐?! 거짓말이지?!"

"부서졌다면 아티팩트야?! 그럼 또 만들면 되잖아!"

요시키와 신지가 흥분해서 따지고 들었다. 제3 원탁의 다른 학생들도 「이제 돌아가고 싶어!」, 「어떻게든 해 봐!」, 「부탁이니까 제발!」이라며 자기 생각만 하면서 소리쳤다.

원래 좌절해서 왕궁에 틀어박혔던 학생들이었다. 돌아갈 수단을 한 번 얻었다는 것을 알자 거기에 목맬 수밖에 없었다.

그러나 하지메에게는 상관없는 일이었고 이야기가 진행되지 않아 차차 이마에 핏줄이 떠올랐다. 돌칼로 손이 갔다. 칼등으로 쳐서 닥치게 할 생각인지도 모른다. 세상에서 제일 믿음이 안 가는 칼등치기지만……

"다들 조용! 떠들지 마세요! 진정해요!"

불길한 예감이 든 아이코가 땀을 삐질삐질 흘리며 아이들을 말렸다.

너무나 간곡한 아이코가 언제 터질지 모르는 폭탄처럼 하지메를 힐끗거리는 모습을 알아차리고, 제3 원탁 학생들은 하나둘 입을 다물었다. 살짝 파랗게 질리면서……

그런 아이들에게 아이코는 조곤조곤 타일렀다.

"다들, 잘 들어요. 심정은 이해해요. 선생님도 돌아가고 싶고 여러분을 집으로 돌려보내 주고 싶어요. 하지만 지금은 나구모의 이야기를 잘 들어봐요. 지금 떠들면 시간만 늦어질 뿐이에요."

말귀를 알아들은 것 같지는 않지만 요시키와 신지는 마지못해 자리에 앉았다.

학생들이 진정된 것을 확인하고 아이코는 다시 하지메에게 물었다.

"제가 하고 싶은 말은, 지구로 돌아갈 힘이라면 신역에도 갈 수 있지 않느냐는 거예요. 그건 아티팩트죠? 한 번 더 만들 수는 없나요?"

"착안점은 좋아, 선생님. 분명히 크리스털 키라면 신역에도 갈 수 있을지 모르지. 하지만 안타깝게도 그렇게 쉽게 만들어지는 물건이 아니야. ……유에와 협력해야 가능해."

"유에 씨랑…… 그런가요…….'

상처 주는 질문을 했다고 숙연해지는 아이코에게 하지메는 너무 신경 쓰지 말라며 웃었다. 그때 또 신지가 끼어들었다.

"저, 정말이야……? 그냥 그 사람을 우선하려는 거짓말 아니야?"

"나, 나카노!"

아이코가 바로 주의를 줬지만 제3 원탁 학생들은 다 의심의 눈초리로 하지메를 보았다.

한숨이 나왔다. 하지메는 공포와 절망으로 시야가 좁아진 그들에게 현실을 들이댔다.

"그럼 우선하지, 안 하겠냐?"

"뭐라고?"

웅성거리는 소음 속에서 하지메의 차가운 목소리가 울려 퍼졌다.

"왜 유에 탈환보다 너희를 우선해야 한다고 생각하지? 제발 정신 좀 차리고 현실을 봐."

"혀, 현실?"

"다음에는 지구를 노린다는 말 못 들었어? 빙의체인 유에를 탈환하고 벌거벗을 빌어먹을 신을 죽여야 해. 그것 말고 우리한테 살길은 없다고!"

고함이 메아리쳤다. 제3 원탁 학생들뿐 아니라 분위기가 안 좋게 흘러가서 자연스레 고개 숙이고 있던 제2 원탁 아이들까지 뺨이라도 맞은 듯 몸을 흠칫 떨었다.

여학생 중에는 혼난 어린애처럼 우는 사람도 있었다. 현실을 직시하고 좌절해 원탁에 엎드린 사람도 있었다.

"주인님, 한시가 바쁘니 얼른 이야기를 마저 하자꾸나. 그래서 결국 어떻게 하겠다는 것이냐?"

무거운 분위기를 환기하려는 듯 손뼉을 짝짝 친 티오가 이야기를 원래 궤도로 되돌렸다.

하지메는 잠시 생각하는 듯 보이더니―.

"……존재 부정의 사슬을 썼을 때, 신문 일부가 흩어졌어. 그렇다면 절대 무적이란 소리는 아니야. **지금의 나라면** 혼자서 만드는 저급 크리스털 키로도 신문을 비틀어 열 수 있을지 몰라."

"그럼 사흘 후 결전의 날에 신문으로 돌입하면 되겠네요."

"돌아오지 않는 알브를 찾으려고 저쪽에서 길을 열어주면 편할 텐데."

당장의 방침이 정해져 조금 표정을 푼 카오리가 농담처럼 말했다.

그때였다.

"……그런데 이길 수 있기는 할까?"

당장에라도 꺼질 듯한 목소리가 들렸다. 스즈였다.

생각해 보면 스즈는 하지메가 눈을 뜬 후로 한 번도 입을 열지 않았다. 반의 분위기 메이커로 유명한 그녀의 고개 숙인 얼굴에는 짙은 그림자가 드리웠다.

돌아보니 옆에 앉은 류타로도 똑같이 분위기가 어두웠다. 쾌활하고 호쾌한 단순 무식 근육남이 착잡한 표정으로 입을 꾹 닫고 있었다.

그런 두 명에게 하지메는 예사롭게 말했다.

"이겨."

진지함이 결여된 말에 스즈는 화가 치민 표정이었다. 아무도 본 적 없는 스즈의 빈정거리는 얼굴이 드러났다.

"……그렇게 당해 놓고?"

"그래. 그래도 다음에는 이겨."

"어떻게…… 어떻게 장담해?! 말 하나로 뭐든 조종하고, 마법도 비교도 안 되게 세고, 사도 대군도 있고! ……진짜 괴물이라고!"

격앙해 스즈의 묶은 머리가 흐트러졌다.

재회를 바란 에리는 상대도 해주지 않고, 믿었던 종마는 시수병단에게 패배했다.

스즈는 나름대로 최선을 다했다. 에리와 한 번 더 대화하리라 맹세하고 하지메에게 몇 번이고 고개를 숙여 겨우 기회를 얻었다. 그런데 단 하나의 성과도 얻지 못했다.

무엇보다 에히트에게 걸렸던 환술…….

눈에 보이지 않는 칼날이 몸속을 헤집는 감촉이 지금도 선명했다. 그 선명함이 잊히지 않았다.

팔다리가 떨어져 피가 튀고 격통에 정신이 아득해졌다. 마지막에는 눈이 핑핑 돌더니 사지가 떨어져 나간 뭉뚝한 자기의 몸통을 보고 있었다.

생명이 흘러나가는 감각. 말도 안 되게 실감 나는 『죽음의 감각』.

살아 있는데 죽은 듯한 뭐라고 표현해야 할지 모를 그 공포는 도저히 참을 수 없었다.

한 번 더 당할지도 모른다고 생각하면 그것만으로 몸이 떨리고 숨이 제대로 쉬어지지 않았다.

그런 스즈에게 하지메는 이번에도 예사롭게 대답했다.

"그래서 뭐?"

"뭐, 뭐냐니? 알잖아!"

스즈는 눈물 고인 눈으로 하지메를 신경질적으로 노려봤다. 하지만 의외로 하지메의 표정은 진지했다.

진지하게 스즈를 똑바로 보고 있었다.

"상대가 괴물. 수적으로 우세. 그래, 골치 아프지. 하지만 그거 잊었어? 나는 원래 무능력자였어. 그리고 너희에게 그렇게 불릴 때 나락으로 떨어졌고, 기어 올라왔어."

"아……."

스즈의 말문이 막혔다.

이기지 못할 거라고 생각해 절망하던 사람들도 고개를 들었다.

"도와주는 사람도 없고 식량도 없었어. 주위에는 괴물만 득실댔지. 더불어 마법 재능도 없어서 처음부터 왼팔까지 뜯겨 나갔어. 그래도—"

─나는 살아남았다.

조용한 말인데 그 한마디는 알현실 전체에 울렸다.

어느새 모두 그 말에 귀를 기울이고 있었다. 홀린 것처럼 하지메를 바라보았다.

"똑같아. 상대가 신이든 군대든. 나는 지금 살아 있어. 놈은 나를 못 죽였어. 심지어 자기 정보를 주절주절 까발리고 갔지."

하지메의 눈이 흉악하게 번뜩였다. 입꼬리를 올리고 사냥감을 노리는 짐승처럼 송곳니를 드러냈다.

조용한 살의에 누군가 마른침을 삼키는 소리가 들렸다.

"유에는 되찾고 놈은 죽는다. 공수 교대야. 내가 사냥꾼이고 놈이 사냥감이지. 땅끝까지 쫓아가서 단말마 비명을 지르게 해주겠어. 자기가 특별하다고 믿어 의심치 않는 자칭 신에게 내가 진짜 괴물이라고 알려주겠어."

그야말로 불요불굴.

이제야 비로소 아이들은 이해했다.

나구모 하지메는 무능하다? 그럴 리가. 어째서 깨닫지 못했을까.

강한 마음이야말로 그의 진정한 힘. 누구보다 강한 마음이 불가능을 가능으로 바꾸어 왔다.

그렇다면 이번에도─.

"타니구치, 더 못 하겠으면 넌 눈이랑 귀를 틀어막고 있어. 내가 전부 끝낼 테니까."

그것은 스즈를 배려한 말이 아니었다. 반대였다. 스즈를 시험하는 말이었다.

하고 싶은 말도 못 한 채, 무시당한 채 끝나도 괜찮은가. 스즈가 그래도 된다면 웅크리고 있는 사이 전부— 에리까지 포함해 처리해 버리겠다.

반대로 말하면 스즈가 일어선다면 약속대로 에리는 맡기겠다는 뜻일 것이다.

하지메의 시선은 류타로와 시즈쿠에게도 향했다.

소리 없는 말을 이해하지 못할 두 사람이 아니었다. 코우키를 어떻게 할지 어서 정하라는 것이다.

잠시 무음의 시간이 흘렀다.

모두가 침을 삼키며 지켜보았다.

처음으로 입을 뗀 사람은 스즈였다. 조금 전 어둡고 나약한 분위기를 날려 버리고 결연한 표정으로 하지메를 마주 봤다.

"아니야, 나구모. 에리도 코우키도 나한테 맡겨. 신역이든 어디든 쳐들어갈 거니까!"

스즈는 평소 분위기 메이커다우면서도 용감하게 웃었다.

그 모습에 감화된 것처럼 류타로가 함성을 질렀다.

"으아아아아! 좋아! 끙끙대는 건 끝이야! 나도 멋진 모습 보여 줘야지! 머저리 코우키는 내가 패서 제정신으로 고쳐 놓겠어!"

가슴 앞에서 손바닥에 주먹을 탁 치며 똑같이 용맹하게 웃어 보였다.

그런 두 사람에게 시즈쿠가 장난스럽게 입꼬리를 올렸다.

"그래. 코우키 그 바보한테는 따끔한, 정말로 따끔한 벌이 필요해. 재수 없게 웃는 에리는 뺨을 한 대 갈기지 않으면 내 분이 안 풀려."

삼인삼색의 의지를 확인하고 하지메의 표정이 조금 풀렸다.

"좋아. 신역에 돌입할 때는 너희도 참가해. 나카무라랑 아마노가와는 맡길게. 단, 전에도 말했다시피—."

"괜찮아, 확실히 할게. ……고마워, 나구모."

"땡큐, 나구모."

차분하게 감사하는 스즈와 류타로에 이어 시즈쿠도 감사했다. 왠지 볼을 물들이고 쑥스러워하면서…….

"나도 고마워. 그래도…… 코우키 일이 아니었어도 나는 따라갈 생각이었어. 나구모가 가는 곳이라면 어디든…… 항상."

"……그래?"

하지메는 그렇게밖에 답하지 않았다. 왜 여기서 어필하느냐고 눈을 찌푸릴 뻔했다.

카오리는 「시즈쿠가 조금 분발했어!」라는 얼굴을 하고 있었다. 아마 【빙설 동굴】에서 선언한 『자신을 위해 노력하는 시즈쿠』를 실천한 모양이다.

학생들이 술렁거렸다.

대다수 남학생은 시즈쿠의 심정을 몰라 의아해했지만 쥬고와 아츠시, 그리고 의외로 요시키와 신지는 감을 잡았는지 경악하고 있었다.

당연히 웬만한 여자들은 눈치챘다.

유카의 시선이 시즈쿠와 하지메 사이를 고속으로 오가고,

아이코가 아닌 밤중에 홍두깨라는 얼굴이었다. 나나와 타에코는 「시즈쿠도 넘어갔어?!」, 「돈 후앙이야. 나구모는 현대의 돈 후앙이야!」라며 소란을 피웠다. 한마디로 여자들이 시끄러웠다.

하지만 지금은 진지한 이야기를 하는 중이다. 릴리아나가 불만스럽게 손을 들었다.

"잠깐만요! 나구모 씨!"

"목소리 좀 낮춰, 공주님. 왜 또 흥분했어?"

하지메를 둘러싼 인간관계에 끼고 싶다는 속마음은 솔직히 말할 수 없었다. 왜냐하면 『능력 있는 왕녀』니까.

"어흠, 지금 들은 바로는 결전에서 하지메 씨를 비롯한 최고 전력이 신역으로 돌입한다고 하셨는데, 알브의 말이 맞다면 처음 공격받는 곳은 왕국이에요."

"그렇지."

"대결계가 오래 버티지는 못할 거예요. 하지메 씨에게는 관계 없다는 걸 잘 알지만, 하지메 씨가 에히트를 타도할 때까지 시간을 벌 수 있게 뭐라도, 조금이라도 도와주시면 안 될까요?"

그것은 조국을 걱정하는 왕녀에게는 당연한 걱정이었다.

릴리아나가 떠올린 방법은 왕도를 포기하고 사흘간 가능한 한 국민을 피난시키는 것이었다.

그래도 신의 군대를 상대로 단순한 인간들이, 그것도 몇 만 명이나 되는 인원이 도망치기는 쉽지 않을 것이다. 에히트를 타도할 때까지 얼마나 걸릴지 모르지만 그동안 어마어마한 사람이 학살당할 것은 불 보듯 뻔했다.

기도하듯 자신을 바라보는 릴리아나에게 하지메는 이야기 궤도를 수정해 준 점에 감사하며 답했다.

"나도 그 이야기를 하려고 했어."

"나구모 씨가요? 뭔가 해 놓으신 생각이라도……"

"나는 에히트가 마음에 안 들어. 그러니까 앞으로 아무것도 그 자식 뜻대로 되도록 두지 않을 거야. 이 세상 사람이 어떻게 되든 알 바 아니지만…… 그렇다고 죽기 전에 학살한 인간들을 보면서 웃기라도 하면 미치도록 불쾌하겠지. 그러니까 놈의 모든 것, 그 계획까지 모조리 박살 낼 거야."

큭큭거리며 대단히 악독하게 웃는 하지메에게 학생 대부분이 질겁했다.

시아와 카오리 같은 숙련자나 티오 같은 고상한 취향이 아닌 사람에게는 자극이 너무 강한 웃음이었다. 악마 같아서…….

실제로 릴리아나의 표정은 조금 굳어 있었다.

"그, 그럼 사도 군대에 대처할 수단이 있다는 말씀인가요?"

"대략적인 계획은 있어. 쉽게 말하면 각국 군대를 합쳐 인류 연합군을 창설하고 내 아티팩트로 군사력을 최대한 강화하는 거지. 사흘밖에 없으니까 힘들겠지만, 너희도 협력해주겠지?"

하지메가 제2 원탁에 앉은 멤버를 돌아보자 그들은 힘차게 고개를 끄덕여줬다.

의외로 제3 원탁의 학생 중에서도 힘찬 눈빛을 보내는 이가 있었다. 하지메의 투지에 영향을 받은 것인지도 몰랐다.

"사도 습격으로 혼란에 빠졌겠지만, 다행히 저희를 납치하는 데 중점을 뒀는지 왕도 병사단과 기사단은 피해가 크지 않았어요."

볼에 손을 대고 릴리아나는 생각에 빠졌다.

"하지만 연합군이라면…… 사흘 안에 동원할 수 있는 병력에는 한계가 있어요. 그리고 만약 사람을 모은다고 쳐도 그 많은 병력, 심지어 사도에게 대항할 정도로 강력한 아티팩트를 만드실 수 있나요?"

"그래. 할 수 있어."

대쪽 같은 대답이었다. 릴리아나가 눈을 동그랗게 떴다.

"왕국과 제국, 그리고 수해에는 게이트 홀이 있어. 공주님을 집어 던진— 크흠, 돌려보낸 그거 말이야. 다시 고속 이동용 아티팩트를 만들 테니까 각지로 퍼져서 게이트 홀을 설치해주면 돼."

그러면 편도 이동만으로 세계 각지를 이을 수 있다. 하지메가 그렇게 구체적인 방안을 제시하자 릴리아나는 감탄과 안도, 그리고 게이트를 통해 왕국 식당에 떨어져 머리를 박았던 분노를 떠올리고 복잡 미묘한 표정을 지었다.

"게이트라고? 주인님, 아티팩트는 모두 파괴되었다 하지 않았나? 게이트 홀이 있어도 키가 없으면 무슨 소용인가?"

"사실 중요한 물건 몇 개는 마왕성으로 오기 전에 슈네 설원 경계에서 전송해 뒀어. 땅속으로."

"정말인가! 그 말은 게이트 키도?"

"그래. 지구로 일시 대피하는 계획은 처음부터 구상하고 있어서 크리스털 키는 잃고 말았지만⋯⋯ 나침반이나 대미궁 공략 증표 몇 개, 신수⋯⋯ 물론 게이트 키도 묻어 놨어. 아, 그리고 카오리의 원래 몸도. 얼음 관에 보관한 그거."

"잠깐만, 하지메! 그러면 내 원래 몸은 처음부터 두고 갈 생각이었어?! 나침반도 두고 왔다는 건⋯⋯."

지구의 위치 탐지는 이미 【빙설 동굴】에서 끝냈다. 하지만 토터스의 위치는 확인한 적이 없었다. 정말로 돌아올 방법이 있었느냐고 눈물짓는 카오리에게서 하지메는 살짝 눈길을 피했다.

"어쩔 수가 없잖아? 일단 비컨으로 쓸 물건도 같이 전송했고 크리스털 키가 있으면 돌아오는 것 자체는 불가능이 아니었다니까?"

"바로 돌아오지 못하면 얼음이 녹아서 그대로 매장됐던 거 아니야?"

"재생 마법은 뒀다 뭐 하게? 게다가 보물고에 넣어 뒀으면 소멸했을걸."

"으으, 그건 그러네. 하지메, 나이스 아이디어. 고마워⋯⋯."

카오리의 원래 몸은 비참한 운명이라도 타고난 것일까?

빨리 찾으러 가고 싶어서 안절부절못하는 카오리를 시아가 달래는 사이, 릴리아나는 다음 문제점을 지적했다.

"알겠어요. 수단은 이해했어요. ⋯⋯하지만 하나 더 큰 문제가 있어요. 과연 사흘 후에 세상이 멸망한다고 공표해도 대체 몇 명이나 믿고 모여줄까요? ……심지어 사도와 싸운다고 하면 우리가 이단자로 단죄당할 가능성도 커요."

"그 점에 관해선 재생 마법을 이용하려고 해."

"재생 마법……이요?"

릴리아나는 고개를 갸웃거렸다. 반면, 카오리는 의도를 짐작하고 손을 탁 쳤다.

"과거 광경을 재생하는 거구나? 메르지네 해저 유적에서 체험한 그거처럼."

"맞아. 여기서 있었던 일을 재생해서 영상 기록용 아티팩트에 보존해. 그걸 각지 중진들에게 보여줘. 지금까지 만나서 대화했던 사람…… 브룩의 캐서린, 휴렌의 이루와, 호르아드의 로어, 앙카지의 란지, 페어베르겐의 알프레릭, 제국의 가할드. 그 녀석들이라면 무작정 의심하지는 않을 테고 병력도 모으기 쉬울 거야."

여기에 왕국의 릴리아나 왕녀와 모험가 길드 길드 마스터는 당연히 가담한다. 이 세상을 주도하는 힘을 가진 인물들이었다.

당장 떠오르는 이들을 생각하면 현기증이 났지만 그래도 릴리아나는 머리를 굴렸다.

"총본산 붕괴 후 선신악신의 페이크 스토리…… 제국은 원래 신앙심이 약했고…… 젠겐 공은 이단으로 지정된 하지메 씨를 감싼 전적이 있고…… 노예 해방으로 페어베르겐 쪽 신뢰는 두텁고…… 남은 건 모험가 길드 관계자…… 가능하겠어."

성공 가능성이 보였다. 그들이라면 진지하게 동참해 줄 것이다.

이 세계의 사람들에게 관심이 없다고 하면서도 하지메가 쌓아 온 인맥은 실로 화려했다. 감탄하면서도 조금 기가 막혔다.

"이제는…… 그래. 혹시 모르니까 선생님으로 선동이라도 하면 되겠네."

"네?! 저, 저요?! 그리고 뭐, 선동이요?!"

뜬금없이 지목당한 아이코가 햄스터로 변했다. 부들부들, 와들와들. 또 저를 추대하려고요? 숭배하게 하려고요? 눈물을 글썽이며 쳐다봤지만 하지메는 무시했다.

"—일어나십시오, 사람들이여! 선한 에히트 님을 가두고 가짜 사도를 조종해 지금 이 세계를 유린하려는 악신, 거짓 에히트의 야망을 쳐부숴야 합니다! 여기 있는 신의 전령이자 살아 있는 신, 『풍작의 여신』과 함께! 같은 느낌으로. 잘해 봐."

"잘해 봐, 가 아니에요! 그 연설은 뭔가요! 용케 그런 거짓말이 술술 나오네요! 여기가 일본이었으면 바로 학부모 면담이에요!"

"자잘한 건 신경 쓰지 마, 선생님. 대충 뿌리고 다녔던 씨가 싹을 틔울 때야. 그럼 물을 주고 무럭무럭 키워서 수확하고 와. 작농사잖아."

"정말 말은 잘하네요……."

아이코는 생각했다. 왜 이 애의 천직이 『선동가』가 아닐까, 하고…….

그것은 학생들도 마찬가지였다.

왠지 기괴한 포즈로 별을 실로 조종하면서 큭큭 웃는 하지메를 상상하고는 「응? 에히트랑 다를 게 없지 않나?」라는 의문을 품었다.

제3 원탁 여학생 중 일부는 「하지메 님……」이라고 중얼거리며 넋을 놓고 있었지만 시급히 제정신으로 돌아와야 할 것이다.

아이코는 탄식했다. 자신도 효과적이라고 생각하고 해야 하는 일이라는 것도 알지만, 왠지 석연치 않았다.

고민하는 아이코에게 하지메는 난감한 표정으로 말했다.

"인류의 총력전이나 다름없어. 병력을 모아도 오합지졸이면 의미가 없잖아. 강력한 구심력이 필요해. 그러려면 일국의 왕 정도로는 부족해. 그 역할을 해낼 수 있는 건 『풍작의 여신』뿐이야. 그러니까 부탁할게, 아이코 선생님."

"……."

하지메의 말에 아이코가 움찔 떨었다. 아까부터 계속 떨기만 한다. 치와와도 이보단 덜 떨 것이다.

그런 겁 많은 선생님이 왠지 우물쭈물 하지메를 힐끔거리기 시작했다. 도저히 『선생님』으로는 보이지 않는 눈빛으로…….

"나, 나구모. 지금 저를, 아, 아이코 선생님이라고 불렀나요?"

"……그게 뭐 문제 있어?"

"아, 아뇨. 나구모는 언제나 『선생님』이라고만 불러서……."

"그랬나?"

짧은 대화 후 아이코는 뭔가를 고민했다. 그러더니 무엇을 떠올리고, 또 고민하고, 시즈쿠를 힐끔 보고, 그리고 심호흡했다.

혼자 오만상을 쓰는 자신을 사람들이 이상하게 보는 줄도 모르고 아이코는 결심한 표정으로—.

"……저…… 한 번 더, 마지막 말을 들려줄래요?"

웬 요구를 해 왔다. 볼을 장밋빛으로 물들이고 촉촉한 눈망울로 몸을 배배 꼬면서.

"……마지막 말?"

"네. 이번에는『선생님』을 빼고……."

왜 여기서 그토록 고집하던 학생과 선생님의 선을 넘으려고 하는가. 얼굴 근육이 경련할 것 같았다.

의자를 드륵 밀어내는 소리가 들렸다. 유카가 달달달 떨고 있었다.

당연히 학생들이 술렁거렸다. 지금까지 중 가장 심하게…….

"뭐야, 어떻게 된 거야?! 언제 그렇게 됐어?!"

"서, 선생님까지? 누가 거짓말이라고 해줘……."

"하지메 님…… 역시 대단해요."

아츠시와 노보루와 아키토가 이를 갈았다. 당장에라도 하지메에게 덤벼들 것 같았다.

하지만 아이코는 긴장 때문인지 주변 소리가 들리지 않는 분위기였다.

무슨 바람이 불었는지는 모르겠으나 어쩌면 이번 결전을 위해 죽음을 각오한 건지도 모른다.

교사이기에 학생의 방패가 되는 것도 망설이지 않을 아이코라면 그럴 수 있었다. 그래서 죽음의 위험을 앞두고 한 명의 여자로서 한 발을 내딛기로 결심한 것이라면…… 정말로 무서웠다. 말 그대로 결사의 각오. 부담스럽다.

그러나 결전을 목전에 두고 낙담하거나 반대로 폭주하면 굉장히 곤란하다. 아주 좋지 않았다.

이 햄스터 선생님이 누구던가. 헛돌기의 달인이다. 사실상 선택지가 없었다.

눈총이 모이는 가운데, 하지메는 탄식하며 요구에 응했다.

"……아이코, 부탁할게."

"아! 네! 믿어주세요! 제가 팍팍 선동할게요! 교사로서 능력을 발휘할 때예요!"

교사의 능력이 선동이라니…… 모든 선생님들에게 사과해야 할 발언이었다. 이 사람의 교육관은 이대로 괜찮을 것인가?

스멀스멀 불안이 올라오지만 하지메는 의욕으로 불타는 아이코에게서 눈을 돌렸다.

"서, 선생님과 학생…… 야겜이냐?"

"마왕이다. 저 녀석은 역시 마왕이야!"

"카사노바겠지……. 카사노바의 환생이야! 눈 마주치지 마! 임신한다!"

별의별 소리가 다 들렸다.

참고로 마지막 말은 스즈가 했다. 나중에 응징해야만 한다.

"어, 어흠! 나구모 씨! 저도 힘낼게요!"

왠지 릴리아나가 강한 자기 PR을 해 왔다. 뺨은 새빨갛고 아몬드형 푸른 눈은 뭔가 기대하는 양 반짝였다.

왜 하필 여기서 경쟁을 벌이는가. 맥이 탁 풀리는 기분이었다. 게이트에 집어 던져서 강제 귀국시키고 싶다.

"……그래. 힘내, 공주님."

"……힘낼게요!"

"그래."

"힘낼게요!"

"……."

"히, 힘낼, 게요, 흐윽."

"…………부탁할게, 릴리아나."

"……릴리."

"끄으으…… 부탁할게, 릴리."

"네! 믿어주세요! 왕녀의 권력과 인기를 보여드릴게요! 민중은 제가 손만 흔들어도 홀랑 넘어온다니까요!"

왕녀가 해서는 안 될 말을 한 것 같지만 분명히 착각이겠지. 민중에게 사랑받는 왕녀님이 속으로 민중 조작은 일도 아니라고 생각할 리가 없다.

아이들의 소란은 그칠 줄 몰랐다. 인공호흡 제안은 역시 흑심이 있었던 거냐는 마음의 소리가 들리는 것 같았다.

그리고 부흡, 하고 피를 토하는 듯한 신음이 들렸다. 돌아보니 유카가 옆구리를 잡고 있었다. 양쪽에 앉은 나나와 타에코가 팔꿈치로 찌른 것 같았다.

"유카, 숙맥."

"그, 글쎄! 그런 거 아니래도!"

"어련하시려고요. 그래도 튕기는 것도 적당히 해. 겁쟁이처럼 굴지 말고."

절망의 늪에 빠진 듯한 그 무겁고 우울한 분위기는 어디로 갔을까.

지금은 단 한 명도 고개 숙인 사람이 없었고 정도의 차이는 있어도 표정은 밝았다.

"……다 떠들었어? 그럼 정리하자."

반대로 하지메의 표정은 착잡했다.

그래도 이 누그러진 분위기를 허용하는 이유는 아이들의 정신적 부담을 덜기 위해서였다.

세계 멸망 위기, 심지어 고향인 지구가 다음 표적. 그런 현실을 받아들이기란 누구에게도 쉽지 않다. 오히려 제3 원탁에 앉은 학생들의 태도가 정상일 것이다.

그렇다고 그들을 떼어 놓거나 버리는 것은 좋지 않았다.

절망, 비관, 자포자기. 그런 감정이 또 시미즈나 히야마 같은 배신자를 배출하지 않으리라는 법도 없으므로 어느 정도의 배려는 필요했다.

하지메가 정리한다고 말한 순간, 분위기를 바로 전환한 아이코와 릴리아나를 보면 방금 발언은 심각한 분위기를 타파하려는 의도도 있었던 것 같다.

아이들도 덩달아 적당한 긴장감을 가져줬다.

하지메는 들을 준비가 됐다고 판단하고 입을 열었다.

"내 최우선 목표는 유에 탈환이야. 그러기 위해 사흘 후 결전에서 출현할 신문을 통해 신역으로 뛰어들 거야. 나카무라랑 아마노가와는 타니구치랑 사카가미 쪽이 맡고, 나머지는 침공해 올 사도를 막아."

말을 한 번 끊고 이야기를 잘 따라오고 있는지 확인했다. 여전히 아이들 대부분에게는 두려움이 엿보였지만 적어도 이야기는 듣게 되었다.

"지금부터 사흘간의 예정을 전달할게. 우선 나는 오르크스 최심부로 갈 거야. 아티팩트 대량 생산에는 그곳만한 곳이 없어. 조수로 카오리와 뮤, 레미아도 와주면 고맙겠어."

"응. 알았어, 하지메."

"따라갈래! 아빠 도와줄 거야!"

"제가 할 일이 있으면 뭐든 말씀해주세요."

카오리, 뮤, 레미아에게서 믿음직한 대답이 돌아왔다.

뮤와 레미아를 곁에 두는 이유는 다시 인질로 잡히지 않기 위한 대책이기도 하지만, 채집과 연성에 집중할 하지메의 뒷바라지를 해줄 사람이 필요하므로 단순한 거짓말은 아니었다.

"시아, 너는 라이센 대미궁으로 가."

"……밀레디 씨에게 협력을 구하는 거군요?"

"그래. 그때는 강제 배출당해서 최심부로 가는 지름길을 몰라. 브룩 외곽의 호수에서 공략 증표가 반응하지 않으면 또 내부를 지나야 하는데……."

"문제없어요. 이번에는 한나절 안에 통과해 볼게요. 지금의 저라면 그 대미궁은 놀이터나 다름없어요."

"나도 그렇게 생각해. 부탁할게."

"네!"

시아는 기운차게 수락해줬다. 정말로 믿음직스러워졌다. 이게 그 옛날의 유감 토끼를 생각하면 헛웃음이 나왔다. 하지메는 바로 표정을 바꾸고 티오를 불렀다.

"티오."

"그래, 안다. 마을로 돌아가라는 것이지?"

"역시 눈치가 빨라. —『때가 왔다』라고 전해."

"……그래, 그렇구면. 긴 인고의 시간이 마침내 끝나는가……."

그 가슴에 교차하는 만감을 누가 감히 헤아리랴.

가슴에 손을 얹고 그 감정을 들여다보듯 눈을 감은 티오에게 하지메는 놀랄 만큼 다정한 표정을 지었다.

"『언젠가 새로운 약속을 하겠다』— 그렇게 말했는데, 필요 없어졌나?"

"후후, 바보 같은 소리 말아라. 내 소중한 권리를 쉽게 포기할 리가 있겠나? ……그래도 이왕이면 지금 약속해다오, 주인님. —『최고의 미래』를."

"의미가 너무 넓잖아……. 그래도 뭐, 까짓것 약속할게. 우리 모두가 만족할 『최고의 미래』를 쟁취하겠다고. 그러니까 티오……."

"좋다, 나만 믿어라! 주인님이 가는 길에 흑룡 티오 클라루스의 전부를 바치마!"

두 사람은 부드러운 미소를 나눴다. 그 분위기는 유에나 시아와는 또 다르게 남들이 끼어들 틈이 없었다.

다음으로 하지메가 눈을 돌린 곳은 시즈쿠였다.

"야에가시는 제국으로 가줘. 왕국으로 통하는 게이트 키도 복제해서 줄 테니까 가할드를 설득해서 왕국으로 군사를 보내줘."

"역할은 알겠는데…… 왜 나야?"

"가할드가 널 좋아하니까. 다른 사람보다 이야기가 원활하게 진행될 거야. 너는 교섭 능력도 있고."

『서약의 목걸이』로 제한하고 강제로 노예를 해방했다. 그로 인한 제국의 부담을 생각하면 하지메 일행을 좋게 생각하지는 않을 것이다. 혹시 싸우게 될지도 모르니까 전투 능력 면에서도 안심할 수 있는 시즈쿠가 적격이다. 그렇게 설명하자 시즈쿠는 살짝 입술을 내밀었다.

"일단 이해는 했지만…… 내 마음을 알고도 나를 좋아하는 남자에게 보낸다는 건 조금 충격이야."

"……미안. 가할드가 이상한 수작 부리거든 내 이름을 대. 야에가시 시즈쿠에게 손대면 나구모 하지메가 가만히 안 있을 거라고."

"으…… 가, 갑자기 그러는 건 비겁해."

시즈쿠가 뺨을 살짝 붉히며 수락의 뜻을 밝혔다.

"선생님과 릴리아나는 왕도로 가. 병사를 모으고 연설로 사기를 높여. 사도와도 거리낌 없이 싸울 수 있도록 잘 선동해 줘. 그리고 싸울 장소는 왕도 앞 초원이 될 거야. 뒤쪽 신산에서 적이 올 텐데 왕도 안에서 싸울 수는 없지."

"그렇다면 왕도 주민은 피난시켜야겠네요. 게이트가 있다고 해도 사흘 안에 모든 주민을 피난시키려면…… 서둘러야겠네요."

"어차피 제국으로 통하는 게이트를 열 거야. 그쪽이 병력을 보낼 때 주민을 제도로 보내면 돼. 추가 게이트는 계속 보낼 거니까 피난 속도에 가속도가 붙을 거야."

"하지만 나구모, 하늘을 나는 사도 상대로 평원에서 싸우면 불리하지 않을까요?"

"선생님, 군대를 강화한다고 했지? 그건 개인 병구류만 강화한다는 소리가 아니야. 대군용 거점 병기도 배치할 계획이야. 대공 병기 같은 거 말이지. 그리고…… 노무라."

"으어?!"

불시에 이름을 불린 켄타로가 기괴한 소리를 질렀다. 이 타이밍에 지명될 줄은 꿈에도 몰랐나 보다.

"너, 토술사였지?"

"어? 어, 그런데……."

"그럼 왕도 기술공과 땅 속성 마법에 적성이 있는 사람을 모아서 평원에 간이 요새를 만들어. 일야성[#2]이 아닌 삼일성…… 결전의 땅에 세울 인류의 거점이야."

"주, 중요한 역할이잖아! 나 건축 지식 같은 거 몰라!"

#2 일야성 하룻밤 사이에 지었다고 전해지는 일본의 성.

"그러니까 왕도 기술공이랑 협력하라는 소리야. 설계는 그 사람들한테 맡기고 최고위 땅 속성 마법사의 실력으로 공헌해. 나중에 네 전용 아티팩트도 보낼 테니까 평원에서 싸우기 쉬운 곳을 만들어."

"……못 한다고 할 때가 아니지. 알았어."

중요한 역할을 맡은 부담감에 얼굴이 새파래지는 켄타로를 같은 파티 멤버가 격려하는 가운데, 하지메는 눈길을 유카에게 돌렸다.

"소노베."

"네엑?!"

기괴한 대답이었다. 유카도 지명될 줄 몰랐던 모양이었다. 어떻게 했는지 앉은 채로 폴짝 뛰어올랐다.

"뭐, 뭐야!"

"왜 화를 내?"

"창피해서 괜히 이러는 거야."

나나가 친절하게 설명해줬다.

"네가 얘네들의 리더야."

"어? 뭐어?! 왜 나야?! 못 해!"

유카가 벌떡 일어나서 거품을 물고 반박했지만 하지메는 희미한 기대가 담긴 올곧은 눈으로 바라봤다.

"이 중에서 네가 가장 리더십이 있다고 생각했는데…… 내가 사람을 잘못 봤나?"

그렇게 말하면 유카의 심정은 복잡했다. 좋게 봐줘서 기쁘기는 했다.

하지만 이 상황에서 리더는…… 너무 중책이었다.

"유카에게 한 표! 좀 전에도 유카가 우리를 주도했잖아!"

"잠깐, 나나!"

"엉? 무슨 소리야?"

고개를 갸웃거리는 하지메에게 아이코가 설명했다. 유카가 지휘를 맡아서 반격할 기회를 붙잡은 일련의 과정을…….

하지메는 이제야 알겠다며 고개를 끄덕였다.

"너한테도 고맙다는 말을 해야겠네."

"하, 하든지 말든지……."

하지메의 표정이 조금 부드러워졌다. 유카는 있는 힘껏 눈길을 피했다. 하지만 돌아본 곳에서도 시아와 카오리가 감사를 표하자 붉어지는 뺨을 숨길 수가 없었다.

"역시 너만 한 적임자는 없어. 그 극한의 상황에서 기사회생할 작전을 짜서 동료를 지휘하는 건 다른 누구도 하지 못한 일이야."

하지메의 말에 모두 깊은 공감을 드러냈다. 한 명의 예외도 없이 유카를 보는 눈에는 강한 신뢰와 친애의 정이 담겨 있었다.

특히 제3 원탁 학생들에게는 왕궁에서 머물던 무렵 가장 마음을 써주며 가장 가까운 곳에 있어 준 사람이었다. 언제나 자신이 할 수 있는 일을 하겠다며 왕도를 동분서주하던 사실은 누구나 알고 이미 있었다. 많은 학생에게는 언제나 멀리 있는 용사보다도 유카가 리더였다.

"아무래도 만장일치 같지?"

"으…… 그, 그래도."

"전시의 연계와 정신 건강 관리, 다른 부대와의 사전 협의…… 할 일은 많겠지만 부탁할게."

"……."

"괜찮아, 유카! 호위대 인원이 늘어난 것뿐이야!"

"우리가 최대한 보조할게."

자신 없게 서 있는 유카를 나나와 타에코가 격려했으나 막중한 책임을 이해하는 유카는 쉽게 대답하지 못했다.

"괜찮을 거야."

하지메의 그리움이 느껴지는, 혹은 놀리는 듯한 말소리에 유카가 반사적으로 고개를 들었다.

"너는 끈기가 있어."

"아……."

【우르 마을】에서 했던 말을 기억하고 있었느냐며 유카의 눈이 커졌고—.

"하, 하면 되잖아, 하면! 좋아, 해줄게! 두고 봐, 나구모! 따끔한 맛을 보여줄 테니까!"

"나한테 보여서 뭐 하게? 사도한테나 보여줘."

유카는 왠지 얼굴이 새빨개져서 의자에 쿵 앉았다. 나나와 타에코가 히죽대며 팔꿈치로 찌르고 있었다.

아이들의 마음은 하나였다. 더는 아무 말도 하지 않겠다고. 대신 카오리와 시즈쿠, 그리고 아이코와 릴리아나의 시선이

유카에게 꽂혔다.

그것을 본체만체 한 하지메는 다른 아이들에게도 역할을 내렸다.

역할이 있으면 괜한 생각을 하지 않으리라는 판단에서였다.

실제로 왕궁에 틀어박혔던 제3 원탁 학생들이라도 스펙은 이 세계 사람을 훨씬 능가한다.

능력 자체는 높으므로 적재적소에 배치하면 높은 효과를 얻을 것이 틀림없었다.

마지막으로 하지메는 스즈와 류타로에게 말을 건넸다.

"타니구치, 사카가미, 너희는 수해로 가. 하우리아와 페어베르겐에 이야기해서 병력을 왕도로 보내. 그리고 끝나면 연락해. 오르크스로 초대해줄 테니까. 남는 시간으로 나락의 마물을 조련해서 강화하든지 해. 마물에도 아티팩트를 장비시키면 이번처럼 쉽게 지지는 않겠지."

"알았어!"

"좋아!"

그 후로 세세한 부분을 이야기하고 논의를 끝마쳤다.

그리고 분명히 인생에서 가장 바쁜 3일을 보내기 전에, 하지메는 사람을 평가하는 눈으로 모두를 돌아봤다.

할 일은 한다. 해야만 하니까. 반 아이들 다수는 그렇게 생각하는 것이 눈에 보였다. 양호한 편이었다. 처음에 비하면…….

그래도 하지메는 조금 부족하다고 생각했다. 지지 않겠다는 마음이 아니라 이기겠다는 마음이. 하늘을 향해 부르짖을

『기개』가……

그래서 잠시 기다렸다가 천천히 말했다.

"적은 신을 자처하고, 거기에 걸맞은 강대한 힘을 자랑해. 군대는 하나하나가 일기당천. 비상식적인 마물과 죽음을 두려워하지 않는 강화된 괴뢰 병사까지 있어."

조용한 음성이었다. 그래도 거기에 담긴 박력과 감정 앞에서는 아무도 무시할 수 없었다.

"하지만 그게 다야. 놈들은 무적이 아니야. 내가 한 것처럼, 신도 사도도 죽일 수 있어. 사람은 신 같은 존재도 이길 수 있어."

이야기하는 하지메의 모습은 외눈, 외팔에 생명이라도 빠져나간 것처럼 백발이었다.

그것은 무능하다고 불리던 남자가 걸어 온 삶의 발자취. 수많은 괴물을 도륙하고 자신의 거름으로 삼아 기어 올라온 증거였다.

그렇기 때문에 자연스럽게 수긍했다.

설령 한 번 패배해서 소중한 것을 빼앗겼어도 이 상처투성이 남자는 그 사실조차 거름으로 삼아 어떤 불가능도 가능토록 바꿔 왔다.

말이 이어질수록 차츰 마음이 떨렸다. 열이 올라오는 것이 느껴졌다.

"얼굴도 모르는 사람을 위해서, 심지어 세상을 위해서라고 생각할 필요 없어. 내가 내 연인을 되찾기 위해서 싸우는 것처럼, 여기 있는 모두가 저마다의 이유로 싸우면 그만이야."

이유, 무슨 이유가 있는가? 자신은 무엇을 위해 싸우나?

단지 죽고 싶지 않다는 사소한 이유밖에는 없지 않은가…….

"이유에 크고 작고는 없어. 무게도 없어. 집으로 돌아가고 싶으니까. 가족을 만나고 싶으니까, 친구를 위해, 애인을 위해, 그냥 살기 위해, 그냥 마음에 안 드니까…… 뭐든 괜찮아."

마음 깊숙한 곳의 구멍에 무언가가 딱 채워진 느낌.

스케일이 너무 큰 사태 앞에 움츠러들었던 마음이 풀려 간다.

"살아남아. 자신을 위해 싸우고, 살아남아!"

하지메의 말이 울려 퍼졌다.

불처럼 뜨겁지만 물처럼 스며들고, 대지처럼 강인하지만 바람처럼 감싸주는 그런 강인한 의지에 찬 말이…….

"생에 한 번 큰 도전을 해야 할 때가 있다면, 그게 바로 지금이다. 지금 이 순간, 영혼을 불살라! 한 발을 내디뎌! 그리고 전부 살아남아! 그럴 수 있으면 내가 상으로 고향으로 가는 티켓을 선물해주마!"

가슴이 두방망이질했다.

주먹과 다리와 배에 자연스럽게 힘이 들어갔다.

열기를 품은 이들 속에서 하지메는 사나우면서도 대담한 웃음을 짓고— 말했다.

"이기자."

돌아온 것은 물론 무수한 포효였다.

어슴푸레한 녹광석 빛이 비치는 공간에 한 사람이 서 있었다.

뒤에는 장엄한 쌍닫이문. 양쪽에는 규칙적으로 늘어선 기둥. 거대한 공간에는 신전처럼 엄숙한 분위기가 흘렀다.

물론 방 자체는 전쟁이 있었던 곳처럼 망가졌다.

그 사람은 안쪽 벽을 조용히 바라보고 있었다. 한때 그곳에 있었던 것을 찾는 것처럼…….

문득 뒤에서 그를 부르는 소리가 들렸다. 망설이는 것처럼 조심스러운 목소리였다.

"……하지메."

서 있던 사람— 하지메는 고개만 살짝 돌려 뒤를 봤다.

"카오리. 진행 상황은 어때?"

"문제없어. 오히려 듣던 양보다 많이 채취했어. 나침반 덕분에 어느 소재가 어디에 대량으로 있는지 바로 아니까. 마물도 문제가 안 되고."

"사도의 몸에 고마워해야겠군."

마왕성에서 결기한 후 하루가 지났다.

그 후 남은 마인들을 마왕성 감옥— 마법을 쓸 수 없는 특별 감옥에 투옥하고 성내에서 발견한 음식물과 함께 넣어 둔 일행은 【슈네 설원】 경계에서 땅속에 묻은 아티팩트와 카오리의 몸을 무사히 회수해 바로 【하일리히 왕국】으로 전이했다.

그리고 릴리아나가 사정을 설명하는 동안 최고위 마력 회복약을 복용하며 의료원에서 마력을 양도받아 회복했다.

게다가 왕궁이 보유한 소재를 받아 초기 계획에 필요한 아티팩트를 제작, 멀리 가야 하는 자들은 일찌감치 각지로 흩어졌다.

하지메 일행도 『오르크스의 반지』를 써서 【라이센 대협곡】에서 최심부 은신처로 들어와 뮤와 레미아를 남기고 지금까지 소재 채집에 집중했다.

오스카의 공방에 남은 소재로 이미 의수와 보물고는 다시 제작했다.

그래서 나락을 숙지한 하지메의 『연성』과 나침반을 가진 카오리의 분해로 소재 분포지를 통째로 채집하는 괴팍한 기술을 써서, 하루도 걸리지 않아 채집한 양이 수십 톤에 달했다.

"신수를 만들 정도의 신결정은 결국 없었어. 오르크스 외곽에 있던 건 구슬 크기의 소량뿐이야."

"전설의 비보니까. 오히려 나락 1층에 그런 커다란 게 있는 쪽이 이상했어. 작은 조각이라도 얻었으면 엄청난 수확이야. 수고했어."

"도움이 돼서 다행이야."

하지메는 미소 짓는 카오리에게서 보물고를 받았다. 그런 하지메 옆에 나란히 선 카오리는 방 안쪽에 있는 기괴한 잔해를 봤다.

"……여기가 유에랑 만난 곳이구나?"

반쯤 녹아서 부서진 광물— 한때 유에를 봉인하던 큐브의 잔해였다.

고개를 끄덕인 하지메의 눈동자는 깊은 숲의 호수처럼 맑았다.

분노와 증오 같은 악감정이 포화한 허무한 눈과는 정반대로, 그저 고요하게 추억을 그리워하는 눈빛이었다.

"처음 봤을 때는 공포 영화인 줄 알았지. 새카만 어둠 속에서 붉은 눈동자가 금색 버들 사이로 빛나는…… 그런 느낌이었거든. 유에가 도움을 청할 때도 난 문을 닫으려고 했어. 이건 분명히 위험한 녀석이라고 생각했지."

"후후. 하긴, 이런 나락 밑에 평범한 여자애가 있을 리 없으니까."

"그렇지? 특히 그때는 살아남는 것 말고는 아무런 생각도 못할 때였어. 지금 돌이켜봐도 용케 구할 생각이 들었다 싶어."

하지메의 추억 이야기를 듣다가 카오리는 조용히 웃음을 흘렸다.

"그랬던 게 지금은 이성을 잃을 정도로 특별한 사람이 됐네? 인생은 정말 어떻게 될지 모르는 건가 봐."

"정말 그래."

말이 끊기고 두 사람은 짠 것처럼 눈을 감았다.

하지메는 가장 사랑하는 연인을 그리며, 카오리는 연적이자 친구를 그리며…….

눈을 뜨는 타이밍도 같았다. 눈에 담긴 결의의 불꽃까지도…….

"꼭 되찾자."

"그래. 반드시 되찾겠어."

두 사람의 마음만큼이나 굳게 쥔 주먹이 툭 맞닿았다.

"아, 그나저나…… 잘 생각해 봤거든?"

"응? 뭐가?"

하지메가 말을 꺼내기 어려워하자 카오리는 고개를 갸우뚱 기울였다.

"……카오리, 너는 지상에 남아줬으면 해."

"어……? 왜…… 아, 그렇구나. 기능 정지 때문이지?"

카오리는 순간 충격을 받고 울 뻔했지만, 바로 이유가 떠올랐다.

"맞아. 일단 대책으로 아티팩트는 준비했지만, 에히트한테 얼마나 효력을 발휘할지 모르겠어. 누가 뭐래도 그 녀석이 그 몸의 제작자니까."

"그건…… 그렇지만."

말은 이해하고 지당한 걱정이었다. 그렇다고 원래 몸으로 돌아가면 【신역】에서 싸울 힘을 잃는다.

하지만 그것은 변명이었다. 하지메 일행과 함께 싸울 수 없다는 사실을 감정적으로 받아들일 수 없었다. 지금 당장 유에를 되찾고 싶은 마음은 카오리라고 다르지 않았다.

불만을 품은 얼굴은 자연스럽게 불퉁해졌다.

"그런 표정 짓지 마. 유에를 찾아도 다른 사람이 다 죽으면,

나는 몰라도 너희는 참기 어렵잖아? 오르크스 은신처에 숨겨놓을 생각이지만, 뮤랑 레미아도 지상에 남아. 한 번 인질로 유효하다고 증명된 이상 지켜줄 사람이 필요해."

"으으~."

카오리가 신음했다. 신음밖에 하지 못했다.

하지메 일행을 빼면 사도에게 대항할 수 있는 것은 같은 힘을 가진 카오리뿐이었다.

가짜 사도로 알려진 군대가 몰려올 전장에서 『진짜 사도』가 되어 전선에 서면 사기도 크게 진작될 것이다.

무엇보다 카오리의 전문 분야는 치유였다. 높은 출력을 가진 지금, 사도 군대를 상대할 인류군에게 카오리의 지원은 하늘의 축복이나 다름없었다.

생각하면 생각할수록 지상에 남아 아이코나 친구들과 함께 싸우는 편이 최선이라는 결론이 나왔다.

"……후우, 어쩔 수 없구나. 따라가고 싶지만, 발목 잡고 싶지는 않고 사람들이 죽는 것도 원하지 않으니까…… 응, 알았어. 하지메랑 유에가 돌아올 장소는 내가 지킬게. 뮤와 레미아 씨한테도 손끝 하나 못 대게 할 거야."

"그래, 믿을게. 네가 있으면 걱정은 없어."

"응, 아무 걱정하지 마."

카오리는 아쉬운 표정을 지으면서도 납득했다. 하지만 갑자기 무엇을 떠올렸는지…… **활짝 웃었다.**

"나한테 맡겨! 아이 선생님이랑 릴리도!"

"그 두 명을 강조하는 이유가 뭐야……."

"그리고 유카도!"

"소노베는 또 왜?"

"몰라서 물어?"

"……."

카오리가 유에 같은 눈이 됐다. 구시렁구시렁 「다른 여자들도, 하지메를 보는 눈이 수상해……」라고 중얼댄다. 하지메에게 들리도록.

"하지메는 바람둥이. 나도 『그냥 소중한 사람』에서 발전이 없는데 끝도 없이…… 으으, 유에한테 일러바칠 거야. 따끔하게 눈총 좀 받아야 해."

일부러 삐친 척하는 카오리에게 하지메는 눈썹을 팔자로 뜨고 볼을 긁적였다.

그것은 카오리의 언동에 어이가 없어서가 아니라 그 말 일부를 부정하는 마음이 자연스럽게 올라왔기 때문이었다.

하지메는 눈앞에 있는 큐브의 잔해— 봉인석 앞에 쭈그려 앉아 손을 내밀며 카오리에게 말했다.

"……그때 맞은 주먹. 제법 아팠어. 정말로 눈이 번쩍 뜨이는 한 방이었어."

"응? ……앗, 그건, 그게, 아팠지? 정말로 있는 힘껏 때려서……."

갑작스러운 화제 전환에 카오리는 당황했지만 그것이 폭주한 하지메를 날려 버린 이야기라고 깨닫자마자 무안한 표정을 지었다.

앞쪽에서 선명한 진홍색 빛이 튀었다.

봉인석 잔해에 하지메의 마력이 침투했다. 전에는 그토록 고생했는데 이제는 마력 저항이 사라져 버린 것만 같았다.

하지메는 그 봉인석을 손바닥 사이즈의 블록으로『연성』하면서 힐끔힐끔 훔쳐보는 카오리를 향해 어깨를 으쓱했다.

"그래. 뼛속까지 아팠지. 추해서 못 봐주겠다는 말도 비수처럼 꽂혔어."

"아아~ 으으~ 그, 그게…… 저기……."

카오리는 끙끙거리며 허둥댔지만 이어진 말에 눈이 커졌다.

"다른 사람이 그랬으면, 그렇게 안 됐을 거야."

"어?"

"카오리처럼 내 마음속까지 들어올 수 있는 사람은, 달리 있다면 시아와 티오 정도겠지."

"그건……."

"이제『단순히 소중한 사람』이라고는 못 할 거 같아."

"……하지메."

이곳에 온 목적. 유에와의 추억에 잠기는 것뿐 아니라— 『봉인석 회수』를 빠르게 진행하면서 하지메는 일어섰다.

카오리의 눈에 마치 옛날 하지메를 방불케 하는 얼굴이 비쳤다. 상냥함과 온화함이 동거하는 그리운 모습 앞에서 카오리의 심장이 크게 뛰었다.

"고마워, 카오리. 계속 생각해줘서. ……놈과 붙기 전에 이것만은 말해 두고 싶었어."

"……그러지 마. 그러면 유언 같잖아. 불길해."

"하하, 그렇지. 미안, 안 어울리는 짓을 했나."

하지메가 머쓱하게 웃었지만 카오리는 고개를 절레절레 저었다.

"아니야, 내가 고맙지. ……기뻐, 엄청."

뜻을 이루었다고 생각하기에는 너무 일렀다. 하지만 자신의 마음이 통했고 하지메의 힘이 되어줬다면 이보다 기쁜 일은 없었다.

그렇게 느끼자 자연스럽게 눈물이 올라왔다. 하지만 결전을 앞두고 울 수는 없어서 얼버무리려고 농담을 꺼냈다.

"후후후, 유에가 돌아오면 말해줘야겠네. 하지메가 드디어 돌아봐 줬다고. 일단 시아 포지션까지는 손이 닿았다고."

"또 심술부릴걸? 유에는 아닌 척하지만 너랑 장난치는 걸 좋아하니까."

"으, 그건 분명히 내 반응을 즐기는 거야. 생각하니까 화나네. 하지메가 쳐들어간 사이에 반격할 계획을 짜야겠어."

"되로 주고 말로 받아서 야에가시한테 울며불며 매달리는 미래가 보이는데."

"뭐야, 하지메까지! 하지메도 나를 놀리니까 재밌어?!"

방방 뛰는 카오리를 보고 하지메는 키득키득 웃으며 어깨를 으쓱했다.

갑자기 말이 끊겼지만 그래도 불편하지는 않았다. 두 사람은 평온한 분위기 속에서 유에를 생각했다.

잠깐 그러다가 「그러고 보니……」 하며 카오리가 운을 뗐다.

"왕궁에서 연성하던 때부터 궁금했는데…… 하지메, 쭉 마법진 없이 마법을 쓰지 않았어?"

지금까지 무시했으나 하지메는 마왕성에서 옷과 신발에 설치한 마법진을 모두 파괴당했다. 잘 생각해 보면 존재 부정의 사슬도, 마인족을 협박한 돌칼도 어떻게 만들었는지 알 수 없었다.

"아, 이거? 유에랑 같아. 이미지만으로 마법진을 구축하는 능력, 『상상 구성』이야."

"뭐? 어느 틈에 그런 걸……."

당황하는 카오리에게 하지메는 왕궁에서 새로 조달한 스테이터스 플레이트를 던졌다.

허둥지둥 받아든 카오리는 거기에 표기된 내용을 보고 눈을 깜빡거렸다.

"연성의 파생 기능이야. 그 극한의 상황에서 연성하려고 했던 성과 같아. 『상상 구성』과 더불어서 두 개를 습득했어. 일단 최종 파생인가 봐."

에히트의 『신언』에 대항하는 극한 상황에서 자신의 모든 것을 걸고 쓴 연성 마법이었다. 재능의 벽을 허물고 연성 기능이 향상될 만도 했다.

카오리는 납득하면서도 그 이상으로 신경 쓰이는 부분이 있었다.

"저기, 하지메, 한계 돌파에도 파생이 나오는데……『진장(眞匠)』?"

"아, 그거. 쉽게 말하면 재능의 한계 돌파라고 해야 하나?"

스펙이 몇 배나 상승하지는 않았다.

특수한 힘을 쓸 수 있게 되지도 않았다.

다만, 재능의 상한치가 대폭 상승했을 뿐.

그래도 그 상한치가 이미 인간의 영역이 아니었다.

그 기술은 진기조차 초월해 전인미답의 신기, 아니, 마기(魔技)의 영역.

비할 곳 없는 기공의 소유자. 지고지상의 영역에 도달한 자.

고로 그 이름은…….

―한계 돌파 특수 파생 진장.

각성한 시점에서 선천적 재능이 **상시** 본래 한계를 초월한 상태가 되고, 발동 상태에서는 재능이 없는 분야도 평범한 수준까지 오르는 특수 파생이었다.

솔직히 말해 보통은 두 번 발동할 일이 있을지 의심스러운 애매모호한 파생이었다.

그래도 그 덕분에 확실해진 점이 있었다.

"확신이 있어. 지금 내 연성 기술은 오스카 오르크스를 뛰어넘었어."

유에의 협력 없이 저급 크리스털 키를 창조할 수 있다고 단언한 이유도, 사흘 내에 병기를 양산하겠다고 말한 이유도 바로 이것이었다.

굳이 말하면 자력으로 승화했다고 할까?

진짜 승화 마법과 합치면 지금 하지메는 연성사의 극에 달했다고 해도 과언이 아니었다.

"전에는 이 봉인석도 제대로 연성하지 못했어. 마력을 튕겨내는 성질 때문에 보물고에 넣는 것도 어렵고, 유에도 말은 안 했지만 쳐다보기도 싫어하는 눈치라 포기했었어. 그랬던 게…… 지금은 이렇게 되었지."

"그, 그랬구나……. 후후, 하지메가 『놈은 날 못 죽였어』라고 한 말, 그런 자신감 때문이었구나."

"너한테도 최고의 아티팩트를 만들어줄 테니까 기대해."

"응!"

그런 경악스러운 사실을 이야기하는 동안에도 봉인석은 완벽하게 『연성』되어 남김없이 보물고로 들어갔다.

이것으로 소개 채집은 끝났다. 충분하고도 남는 양이 모였다.

이제는 계속 아티팩트 병기를 양산할 뿐이다. 하지만 돌아서기 전에—

"응? 이건……."

봉인석이 놓인 아래 바닥에 무슨 문양이 새겨진 것을 알아차렸다.

"하지메, 왜 그래? ……문양? 이건 빙설 동굴에서 본…… 반드르 슈네의 문양 아니야?"

익숙한 문양을 보고 카오리가 의문을 느꼈다. 하지메는 말 없이 고개를 끄덕이고 보물고에서【빙설 동굴】공략 증표인 물

방울 모양 펜던트를 꺼냈다.

그러자─.

"이거, 공명하는 건가?"

이명 같은 소리를 내며 펜던트와 마루 문양이 떨렸다.

하지메 손바닥 위에 놓인 펜던트는 그대로 바닥 문양에 이끌리듯 스르륵 움직였다. 어두워서 알기 힘들지만, 자세히 보니 문양 중앙에 딱 펜던트가 들어갈 크기의 작은 구멍이 있었다.

"카오리, 일단 대비해."

"으, 응. 조심해야 해?"

카오리가 한발 뒤로 물러나서 위험에 대비했다. 그것을 확인한 하지메는 펜던트를 그 홈에 끼웠다. 그 직후, 문양이 빛을 뿜는가 싶더니 금속이 서로 마찰하는 소리가 나며 문양 가장자리를 따라서 바닥이 밀려 올라왔다.

지름 약 30센티미터의 원형 돌기둥이었다. 그것은 하지메의 허리 높이까지 올라와서 멈추고 측면 일부가 덜컥 열렸다.

"……이런 장치가 있었을 줄이야. 빙설 동굴을 공략한 사람만 열게 해 뒀나?"

"뭘까? 유에를 봉인하던 큐브 아래에 있었다면 유에랑 관련이 있을 것 같기도 한데…….'"

돌기둥 안에는 핀볼만 한 광석이 있었다. 무색에 투명도가 높고 점술가가 쓰는 작은 수정 구슬처럼도 보였다.

손에 들어서 자세히 살펴본 하지메는 잠시 후 그 정체를 간파했다.

"……이거 해방자들이 쓰던 영상 기록용 아티팩트 같군."

"그거……? 이런 곳에 그런 걸 남길 사람은 한 명밖에 안 떠올라."

"일단 기동해 볼까?"

하지메는 수정구슬에 마력을 불어넣었다.

곧 녹색 빛이 비치는 봉인의 방이 어둠 섞인 황금색 빛으로 뒤덮였다.

눈살을 찌푸린 하지메와 카오리 앞에서 영상 기록을 남긴 사람이 이야기하기 시작했다.

거기에 담긴 내용은…….

깊은 사랑과 자애. 그리고 어마어마한 각오와 회한. 그리고 듣는 이의 영혼이 떨릴 정도로 따뜻하고 자상한, 절실한 소원이었다.

달빛이 잦아들고 10분 정도의 영상 기록이 불현듯 꺼진 뒤에는, 표현하기 힘들지만 결코 불쾌하지 않은 여운이 하지메와 카오리의 마음을 채웠다.

카오리의 볼을 타고 아름다운 눈물이 흐르고 있었다.

"……유에에게 보여줘야 해."

"그래. 이건 유에가 봐야 할 거야. ……카오리, 네가 맡아줘. 싸우다가 혹시 잘못될지도 모르니까."

"……응. 소중히 보관할게."

카오리는 하지메가 건넨 아름다운 수정을 보물처럼 소중히 받았다.

"시간이 얼마 없어. 어서 돌아가서 아티팩트 양산을 개시하자."

"아티팩트를 양산한다…… 대단한 말이야."

전설의 마법 도구

어이없어서 웃는 카오리에게 어깨를 으쓱인 하지메는 한 번 더 유에와 만난 이 장소를 돌아봤다.

잠시 눈을 감았다.

돌아서서 눈을 뜨고, 돌아보지 않고 방을 나갔다.

그 뒤를 카오리가 조용히 따라갔다.

두 사람이 나가고 봉인의 방은 다시 어둠 속에 갇혔다.

하지만 그곳에는 모든 것을 집어삼키는 차가운 어둠뿐만 아니라 감싸주는 듯한 포근함도 감돌았다.

하지메와 카오리는 최심부 은신처로 돌아왔다.

석회색 암벽을 파서 만든 오스카의 저택에 들어가자마자 3층 난간으로 얼굴을 내민 뮤가 꽃처럼 환한 웃음을 보여줬다.

"아빠! 카오리 언니! 어서 오세요!"

귀여운 발소리를 내며 달려온 뮤가 하지메의 가슴에 폴짝 안겨들었다.

"다녀왔어, 뮤."

"뮤, 잘 있었어?"

두 사람이 꼬박 하루 동안 쉬지 않고 채집을 하느라 뮤도 외로웠나 보다. 한쪽 팔에 안겨 하지메의 목에 팔을 두르고 유난히도 어리광을 피웠다.

방글방글 웃는 사랑스러운 모습을 보면 마왕성에서부터 쭉 쉬지 못한 두 사람의 피로가 싹 날아가는 기분이었다.

그때 1층 방에서 신발 소리가 들렸다. 하늘하늘한 흰색 앞치마를 걸치고 손에는 국자를 든, 새댁 장비로 완전 무장한 레미아였다.

"여보. 카오리 씨, 어서 오세요. 무사해서 다행이에요."

"그, 그래. 다녀왔어."

"……『여보』? 레미아 씨, 일부러 그러는 거예요?"

"씻으실래요? 밥부터 차릴까요? 아니면…… 모녀부터?"

"역시 일부러 그러는 거야! 그런 농담 필요 없어요! 그리고 지금 모녀라고 했어요?! 자기 딸한테 무슨 짓을 시키려는 거예요!"

"어머나, 카오리 씨도 참. 가족끼리 도란도란 이야기나 하자는 말이죠. 우후후, 무슨 상상을 하셨나요?"

"으?! 이, 이상한 상상 안 했어요! 절대로 안 했어요!"

"여보, 아니면 카오리 씨로 하실래요?"

"엥?! 나, 나?! 아니, 그게 아니라! 놀리지 마세요!"

카오리가 하악질하는 고양이처럼 털을 곤두세워도 레미아는 「어머나, 우후후」하고 웃으며 귀엽게 바라볼 뿐이었다.

마중 나온 이유는 하지메보다 카오리 때문인 것 같았다. 유에도 그렇고 레미아도 그렇고, 카오리는 연상 여성에게 귀여움받는 체질 같았다.

하지메는 카오리의 어깨를 톡톡 두드리며 말렸다.

"레미아, 적당히 놀려. 미안하지만, 시간이 없어서 바로 공방으로 갈 거야. 식사는 거기서 먹을게."

"……그런가요? 쉬지도 않고 너무 일만 하는 것도 안 좋지
만…… 지금은 무리를 해서라도 해야 할 때니까요."

농담으로 맞아준 이유는 죽을 뻔했는데도 전혀 쉬지 않는
하지메를 북돋기 위해서였나 보다. 카오리를 놀린 이유도 어
떤 침울한 분위기를 느꼈기 때문인지도 모른다.

걱정은 되지만 레미아도 꼭 필요한 일이라고 이해하기에 말
리지는 않았다.

"그럼 바로 식사를 가져갈게요. 아, 그리고 왕녀 전하께서
상황을 보고해주셨어요. 생각보다 순조롭다고 하네요."

그러면서 레미아는 하지메가 채집에 집중하는 동안 연락받
은 사항을 하나하나 보고했다.

시즈쿠는 이미 가할드 설득에 성공.

왕국에서도 사태를 국민에게 전파하고, 왕비 대신 릴리아나
가 진두지휘를 맡아 제국군 수용과 국민 피난을 개시했다.

또한, 요새 건설도 예정보다 빠르게 진행 중이다. 초기 단계
에서 켄타로를 필두로 왕국 건축 관계자에게 전용 아티팩트
를 우선 배포한 성과였다.

왕궁 보물고를 전부 털어서 릴리아나와 왕궁 관계자가 비명
을 지르건 말건, 역사를 자랑하는 국보급 아티팩트도 단순한
소재로 바꿔 가며 만든 보람이 있었다.

그리고 페어베르겐에서도 연락이 와서 스즈와 류타로도 알
프레릭 및 장로들의 참전 의사를 확인했다고 한다. 하우리아

는…… 굳이 설명할 필요도 없으리라.

수해에서도 준비를 마치는 대로 게이트로 이동한다고 한다.

"그래? 확실히 예상과 달리 순조롭군."

"아이코 씨의……『풍작의 여신』연설이 상당히 효과적이었다고 해요. 게이트로 이동하며 제국과 페어베르겐에도 갔다고 하니까요. 그리고 새로운 교황의『성전 선언』도 꽤 영향력이 있었대요."

"공주님이 직접 변방에서 끌고 온 할아버지였지? 신의 대변자인 교회 수장의 말이면 풍작의 여신의 발언력에도 더 힘이 실리겠지."

릴리아나의 사람을 보는 안목, 중요한 상황에서 보이는 행동력과 지휘 능력은 분명히 비범했다.

역시 왕국이 자랑하는 신동이었다. 원래 조국을 위해 한 몸 바칠 각오가 있는 왕녀님은, 왕비와 측근들이 부족한 부분만 보충해주면 이런 위급한 상황에서 누구보다 뛰어난 지휘관이었다.

"각지에 흩어진 인간들은?"

"아직 연락이 없네요. 티오 씨도 아직이에요."

"뭐, 별수 없지. 즉석 아티팩트로는 한계가 있고."

현재 일부 학생과 시몬 교황 직속 기사단, 왕국 사절이 각지에 퍼져 있었다.

이동 방법은『스카이 보드』. 이름 그대로 하늘을 나는 서핑 보드였다. 공간 마법의 장벽으로 공기 저항을 줄이고 중력 마법으로 유사 비행을 하면 보통 시속 200킬로미터, 마력에 따라서는 300킬로미터로도 날 수 있었다.

물론 마력 소비가 심해 먼 곳으로 갈수록 휴식이 필요하지만 슬슬 각지에 도착할 때가 되었다. 그리고 한 번 도착하면 돌아올 때는 게이트로 순식간에 복귀한다.

"대충 알아들었어. 익숙하지 않은 일을 시켜서 미안해."

"미안하긴요…… 조금이라도 당신의 도움이 될 수 있다면 저는 기뻐요. 은혜를 갚기 위해서도, 남편을 지탱하는 아내로서도."

"아니, 아내는 아니지."

"어머나."

"아니, 어머나가 아니라……"

"우후후."

"아니, 응, 됐어."

무적의 웃음으로 모든 것을 감쌀 것 같은 레미아에게 하지메가 결국 꺾였다.

아빠는 일하셔야 해, 하며 레미아는 뮤를 대신 안아 들었다. 뮤를 생각하여 우호적으로 대하는 것 같기도 하지만, 레미아 본인도 그런 농담이 딱히 싫지 않은 눈치였다.

'뭐가 됐든 뮤와 인연을 끊지 않는 한 가족이기는 하지.'

속으로 혼자 생각하고 하지메는 아쉬워하는 뮤의 머리를 한 번 쓰다듬은 뒤 공방으로 들어갔다.

오스카 저택의 공방은 넓었다. 웬만한 운동장 정도는 됐다.

『연성』을 보조하는 장치도 많은 연성사의 이상적인 작업장이었다.

하지메는 보물고에서 말 그대로 산더미 같은 소재를 방출했다.

"그럼 배율을 얼마나 높일까? 카오리, 협력해줘."

"응, 알았어."

공방 중앙에 수정으로 된 투명한 원기둥이 『연성』됐다. 하지메와 카오리는 그것을 사이에 끼고 대면했다.

지금부터 할 일은 시간적 여유가 없다는 문제를 어느 정도 해소하기 위한 준비였다.

이것을 위해 하지메는 재생 마법을 가장 잘 쓰는 카오리를 조수로 선택했다.

"시작한다? 타이밍 맞춰―『연성』."

"『찰파(刹破)』!"

진홍색 스파크가 퍼지는 곳에 연보라색 빛이 섞였다.

―재생 마법 찰파.

일정 공간의 시간을 늘리는 마법. 시간에 간섭하는 재생 마법의 근간에 더 가까이 다가간 이 마법은 재생 마법의 궁극적 형태에 속했다.

본래 인간의 몸으로는 행사할 수 없는 초고난도 마법이었다. 『진장』을 발동한 하지메뿐 아니라 사도의 스펙과 재생 마법을 가장 잘 아는 카오리, 인간의 영역을 일탈한 두 사람이기에 그것을 중첩하는 협력도 가능했다.

무섭도록 정밀한 생성 마법이 진홍과 연보라색 마력을 뭉쳐 수정 기둥에 부여했다.

곧 둥실둥실 떠올랐던 카오리의 긴 은발이 서서히 느려졌다. 기분 탓인지 공방 전체의 색이 바랜 것처럼도 보였다.

"……하지메."

"OK. 카오리, 잘했어."

섞였던 두 사람의 마력이 공기로 녹아들 듯 흩어졌다.

카오리가 무릎에 양손을 짚으며 힘겹게 숨을 몰아쉬었다. 짧은 시간에 막대한 마력을 소비한 결과였다.

"헉, 헉. 어, 어떻게 됐어?"

"성공했어. 늘릴 수 있는 시간은…… 약 열 배로군. 나 혼자라면 두세 배가 한계였겠지. 고마워, 이제 꽤 여유가 생겼어."

"푸하~, 다행이야."

희미한 연홍색 빛을 내는 수정 기둥 앞에서 하지메는 표정을 풀었다. 카오리는 칭찬 섞인 말에 안심하며 쑥스러워했다.

"기왕이면 이름을 붙일까……. 역시 『정○과 시간의 방』?"

"……그건 안 하는 게 좋겠어. 단순하게 『아워 크리스털』이면 되지 않아?"

"……로망이 없네."

"아이참, 지금 그게 중요한 게 아니잖아. 자, 빨리 일하자, 일! 나도 추가로 소재를 모아 올 테니까 힘내!"

"……알았어."

하지메는 내키지 않는 표정으로 아워 크리스털을 기동했다.

그러자 조금 전처럼 공방의 색이 조금 바랬다. 이것으로 공방 내부만 시간이 열 배로 늘어났다. 공방에서 한 시간을 보내도 바깥에서는 6분밖에 지나지 않는 셈이다.

그런데 그때, 뮤와 레미아가 공방으로 들어왔다.

"아빠~! 식사 가지고 왔어~."

"어머? 뭔가 느낌이 이상하네……."

식사를 가지고 온 모양이었다. 쟁반 위에는 샌드위치가 수북이 쌓였다. 작업 중에도 간편하게 먹을 수 있도록 배려해준 결과겠지.

하지메는 색바랜 공방을 보고 당황한 레미아를 제지하고 카오리와 함께 입구 근처로 물러나게 했다.

"그럼…… 오스카 오르크스. 당신을 넘어섰다고 여기에 증명해주지."

하지메가 도전자의 얼굴로 웃었다.

생성 마법 수여, 공방에 남은 많은 아티팩트와 연구 자료. 오스카가 시간을 초월해 하지메에게 준 은혜는 헤아릴 수 없었다. 연성사로서 스승이라고 불러도 과언이 아니었다.

그렇다면 뛰어넘어야 하지 않겠는가.

그들이 이루지 못한 것을 이루기 위해서는 뛰어넘어야만 한다!

"『연성』!"

진홍색 폭풍이 공방 안에 휘몰아쳤다.

투명한 붉은빛이 공방 자체를 레드 스피넬처럼 물들였다. 여기저기에 새겨진 오스카의 마법진이 빛나고, 그것만으로는 부족하다는 듯 하지메의 마법진이 새로 새겨져 갔다. 천장,

마루, 벽…… 마지막에는 모든 마법진을 내포하는 입체적인 거대 마법진이 완성됐다.

그 직후, 소재의 산맥이 꿈틀댔다.

하지메의 『광물 분리』가 정제해 소재의 품질을 높이고, 『생성 마법』이 각종 마법을 부여하며, 『고속 연성』이 일련의 과정에 점차적으로 가속도를 붙였다.

신대 마법조차 내포한 파격적인 소재가 양산되었다. 그리고 그것들이 갑자기 사라졌다. 마법진의 효과로 전이해 정해진 곳으로 이동한 것이었다.

하지메는 그제야 자기 손으로 『연성』을 시작했다.

갑옷과 투구, 검, 창, 방패 등 기본 장비는 순식간에 만들어졌고, 이어서 탄환과 병기를 종류별로 하나씩 만들었다.

완성품의 품질을 확인하고 문제없다고 판단되면 그것들을 각각 다른 마법진 위에 안치했다.

그러자 놀랍게도 소재가 마법진을 통해 자동으로 전이해 보충되고, 다른 마법진 위에 완전히 똑같은 물건이 복제되었다. 『복제 연성』이었다.

더불어 완성된 아티팩트는 다른 마법진으로 전송되어 그곳 바닥에 열린 게이트에 떨어져 왕국으로 반출됐다.

"하, 하지메. 이건……."

진홍색 빛과 스파크가 춤추는 광경에 마음을 빼앗긴 것처럼 지켜보던 카오리, 뮤, 레미아가 겨우 하지메를 의식해 말을 걸었다.

"그래. 보다시피 공방 자체를 아티팩트로 만들었어. 이미 공방이라기보다는…… 군수 공장이군."

현대 지구의 공장이나 다를 바 없었다. 소재와 바탕이 될 완성품, 그리고 하지메라는 창조자가 있으면 마법진이 연동해 『소재 정제』, 『부품 전송』, 『복제품 제조』, 『완성품 전송』이 거의 자동화된다.

병기 대량 공급에 자신감을 표명한 이유가 마침내 밝혀졌다.

오스카가 살던 시대에는 분명히 통일 규격으로 대량 생산한다는 개념이 없었을 것이다. 현대 지구인인 하지메이기 때문에 가능한 연성의 새로운 지평인 셈이었다.

게다가 시간의 흐름이 다르기 때문에 왕국 측에서는 현재 전용 게이트에서 신화급 아티팩트가 폭포처럼 쏟아져 나와 릴리아나와 왕궁 사람들이 입을 다물지 못하고 있었다.

"일단 이대로 두면 기본 장비는 문제없을 거야. 잠깐 쉬자. 레미아, 뮤, 기다렸지? 밥 좀 줄래?"

"으, 응!"

"어머나…… 뭐라고 말해야 할지 모르겠네요."

조금 전까지 진홍색 마력 폭풍과 마법진의 빛이 이루는 기하학적 빛에 싸여 지휘자처럼 손을 흔들며 온갖 것을 만들어 내는, 그야말로 이야기에 나오는 마법사 같았는데…….

배고파 죽겠다며 조금 맥없는 표정으로 샌드위치를 집어 드는 모습은 또래 아이들과 다르지 않았다. 레미아는 뭐라고 표현해야 할지 모를 신기한 기분을 맛보며 열심히 하지메의 뒷

바라지를 시작했다.

그로부터 약 한 시간 후.

하지메가 꼬박 하루 만에 식사를 하고 『연성』을 계속하면서도 적당히 쉬었다는 실감이 들 무렵…….

"그럼 본격적으로 전용 아티팩트와 대군 병기를 제조해 볼까? 카오리, 추가 소재를 채집해 줄래?"

"알았어. 그래도 일단락되면 제대로 쉬어야 한다? 아워 크리스털로 시간적 여유도 생겼잖아."

"알아. 그리고 뮤랑 레미아도 계속해서 연락책이 되어줘. 시간 흐름이 다르고 나도 집중할 거라서 공방에 있으면 바깥 상황을 알기 어려워."

"응!"

"알겠어요. ……다음은 언제 식사를 준비하면 될까요?"

"바깥 시간으로 두 시간 뒤에 부탁해."

"……거의 하루 종일 작업하실 건가요?"

하지메의 말에 레미아가 걱정했고 카오리의 웃음에서 웃음기가 빠졌다.

하지메가 눈을 휙 돌리고 변명했다.

"새로운 전용 아티팩트를 만들면 연습할 시간이 필요하잖아? 이건 빨리 안 보내주면 제대로 활용도 못 하고 끝나."

그렇게 이유를 대자 초동 단계 아티팩트처럼 급한 용무라는 사실은 수긍할 수밖에 없었다.

마지못해 이해하면서도 걱정하는 기색을 지우지 못하는 카오리와 레미아에게 씁쓸하게 웃어 보이고, 하지메는 바로 『연성』에 들어갔다.

"이 은신처에 적이 오지 않으리라는 법도 없어. 조종당한 인간을 보낼 가능성도 없지는 않겠지."

십중팔구 그럴 리는 없다고 생각했다. 에히트는 이미 유희의 내용을 정했다. 그자에게 이것은 싸움이 아니었다. 이제 와서 하지메 일행을 습격하는 참수 작전을 감행하지는 않을 것이다.

그러나 만에 하나를 대비할 필요는 있었다.

그래서 전부터 구상하던 새로운 병기의 프로토타입을 지금 이곳에서 창조했다.

생각하던 이미지를 허공에 투영, 거기에 지휘자처럼 손을 흔들어 이미지를 고정하고 소재 더미에 스파크를 일으켰다.

소재 더미가 꿈틀댔다. 마치 무언가가 알을 깨고 나오려는 것처럼…….

진홍색 빛이 소재 더미 사이사이로 솟구치고 팔이 튀어나왔다.

그렇게 소재 더미를 무너뜨리며 모습을 드러낸 것은—.

길이 3미터의 단단한 금속제 몸통, 여덟 개의 다리. 상반신에는 아수라상 같은 여섯 개의 팔. 등과 거미 같은 동체 부분에는 흉악한 병기들.

가슴 중앙에 들어간 홍옥이 빛나더니 눈에도 번쩍 빛이 들어왔다.

"또, 또 이런 괴상한 걸……."

"우와아~ 멋있어!"

"어? 뮤, 이, 이게 멋있니? 엄마는 조금 무서운데……."

식겁한 카오리와 레미아와는 별개로 뮤는 눈이 초롱초롱 빛났다.

하지메는 뮤의 반응에 기분이 좋아져서 씩 웃고는 반지를 넘겼다.

"이 골렘은 광물을 베이스로 마물의 소재와 마석을 융합해서 만들었어. 반쯤은 마물이지. 그러니까 기본적으로 그 감응석으로 움직이지만, 말로 명령해서 움직일 수도 있어. 그 반지를 가진 사람의 명령을 듣도록 설정했어."

생성 마법과 변성 마법의 복합 기술. 요컨대 기계와 생물을 융합한 생체 병기였다.

명확한 자아는 없어서 뚜렷한 명령이 없는 한 스스로 판단하고 움직이지는 않는다.

참고한 것은 유에와 처음으로 함께 싸운 적― 유사 전갈이었다.

그쪽은 마물을 베이스로 광물을 융합한 것이었다. 창조자가 하지메와는 반대로 변성 마법이 특기였기 때문이리라.

"내가 가져?"

"그래. 뮤 전용기야. 뮤만의 골렘이지."

"뮤만의…… 전용기…… 흐음!"

뮤는 『로망을 아는 아이』인가 보다. 전용기라는 심금을 울리는 단어에 기분이 한껏 좋아졌다.

반지에는 전에 하우리아에게 만들어준 장비와 똑같이 마력 저장 기능과 기믹을 통한 기동 기능이 있고, 혼백 인증 기능도 있어서 『전용』이라는 말대로 뮤 말고는 쓸 수 없었다.

레미아가 왠지 아이가 이상한 동물을 주워 왔지만 다시 버리고 오라고도 할 수 없는…… 그런 얼굴이 됐다.

"그럼 뮤, 경비는 맡기겠다!"

"알겠습니다!"

척 경례하는 두 사람을 보고 무심코 픕 웃음을 터뜨린 카오리와 레미아에게 하지메도 웃어 보였다.

"두 사람한테도 부탁할게. 잠깐 집중할 거니까 긴급한 상황이 아닌 한 밖에서 두 시간 후에 와줘."

고개를 끄덕인 두 사람과 생체 골렘 어깨에 타고 의기양양하게 나가는 뮤를 하지메는 웃는 얼굴로 배웅했다.

그리고, 표정을 지웠다.

아니, 사라졌다고 해야 할까.

하늘을 올려다봤다. 쓸쓸함과 분노가 뒤섞인 형용하기 힘든 표정이었다.

천천히 꺼낸 것은 작은 신결정 파편 몇 개. 그리고 이곳에 꺼내지 않고 보물고에 보관하던 광석 몇 개.

"유에……."

단 한마디. 사랑하는 이름을 부르는 목소리에는 필설로 다하기 힘든 막대한 감정이 실려 있었다.

그 후 공방 안에서 진홍색 마력이 질풍노도처럼 휘몰아쳤다.

공방 밖 시각으로 한 시간 후.

"으어~."

한때 유에가 강제로 어른의 계단을 오르게 해준 호화로운 욕탕에서 하지메가 좀비 같은 소리를 냈다.

스스로 말한 『두 시간』이 되기 전에 왜 목욕탕에서 늘어져 있는가. 전용 아티팩트도 아직 다 만들지 않았는데.

그 이유는—.

"아빠~."

평소처럼 귀여운 발소리를 내며 알몸으로 달려오는 뮤에게 하지메는 온화하게 미소 지었다. 폴짝 뛰어드는 바람에 허둥지둥 일어나서 안았다.

"어허. 위험하잖아, 뮤."

"에헤헤~. 죄송합니다~."

가볍게 혼냈지만 뮤는 하지메에게 안기기 바쁘고 반성의 기미는 전혀 안 보였다. 못 말린다고 눈살을 찌푸린 하지메는 뮤가 뜨거워하지 않게 천천히 욕탕으로 들어갔다.

"흐뉴~."

뮤가 숨을 푹 쉬며 편안하게 눈에서 힘을 풀었다.

그 사랑스러운 모습이 하지메의 부성을 마구 자극했다.

뮤의 아름다운 에메랄드그린 머리카락을 손으로 천천히 빗겨주자 표정이 더 흐물흐물 녹아내렸다. 하지만 느닷없이 표정을 바꾸고—.

"그게 아니야! 아빠! 떼찌!"

"아, 응. 미안해. 걱정 끼쳐서."

"아빠가 사과해도 나는 이제 안 믿어!"

뮤가 불같이 화를 냈다. 하지메의 무릎 위에 앉으면서도 손가락을 들이밀었다.

사실 조금 전 공방에 들어온 레미아가 쓰러진 하지메를 발견한 탓이었다.

심지어 바닥에는 피 웅덩이가 있고 자해 흔적 같은 상처도 여기저기 난 상태였다.

당연히 레미아는 서스펜스 드라마에 나오는 시신 최초 발견자처럼 비명을 질렀고 달려온 뮤는 세상이 떠나가라 울었다.

채집하러 간 카오리에게 허겁지겁 연락해서 재생 마법으로 치유했지만…….

솔직히 마왕성에서 생사의 갈림길을 헤매던 만큼이나 위험한 상태였다.

필사적으로, 정말로 필사적으로 회복을 시도한 끝에 겨우 하지메가 눈을 떠서 안도했는데, 정작 하지메가 처음으로 한다는 소리는…….

—비밀 병기는…… 좋아, 완성했군.

이것이었다. 물론 카오리와 레미아, 뮤에게 호되게 잔소리를 들어야 했다.

또 자기 몸을 돌보지 않고 뭔가 일을 벌인 것이었다. 혼나는 게 당연했다.

그런데 하지메는 「미안, 미안. 이제 괜찮아」라고 가볍게 대답하고, 카오리에게 나눠 받은 마력으로 또 곧장 작업에 들어가려고 했다.

물론 세 사람은 노발대발하며 폭발했다.

세 명이 몸을 붙잡고 공방에서 끌고나와 일단 땀이나 빼고 푹 쉬라며 이 목욕탕에 집어 던진 것이었다.

공방에 두면 또 쉬지 않으리라고 생각해서였다.

"뮤는 『감시자』야. 목욕탕에서 일하면 안 돼!"

"아무리 그래도 그렇게 비효율적인 짓은 안 해."

본심을 말했지만 뮤는 전혀 믿지 못하는 눈치였다. 아무래도 하지메 아빠는 딸의 믿음을 정말로 잃어버린 듯하다.

"공방에서도 아빠를 감시할 거야."

"정말……?"

하지메는 욕탕 가장자리에 몸을 기대고 천장을 올려다봤다.

무리했다고는 생각하지 않았다. 해야 할 일을 했을 뿐. 하지만 그 결과 죽다가 살아났으니까 뭐라고 반박할 수 없었다.

그래도 멈출 생각은 없다.

뭐든지 할 것이고 무슨 수든 쓸 것이다. 약간의 타협도 허락하지 않는다.

이 마지막 전투에 나구모 하지메의 전심전력을 다 해야 한다.

모든 것은 사랑하는 연인을 되찾기 위해서.

그래도 그런 심정을 뮤에게 털어놓고 설득해도 되는 걸까…….

그런 생각을 하는데 왠지 뮤가 빤히 하지메를 바라보고 있었다. 그러더니—

"아빠, 유에 언니가 돌아오면 이번에는 다 같이 목욕할래! 목욕탕에서 놀 거 많이많이 만들어줘~!"

과장스러울 만큼 기운차게 물을 첨벙첨벙 튀기며 졸라 댔다.

"나는 아무것도 못 하지만…… 재밌는 놀이는 많이 생각할 수 있어! 그러니까 유에 언니가 돌아오면 많이 놀 거야!"

"뮤……."

왜 갑자기 그런 소리를 꺼내는지 모를 하지메가 아니었다.

심정을 털어놓느니 마느니 고민한 것이 바보 같았다. 이런 어린아이가 전부 꿰뚫어 보고 있지 않은가.

자신은 무력하다고, 도움이 안 된다고 말하면서 『자기가 할 수 있는 일』을 찾는 뮤는 얼마나 강한 아이인가.

아무것도 할 수 없으니까 하다못해 할 수 있는 사람들이 기운을 차리도록 해주려고 우선 자신부터 기운차게 행동한다. 꿈을 말하고 미래에 실현된다고, 실현해준다고 한 치 의심 없이 믿어줬다.

싱글벙글 웃는 뮤에게 하지메는 또 못 이기겠다고 생각한 뒤 상냥한 웃음을 지었다.

"……그래. 많이 놀자. 유에가 신나서 소리칠 정도로 즐거운 놀이를 생각해줘. 나도 재미있는 장난감을 생각해 둘게."

"……응!"

뮤는 장난기 있게 유에를 흉내 내서 대답했다.

그것이 우습고 귀여워서 하지메는 뮤의 머리를 마구잡이로 쓰다듬었다.

이성으로 가슴 안쪽에 밀어 넣었던 쓸쓸함이 조금은 옅어지는 기분이 들었다. 하지메는 이제야 비로소 몸에서 힘을 뺄 수 있었다.

그런데 그때…….

"어머나, 즐거운가 보네요? 저희도 끼워주세요."

"하, 하지메. 드, 들어갈게."

"사실 뮤가 들어온 시점에서 예상은 했어."

작은 수건으로 몸의 중요한 부분만 가렸을 뿐인 레미아와 카오리가 수증기 너머로 모습을 드러냈다. 두 사람 다 부끄러워서 볼을 물들이고 있었다.

카오리는 자기 몸이 아니라 사도의 몸이지만 역시 그 점은 관계가 없나 보다.

부랴부랴 옆으로 들어왔으나 그 몸은 예술적으로 아름다워 외설적인 느낌이 들지 않았다. 미술품을 보는 감각이었다.

오히려 위험한 것은 레미아 쪽이었다. 관능적이라고 할지, 농염하다고 할지, 아무튼 대단했다. 육감적이고 매끈한 몸, 욕탕에 발끝을 담그자마자 입으로 흘러나오는 신음 같은 소리는 고혹적이기까지 하다.

하지메가 아닌 다른 남자였다면 이성을 내던져 버렸을 것이다. 물론 그런 상대와 레미아가 혼욕을 할 리는 없지만…….

"먼저 나간다?"

유에가 없을 때 무슨 짓을 하냐며 노려보고 아직 탕에 들어온 지 5분도 지나지 않았는데 나가려고 했다.

하지만 레미아가 우려와 자애가 느껴지는 눈빛으로 하지메를 막았다.

"폐가 된다면 바로 나갈게요. 하지만 휴식을 취할 때도 지금은 혼자 있지 말아 주세요. 혼자 남아 마음이 진정되면 괜한 생각까지 하게 되지 않나요? 마음의 고통은 의지와 육체의 힘과는 관계가 없는걸요."

"……."

안 그래도 막 쓸쓸함을 느끼고 뮤에게 격려받은 참이었다. 애초에 혼자 남는 순간 유에를 생각해 무리해서 쓰러지지 않았나. 역시나 반론의 여지가 없었다.

"이럴 때는 다른 사람이랑 함께 있어야 해. 내가 괴로울 때는 시즈쿠가 있어 줬어……. 유에 대신이 되지는 못하지만, 조금이라도 힘이 되고 싶어. 그러지 못하면 유에가 돌아왔을 때 놀림받을 거야."

카오리는 픽 웃으며 부드러운 표정으로 그저 곁에 있겠다고 전했다.

경험에서 오는 말에는 무게가 있었다. 하지메가 없어진 날들에도 카오리가 꺾이지 않을 수 있었던 것은 친구인 시즈쿠가 쭉 곁을 지켜줬기 때문이었다. 그래서 자신도 그런 사람이 되어주고 싶다는 마음이 자연스럽게 전해졌다.

하지메는 카오리와 레미아의 아니, 뮤까지 포함한 세 사람의 마음을 함부로 내칠 수 없었다. 자조 때문인지, 그녀들의 강한 마음 때문인지, 자연스럽게 쓴웃음이 흘러나왔다.

"……고마워. 정신 차리지 않으면 나야말로 유에에게 놀림받겠어."

"유에에 한해서 그럴 일은 없다고 봐."

"우후후. 유에 씨는 하지메 씨라면 뭐든 받아주니까요."

세 사람이 하지메에게 껌딱지처럼 붙어 다니던 유에를 떠올리고 키득키득 웃었다.

"우웅……."

"음? 뮤는 꿈나라에 갈 시간인가."

하지메의 가슴에 몸을 기댄 뮤의 눈꺼풀이 당장에라도 감길 것 같았다. 그럴 때도 됐다. 뮤도 그 사건 이후로 한숨도 자지 못했으니까. 오히려 지금까지 버틴 것이 용했다.

"잠들기 전에 몸부터 씻고 얼른 나가자."

탕에 들어온 시간은 길지 않지만 하지메의 몸은 가벼웠다. 다시 한 번 아워 크리스털 속에서 한숨 자야겠지만 세 사람 덕에 마음은 한결 편안해졌다.

싱긋 웃으며 고개를 끄덕인 레미아가 문득 뭔가를 깨달았다. 카오리가 왠지 안절부절못하고 좌식 샤워기와 하지메를 바쁘게 번갈아 봤다. 감 잡았다.

"그럼 하지메 씨는 뮤를 맡아주세요. 제가 하지메 씨 앞을 씻겨 드릴게요."

"아니, 등은 딱히…… 지금 앞이라고 했어?"

전형적인 대사와 조금 다르다는 사실을 알아챈 하지메에게 레미아가 싱글싱글 웃으며 고개를 갸웃거렸다.

"네. 등은 카오리 씨가 씻기고 싶어 하는 것처럼 보여서요. 그죠? 카오리 씨?"

"잠깐, 레미아 씨?! 난데없이 무슨 소리야?! 아, 앞이라니, 거긴…… 아, 안 돼!"

"어머나, 그럼 카오리 씨가 앞을 씻겨주세요."

"내, 내가?! 내가, 하지메 앞을, 앞을……."

카오리의 시선이 뮤에게 가려서 보이지 않는 하지메의 일부로 집중됐다. 그리고 폭발이라도 할 것처럼 얼굴이 새빨개졌다.

"너희 바보냐? 누가 시켜준대?"

"하지만 하지메 씨는 이번에도 카오리 씨 덕분에 사셨잖아요. 채집도 정말로 열심히 해주셨고…… 조금 보답해 주셔도 되지 않나요?"

"레미아 씨…… 저를 생각해서……."

"그렇게 말하면 나도 할 말이 없지만…… 그렇다고 앞을 씻기는 게 보답이라니? 내가 티오야? 아니, 변태야?"

"충분한 보답이 된다고 생각하는데요……."

레미아가 카오리를 봤다. 카오리는 있는 힘껏 눈을 피했다.

보답이 되나 보다. 무척 알기 쉬운 태도였다.

"카오리, 너…… 변했어."

"보지 마! 날 그런 슬픈 눈으로 보지 마!"

카오리가 물에 얼굴을 담고 보그르르 거품을 일으켰다.

하지메는 어이없게 보면서 뮤를 안고 몸을 씻으러 나갔다.

"카오리 씨, 뮤에게 들었어요. 카오리 언니는 돌격 소녀라면서요?"

"뮤가요?!"

"지금 하지메 씨 앞으로 돌격하지 않으면 언제 해요."

"그, 그건…… 아니아니, 지금일 필요는 전혀 없잖아요?!"

"알았어요. 그럼 이렇게 해요. 세 명이 같이 앞을……."

"같이 하면 무섭지 않지…… 아, 아니라니까요! 그리고 지금세 명이라고요?! 뮤한테 뭘 시킬 생각이에요! 레미아 씨 변태!"

"어머나, 우후후."

"또 그렇게 웃어넘기려고! 레미아 씨 안 좋은 버릇이에요!"

하지메는 생각했다. 카오리가 불쌍하다고. 뭐가 문제냐면 카오리가 놀림받고 화를 내면서도 어딘지 모르게 즐거워 보인다는 점이었다.

유에가 심술을 부릴 때와 똑같은 분위기였다.

소환되기 전에는 생각할 수도 없는 일이었다. 완전히 유에에게 조교당했다……라고는 절대로 말하면 안 되겠지. 카오리의 쓸쓸함도 달랠 겸…….

"유에가 돌아오면…… 카오리의 불쌍함이 두 배군."

"음냐~?"

눈이 게슴츠레한 뮤의 머리를 조심스럽게 씻기며 하지메는 착잡하게 속으로 중얼거렸다. 너네 엄마, 연하를 놀리면서 즐거워 보인다고…….

그로부터 하루가 더 지났다.

"하지메 씨! 다녀왔어요오!"

공방 문을 부술 기세로 쾅 열고 시아가 뛰어들었다.

하지메의 지시에 따라 예전에 공략한 【라이센 대미궁】의 주인— 밀레디 라이센을 만나고 왔는데 폴짝폴짝 뛰는 모습을 보면 역할을 무사히 수행한 모양이었다.

시아는 하지메에게 의수가 돌아온 것을 보고 토끼 귀를 요란하게 팔딱팔딱하며 말보다 알기 쉽게 기뻐했다.

그런 시아에게 하지메도 화답했다.

"어서 와, 시아. 밀레디랑 재회했나 보지?"

"네! 저보다 먼저 사도가 급습했었나 보지만요……."

"뭐? 정말로? 괜찮았어?"

"네. 그냥 묵사발 냈던데요? 최심부도 본인도 말짱했어요. 그 사람, 시련이 아니라 작정하고 싸우면 무지막지해요."

"……괜히 해방자가 아니군."

"그러게요. 안타깝지만 밀레디 씨는 그 영역에서 쉽게 나오지 못한다고 해서 직접 데리고 오지는 못했어요. 그래도 결전에는 골렘 기사단을 끌고 참전하겠대요."

그렇게 말하는 시아의 눈은 어딘지 모르게 서글펐다.

밀레디와의 대화를 떠올리고 있을 텐데, 그 깐족의 화신을 상대로 그렇게 서글퍼질 일이 있었을까? 하지메는 고개를 갸우뚱했다.

그것을 알아차린 시아는 쓴웃음을 지었다.

"숙원이 이루어질지 모르니까요. 기뻐 보였달까…… 죄송해요. 결전에 관해 알렸을 때 그 사람의 분위기는 제 입으로 표현하지 못하겠어요."

"……그래? 아니, 아마 아무도 못 할 거야."

밀레디 라이센. 해방자의 리더.

동료는 이미 세상을 떠났고 홀로 골렘에 혼을 옮기며 연명해 왔다. 몇 천 년이나, 혹은 몇 만 년이나 깊고 깊은 땅속에서…….

결과와 상관없이 이 결전이 그녀의 종착점이다.

그 마음을 현대 사람이 말로 표현하기란 분명히 불가능하다.

"그래도 금방 또 짜증나게 변했지만요!"

—나 알아, 나 알아! 이 천재 미소녀 마법사 밀레디의 힘을 빌리러 왔지? 어쩜 좋지~? 수천 년이 지나도 모두 나만 믿어서 밀레디는 곤란해~! 그래도 좋아! 도, 와, 줄, 게! 자, 감사해, 감사해! 밀레디 사랑해요! 라고 소리 높여 외쳐! 어서어서!

머릿속에 선명하게 밀레디의 목소리가 반복됐다.

"그래도 괜찮아요. 발꿈치로 정수리를 내려찍고 「부탁해요, 밀레디 씨가 협력하게 해주세요」라고 말하게 했으니까!"

"그, 그래?"

"네! 일단 결전까지 힘을 비축하는 대신 쓸 만한 물건을 압수해 왔어요!"

시아는 등에 업은 짐 보따리를 탁탁 때리며 세상 맑게 웃었다.

분명히 예전에 하지메가 그랬던 것처럼 강도처럼 빼앗아 왔을 것이 틀림없었다.

천재 미소녀 마법사 밀레디가 엎드려 우는 광경이 눈에 선했다.

"하지메 씨는 어땠나요? 레미아 씨한테 들었어요. 공방 안은 시간 흐름이 달라서 벌써 열흘 정도 작업이 진행됐다면서요?"

시아는 짐을 꺼내면서 지금도 양산돼 전송되는 아티팩트를 보고 감탄해 귀를 파닥거렸다.

"잠도 자고 밥도 먹어서 몸 상태는 좋아. 아티팩트 배치도 순조롭고. 그보다 받아 온 물건은 뭐야?"

"우선 이거요."

공방 구석에 있는 의자에 앉은 시아가 흰 유리구슬 같은 것을 탁상 위에 놓았다.

"대 신언용 아티팩트『응~? 뭐래는 거지~?』예요."

"너야말로 뭐래는 거냐."

정확하게는 알고 싶지 않았다. 밀레디는 작명 센스도 짜증났다. 에히트 한정인지도 모르지만…….

그래도 과연 오스카의 아티팩트라 능력은 확실했다.

조금 내키지 않는 표정으로 그것을 받아 해석한 하지메가 무심결에 감탄했다.

"오오, 일종의 노이즈 발생기군."

시아가 토끼 귀를 갸웃했다.

"신언이란 궁극의 혼백 마법이라고 볼 수 있어. 혼에 직접 의지를 새겨 넣어 무의식적으로 따르게 하는 마법— 쉽게 말하면 즉효성 있는 막강한 암시야. 주문에 이름을 넣는 건 명령자의 존재를 인식시키는 편이 효과적이기 때문이겠지."

"아…… 그래서 이름이 길어진 순간 위력도 증가했군요?"

"흔히 말하는『진명(眞名)』이란 거겠지. 그래서 이…… 이…… 젠장, 이름도 짜증나게 붙였어! 부르기 힘들잖아!"

"그냥 우리가 마음대로 이름 붙여요."

이곳에 없어도 짜증을 일으키는 밀레디는 무척 짜증났다.

"어흠, 일단『혼각(魂殼)』이라고 부를게. 이건 혼에 직접 의사를 전달하는『심도(心導)』마법을 걸어 신언이 혼에 닿기 전에 휘젓는 효과가 있어."

"아하, 그래서 결과적으로 단순한 잡음이 되니까 노이즈 발생기인가요?"

"그렇지. 아티팩트 자체를 빼앗긴다는 점도 이미 대응했어. 이걸로 에히트 대책은 더 완벽에 가까워졌군. 시아, 잘했어."

"에헤헤~, 도움이 돼서 다행이에요."

하지메가 기쁘게 웃자 시아도 덩달아 기쁘게 토끼 귀를 파닥거렸다.

고마워할 사람은『혼각』을 건네준 밀레디지만 왠지 그 인간한테는 감사하기 싫어서 시아를 칭찬했다. 시아도 같은 마음이므로 솔직히 기뻤다.

"그리고 이것도요."

"단검? 강력한 힘이 느껴져. 대체 무슨…… 아니?"

이어서 보따리에서 나온 것은 검은 칼집에 들어간 날 길이

20센티미터짜리 단검이었다. 칼을 뽑자 투명한 창궁색 검신이 눈을 사로잡았다. 블루 사파이어를 연상케 하는 아름다운 단검이었다.

하지만 절대로 성검이 아닌 것은 확실했다. 맹수가 포효하듯 사람을 압박하는, 오히려 광적이기까지 한 오라를 보면 말이다.

틀림없이 이것은 개념 마법이 내는 압박감이었다.

"『신월(神越)의 단검』이라고 했어요. 담긴 개념은—『멸신』."

"류티리스가 말하던 해방자가 만든 세 가지 개념 마법 중 하나인가? 밀레디가 가지고 있었나. 젠장, 진작 넘겨줬어야 할 거 아냐."

"제가 그렇게 말하니까—『엥~? 신은 귀찮아서 안 죽인다고 하지 않았던가~? 그런 사람한테 어떻게 줘? 갖고 싶으면 머리 숙여! 땅에 이마 박고, 전에 밀레디의 방을 폭파해서 죄송합니다! 용서해주세요! 라고 빌어! 그러면 생각해 줄 수도 있는데? 푸풉』이라며 웃어서……."

"그러냐……."

"네. 그래도 괜찮아요. 하지메 씨에게 배운 래리어트를 먹이고 전에 폭파한 곳을 한 번 더 가루로 만들었으니까요. 딴에는 수리하면서 방어력도 높였나 보지만, 크크, 제 주먹 앞에서는 종잇장이나 다름없다구요. 마지막에는 거의 울면서 애원하는 거 있죠! 엎드려서 이마까지 땅에 박고! 하지메 씨도 그 꼴을 봤어야 하는데, 크흐흡."

"그, 그러냐……."

시아가 살짝 다크 사이드에 빠졌다. 다크 시아 강림이다.

하지메는 생각했다. 앞으로는 절대 밀레디에게 시아를 접근시키지 않겠다고. 천진난만한 토끼가 애를 울리는 야쿠자 토끼처럼 악독한 얼굴이 되는 것은 별로 보고 싶지 않았다.

"참고로 『계월의 화살』이라고 신역으로 가는 길을 여는 아티팩트도 있었다고 하는데, 전에 해방자들이 패배했을 때 소실했나 봐요."

일단 저급품이라면 몇 개 있어서 그중 하나도 받아왔다고 했다.

물론 그것만으로 【신역】으로 가는 길을 열 힘은 없지만, 저급 크리스털 키만으로는 부족하다고 생각했던 하지메에게는 때마침 굴러든 행운이었다.

"아, 그리고 이건 주의 사항인데…… 밀레디 씨는 에히트와 싸우기 전에 민중에게 쫓기는 신세가 돼서 『멸신』이 얼마나 효과가 있는지 모른대요. 다만, 그 단검으로 유에 씨의 혼이 다치지는 않을 테니까 잘 쓰래요."

"그거 잘됐군. 나도 대책을 세웠지만, 수단은 다다익선이지. 이 단검이 유에에게 영향을 끼치지 않는다면 더 바랄 건 없어."

그렇게 말한 하지메가 단검을 칼집에 넣는데 갑자기 시아가 『동경하던 전설의 용인이 변태였다』라는 잔인한 현실을 직시한 유에 같은 표정을 지었다.

"그 『멸신』 개념은 결전병기를 만들어 내지 못해서 화가 난 해방자들이 다 같이 술을 퍼마시고 만든 거래요. 고주망태가 돼서 에히트 욕하기 대회를 벌였는데, 다음 날 아침에 눈을 뜨니까 옆에 있었다네요?"

"탄생 비화가 술 마시고 사고 친 이야기 같군."

"명분이니 이성이니 사명이니, 그런 잡념(?)이 일절 포함되지 않고 『에히트 죽어라, 개자식아』라는 마음이 순수하게 정제됐으니까 다른 곳에는 영향이 없을 거예요."

"엄청난 신빙성이군. 나도 마음은 이해한다만. 밀레디는 한없이 짜증나지만, 유에를 되찾으면 고맙다는 말이라도 해야겠어."

"그래요. 실제로 그때가 되면 아이언 클로를 참을 자신이 없지만."

함께 얄밉게 깔깔대는 밀레디를 떠올리고 피식 웃었다.

보고가 끝나고 하지메는 만족스러운 선물을 보물고에 넣으면서 교대로 다른 보물고를 소환했다.

"자, 네 보물고야. 새로운 장비가 들었으니까 미리 확인해 둬. 네 단짝도 새로 장만했어."

"야후우우! 목 빠지게 기다렸어요!"

시아가 토끼 귀를 쫑긋 세우고 즉석에서 소환했다.

새로 태어난 단짝—『빌레 드뤼켄』을……

"하우으우우~ 이거예요~. 역시 이 단단하고 차가운 감촉이 없으면 안 돼요. 이걸로 적을 콱 찍어 버리는 느낌이 최고예요~."

"무서워."

전투 망치에 볼을 비비는 시아는 미소녀가 하면 안 될 종류의 웃음을 짓고 있었다.

　"아~! 시아 언니가 돌아왔어! 어서 오세요!"

　뮤가 공방 입구에서 얼굴을 내밀었다. 시아도 기뻐서 돌아보고……

　"뮤! 다녀왔……어요?"

　굳었다. 철컹철컹 발소리를 내는 기이한 골렘과 그것의 어깨에 앉은 뮤를 보고.

　"저기, 뮤, 그 골렘 같은 괴물은 대체……."

　"아빠가 줬어! 이 애가 『베르』고, 이게 『사아』. 그리고 『아스』랑 『루우』, 『마아』랑 『레비』랑 『바알』이야!"

　"엄청 많아!"

　하나뿐인 줄 알았는데 끝도 없이 공방으로 들어오는 생체 골렘 집단을 보고 시아가 부르르 떨었다. 그만큼 그것들은 토끼 귀가 오싹해지는 기묘한 존재감을 뿜고 있었다.

　"뮤랑 레미아 호위용으로 하나씩 만들었는데 예상보다 성능이 좋더라고. 정말로 예상 밖을 넘어서 나도 이해가 안 되는 수준이라……."

　"그거 위험한 거 아니에요?!"

　참고로 정식 명칭은 순서대로 『벨페고르』, 『사탄』, 『아스모데우스』, 『루시퍼』, 『마몬』, 『레비아탄』, 『바알제붑』이라고 한다. 모두 뮤가 특별히 고민도 하지 않고 즉석에서 붙인 이름이었다. 4살 여자애가 지을 이름이 아니고 모 대악마들의 이름과 같은 것은 우연이라고 생각하고 싶지만…….

"뮤, 왜 그런 이름을 붙였는지 한 번 더 말해줄래?"

"뮤? 아빠는 이상해. 베르는 베르고 사아는 사아야. 다들 똑같아. 그 이상도 그 이하도 아니야."

"아, 네."

"정말 위험한 거 아니에요?!"

이름의 유래를 모르겠다! 뮤는 왜 그런 이름을 붙였는가. 한 번 뮤가 이상한 것에 씌지 않았는지 진지하게 검사해 볼 필요가 있을지도 모르겠다…….

"다들 시아 언니한테 인사해!"

"히익."

시아가 비명을 질렀다.

생체 골렘들이 저마다 연습이라도 한 것처럼 기묘한 포즈를 잡았다. 뒤쪽에서 터지는 무지개색 연막이 보이고 「대☆죄☆ 전☆대☆ 데몬 레인저!」라는 우렁찬 소리가 들리는…… 기분 이 들었다.

"하지메 씨, 하지메 씨, 저 완벽한 포즈는 뭔가요? 뮤가 시 킨 것 같지는 않은데, 무슨 특수한 기능이에요?"

"안타깝게도 저런 기능을 넣은 기억은 없어. 그리고 뮤의 기 량으로 일곱 대가 동시에 다른 포즈를 잡는 건 불가능할 거야."

"진짜 위험한 거 맞다니까요! 저 골렘!"

시아가 손가락으로 가리키며 확신을 가지고 아우성쳤다. 토 끼 귀의 털이 부르르 떨렸다.

"나도 그렇게 생각했어. 어디서 실수해서 마물의 성격이 강하게 나왔나 싶었지. 그렇지만 저걸 봐……."

하지메가 눈짓했다.

"다 착한 애들이야! 엄청 멋있어!"

신이 나서 칭찬하는 뮤 앞에서 생체 골렘들은 분명히 쑥스러워하고 있었다. 순종하는 멍멍이가 꼬리를 살랑살랑 흔드는 모습이 겹쳐 보였다.

"뮤한테 엄청 잘 따르고 문제는커녕 예상 성능보다 훨씬 우수해. 그래서 폐기하기도 좀 그래."

"에히트 편인 위험한 게 빙의했을 가능성도 있지 않아요?"

"그렇게 생각해서 모아놓고 에히트를 계속 욕해 봤어. 그리고 사상 검증으로 마왕성 영상을 불러서 밟아 보라고도 시켰지."

그 결과 매도에는 특별한 반응이 없었고 영상 속 에히트와 알브를 밟으라고 시키니까 가차 없이 짓뭉갰다. 영상 속 뮤를 봤기 때문일까? 하지메조차 너무 과하지 않냐고 생각할 정도였다.

에히트는 유에게 빙의한 상태라서 객관적으로 보면 유에를 원수처럼 밟는 광경이라 굉장히 기분이 복잡했다.

"아, 그럼 적어도 에히트 편은 아니에요. 절대로."

"놈의 신하라면 영상이라도 밟지 못할 테니까. 아마도 종마라는 성질이 강하게 발현됐나 보지."

그리고 그렇게 생각해서 다음 생체 골렘을 만들었더니 또 똑같은 일이 벌어지고, 「어? 이상하다……」 하고 또 한 대 만들었더니 이번에도 이상하고…….

그리하여 일곱 대까지 늘어난 결과가 이것이었다. 일단 여덟 대째에 예상한 스펙대로 생체 골렘이 완성됐지만 하지메는 어째선지 석연치 않았다.

"아, 맞아, 아빠! 카오리 언니가 돌아왔다고 말하러 왔어!"

"그래? 알려주러 와서 고마워."

"응! 그런데 상태가 조금 이상했어. 특히 스즈 언니가."

사실 스즈와 류타로는 【페어베르겐】에서 역할을 마치고 한나절 전에 이곳에 도착했다.

현재 카오리가 소재 채집 겸 호위를 해줘서 나락의 마물을 조련하거나 전투 경험을 쌓는 등 변성 마법 연습에 매진하고 있었다.

상태가 이상하다는 것을 보면 나락 마물이 너무 강해서 종마를 뜻대로 늘리지 못했는지도 모르겠다.

그런 사정을 시아에게 설명하며 오스카 저택을 나와 미궁으로 이어진 은신처 입구로 갔다. 그런데―.

"시아! 어서 와! 표정을 보니까 성과가 있었나 보네?"

"카오리 씨! 다녀왔어요!"

반만 열린 문 근처에 있던 카오리가 반색하며 달려왔다.

스즈와 류타로는 그 자리에서 가만히 손만 흔들었다. 왠지 다가오지 않았다. 정확히는 문에서 떨어지지 않으려는 것처럼 보였다.

"두 분도 수고하셨어요. 가족들― 하우리아 족과 페어베르겐 사람들은 어땠나요?"

어쩔 수 없이 하지메와 시아가 다가가자 스즈의 눈이 잠깐 허공을 헤맸고, 류타로가 빨리 결정하라고 눈치를 주고 있었다.

"문제는 없었어, 시아시아. 페어베르겐 사람들도 원래 신앙과는 관계가 없었고 세계의 운명이 걸린 걸 알고는 바로 행동해줬어."

"그래. 불안은 있나 보지만, 나구모의 아티팩트를 모두에게 증정한다고 하니까 좋아 죽더군. 하우리아 족은…… 문제, 없었어. 아마도?"

"……왜 의문형이죠?"

시아가 류타로에게 의심스러운 눈빛을 보냈다. 그 눈빛에 주눅이 든 류타로는 잠시 눈을 굴리다가 다시 떠올리기 싫은 투로 입을 열었다.

"아니, 정말로 문제는 없었어. 다만…… 그 뭐냐…… 갑자기 엉엉 울어서 깜짝 놀랐을 뿐이지……."

"네? 울어요? 아버지가요?"

"아니야, 시아시아. 하우리아 족 전부야. 그 뒤에 완전 시위 현장이었어. 『보스 만세!』, 『드디어 함께 싸울 수 있다!』, 『죽여라! 죽여라! 죽여라!』 하면서 막 소리치고 복창하는데, 소리가 어찌나 큰지 수해 안개가 살짝 밀려나더라니까? 솔직히 무서웠어."

"……."

"하오면 상사 방식은 위험하다고 뼈저리게 깨달았어. 전부 눈이 충혈돼서 살기등등해. 나무 위에 있던 원숭이 같은 동물이 툭 떨어졌는데…… 보니까 눈을 뒤집고 죽어 있었어. 아마 살기만으로 심장이 멎은 거지."

"……우리 가족 때문에 죄송합니다."

스즈와 류타로는 설명하면서도 얼굴이 새파래지고 벌벌 떨었다. 어지간히 상식을 벗어난 공포였나 보다.

솔직히 말해서 두 사람에게는 에히트를 신앙하는 광신도와 하지메를 존경하는 하우리아 족이 똑같아 보였다. 속으로 「역시 마왕…… 아니, 마신?」이라고 생각한 것은 비밀이다.

하지만 어쩔 수 없는 일이었다.

하우리아 족에게 하지메와 함께 전쟁에 참전한다는 것은 최고의 영광이었다.

심지어 존경하는 보스가 힘을 빌려달라고 요청했다면 그것만으로 기뻐 날뛰다가 승천해도 모자랄 사태였다.

"지금쯤 생난리 피우고 있겠네요. ……다른 나라 사람들에게 민폐를 끼치지 말아야 할 텐데……."

"그렇게 되면 알프레릭 장로의 위장에 구멍이 뚫리지 않을까?"

"시아시아, 나구모. 알프레릭 씨는 이미 위장약을 한 움큼씩 먹고 있었어."

""…….""

시아의 토끼 귀가 반으로 접혔다. 하지메는 힘껏 고개를 돌려 버렸다. 분명히 알프레릭의 속 쓰림에는 손녀의 기행도 한 몫할 것이다.

시아가 놀아주지 않는 울분을 아버지인 캄에게 풀려고 매일 하우리아 족 마을을 찾아간다고 하니까, 그의 심로를 능히 짐작할 만했다.

　그 원인을 자신들이 만들었다고 자각하는 하지메와 시아는 잠깐의 눈빛 교환 후 이심전심으로 화제를 돌리려고 했다.

　"그나저나 타니구치! 좋은 마물은 있었어?!"

　"뮤가 말했어요! 왠지 상태가 이상하다고!"

　"윽."

　이번에는 스즈가 말문이 막혀 눈길을 피했다.

　어쩔 수 없이 류타로에게도 눈빛으로 묻자―.

　"나는 아예 글렀어! 종마 같은 건 나랑 안 맞아!"

　류타로는 때려치워, 때려치워, 하며 쾌활하게 웃었다.

　일단 새 돈나의 고무탄을 류타로의 이마에 쐈다. 이마를 잡고 바닥을 뒹구는 류타로에게 하지메의 차가운 눈빛이 꽂혔다.

　당황한 카오리가 제지에 나섰다.

　"자, 잠깐만, 잠깐만! 성과가 없지는 않았어! 스즈는 종마를 확보했고 류타로도 변성 마법을 다른 방식으로 쓰게 됐어!"

　"흠? 그래? 그럼 당당히 보고하면 되잖아?"

　망설임 없는 발포에 식은땀을 흘리던 스즈가 눈길을 받고 흠칫했다.

　"으, 응. 일단은. 상당한 병력을 모았다고 생각해. 생각은 하는데……."

　"……? 뭐가 문제야?"

"으음, 일단 강력한 산을 뱉는 커다란— 지네."

"아, 그거? 상층에도 비슷한 녀석이 있었지만, 『몸마디를 날리는 능력』에 『몸마디에서 산을 날리는 능력』이 부가됐지. 나도 좀 놀랐던 기억이 있어."

"으, 응. 그리고 폭발하는 침을 총알처럼 연사하는 커다란— 벌."

"그거 말이군. 침이 아니라 거의 소형 미사일이지. 받아친 순간 폭염에 휘말려서 놀랐던 기억이 있어."

"그리고 두더지처럼 땅을 뚫고 다니는— 개미."

"그래, 기습 능력은 뛰어나지."

"팔 여섯 개로 바람 칼날을 날리는— 사마귀."

"……그밖에는?"

"……거미랑 나비."

"……왜 벌레뿐이야?"

완벽한 라인업이었다. 하지메가 너 그런 취향이냐는 눈으로 스즈를 봤다.

그러자 스즈가 양손으로 얼굴을 가리고 왈칵 눈물을 쏟았다.

"몰라! 변성 마법이 통하는 마물이 왠지 벌레뿐이란 말이야! 수해 때는 동물들도 제대로 됐는데! 오르크스 이상해!"

원해서 이렇게 된 것은 아닌가 보다. 아마 고육지책으로 벌레를 많이 끌고 왔겠지. 주저앉아서 훌쩍훌쩍 우는 스즈의 모습은 참으로 애잔했다.

분명히 그림만 놓고 보면 끔찍한 광경이다.

하지만 나락의, 그것도 하층 마물이므로 지상 마물에 비하면 훨씬 강력했다. 사도는 몰라도 프리드가 시간을 들여 진화시킨 마물들과 에리의 시수병을 상대하기에는 충분한 병력이 되어 주리라.

"기운 내. 적도 혐오감 때문에 허점을 보일지도 모르잖아?"

웬일로, 정말로 웬일로 하지메가 위로했다.

그 사실이 더욱더 스즈의 여리디여린 마음에 상처를 줬다. 스즈가 의미도 없이 바닥에 빙글빙글 원을 그렸다.

"적에게 혐오감을 주면서 싸우라고? 내 상대는 에리인데? 대화하고 싶은데 혐오감부터 줘? 훌쩍, 분명히 벌레녀라고 생각할 거야……. 역겹다고 할 거야……."

"그, 그치만 스즈! 그 애가 있잖아! 복슬복슬한 애!"

너무 가여워서 카오리가 어떻게든 위로하려고 했지만 뭔가 해서는 안 될 말이 섞여 있었나 보다. 스즈가 깜짝 놀라서 벌떡 일어섰다.

"앗, 카오링! 그건 비밀이랬잖아!"

"뭐? 비밀? 야, 타니구치, 무슨 소리야?"

"히익."

순간 스즈가 전전긍긍하며 하지메를 곁눈질했다. 그것을 포착한 하지메가 의심의 눈길을 보내며 따져 물었다. 왠지 스즈는 반만 열린 문까지 빠르게 물러나 뭔가를 감싸는 것처럼 문 앞을 지켰다.

하지메의 눈이 가늘어졌다. 그 시선이 입보다 유창하게 「조잘대지 말고 빨리 불어, 인마」라고 말하고 있었다.

말문이 막힌 스즈가 눈을 사방으로 휙휙 굴렸고 카오리는 어떻게 해야 할지 몰라서 난감한 표정만 지었다. 그리고 그때―.

"뮤? 왜 그래, 베르? 응? 문 뒤에 뭐가 있어? 강한 애?"

뮤가 대화했다. 『베르』와…….

"진짜 뭐에 씌었나……."

생각만 하려던 것이 입으로 나왔다. 하지메는 헛기침하고 뮤에게 물었다.

"뮤, 그…… 뭐냐, 베르는 말을 못 하지 않니……."

"……? 왜 말을 못 해? 다 말도 하고 알아서 움직여. 아빠, 대체 왜 그래?"

"어라? 내가 이상한가? 시, 시아, 카오리. 타니구치랑 사카가미라도 괜찮아. 나 지쳐 보여?"

모두 일제히 고개를 저었다. 관자놀이를 꾹꾹 누르지 않고는 버틸 수 없었다.

"그럼 지금은 뭐라고 해?"

"음, 사아가 『녀석, 썩 괜찮은 패기를 내뿜는군』이래. 그리고 아스가 『강자를 보면 도전한다. 그 기개는 높이 사지만, 장소를 가리지 않는 어리석음은 구제할 도리가 없군요. 공주님 앞에서 결례를 범한 대가는 비싸게 치를 겁니다!』라고 해."

"길기도 하네."

"아, 그리고 루우가 아빠한테 『뭘 사소한 걸 신경 쓰고 그러시나? 러브 & 피스, 좋게좋게 가자구요, 마스터』래."

"건들건들해!"

어쩌지. 정말로 『내용물』을 모르겠다. 연성 과정에서 실수로 혼백 마법이라도 부여했나? 그래서 지나가던 혼령이라도 들러붙었나? 아니, 설마 그런 실수를 했을 리가…….

너무나도 많은 의문과 뮤의 「아빠는 대체 뭐가 그렇게 이상한 걸까?」라고 생각하는 의아한 눈빛에 하지메는 마침내 머리를 쥐어뜯었다.

다만, 불과 네 살에 파란만장한 인생을 보낸 뮤는 악의에 민감했다. 그런 아이가 그들을 기피하지 않는다면 아마 해로운 존재는 아니지 않을까…….

뮤를 공주님이라고 부르기도 하고…….

그렇게 하지메가 고민하는 사이―.

"아빠! 토끼가 있어!"

어느샌가 문밖을 엿보던 뮤가 환하게 웃으며 돌아봤다. 양손을 머리 위로 조물조물하며 토끼를 흉내 내고 있었다.

"응? 토끼라면 여기 있잖아."

시아를 보자 시아도 자기 토끼 귀와 양손을 까딱이고 있었다.

"아니야! 하얗고 복슬복슬한 토끼야!"

"그래, 알아. 거기 뭐가 있다는 건."

한숨이 나왔다. 하지메는 그만 체념하라고 스즈를 노려봤다.

그래도 싫다고 고개를 짤짤 흔드는 스즈를 보고 대신 카오리가 뭔가 변명을 시작했다.

"그, 그게 있지, 하지메. 저 아이는 그…… 나쁜 애는 아니고 그냥 좀 특수해. 하지메를 존경한다고 해야 하나…….”

“뭐? 나를 존경해?”

포기하면 복슬이가 죽는다며 스즈도 필사적으로 어필했다.

“맞아! 바로 그거야! 어떻게 보면 나구모가 원인이기도 하니까 본 순간 쫘 죽이지는 마! 절대로! 내 변성 마법을 **받아들여 준** 유일한 복슬이니까! 부탁했다?!”

“대체 뭐길래…….”

영문을 모르는 하지메는 곤혹스러울 따름이었다.

류타로가 씁쓸하게 웃으면서 문 너머로 손짓했다.

그러자 정말로 토끼가 나타났다.

긴 귀에 검붉은— 아니, 붉은색에 가까운 눈동자. 흰 털 위로 붉어진 몇 줄기 붉은 선. 다른 마물처럼 맥박 치지는 않고 흰 털에 난 무늬처럼 됐다.

그리고 무엇보다 큰 특징은 평범한 토끼와는 달리 비정상적으로 발달한 뒷다리.

다소 달라지기는 했어도 하지메에게는 너무나도 익숙한 모습이었다.

“뀨!”

게다가 듣기에는 귀여운 울음소리가 하지메의 기억을 더 자극했다.

하지메 앞에 나타난 것은 옛날 하지메의 왼팔을 부수고 궁지로 몰아넣은 바로 그 『발차기 토끼』였다. 물론 동족일 뿐 다른 개체지만…….

스즈가 열심히 감추려고 한 것은 하지메가 다짜고짜 바람구멍을 낼지도 모른다고 생각해서였다.

"이게 종마라면 이제 와서 감정대로 방아쇠를 당기지는 않아."

"저, 정말? 나구모, 이 애 키워도 돼?"

"네가 버려진 개를 주워온 어린애냐……. 그보다 이거 제일 위층 마물이야. 설마 약한 줄 알면서 토끼라는 이유로 상층까지…… 아니, 그럴 리는 없겠지. 시간도 없었을 테고."

그럼 어떻게 만났나? 의문이 떠오른 하지메가 눈빛으로 설명을 요구했지만, 스즈에게서 대답이 돌아오기 전에 발차기 토끼 쪽에서 먼저 행동을 보였다.

공방에 들어와 하지메에게서 눈을 떼지 못하고 왠지 부들부들 떨던 녀석이 느닷없이 하지메에게 와락 뛰어들었다.

하지메는 무심히 토끼 귀를 낚아채서 포획했다.

눈앞에 매달린 발차기 토끼가 뭔가를 주장하는 것처럼 울었다.

"뀨! 뀨뀨! 우뀨~."

적어도 공격할 의도는 아니었나 보다.

이 녀석은 뭔가 싶어서 의아한 눈빛을 보내는 하지메에게 스즈가 통역을 자처했다.

변성 마법으로 따르게 된 마물은 주인과 어느 정도 의사소통이 가능해진다.

물론 마물 쪽 스펙에 비례해 의사소통 수준도 변하며 어지간히 오래 사역하거나 단련하지 않으면 보통은 감각으로밖에 알지 못한다.

알지 못하는 것이…… 보통일 텐데.

"『임금님, 임금님, 만나 봬서 반갑습니데이! 이번에 더 강해질 수 있다고 해서 친구분 종마로 들어왔습니데이. 잘 부탁드립니데이. 아, 그리고 가능하믄 임금님께서 이름을 내려주셨으면 하는디…… 안 되겠습니꺼?』라고…… 아니, 그 눈은 뭐야! 정말이야! 정말로 이렇게 말한다니깐!"

"……그래도 굳이 사투리로 할 필요는 없잖아?"

"사투리로 들리는 걸 어떡해!"

장난치냐고 말하는 듯한 하지메의 따가운 눈총에 스즈는 얼굴이 새빨개져 반박했다.

모두가 발차기 토끼를 봤다. 확실히 그럴싸한 눈빛으로 하지메를 보고 있었다. 뭐랄까, 동그란 눈망울이 애원하듯 촉촉이 젖었다.

"시간이 아까워. 일단 공방에 들어와."

결전을 앞두고 왜 이런 예상치 못한 사태가 빈발하는 것일까. 전혀 나쁜 방향은 아니지만…….

하지메는 고민스러운 표정을 하고 공방으로 이동했다.

공방에서 아워 크리스털을 기동하고 탁상에 앉았다.

차를 끓여준 레미아가 식사를 준비하러 돌아가고 뮤도 도와주러 간 후, 스즈는 목을 축여 한숨 돌리고 천천히 운을 뗐다.

사건의 전말은 이러했다.

복슬복슬한 마물은 한 마리도 없이 벌레에게 둘러싸여 『벌레 여왕』이 되어 버린 스즈는 기분이 극도로 우울해져 그나마 예쁜 나비 타입 마물을 남획하며 마음을 달랬다.

그리고 돌아가려고 하던 때. 위층으로 이어진 계단에서 촉각을 곤두세우고 그림자에서 그림자로 이동하는, 묘하게 인간 같은 『토끼』를 발견했다.

애초에 마물은 태어난 계층을 벗어나는 법이 없다.

그러니 계층 계단을 내려온 시점에서 명백한 이상 사태였다.

당연히 호위인 카오리는 긴장했다.

하지만 여기서 또 예상 밖의 일이 벌어졌다. 정작 토끼는 스즈 일행을 발견하자마자 척 보기에도 알 수 있을 만큼 기뻐했다.

춤이라도 추듯 폴짝폴짝 뛰고 귀도 살랑살랑. 그것은 마치 오랜 세월 깊은 숲을 방황하다가 겨우 마을을 발견한 미아 같았다.

끝내는 당황하는 스즈 일행에게 슬금슬금 다가오기까지 했다. 상대를 자극하지 않으려는 양 조심조심 천천히……

그리고 조금 다가와서는 괜찮아? 더 가까이 가도 돼? 라며 동그란 눈으로 확인하는 토끼에게 스즈는 바로 마음을 빼앗기고 말았다.

스즈의 황폐해진 마음에 복슬복슬한 동물, 그것도 왠지 행동이 굉장히 사랑스럽고 우호적이기까지 한 흰 토끼는 너무나 강력했다.

아직 경계심을 가진 카오리의 제지도 무시하고 스즈는 토끼 앞으로 나가서 눈높이를 낮춘 뒤 손을 내밀었다.

"처음 보고 반했어요! 제 토끼가 되어주세요!"

그러고는 고백 같은 부탁을 했다. 참고로 스즈의 토끼에 대한 진짜 첫인상은 『연관되면 안 되는 토끼다!』였다.

그런 스즈의 부탁에 토끼는 당황해서 몸을 뒤로 젖혔다. 그리고 고개를 갸웃거렸다. 보면 볼수록 행동거지에 인간미가 있는 마물이었다.

한편, 복슬이에 눈이 돌아간 스즈는 이 천재일우의 기회를 놓칠세라 아이돌 스토커처럼 충혈된 눈에 거친 콧김을 뿜으며 스카우트 제의를 시작했다.

"의식주 제공. 하루 세끼, 아니, 네 끼에 낮잠 허용, 주 5일제. 유급 휴가 보장! 그 외 자유 시간도 상담 가능! 여기서 끝이 아닙니다! 지금 들어오시면 변성 마법으로 스펙도 급상승! 이걸로 당신도 어제와는 다른 자신으로 거듭납니다! 자, 이 기회에 멋진 직장에서 유쾌한 동료들과 스테이터스 업 해 보지 않겠나요?!"

카오리와 류타로는 생각했다. 그건 아니지……라고.

애초에 말 자체가 통하지 않을 텐데, 어깨 너머로 돌아본 스즈는 급박한 눈으로 빨리 통역하라고 재촉했다. 그 눈을 보고 차마 거절할 수 없어서 카오리가 혼백 마법 『심도』를 발동했다. 물론 밑져야 본전이라는 심정이었다.

그러자 또 놀라운 일이 벌어졌다. 이 토끼는 자아를 확립했을 뿐 아니라 지능지수가 마물의 상식을 뒤집을 정도로 높아

인간의 언어를 이해하는 것이 아닌가?

심지어 『스펙 급상승』이나 『스테이터스 업』이라는 말을 듣자마자 눈빛을 바꾸고 흥미진진한 모습까지 보였다.

그 결과, 진화할 수 있다고 안 토끼는 살며시 토끼 귀를 내밀어 스즈의 종마가 될 의사를 밝혔다.

이렇게 고용 계약(?)을 마치고 동료가 된 토끼는 스즈와도 의사소통이 가능해졌다. 그리고 자세한 사정을 들었는데…….

이 토끼는 나락 1층의 『발차기 토끼』가 맞지만 수행을 떠나 계층을 내려왔고 자력으로 80층에 도달할 정도로 강해졌다고 한다.

그리고 그 기적 같은 현상의 원인은 하지메에게 있었다는 것이다. 정확히는 하지메가 흘린 『신수』였다.

바로 이 발차기 토끼는 하지메가 1층을 떠난 뒤, 거점으로 삼았던 동굴 바위틈에 고인 신수를 마셨다.

활력이 솟고 마력은 충만해졌으며 머리가 맑아졌다.

그야말로 감로(甘露)였다. 발차기 토끼는 더 많은 신수를 찾아 헤맸다.

용솟음치는 힘으로 만나는 마물들을 족족 해치우며 나아갔고…… 그러다가 발톱 곰과 마주치고 말았다.

사실 이 발차기 토끼는 하지메와 발톱 곰의 사투를 보았고, 그 탓에 발톱 곰이 죽은 줄만 알고 방심했었다. 미궁의 마물이 재생한다고는 미처 생각해 본 적도 없었다.

거기서부터 사투가 벌어졌다.

보통은 본능적으로 격이 다르다고 느껴 위축하거나 냅다 꽁무니를 빼려고 등을 돌린 순간 죽게 마련이었다. 하지만 신수의 영향으로 조금이나마 사고력이 생긴 발차기 토끼는 살아남으려면 싸워서 이기는 수밖에 없다고 판단한 뒤 이판사판으로 덤벼들었다.

결과는— 살아남았다.

사선을 넘어 단 1초도 허투루 하지 않고, 칠전팔기, 머리를 굴려 활로를 찾아, 종극에는 고유 마법 파생에 각성해 발톱곰을 무찌를 수 있었다.

자신이 해치운 계층의 최상위 포식자이자 한때의 왕을 보고 발차기 토끼는 몸을 떨었다. 그리고 이해했다.

단련하면 생물은 강해진다는 사실을…….

거기서부터 발차기 토끼의 강자가 되기 위한 여행이 시작됐다.

목표는 자신에게 동기를 부여해준 새로운 왕, 하지메에게 가는 것. 쫓아간 뒤 이토록 강해진 자신을 보여주고 감사하는 것이었다.

그 뒤에는…… 더 넓은 세상을 보고 싶다! 그곳에서 수많은 강자들과 싸워 더 높은 경지로 오르는 것이다!

그런 주인공 같은 기구한 운명에 발을 들인 발차기 토끼는 또 우연히도 바다의 갈라진 틈 사이에서 미량의 신수를 발견했다. 당시 보물고라는 수납 도구가 없던 하지메가 다 담지 못해 흘리고 만 신수였다. 그것을 마셔 신체 강화를 도모하고 기술을 갈고닦은 끝에, 발차기 토끼는 마침내 성인 인간 수준의 사고력과 80층에 자력으로 내려갈 실력을 얻은 것이었다.

"……뭐냐, 그 라이트 노벨 같은 이야기."

"뀨우!"

모든 사정을 경청한 하지메가 처음으로 꺼낸 소리가 그것이었다. 왠지 영화를 한 편 본 것 같은 피로감이 들었다.

"아하하, 대단하지? 돌아오는 길에 싸우는 모습을 봤는데, 변성 마법으로 조금 강화한 덕분에 90층에서도 1대 1이라면 무패 행진이었어."

"나는 눈으로 좇을 수도 없었어. 시즈쿠와 움직임이 비슷하던데, 아마 『중축지』와 『무박자』도 쓰는 게 아닐까? 발차기만으로 충격파까지 날려."

"……그래?"

하지메는 이미 따질 기력도 잃었다.

스즈가 어색하게 웃어넘기며 머뭇머뭇 부탁했다.

"그래서 말인데, 나구모만 괜찮으면 이름을 붙여주면 좋겠어……. 내가 아니라 나구모가 좋대."

"……강력한 마물을 동료로 얻었으니까 좋은 일이지. 왠지 에히트와 싸울 때보다 더 지치는군……. 그나저나 이름이라……."

하지메가 탁상 위로 폴짝 올라와 자기 앞으로 온 발차기 토끼와 눈을 맞췄다. 발차기 토끼는 기대에 찬 눈으로 하지메를 올려다봤다.

서로 바라보는 한 사람과 한 마리…….

"……미ㅇ 마우스."

"다음."

카오리가 단박에 묵살했다. 그 눈이 세계적인 마스코트 캐릭터에게 사과를 촉구했다.

당연하다. 미오는 흉악한 곰을 차 죽이지 않는다.

하지메는 다시 머리를 짜서 그럼 이건 어떠냐고 후보를 열거했다.

"……피터 래—."

"안 돼."

"……우동게."

"모르지만 안 될 거 같아. 그리고 진지하게 해!"

카오리에게 혼났다. 나름대로 굉장히 진지했는데…… 하지메는 너무하다고 생각하면서 점점 귀찮아져서 무성의하게 말했다.

"아, 몰라. 그럼 이나바[3]로 해. 생긴 건 토끼니까."

"뭐어? 너무 단순하지 않아? 조금 더 귀엽게……."

"나도 다른 마물이 저래서 토끼는 귀여운 이름이 좋은데……."

"이나바? 이나바랑 토끼가 무슨 관계야?"

카오리와 스즈에게는 평가가 좋지 않았다. 옛날이야기도 모르는 류타로의 의문은 모두 무시했다.

일단 이름을 들은 본인의 감상은—.

"뀨뀨♪"

이나바의 어감에서 무언가 느낀 것일까? 폴짝폴짝 뛰어 기

#3 이나바 이나바의 흰 토끼. 일본 신화에 등장하는 토끼 이야기다.

쁨의 춤을 췄고, 붉은색에 가까운 눈동자를 빛내면서 하지메에게 뛰어들었다.

"마음에 들었나 본데?"

"에이…… 그래도 본인이 좋다면 할 수 없지……."

"으으, 이나바…… 익숙해지면 의외로, 귀엽나?"

카오리에 이어 고용주인 스즈도 내키지 않는 분위기지만 일단 수긍하기로 한 모양이었다. 한편, 류타로가 스즈의 소매를 잡아당겼으나 스즈는 돌아보지도 않았다. 교양 없는 돌머리의 의문에 일일이 대답해주면 끝이 없다……라고 생각한 걸까.

"이나바, 축하해요. 토끼 귀 동료끼리 친하게─."

"꽛!"

짝 소리가 났다. 모두 눈을 동그랗게 떴다. 튕겨 나간 시아의 손을 보고…….

시아가 굳었다.

그런 시아의 토끼 귀를 이나바가 힐끗 보더니 훗, 하고 콧방귀를 꼈다.

시아의 이마에 핏줄이 불룩 솟았다! 시아의 돌처럼 굳은 웃는 얼굴과 웃음기 없는 눈이 스즈에게 돌아갔다.

"힉, 시, 시아시아, 진정해!"

"저는 아무렇지 않아요. 그래서 이 건방진 애는 뭐라고 하나요?"

"그, 그게……."

"스즈 씨?"

"흭! 그, 그건, 『그까짓 토끼 귀로 임금님 곁에 있다니, 가소롭구마이. 토끼 젖이나 더 묵고 온나!』라고, 아, 아니야! 내가 말한 게 아니야!"

임금님의 토끼는 하나면 충분하다. 그런 의지가 강하게 전해졌다. 이나바의 도발적이고 도전적인 눈빛이 시아를 똑바로 바라본다!

시아도 의자를 밀고 일어나서 팔짱을 꼈다. 압도적인 강자의 안광이 이나바를 짓누른다!

"……배짱 좋네요. 누가 더 하지메 씨의 토끼에 어울리는지 그 몸에 새겨주겠어요!"

"뀨우!"

시아의 강화된 주먹이 하지메의 코끝을 스쳤다. 뭔가 타는 냄새가 코를 찔렀다.

한편, 공격을 받은 이나바는 화려하게 점프해 피하고는 고유 마법 『공력』을 발동해 공중에서 반전, 강렬한 내려차기로 시아를 덮쳤다.

시아가 양손을 교차해 방어한다. 엄청난 충격파가 퍼지고 스즈가 비명을 지르며 의자에서 굴러떨어졌다. 류타로는 「앗 뜨거어어?!」라며 차를 얼굴에 뒤집어쓰고 바닥을 나뒹굴었다.

그동안에도 공중 백 텀블링으로 하지메 머리 위로 물러난 이나바를 시아의 아름다운 다리가 추격했다. 하지메 눈앞에서 호쾌하게 다리를 찢고 속옷이 다 보이도록 킥을 날렸다.

그것을 이나바도 발차기로 받아쳤다. 하지메 머리 위에서 충격파가 발생하고 하지메의 머리카락이 폭탄을 맞은 것처럼 날렸다.

시아와 이나바는 그대로 공방 밖으로 이동하며 격렬한 공격을 주고받았다.

"두 사람 다 진정해~!"

"토끼에게 서열은 중요해요! 하지메 씨 전용 토끼는 저라구요!"

"뀨뀨!"

"서열? 그건 개가 아니야! 응?!"

공방 밖에서 연속된 충격음과 뒤를 쫓는 카오리의 목소리가 들렸다.

"어머나, 토끼 여러분은 사이도 좋네요~."

"토끼 대단해! 응? 사아도 싸우고 싶어? 뮤 허가? 응, 좋아! 해치워, 사아!"

레미아와 뮤의 목소리에 이어 소음과 폭발, 격발, 파괴의 소리가 더해졌다.

하지메는 헝클어진 머리와 탄 코끝을 그대로 두고 달관한 눈으로 아무 일도 없었던 것처럼 아티팩트를 탁상에 꺼냈다.

"야, 타니구치. 종마용 아티팩트야. 게이트 소환과 달리 바로 불러낼 수 있게 했어. 그리고 사카가미, 너는 어때? 변성 마법의 새로운 사용법을 익혔다고 하지 않았어?"

마물 일시 보관과 효율적 운반을 실현하는 보물고형 아티팩트 『마보주(魔寶珠)』, 그것을 휴대하기 위한 건 벨트 같은 홀더와 보통 보물고. 스즈 전용 아티팩트 『쌍철선』, 류타로 전용

건틀릿과 각반 등등.

탁상 아래에서 두 사람이 얼굴을 내밀었다.

"그, 그걸 무시했어……?"

"안 그러면 피곤해서 못 살아. 네 마음은 이해한다."

한 명은 전율하고, 한 명은 동정의 눈빛을 보내며 감사히 새 아티팩트를 받은 뒤 의자에 앉았다.

그리고 류타로의 보고— 역시 머리까지 근육이라고밖에 생각할 수 없는 변성 마법 사용법, 정확히는 그 뛰어난 상성에 기막혀하면서도 하지메는 새로운 전력 강화를 위한 추가 아티팩트 창조에 착수했다.

곧 심야로 접어드는 시간대.

앞으로 한 시간 뒤면 마왕성에서 싸운 날로부터 『사흘째』가 된다.

이곳까지 아워 크리스털의 영역 안에서 시아, 카오리, 스즈와 류타로는 새로운 기술과 새로운 아티팩트 연습에 매진하고 자타가 공인할 수준의 성과를 얻었다.

카오리, 스즈, 류타로 세 사람은 한발 앞서 지상으로 나갔고 하지메와 시아는 공방 내에서 출발 전 최종 점검을 하고 있었다.

"드디어 내일이네요……."

"그래. 내일 언제일지는 모르지만."

에히트가 떠난 시점에서 『사흘 후』가 되려면 아직 열두 시간이 남았다.

어쩌면 나흘째에 돌입하기 직전일 가능성도 있지만, 반대로 말하면 날짜가 바뀐 직후에 대침공이 개시될 가능성도 없지 않았다.

"하지메 씨."

"응?"

"『만약 나한테 무슨 일이 있어도 반드시 하지메와 시아가 어떻게든 해준다. 걱정할 필요는 전혀 없다』…… 그렇게 말했어요."

"……유에군."

"네. 저는 당연하다고 대답했어요."

시아가 보물고 반지를 손가락에 꽉 끼고 장비를 정리하면서 담담하게 말했다.

"사흘…… 이건 우리가 유에 씨를 되찾기 위한 시간이지만…… 동시에 유에 씨의 저항이 끝나는 시간이기도 해요."

"……그렇지."

그랬다. 에히트가 빙의체를 완전히 장악하는 시간이며 유에가 저항하지 못하는 상태까지 내몰리는 제한 시간이기도 했다.

아무도 입 밖으로 꺼내지 않았지만 다시 만난 유에의 혼백은 과연 어떤 상태일까…….

적어도 낙관할 수 없다는 것만은 확실했다.

"그래도 저는 믿어요. 유에 씨는 무사할 거라고. 반드시 우리를 믿고 기다려줄 거라고."

"당연하지. 다른 사람도 아니고 유에야. 게다가 네가 얼마 전에 약한 마음을 뜯어고쳐줬잖아. 자칭 신 따위의 혼에 유에의 혼이 질 리가 없지. 방해하지 못하게 돼도 호시탐탐 기회를 노릴 거야."

"후후, 그렇죠? ……그래도 적이 강대하다는 점은 변함이 없어요. 정말로 사선을 넘을 각오가 필요하겠죠."

"……무슨 말이 하고 싶어?"

시아는 빙글 돌아서서 똑바로 하지메를 봤다. 그 눈동자에 타오르는 불길은 친구를 빼앗긴 분노와 적에 대한 살의, 그리고 반드시 되찾겠다는 결의로 흘러넘치고 있었다.

무심코 하지메가 호흡을 잊을 정도로 강한 의지를 보여준 시아는 결의를 말로 바꿨다.

"저는 무리할 거예요. 무리해서라도 밀어붙일 거예요. 유에 씨를 구하지 못할 바에야 함께 죽기로 각오했어요. 적을 한 명이라도 더 저승길로 끌고 가면서. 제 생사는 유에 씨와 함께하고 싶어요."

"……그렇군. 그래서?"

"말리지 마세요. 그리고 제발 하지메 씨도 함께……."

그건 경우에 따라서는 함께 죽어달라는 말이었다.

유에만 죽고 자신들만 살아남기는 싫다는 투정이었다.

이 투정에 하지메도 함께해달라는, 이기적인 말이었다.

만약 시아가 이야기에 나오는 히로인이라면 크게 비난받을 대사였다.

하지만 그런 비상식적이고 무거운 말을 들은 하지메는—.

"이제 와서 무슨 소리야? 당연하잖아. 함께 살든가, 함께 죽든가. 둘 중 하나야. 시아, 너만 놓아줄 생각 없어. 직전에 못 하겠다는 말이나 하지 마."

도발적으로 웃으면서 더 심한 투정으로 받아줬다.

시아가 기대한 말이었다. 자연스럽게 토끼 귀는 살랑살랑 흔들리고 입가에는 참을 수 없는 웃음이 번졌다.

"네. 그냥 말해 두고 싶었을 뿐이에요. 중요한 순간에 『시아! 너만이라도 살아!』 같은 얼뜨기 같은 소리를 하면 맥 빠지니까요."

"애들 말로는 나는 마왕보다 마왕 같다던데? 그리고 흔히들 『마왕에게서는 도망칠 수 없다』라고도 하지."

아무래도 하지메가 공방에 틀어박힌 사이 지상에서는 『하지메 마왕설』이 퍼진 모양이었다.

『마인족의 왕』이라는 뜻이 아니라 불합리와 파괴와 악랄함의 화신— 즉, 『악마의 왕』이라는 뜻으로 알려졌다고 한다.

물론 소문을 퍼뜨린 범인은 반 아이들 말고 있을 리 없었다.

"그래도 같이 죽을 일은 없을 거야. 원하는 건 전부 손에 넣고, 방해되는 건 전부 쓸어버릴 거야."

"아하하, 역시 하지메 씨예요. 하는 말이 완전히 악역인걸요! 마왕이라는 소리가 틀린 말은 아니네요~."

한바탕 웃은 시아는 빌레 드뤼켄을 한 차례 휘둘러 시원한 돌풍을 일으키고 어깨에 올렸다. 그러고는 의기양양하게 하지

메에게 말했다

"빨리 유에 씨를 되찾아서…… 염원하던 3인 플레이를 해요!"

"……분위기 다 망쳐 놨어. 발정 토끼 같으니라고."

시아는 기대된다며 콧노래를 부르며 공방에서 나갔고 하지메는 어이없는 표정으로 그 뒤를 따라갔다. 숨길 수 없는 사랑스러움과 믿음을 드러내며…….

오스카 저택 현관에는 이미 생체 골렘들을 거느린 뮤와 레미아가 기다리고 있었다.

지금부터 뮤와 레미아는 세상의 운명이 결정될 때까지 이곳에서 나가지 않는다.

대신 생체 골렘들이 지상으로 나가게 됐다.

사실 뮤와 레미아는 요새 안에서 잡일 정도는 할 수 있으니까 데리고 가라며 조금 전부터 끈질기게 주장했었다. 자신들만 안전한 곳에 있는 것, 무엇보다 유에를 되찾는 싸움에서 아무것도 할 수 없다는 점은 두 사람을 적잖게 괴롭게 했다.

하지메는 그 주장을 인정하지 않았다. 누가 뭐라고 해도, 자기만족이라는 것을 알면서도 결사코 양보하지 않았다.

하지만 기본적으로 딸에게는 한없이 약한 아빠였다. 레미아까지 침울한 모습을 보이면 마음이 약해질 수밖에 없었다.

그 결과, 생체 골렘들에게 시각과 청각 공유 기능 외에 원격 조종 기능까지 붙여, 뮤와 레미아가 은신처에서 조작해 공헌할 수 있게 했다.

그러나 직접 만나려면 모든 일이 끝나야만 했다.

"아빠……."

뮤가 하지메 앞으로 달려와서 가만히 올려다봤다.

하지메는 한쪽 무릎을 꿇고 뮤와 눈높이를 맞췄다.

부드러운 정적이 감도는 가운데, 부녀는 잠시 서로를 바라봤다.

그리고 짧게 말했다.

"다녀올게."

"응!"

많은 말은 없었다. 이미 두 사람 사이에 말은 필요 없으니까.

"하지메 씨, 시아 씨. 조심하세요. 여러분이 돌아오길 기다릴게요."

"와우. 레미아 씨가 영락없는 배웅하는 아내예요. 저까지 가슴이 두근거렸어요."

"시아, 너란 녀석은……."

"우후후, 어쩜. 그럼 꼭 『어서 오세요』라고 말하게 해주세요."

"물론이지."

"네!"

마지막으로 네 사람이 함께 껴안았다.

그리고 뮤와 레미아에게 배웅받으며 하지메와 시아는 마침내 【오르크스 대미궁】 최심부에서 출진했다.

게이트를 빠져나간 곳에서 하지메 일행을 맞아준 사람은 시즈쿠였다.

"드디어 왔네. 각국 중진이 기다리고 있어. 따라와."

그 말만 하고 발길을 돌린 시즈쿠는 어쩐지 기분이 안 좋아 보였다. 하지메와 시아는 서로를 바라보고 어깨를 으쓱하고는 뒤를 따라갔다.

시각은 심야지만 지상은 무척 밝았다.

올려다보니 밤하늘에는 별치고 지나치게 밝은 빛이 무수히 박혀 있었다.

밤샘 작업 및 결전이 밤일 경우에 대비해 하지메가 지급한 아티팩트였다. 지금 【하일리히 왕국】 앞 평원은 라이트로 비춘 경기장만큼 눈부신 빛으로 차 있었다.

멀리 보이는 왕도와 【신산】이 평소와는 달리 외부에서 오는 빛을 받아 그림자를 드리운 광경은, 익숙하지만 낯선 느낌을 주었다.

"카오리는?"

"다른 애들이랑 같이 있어. 스즈랑 류타로도. 아워 크리스털을 먼저 보내줬잖아? 그걸로 최대한 아티팩트 연습을 하겠대."

주변은 바쁘게 오가는 병사와 기사, 기술자와 기타 인부들로 몹시 부산스러웠다.

잘 만들어진 참호와 방호벽, 대형 병기가 설치된 거대한 대공포탑들이 눈에 들어왔지만, 그중에서도 특별히 눈길을 끄는 것은 우뚝 솟은 요새였다.

붉은 벽돌색인 요새는 나락의 광물까지 사용한 덕인지 투박하면서도 강고한 위용이 느껴졌다. 도저히 2, 3일 만에 만들었다고는 생각할 수 없는 완성도였다.

"오? 나구모! 이제 오냐!"

갑자기 이름을 불려 멈추자 요새에서 나온 켄타로가 달려오는 모습이 보였다. 뒤에서 아야코와 낯익은 자들이 따라왔다.

"우오오오오오! 우리 나구모 스승님 아니십니까!"

폭음 같은 목소리에 주위 병사들이 놀라서 반사적으로 검을 뽑았다. 옆에 있던 아야코는 눈을 까뒤집고 기절했고, 반고리관에 충격이 갔는지 휘청거리던 켄타로가 그녀를 급히 받쳤다.

"월펜, 이었나? 왕국 필두 연성사인……."

"오오! 기억해 주셨습니까! 스승님!"

"아니, 네 스승이 된 기억은—."

없다, 라는 말은 순식간에 모인 왕국 연성사들의 『스승 복창』에 묻혀 버렸다.

한때 왕도에서 진심으로 도망치는 하지메를 아무렇지 않게 쫓던 뜨거운 열정의 사나이들은 세상의 위기에도 변함이 없었다. 오히려 하지메가 지급한 아티팩트로 그들의 경애심은 이미 숭배의 영역에 달했다. 왠지 모두 헉헉대기도 하고…….

일단 『전기 두르기』로 전부 지져 버리고 포위에서 빠져나온 하지메는 어이없게 보는 켄타로와 아야코에게 말을 걸었다.

"노무라. 잘했어. 멋지게 지었잖아?"

"그, 그래. 하지만 나는 기술자들 지시대로 마법을 썼을 뿐이야. 나도 놀랄 정도로 땅 속성 마법 숙련도가 올랐어."

"나도 노무라의 회복 담당이었는데 예전 카오리 수준으로 회복 마법 기량이 올라서 깜짝 놀랐어."

켄타로와 아야코가 저마다 전용 아티팩트인 금속제 완드를 들고 배시시 웃었다.

"나구모 쪽은…… 뭐, 물을 필요도 없겠지."

켄타로가 또 어이없는 눈으로 생체 골렘들을 봤다. 재빨리 포즈를 취한 그들을 보고 아야코가 또 쓰러질 뻔했다.

어느샌가 주위가 상당히 시끌벅적해졌다. 월펜의 폭음 같은 성량과 생체 골렘의 존재감이 병사와 기사들의 시선을 끌었다.

누구나 「저 사람이 그……」라며 하지메에게 경외감이 담긴 눈빛을 보내고 있었다.

"노무라, 아야코, 이야기는 나중에 해. 릴리가 군사 회의장에서 기다려."

"그, 그랬지. 미안."

"아, 응…… 대담하네……."

시즈쿠가 느닷없이 하지메의 팔을 끌어안고 빙그레 웃어 보였다. 하지메의 팔이 완전히 가슴골에 파묻혔다. 그만큼 밀착했다.

켄타로가 어색하게 눈을 돌리고 아야코가 얼굴을 붉혔지만, 시즈쿠는 주변에 과시하는 것처럼 하지메를 끌어당겼다.

병사들, 특히 제국병으로 보이는 자들이 비명 같은 소리를 질렀으나 시즈쿠는 새빨개지면서도 무척 만족스러워 보였다.

"……야에가시, 무슨 일 있었어?"

"설마, 시즈쿠 씨가 각성?!"

시아의 헛소리는 무시하고, 연애에 관해서는 요조숙녀가 따로 없던 시즈쿠를 생각하면 굉장히 어울리지 않는 행동이었다.

"시즈쿠라고 불러. 이제 와서 말하기는 그렇지만, 이름으로 불러줘. 나도 하지메라고 부를게."

"뭐?"

당황하는 하지메에게 시즈쿠는 조금 피곤하게 한숨 쉬었다.

"황제 폐하가 귀찮게 굴어. 걸핏하면 이유를 만들어서 나를 곁에 두려고 하고 꼬시려고 하고…… 그런 주제에 명분은 그럴싸하고 일도 완벽하게 처리하니까 불평도 못 하겠어."

아무래도 치근덕거리는 가할드에게 진저리가 난 모양이었다.

"그럴 때는 내 이름을 대라고 했잖아?"

"했어. 내가 조, 좋아하는 사람은 하, 하지메라고."

"듣는 내가 부끄럽군. 그래도 귀찮게 하면 연락하지 그랬어?"

그러자 시즈쿠는 불퉁한 표정을 난감하게 바꿨다.

"……이 정도 일로 귀찮게 하기 싫었어. 하, 하지메는, 우리 승리의 열쇠니까. 에히트에게 이기기 위한 대책에 집중했으면 해서."

"그런 식으로 마음 쓸 필요 없어. 게이트를 열고 총알만 몇 방 때려 박으면 끝이니까."

"후후, 그럴 것 같아서 참았어. 고무탄이라도 이 상황에서 일국의 리더를 공격하면 좀 그렇잖아. 그러니까 대신 지금 이렇게 어리광부리는 거야. 회의실에는 황제 폐하도 있으니까 보여주려는 목적도 있고."

"아하, 제국병에게 보여주는 것도 그 일환이군."

"맞아. 그런 이유로 시아도 잠깐만 용서해줘."

"그렇게 말하면 못 끼어들겠네요. 후후, 좋아요~. 저는 의수로 참을게요!"

하지메의 의수가 시아의 가슴에 푸욱 파묻혔다.

다른 이들 눈에는 군사 시설에서 여자 둘을 끼고 활보하는 아니꼬운 자식이지만…… 뒤따르는 생체 골렘의 박력이 남자들의 입을 다물게 했다.

공포와 질투를 받으며 유유히 사라지는 하지메를 보고, 남은 켄타로와 아야코는 서로를 돌아보더니—.

"역시 마왕이야."

"응, 마왕 맞네."

절실하게 공감했다.

하지메가 들어선 순간, 회의장은 단숨에 시끄러워졌다.

입구에서 한번 멈춰서 방을 빙 둘러봤다.

우선 눈에 들어온 것은 거대한 원탁이었다. 중앙에는 【신산】과 요새가 대면하는 입체 지형도가 있고 인원과 물자 배치 상황을 나타내는 말이 놓여 있었다.

그 원탁에는 이 세계의 최고위 인사들이 뒤에 측근을 대동하고 앉아 있었다.

우선 입구 정면의 가장 안쪽.

―풍작의 여신, 하타야마 아이코.

―측근, 소노베 유카.

그 좌우로…….

―하일리히 왕국 국왕 대리, 릴리아나 S. B. 하일리히.

―측근, 왕국 기사단 단장 쿠제리 레일.

―성광 교회 교황, 시몬 L. G. 리베랄.

―측근, 부사제 시빌 L. G. 리베랄.

―측근, 신전 기사단 단장 데이비드 자라.

릴리아나에서 시계 방향으로…….

―앙카지 공국 대공, 란지 F. 젠겐.

―헤르샤 제국 황제, 가할드 D. 헤르샤.

―페어베르겐 장로, 알프레릭 하이피스트.

―하우리아 족 족장, 캄 하우리아.

―측근, 알테나 하이피스트.

―모험가 길드 길드 마스터, 바루스 라프타.

―측근, 비서장 캐서린 워커.

―측근, 금색 랭크 모험가 대표 크리스타벨.

―중립 상업 도시 휴렌 대표, 그레일 쿠데타.

―측근, 윌 쿠데타.

―휴렌 모험가 길드 지부장, 이루와 창.

그 외에도 각국 군대의 장교와 최고위 귀족들이 자리를 채
웠다.

그들은 하지메가 들어오자 이 순간만 기다렸다는 양 돌아

봤지만 시즈쿠와 시아가 양쪽에 달라붙은 모습을 보고 표정이 굳어 버렸다.

늦게 도착하지는 않았으나, 세계 중진들을 기다리게 해 놓고 미안한 기색은커녕 여자를 끼고 오다니 어떻게 되어 먹은 녀석인가……라고 생각할 것이다.

아이코와 릴리아나는 벌떡 일어났고 유카는 입을 꾹 다물었다.

"나구모! 선생님은 그런 건 안 된다고 생각해요! 여자를 양쪽에 끼고…… 불순해요! 선생님은 그런 거 용서 못 해요!"

"마, 맞아요! 대체 뭔가요! 자랑하시는 건가요?! 왕녀인데 제대로 상대도 안 해주는 저는 어쩌면 좋죠?!"

"……나구모 바보, 멍청이."

"뭐야, 저 꼬마가 아이코 공과 유카 아가씨가 말하던 사람이냐? 괘씸한 녀석이로고. 저런 훌륭한 가슴을 혼자 독점하고— 으헥?!"

"할아버지! 교황답게 행동하세요! 가족으로서 창피해요!"

시몬 교황이 뭐라고 말했지만, 손녀인 시빌 부사제에게 뒤통수를 얻어맞고 탁상에 엎어져 버렸다. 얼굴이 새빨간 유카까지 뒤로 가서 찰싹찰싹 때리고 있었다.

"역시 너는 볼수록 마음에 안 들어, 나구모 하지메! 아주 보라는 식으로 시즈쿠를 끼고 왔군? 나 보라고 하는 짓이냐?! 엉?!"

"역시 대단하십니다, 보스! 사랑하는 여성이 잡혀 있는데도 새 여자를 끌고 오는 여유 만만한 태도! 결전에 앞서 사기 진작을 위한 주지육림인가요— 흐억?!"

마지막으로 가할드 황제와 캄이 끼어들었다. 혼자 방향성이 다른 캄은 일단 고무탄을 쏴서 닥치게 했다.

그보다 왜 캄이 여기에 참가했는가…….

제국 노예 제도 붕괴 사건은 이미 각국에 알려졌다. 어쩌면 그것 때문에 타국과 모험가 길드도 이 참수 광란 일족을 중진으로 받아들였는지도 모른다. 혹은 1급 위험생물로 봐서 눈을 뗄 수 없을 뿐이거나.

좌우지간 시즈쿠가 창피한지 슬쩍 하지메에게서 떨어졌다. 하지만 손끝은 여전히 하지메의 소매를 잡고 있었다. 가할드의 이마에 핏줄이 불룩불룩 솟았다.

시아는 이미 떨어졌다. 바닥을 뒹구는 아버지를 보고 양손으로 얼굴을 가린 채 수치심에 부들대기 때문이기도 했지만…… 결정적인 원인은 알프레릭이 아니라 캄의 측근으로 서 있던 알테나에게 있을 것이다.

시아를 보자마자 콧김을 씩씩 뿜고 눈동자는 젖었으며 「처, 첫 친구와 감동의 재회예요!」라며 몽유병 환자처럼 다가와서 시아가 일찌감치 도망쳐 버렸기 때문이었다.

"아앗, 시아! 어디 가나요?! 기다려요~!"

알테나는 벌레를 연상케 하는 징그러운 속도로 시아를 쫓아갔다.

원탁 너머의 알프레릭 할아버지가 캄과 손녀를 곁눈질하고 숨 쉬듯이 자연스럽게 약을 꺼내 복용했다. 보나마나 위장약이겠지.

하지메는 시즈쿠를 데리고 미리 준비되어 있던 아이코 옆자리로 이동하여 가할드를 가리켰다.

"시즈쿠가 팔을 끌어안은 이유는 가할드 때문이야. 그러니까 전부 가할드 잘못이지."

"저, 저 자식은 여전히 철면피로군……."

"이런 비상시에 네가 시즈쿠한테 추근거린 게 문제지. 이제 그만 시즈쿠를 포기하거나 남자이길 포기해."

"어머낭♡ 하지메도 참, 또 동포를 늘려주려공? 어쩜, 내 선물을 이렇게 챙겨주니~! 사랑스러웡!"

마법 소녀처럼 나풀거리는 복장을 한 근육의 화신— 크리스타벨이 아양 떨듯 몸을 꼬면서 하지메에게 추파를 던졌다.

하지메는 머라이언이 될 뻔했다. 시즈쿠가 헌신적으로 등을 문질러줘서 간신히 참고 자리에 앉았다.

그리고 존재 자체가 모독적인 괴물의 동료가 될 거라는 암시에 가할드가 조용히 착석했다. 말없이 원탁을 바라보고 있었다. 절대로 크리스타벨과 눈을 맞추려고 하지 않았다. 이곳에 호방한 황제 폐하의 모습은 없었다.

하지메가 한때 그랬던 것처럼 남자의 본능이 몸을 사리라고 속삭이고 있으리라.

"아니, 잠깐만? 왜 옷가게 괴물이 여기 있어?"

세계의 운명이 결정되는 결전 전 군사 회의장인데 이미 개판이었다.

진지한 사람들이 이마에 손을 짚거나 굉장히 묘한 표정을 짓는 가운데, 쓴웃음을 짓는 길드 마스터 바루스가 대답했다.

"크리스타벨은 이미 은퇴했지만, 원래 금색 랭크 모험가다. 그리고 은퇴한 지금도 최강의 모험가지."

그러니까 모험가 대표로 이 자리에 있다. 그 이야기를 듣고 하지메는 캐서린을 휙 돌아봤다.

여전히 푸근한 인상의 아줌마지만 하지메 일행은 알고 있었다. 그녀가 원래 화려한 미녀였으며 이루와를 육성한 길드의 전설적인 비서장이란 사실을……. 여기 있는 이유도 그 실력을 발휘하고자 일시적으로 복귀한 것이 틀림없었다.

"아하하, 거짓말이 아니야. 크리스타벨은 지금도 모험가 중 최강이야. 내가 은퇴할 때 좋은 기회니까 자기도 은퇴하겠다며 함께 브룩으로 이사했지. 오래전부터 시골에 옷가게를 여는 게 꿈이었다고 했거든."

"마음은 언제나 연약한 소녀라규!"

찡긋, 이성을 갉아먹는 무시무시한 윙크의 재림이었다.

하지메가 머라이언이 될 뻔했다.

"아이 선생님! 하지메가 과호흡 증상을 보여요! 혼백 마법을 써주세요!"

"크, 큰일이야! 어두운 혼에 빛을! 꺼림칙한 악몽에 정화의 빛을! —『진혼』!"

에히트의 주술을 깼을 때보다 주문이 긴 기분이 들지만, 아무튼 하지메는 간신히 정신을 추슬렀다.

"아~, 이제 시작해도 되겠나? 슬슬 이야기를 진행해야 하지 않겠나."

란지가 진지한 얼굴로 분위기를 전환하려고 했다.

그제야 겨우 회의장이 진정됐다.

물론 처음부터 이곳은 서로 얼굴을 확인하는 정도의 의미밖에 없었다.

왜냐하면 하지메는 【신역】으로 쳐들어가므로 지상전에는 직접 관여하지 않기 때문이었다.

애초에 인간족은 원래 마인족이라는 공통의 적을 가진 동지였다. 그래서 국가 간의 이익을 놓고 싸우는 경우는 있어도 유사시에 군사적 행동 지침은 조약으로 정해져 있었다.

모험가 길드와 교회 병력도 사정은 마찬가지라서 국군과 연계하는 협정서와 법전이 존재했다.

문제는 사상 처음으로 아인족 전사단과 연계해야 한다는 점인데…… 이쪽도 이미 협의를 마쳤다.

차별 대상이며 쇄국 상태이기도 했던 그들과 인간의 국군이 이 단기간에 연계하기는 애초에 불가능했다. 지휘 계통을 통일하는 것은 악수일 뿐이었다.

그래서 그들은 장로들의 지휘를 받으며 유격전을 벌이기로 했다.

또한 유카가 이끄는 지구 멤버도 유격 부대였다. 이곳에는 아이코도 포함된다. 아이코의 혼백 마법을 아낄 이유가 없었고, 인류의 구심점이기는 해도 전쟁 경험도 지식도 없는 아이코가 작전 지휘를 할 수 있을 리 만무했다.

아티팩트 병기와 중화기에도 아직까지 문제는 없었다.

오히려 신대 마법급 아티팩트인 갑옷과 검 따위 기본 장비에 익숙해지지 못한 사람이 더 많았다.

그도 그럴 수밖에 없는 것이 병기란 애초에 『누구나 쓸 수 있고』, 『누가 써도 규정대로 효과를 발휘하는 무기』다. 명중률과 장전 속도에 개인차는 있어도 기본적인 사용법을 배우면 다루지 못할 사람은 없다. 그 점이 병기의 가장 큰 강점이었다.

실제 사용 영상을 재생하는 아티팩트 교본(거대 홀로그램으로 다인원이 한 번에 볼 수 있다)도 하지메가 미리 보냈으니까 그 부분은 확실했다.

지금도 여기저기서 총성과 포성이 울려 퍼졌고 제법 질서도 잡혀 있었다.

그런 고로 하지메가 여기 불려온 까닭은 결전에 앞서 인류의 운명을 쥔 남자의 얼굴을 **한 번 더** 보고 싶다는 사소한 이유일 뿐이었다.

지금까지 만났던 인물들이 『그때의 소년』을 흥미로운 눈으로 바라보는 가운데, 하지메는 눈살을 찌푸렸다.

"그나저나…… 공주님이 총지휘관이야? 의외군……."

란지에게 들은 설명 중에서 하지메에게는 이 점만이 의문이었다.

이곳에는 군사 국가의 황제도 있거니와 그밖에도 우수한 장교는 많이 있었으니까.

"으, 그건…… 저도 가할드 폐하가 맡으실 줄 알았어요. 그리고 『공주님』이 아니라 『릴리』."

"할 사람이 나밖에 없으면 하겠는데, 이번에는 왕녀가 적임자야. 무엇보다 이런 일생일대의 대전에서 전선에 나서지 않으면 군사국가의 왕이 아니지."

"아니, 보통은 왕이 앞으로 나가면 안 되지……. 그래도 확실히 연합군 사기 측면에서는 공주님이 나오려나……."

"잘 아네."

"공주님 말고 릴리……."

릴리아나가 웅얼거리는 소리를 무시하고 가할드가 씩 웃었다.

요컨대 이런 소리다.

이번 전쟁에서 이론적인 작전, 상대의 동향을 보고 대응하는 전술이 통하는 것은 분명히 처음뿐이다.

틀림없이 절망적인 난전이 된다. 상대는 다름 아닌 그 아름다운 괴물, 『신의 사도』니까.

그래서 릴리아나를 세운 것이다.

경험이 부족하다는 사실은 누구나 안다. 그래도 왕국의 신동은 군사학도 확실히 수학했다. 남은 일은 우수한 참모들이 보조하면 되고, 가장 중요한 점은 절망적인 싸움 속에서 인류의 마음이 꺾이지 않게 지탱하는 것이다.

그 점에서 릴리아나 이상 가는 인재는 없다.

과거 왕국의 위기에서 단신으로 탈출해 악신의 암약을 파헤치고 국민에게 진실(실제로는 페이크 스토리)을 전했으며, 인류 멸망의 위기에도 포기하지 않고 『풍작의 여신』과 함께 세계를 뛰어다닌 불과 열네 살의 어린 왕녀.

그런 그녀가 소리친다.

백성에게 도망치라고. 자신은 도망가지 않으면서……

병사와 기사들에게 함께 싸워 달라고. 설령 혼자 남아도 나는 싸울 결의가 됐다며…….

그리고 차기 국왕인 란델의 목숨은 자신보다 중하다고. 죽음을 각오한 자애로운 표정으로 미래를 동생에게 맡기고, 피난한 국민을 걱정해 국모이자 어머니인 루루아리아까지 대피시켰다.

원래 왕국의 신동으로 높은 인기를 자랑하던 릴리아나였다.

그 작은 등에 미래를 짊어지고 왕국의 대표로 전장에 나선다…….

국민은 눈물바다. 병사들은 열광의 도가니.

확실히 절망적인 전장에서도 릴리아나의 독려가 울리면 적어도 왕국군은 「죽어도 우리 공주님을 지켜라!」라며 결사대로 변해 분투할 것 같았다.

"집단 심리는 무섭네요. 그래도 제일 무서운 건 우는 국민들과 열광하는 병사들 앞에서 얼굴을 돌리고 씩 웃던 릴리아나 씨지만요."

아이코가 착잡한 눈으로 말했다.

자애와 용기 넘치는 왕녀님이 계획대로, 라며 웃는 음흉한

면은 보고 싶지 않았다……. 릴리아나 뒤에 대기하는 쿠제리 단장이 무척 슬픈 눈빛으로 동의하고 있었다.

"그러는 아이코 씨도 신나서 선동하셨잖아요! 제 영향력은 기껏해야 왕국에나 통하죠. 제국과 페어베르겐 사람들을 광전사로 바꾼 사람한테 그런 소리 듣고 싶지 않네요! 으으, 무서워라!"

"아, 아니에요! 그건 나구모가 준 『선동가, 당신도 될 수 있다! 케이스 바이 케이스로 배우는 멋진 대사집』대로 했을 뿐이에요!"

왠지 캄이 하지메에게 엄지를 척 들었다. 동시에 알프레릭과 가할드가 역시 네가 원흉이냐는 눈총을 보냈다.

참고로 아이코는 하지메가 지시도 하지 않았는데 연설에 맞춰 몰래 혼백 마법을 사용하기도 했다. 이른바 심리 유도였다.

그 결과, 악신에게 죽음을! 자비는 없다! 라는 구호가 울리며 인류의 편이자 살아 있는 신인 아이코에게 숭배가 모였다.

새로운 종교가 탄생한 순간이 아닌가 싶을 정도였다.

마법으로 국민을 유도하는 아이코 씨 무서워!

마법도 없이 국민을 선동하는 릴리아나 씨 무서워!

무서워! 무서워!

그런 유치한 말싸움을 벌이는 두 사람을 보고—.

"왕녀도 여신도, 너희 둘 다 무서워. 황제가 되고 나서 제일 기겁했어."

"동의한다. 인간이란, 역시 무섭군……."

가할드와 알프레릭이 오랜 세월의 골을 넘어서 공감했다.

참고로 세뇌는 아니므로 갑자기 정신을 차리고 도망칠 우려는 없었다.

여신, 왕녀, 교황의 성전 선언, 그리고 각국 수장의 인정.

이러한 요소가 사람들에게 확실한 위기의식을 갖게 하고 의분과 연대감을 부여했다. 『명령이니까』 하는 것이 아니다. 『나도 뭔가 해야만 한다!』라고 개개인이 생각했기에, 이 단기간에 미래의 역사가들이 믿지 못할 연합군이 결성된 것이다.

그것을 알기 때문에 하지메는 지상의 싸움도 일방적으로 유린하리라 확신하고 만족스럽게 고개를 끄덕였다.

그리고 아직 네가 무섭네, 내가 무섭네 하는 아이코와 릴리아나에게 기막혀 하면서도 격려의 말이라도 한마디 하려고 중재에 들어갔다.

"이봐, 선생님. 공주님. 싸움은 그쯤하고—."

"『선생님』이 아니라 『아이코』라고 불러도 돼요."

"『공주님』이 아니라 『릴리』라고 부르면 돼요."

"사이좋네."

죽을지도 모른다는 각오가 있기 때문일까, 아이코도 릴리아나도 이상할 만큼 적극적이었다.

"평소 자신을 억압하던 사람일수록 고삐가 풀리면 위험하구나."

시즈쿠의 쓸쓸한 혼잣말에 하지메가 빤히 눈길을 줬다. 누워서 침 뱉기란 사실을 깨달은 시즈쿠가 얼굴을 붉히고 부끄러워서 머리를 얼굴에 감아 포니테일 가드에 들어갔다.

그런 그때, 도중부터 온화한 표정으로 하지메 일행을 지켜보던 시몬 교황이 말을 꺼냈다.

"믿음직하구먼. 우리 구세주에 대한 평가는 이쯤 하면 되지 않겠는가?"

"처음부터 『평가』라는 불손한 생각은 하지 않았습니다, 성하."

란지가 당치도 않다는 양 웃으며 고개를 저었다.

"우리 공국의 영웅이 마침내 세계의 영웅이 된다……. 그때 나의 판단이 틀리지 않았다고 다시 한 번 이 눈으로 확인하고 싶었을 뿐이지요."

공국군을 끌고 몸소 싸울 생각 같았다. 아들 비즈가 이곳에 없는 이유는 자신이 전사했을 때를 대비하기 위함일 것이다. 하지메가 만든 방어구로 몸을 중무장한 란지는 장비의 무게감과는 반대로 편안한 표정이었다.

"나구모 경, 우리 공국군은 구세를 위해 모인 것이 아닐세."

"……무슨 소리야?"

"들었네, 공은 악신의 모든 계획을 저지할 생각이라지. 그렇다면 우리가 달려올 이유는 그것밖에 없지 않겠나. 우리에게 맡기게. 악신의 생각대로 유린당하지는 않을 테니. 싸우고 살아남아 크게 웃어주는 것…… 그것이 공에게 은혜를 갚는 길 아니겠나?"

"하하, 이유가 호기롭군."

란지가 씩 웃으며 들려준 멋진 말에 하지메는 놀라면서도 싫지 않은 표정을 보였다.

그런 하지메를 보고 캐서린이 감회에 빠져 턱을 괬다.

"처음 우리 길드에 왔을 때부터 뭔가 큰일을 할 거라고 생각했지만…… 설마 세상의 운명을 쥔 사람이 될 줄이야……. 내가 길드 등록을 했다고 대대손손 자랑해도 되겠어."

"그때는 고마웠어. 당신 소개장 덕분에 휴렌 지부장과도 쉽게 만났어."

이루와가 의자에 몸을 파묻고 탄식했다.

"세상을 뒤집을 비밀을 가졌다고는 예상했어. 하지만 설마 멸망의 위기였다니…… 범죄 조직 괴멸 이후 너희를 『이루와 지부장의 심복』이라고 부르는 자도 있었지만, 이제는 그 말이 날 창피하게 하는군."

"하지만 네 안목은 확실했어. 나구모 공을 지명해줘서 내 아들이 목숨을 건졌지 않나."

그렇게 말하고 평온하게 미소 짓는 그레일 쿠데타 백작은 하지메를 공손하게 돌아봤다.

"나구모 공. 전에 도움이 필요할 때 편의를 봐달라고 그랬지? 휴렌 대표 자리를 얻어왔네. 전면적 지원을 약속하지. 물론 자네에게 필요한 『편의』라고 할 수 있을지는 나도 모르겠네만."

"아니, 앙카지 영주와 같아. 지상전을 도와준다면 그걸로 충분해."

본래 왕국 귀족인 그에게 휴렌 대표를 맡을 권리는 없었다. 하지만 쿠데타 백작 가문은 원래 왕국과 휴렌을 잇는 창구 역할이기도 했다. 전시 물자 지원을 맡기에 부족함이 없으며 무엇보다 하지메와 면식이 있는 점에서 휴렌 측도 그에게 대표를 위임한 것이었다.

신의 영역에 들어선 하지메에게 은혜를 갚고자 최고급 지원 물자를 마련했지만, 딱히 필요해 보이지 않아서 실망스럽게 눈썹을 내리뜨고 있었다.

그러자 그레일 뒤에서 윌이 한 발 앞으로 나왔다.

"오랜만에 뵙겠습니다, 하지메 님."

"윌, 오랜만이야. 여기 와도 괜찮아? 다른 사람들은 다음 세대를 짊어질 아이를 피난시키고 왔는데……."

"저는 삼남이라서 문제없습니다. 게다가 저는 자원해서 왔습니다. 조금이라도 미래를 위해 싸우는 분들에게 보탬이 되고 싶습니다."

"여전히 착해 빠졌어."

하지메는 어깨를 으쓱였으나 윌은 조용히 고개를 저었다.

"아뇨. 그날 살아남은 것은 이날을 위해서가 아닌가, 그렇게 생각하여 지원한 겁니다."

하지메는 회상했다. 동굴 안에서 떨던 윌을……. 혼자만 살아남았다고, 그 사실을 기뻐하는 자신에게 화가 나서 울고 있었다.

그런 윌에게 하지메는 충동적으로 말했었다.

"앞으로도 발버둥치며 죽을힘을 다해 살아남아라. 그러면 오늘 살아남은 의미가 있었다고 생각할 날이 온다."

회의실에 울린 월의 말을 듣고 모두 무심결에 하지메를 봤다.

"그렇죠? 하지메 님."

"……그래. 오늘도 살아남아서 미래에서 의미를 찾아, 월."

"물론 그럴 생각입니다. ―엄마를 두고 죽을 수는 없으니까요!"

"마마보이는 못 고쳤군."

"내 아들이지만, 창피하군. 사리아가 너무 매력적이라서 문제야."

"이제 보니 당신을 닮은 거잖아?"

회의장에 웃음이 퍼졌다. 그리고 그 밝은 분위기에서 조금 전 시몬 교황의 질문에 답하는 것처럼 말이 이어졌다.

"실수하지 마라, 나구모 하지메. 지상의 적은 우리 제국이 청소해 둘 테니까."

"우리의 운명을 맡기겠다. 잘 부탁하마, 나구모 하지메."

"지상은 맡겨라. 악신의 마음대로는 되지 않을 테니까."

"너도 금색 랭크 모험가야. 길드 역사에 위대한 한 페이지를 장식해줘."

"교회가 내세우는 교의, 신의 가르침. 한 번 일신해야겠구면. 안 그런가? 『반역의 아이』야."

"보스, 이 대전은 역사에 길이길이 전해질 것입니다. 비록 전장은 다를지라도 함께 싸울 수 있어서 영광입니다. 어디 한번 날뛰어 봅시다!"

가할드, 알프레릭, 란지, 바루스, 시몬, 그리고 캄의 말이 메아리쳤다. 기세등등한 그들에게 영향을 받아 다른 이들도 분연한 전의를 담아 소리쳤다.

그렇게 열기로 가득한 회의장이 곧 중후한 존재감에 둘러싸였다. 위압이 아니었다. 마치 전쟁의 신이 강림한 듯한 박력을 동반한 기운이었다.

"놈은 내 역린을 건드려서 죽는다. 그 결과로 세계에 또 내 일이 찾아오겠지. 이번 일은, 그런 단순한 이야기야."

조용하지만 얼어붙을 것 같은 목소리였다. 몸이 마비되는 분위기와 함께 회의장이 조용해지는 가운데, 하지메의 눈에 명검의 칼날처럼 퍼런 서슬이 서렸다.

"악신? 신의 군대? 하, 웃기지 마. 놈은 신인 척하는 속물이야. 걱정할 필요 하나 없어."

자연스럽게 마음에 불을 지피는 말이었다. 결사의 각오 위로 무한한 투지가 깃든다.

"사람은 강해."

이 전쟁은 분명히 인류의 총력전이다. 신화의 한 페이지를 장식할 성전. 사투에 사투를 거듭하는 역사상 유례를 찾을 수 없는 대결전.

그래도―.

"놈은 인류를 멸망시키지 못해."

그렇게 확신했다. 이 세상의 섭리와 마찬가지로 흔들리지 않는 사실인 것처럼…….

그래서 자연스럽게 믿었다. 운명을 짊어진 남자의 말을, 진심으로.

"알려줘! 인류의 무서움을! 끈질김을! 놈들을 모조리 땅에 처박고 말해! ―인간을 얕보지 마! ……알겠지?"

하지메는 세계 중진들이 숨소리를 죽일 정도의 패기를 보이면서 마지막에는 즐거움마저 느껴지는 웃음을 지었다.

열기는 유지한 채 정신을 차린 사람들은 잠시 서로를 돌아보고…… 자연스럽게 하지메와 똑같은 웃음을 지었다.

그리하여 세상을 짊어진 자들이 불안을 떨치고 회의가 끝나려고 했을 때였다.

"보, 보고합니다!"

한 병사가 부리나케 달려왔다. 마침내 대침공이 시작됐나 하고 사람들이 긴장했는데―.

"과, 광장 전이진으로 수많은 용이 출현! 조력하러 온 용인족이라고 합니다!"

병사가 전한 것은 길보였다. 자세히 보니 병사의 눈에는 기대와 외경심이 섞여 있었다.

"하지메."

"그래, 돌아왔군."

시즈쿠에게 답하며 하지메는 입가를 끌어올린 채로 자리에서 일어났다.

믿음직한 최후의 동료를 맞이하기 위해…….

밖으로 나오자 하늘을 나는 무수한 그림자가 보였다.

인공광을 역광으로 받아 흐릿하게 보였지만 용이라는 것을 알아보기는 어렵지 않았다.

요새 진지를 가로질러 정면의 평원으로 나가자 시아와 카오리를 시작으로 반 아이들의 모습이 눈에 들어왔다.

그들도 훈련을 마치고 마중을 나온 것 같았다.

하지만 야영하는 병사들이 모여들어 에워싼 바람에 중심으로 들어가지 못하고 있었다.

평소라면 카오리를 보고 길을 열 병사들도 사전에 시몬 교황이……

—용인족은 멸망하지 않았다. 먼 옛날부터 악신과 싸워 온 우리의 아군이다.

그렇게 포고하여 지금은 모두 호기심 때문에 중심을 들여다보느라 뒤쪽에 누가 있는지도 모르고 있었다.

하지메를 따라온 회의장 멤버 중 가할드가 앞으로 나와 군사 국가의 수장답게 호통쳤다. 그러자 인파가 바다처럼 갈라졌다.

그 앞쪽 광장 중앙에는 웅장한 용 몇 마리가 앉아 있었다.

그 선두에 한층 강한 존재감을 발하는 흑룡이 있었다.

"주인니이임~! 사랑하는 하인이 돌아왔다! 어서 사랑해다오!"

하지메를 보기 무섭게 인간 형태로 돌아온 티오가 헤벌쭉한 얼굴로 하지메에게 뛰어들었다.

하지메는 당연히 발포했다.

익숙한 작렬음이 울리고, 헉헉대며 기대의 눈길로 허공 다이브를 한 티오의 이마에 고무탄이 꽂히며 화려한 공중 3회전을 실현시켰다.

그리고 익숙한 신음과 감사가 일체화된 「감사합니다항!」이라는 소리를 내지르면서 하지메 앞 땅바닥에 뒤통수를 찍고 착지했다.

벌레까지 배려한 것처럼 정적이 깔렸다.

모두 사태를 파악하지 못해 말을 꺼내지 못하는 가운데, 격추된 티오는 황홀한 표정으로 움찔움찔했고 『환희의 브릿지 자세』로 경련했다.

눈에 해롭다.

"허억허억, 사, 사흘 만에 받는 벌^{포상}…… 모, 못 참겠구먼. 너무 참았던 탓에 더 자극이 강하구나…… 흐힛."

"어서 와, 티오. 안 늦어서 다행이야. 용화 상태에서 전이할 줄은 몰랐어. 부활극에 제법 신경을 썼군?"

역사의 뒤안길로 사라졌던 용인족.『언젠가 신을 타도할 자와 함께 일어난다』라는 숙원을 품고 500년 이상 먼 북쪽 외딴섬에서 때를 기다렸다.

그들이 지금 대륙으로 돌아왔다.

헉헉대던 티오가 예비 동작 없이 흐느적거리며 기분 나쁘게 일어나더니 아름다운 흑발을 한 손으로 우아하게 쓸어 넘겼다. 이런 혼돈스러운 생물이 존재해도 된단 말인가.

"후후, 그렇지? 기왕이면 사기라도 높이려고 했지……."

티오가 손가락을 딱 튕기자 상공에서 무수한 포효가 울렸다.

공기가 저릿저릿하게 떨렸다. 엄청난 박력이었다.

이어서 티오를 둘러싸고 대기하던 여섯 용도 빛을 발하더니 인간 형태로 줄어들었다.

모두 근육질의 남자였고 티오와 같은 일본 전통복과 흡사한 옷을 입었다.

머리색은 주황색, 남색, 호박색, 진보라색으로 제각각이지만 하나같이 수려한 용모를 자랑하는 사내들이며 몸에는 숨길 수 없는 전사의 패기를 두르고 있었다.

용인이었다. 전설의 용인이 이 위기 상황에 도와주러 와줬다.

그것을 이해한 순간 평원이 대환성으로 뒤덮였다.

"멋지구면. 이 환성을 아바마마와 어마마마, 쓰러져 간 동포들에게도 들려주고 싶었어."

"무슨 소리야? 기왕 들려주려면 승리의 환성이지."

"아하, 그게 옳구나."

촉촉한 눈망울로 농담하듯 웃는 티오의 어깨를 하지메가 상냥한 손길로 톡톡 두드렸다.

재회 직후의 변태 행각은 처음부터 없었던 것처럼…….

충격에서 헤어나지 못하는 주위 사람들을 무시하고 좋은 분위기를 연출하는 두 사람에게 시아가 불만스럽게 눈을 뜨고 끼어들었다. 더는 혼란을 가중시키면 안 된다는 생각이었다.

"티오 씨, 어서 오세요. 그리고 한마디 더 하자면, 장소를 가리세요! 두 사람의 비정상인데 자연스러운 관계를 보고 사람들이 따라오지 못하고 있다구요!"

"알고는 있었지만, 하지메도 어지간해."

"솔직히 하지메는 티오의 주인님이 될 운명 아니었을까? 충격적인 광경인데 자연스럽게 느끼는 내가 무서워."

카오리, 시즈쿠도 시아의 말꼬리를 이었다. 하지메와 티오가 어리둥절해하는 것을 보면 이미 손쓰기는 늦었지 싶다.

그때, 여섯 용인 중 주황 머리를 뒤로 넘긴 초로의 위장부가 앞으로 나왔다.

흘러나오는 위엄과 기품이 대단했다.

세계 중진들조차 압도된 눈치였다.

마치 대수 같았다. 그냥 거기 있는 것만으로『무게』를 느끼게 하고 자연스럽게 자세를 고치게 된다.

한눈에 그가 왕이라고 이해했다.

그런 가운데 하지메만이 태연히 그를 똑바로 바라보았다. 주황 머리 위장부의 눈이 살며시 가늘어졌다.

결코 험악한 분위기는 아니었다. 그의 눈에는 흥미와 감탄이 섞여 있었다.

물론 그것은 한순간에 지나지 않았다. 그의 시선은 곧 각국의 왕에게로 돌아갔다.

"처음 뵙겠소, 각국의 대표들. 나는 용인족의 수장 아둘 클라루스라고 하오. 이 고난에 우리 용인족도 힘을 보태고자 찾아왔소. 전투는 기대해도 좋을 것이요."

절대로 큰 목소리는 아니었다. 오히려 잔잔하기까지 했다.

그런데 먼발치에서 바라보던 병사들에게도 그 목소리는 전달됐고 압도적인 듬직함과 안도감을 안겨줬다.

단순한 인사만으로 병사들의 사기가 높아지는 것을 이곳에 있는 모두가 피부로 느꼈다.

　대단한 관록이다…….

　말로는 하지 않았지만 인사를 돌려주는 중진들에게서 그런 속마음이 전해졌다.

　"그렇군. 이게 진짜 용인가……."

　"기다려라, 주인님. 그게 무슨 소리냐?"

　막강한 힘을 자랑하고 한때 세계를 주름잡는 왕이었는데도 다른 이들과 악수하는 그에게서는 어떤 오만도 보이지 않았다. 온화하고 지성적이며 모든 것을 감싸는 포용력까지 느껴졌다.

　그 옛날 유에가 본보기로 삼은 종족이라는 말도 이해할 수 있었다.

　그에 비해 여기 있는 잡룡은…….

　그 마음은 다른 동료들도 다 똑같았다. 모두 일제히 안타까운 눈으로 티오를 봤다.

　"티오 씨, 그런 의미예요."

　"어떤 의미 말이냐! 내 어디에 문제가 있다고?!"

　"미안, 티오."

　"왜 사과하느냐?!"

　"나는…… 아무 말도 못 하겠어……."

　"부탁하마, 시즈쿠! 뭐라고 말 좀 해다오! 어색하게 눈을 피하는 게 제일 상처 받는다! 차라리 욕을 해다오!"

　"티오 씨, 바로 그런 점이야."

"혼자만 몰라. 평범한 전설의 용인족, 『슈퍼 티오 씨』일 때는 멋있는데 말이야."

"스즈, 류타로…… 너희도 많이 컸구나……."

그렇게 티오를 놀리는데 갑자기 남색 머리를 한 용인 청년이 더는 못 참겠다는 분위기로 성큼성큼 다가왔다.

그 안광이 일행을 죽 둘러보다가 하지메에게 고정됐다.

"……너. 공주님에게 무슨 짓을 했지?"

목구멍까지 올라온 감정을 억누른 목소리였다.

칼끝을 들이댄 것 같은 분위기에서 하지메는 웬일로 난처한 표정을 보였다. 그리고 릴리아나에게 눈을 굴렸다. 하지메뿐 아니라 모든 사람에게 『공주님』이라 하면 릴리아나였다.

역사에서 모습을 감췄던 용인족과 릴리아나 사이에 무슨 관계가 있을까? 청년 용인의 험악한 분위기 때문에 아둘과의 대화를 잠시 멈추고 지켜보던 이들도 릴리아나를 돌아봤다. 그러나 정작 릴리아나는 짐작 가는 바가 없는지 고개를 쩔레쩔레 저었다.

"어딜 보는 것이냐! 공주님이라고 하면 티오 님밖에 더 있느냐!"

그 말에 일동이 굳었다.

몇 초 후, 완벽하게 똑같은 움직임으로 티오를 봤다.

티오는 마치 가족에게는 어린애 취급받는 사실을 동급생에게 들킨 사춘기 남자애처럼 부끄러워하며 볼을 물들이고 눈을 돌렸다.

하지메가 중얼거렸다.

"공주…… 공주란 말이지."

시아가 중얼거렸다.

"공주, 공주님, 인가요……?"

카오리가 중얼거렸다.

"공주님…… 그랬구나, 티오는 공주님이구나……."

시즈쿠가 중얼거렸다.

"릴리랑 같은? 공주님?"

무언의 시간이 싸늘하게 흐르고 네 사람은 인자한 표정을 지었다.

그리고 미리 맞춘 것처럼 말했다.

"티오, 괜찮아."

"티오 씨, 괜찮아요!"

"티오, 괜찮아!"

"티오, 괜찮아!"

일제히 격려의 말을 건넸다. 정말로 무척 인자한 표정으로…….

"이것들아, 무슨 뜻이냐! 애초에 너희는 내가 왕족이라는 걸 알지 않느냐!"

"아, 응. 그랬지. 잘못했어, 티오 공주."

"죄송해요, 티오 공주님. 별로 의식한 적이 없어서…… 앞으로는 티오 공주님이라고 부를게요. 티오 공주님."

"그…… 공주님 이미지가 헉헉대는 모습에 가려졌을 뿐이야. 응, 하나도 안 이상해! 티오 공주님!"

"귀, 귀엽고 좋네! 티오 공주님! 세상은 넓어! 티오 공주님

같은 공주님이 있어도 안 될 건 없지!"

얼굴을 새빨갛게 물들인 티오가 눈물을 머금고 부들부들 떨었다.

"크아아아! 그만하거라! 창피해서 죽을 것 같구나! 내 부탁이니 평소대로 불러다오! 이런 수치로는 기분이 좋아지지 않아!"

원래 공주였다고 주장하더니 이제는 공주라고 부르지 말라고 한다. 티오 공주님은 변덕이 죽 끓듯 했다. 그 모양이니까 하지메가 히죽거리지 않는가.

"왜? 괜찮잖아, 티오 공주. 귀여운데, 티오 공주. 멋진 호칭이야, 티오 공주. 더 일찍 불러줄 걸 그랬어, 티오 공주라고. 앞으로는 계속 티오 공주라고 불러줄게, 티오 공주."

"제발 살려다오~!"

티오가 양손으로 얼굴을 가리고 쭈그려 앉아 버렸다. 귀까지 빨갰다.

하지메는 그런 티오에게 다가가서 귓가에 계속 공주라는 말을 반복했다.

그 표정은 가학심과 애정이 훌륭하게 조화된 절묘한 사디스트의 얼굴이었다.

역시 티오의 주인님은 하지메밖에 없다고 모두 납득하면서 어이없는 눈길을 보냈다.

그때, 분위기에 따라오지 못하던 청년 용인이 살인귀 같은 눈으로 일동을 돌아봤다.

"네놈들, 합세해서 공주님을 모욕하다니…… 역시 평소부터 공주님을 능멸하고 우롱했을 게 틀림없다! 그 탓에 이 꼴이!"

어쩌 어딘가에 있는 용사(였던 것)을 떠올리게 하는 발언이지만 본인도 제법 심한 말을 하고 있었다. 그 부분은 굳이 무시하고 티오가 그를 타일렀다.

"여봐라, 리스타스. 내 소중한 동료에게 너무 실례를 범하지는 말아라. 아무리 아우라고 해도 너무 예의에 어긋나면 내가 가만히 있지 않을 게야."

"고, 공주님! 지금 정신이 온전치 못하셔서 그렇습니다! 정신을 차리십시오!"

"하여간, 너란 녀석은. 뭘 근거로 그런 실없는 소리를……."

리스타스라고 불린 청년 용인은 떼쓰는 아이 같은 눈빛으로 티오를 보다가 결국 인내가 한계에 달한 모양이었다.

말하지 않겠다고 다짐하고 꾹꾹 참았던 감정이 폭발했다.

"용인족 공주가! 이런 변태일 리 없잖습니까!"

""""그건 그래.""""

그 자리에 있는 모두가 일제히 고개를 끄덕였다. 정말로 지당한 지적이었다.

"마을을 떠나기 전 공주님은 총명하고 정이 많으며, 실력도 족장님 이상이셨습니다. 누구나 친애하고 따르던 위대한 분이셨습니다! 결코 고통에 황홀한 표정을 짓지도, 매도당해 기뻐하지도 않으셨습니다! 저기 저 인간들이…… 아뇨, 당신께서, 주, 주인님이라고 부르는 저 인간이! 뭔가 수작을 부렸다고 생각하는 것이 자연스러운 이치 아닙니까!"

""""그건 그래.""""

재차 그 자리에 있는 모두가 일제히 고개를 끄덕였다. 반론의 여지가 없는 완벽한 추리였다.

리스타스의 언동을 보아 용인족 마을에 있던 티오는 족장의 손녀로서 더할 나위 없이 매력적인 여성이었을 것이다.

그런데 대륙에서 돌아온 그녀는 흠모하던 공주님에서 변태가 되어 있었다…….

그 심정을 능히 헤아릴 만하다!

하지메 외에는 모두 한마음이 된 순간이었다.

방관하던 용인 남자들도 참고는 있지만 하지메를 보는 눈이 매서웠다.

"리스타스, 그만하지 못하겠느냐."

"조, 족장님…… 하지만!"

아둘 앞에서도 리스타스는 납득할 수 없는 얼굴이었다.

아둘은 리스타스와 다른 용인 남성들에게 마음은 이해하는 듯 조금 난감한 표정을 지으면서 말했다.

"분명히 티오의 변화에는 경악을 금치 못했으나…….."

"예! 그러니까!"

"하지만 손녀의 마음을 모를 정도로 망령이 들지도 않았다. 티오가 스스로 맺은 인연을 진심으로 소중히 하는 것도, 그를 진심으로 사모하는 것도 모두 진실이다."

나의 용안을 의심하느냐며 아둘이 쾌활하게 웃자 리스타스는 아무 말도 하지 못하고 고개를 숙여 버렸다. 아둘은 티오에게로 돌아섰다.

"알고 있었다, 티오. 네가 마을의 생활에 질렸고 마음속에 꺼지지 않는 검은 불을 품었다는 것을. 입장과 긍지로 그런 감정을 억누르던 탓에 마음이 메말라 버린 것도."

"할바마마……."

"네가 대륙으로 간 건 임무 때문만은 아니었겠지. 분명히 『뭔가』를 바랐을 게야. 그리고 그 『뭔가』를 너는 찾아냈구나."

즐거워 보이는 웃음이 무엇보다 큰 증거라며 다정한 할아버지의 눈으로 말하는 아둘에게 티오는 뺨을 붉히고 끄덕 고갯짓했다.

"그렇다면 됐다. 오히려 나는 감사하고 싶구나. 마을로 돌아오자마자 동료에 관해 들려주던, 너의 자랑스러운 표정을 볼 수 있었으니까."

하지메 일행의 이목이 티오에게 모였다. 폭로가 창피했는지 소매로 얼굴을 가린 모습은 같은 여성들까지 가슴이 두근거릴 만큼 사랑스러웠다.

말문이 막힌 리스타스에게 아둘은 조금 짓궂은 표정을 지어 보였다.

"그리고 리스타스, 용인이 질투가 난다고 화풀이를 하면 못쓴다."

"저, 저는 그런 것이 아니라!"

"왜 그리 동요하느냐. 자기보다 약한 자를 반려로 삼을 생각이 없다는 티오의 말에 따라 네가 날마다 수행하던 것을 마을에서 모르는 사람이 없거늘. 티오의 약혼자 후보들에게 계속 승부를 걸고 다녔으면서 모를 줄 알았느냐?"

하지메가 옆에 있는 티오를 보자 얼굴에 살짝 미소가 떠올라 있었다.

아무래도 티오도 리스타스의 속마음은 알고 있었나 보다.

하지메의 시선을 알아차린 티오는 어깨를 으쓱이고는 대기하는 다른 용인 남자들이 그 약혼자 후보였다고 귀띔했다.

하지메와 티오가 가까이 붙자 리스타스를 포함한 남자들이 눈을 부라렸다.

"너…… 고향에서는 정말로 인기 많았나 보다?"

"오호? 뭐냐, 질투하는 게냐?"

"아니, 변태인 본성을 보고도 정나미가 붙어 있는 게 대단해서."

"크윽, 은근히 매도를 섞는 대화법은 저들에게는 불가능한 기술이야!"

그런 대화에 일행들이 기막혀하는 사이, 아둘이 중진들에게 조금만 시간을 달라고 양해를 구하고 하지메 정면에 섰다.

"반갑네, 나구모 하지메. 티오에게 자네 이야기는 들었네. 마왕성에서 싸우던 모습도 잘 보았어. 신을 이긴 실력은 아주 대단했네. 우리는 떼로 덤벼도 이기지 못했을 게야."

"처음 뵙겠습니다, 아둘 님. 손녀분이 이상해진 원인은 제게 있습니다. 결전을 앞둔 상황이지만, 한 대 맞을 각오는 되었습니다."

주변이 웅성거렸다. 주로 하지메가 존댓말을 쓴다는 사실에……

여기저기서 「누가 회복 마법 좀!」, 「마왕이 실성했다!」, 「인류의 비밀병기가 이런 곳에서…… 이 세상은 끝났어!」라는 소리가 들렸다. 참고로 아비규환으로 소리치는 것은 주로 학생들이었다.

갑자기 하지메의 몸이 빛에 휩싸였다. 카오리의 회복 마법이었다. 시아가 빌레 드뤼켄을 들었다. 때려서 고칠 생각이리라. 시즈쿠는 얼굴을 가렸다. 마치 돌이킬 수 없는 비극을 보고만 것처럼……

그리고 옆에 있는 티오는 믿어지지 않는다는 얼굴이었다. 하지메의 뺨이 발작적으로 경련했다.

"흠. 듣던 것과는 조금 다르군……. 주위 반응도 평소 자네답지 않다고 말하는 것 같네만."

"티오의 가족이시니까요. 용인족 족장이라면 말을 놓겠지만, 티오의 할아버지라면 말을 골라야겠죠."

"허어! 티오의 할아버지라서? 후후, 그래, 그렇구먼."

아둘은 기뻐하며 얼굴을 폈다. 그 순간, 지금까지 감돌던 위엄이 사라지고 인상 좋은 할아버지처럼 분위기가 풀어졌다. 아무래도 하지메의 말이 마음에 든 모양이었다.

놀라던 티오도 하지메의 설명을 듣고 달콤한 음식이라도 베어 문 것처럼 포근한 표정을 지었다.

"그럼 좋은 기회니 하지메 군이라고 부르겠네. 하지메 군,

자네를 때릴 생각은 없네. 방금도 말했지만, 티오가 진심으로 웃는다면 나는 그것으로 족해. 오히려 자기 신념을 위해 500년이나 독신으로 산 옹고집을 받아줘서 기쁠 따름이야."

"그런, 가요?"

의외로 너그럽게 넘어가자 하지메는 무슨 표정을 지어야 할지 몰랐다. 정말로 맞을 각오를 했기 때문이었다.

"그래. 행복하면 성적 취향이야 사소한 일이지. 그보다 듣고 싶은 건 흡혈 공주에 관한 거라네."

"유에 말씀인가요?"

"그래, 그녀일세. 살아 있다는 말을 듣고 정말로 놀랐어. 게다가 손녀와 같은 사람을 사랑하다니, 참으로 인연이란 신기한 것이야. 그녀가 자네의 가장 사랑하는 사람이라지?"

"네, 맞습니다."

망설임이 없는 하지메에게 아둘은 특별한 표정 변화 없이 고개를 끄덕였다.

대신 다른 용인은 험악하게 눈을 찌푸렸다. 리스타스는 당장에라도 고함칠 것만 같았다.

티오에게 사랑받으면서 건방지다고 생각하리라.

"나도 손녀를 아끼는 할아버지일세. 500년 전 대박해에서 목숨을 잃은 저 아이의 부모— 내 아들 내외에게도 맹세했지. 반드시 지키겠다고. 그래서 사지가 될 전쟁을 앞두고 꼭 묻고 싶은 게 있네."

아둘의 거짓을 용납하지 않는 용안이 하지메를 꿰뚫어 보았다.

하지메도 몸가짐을 바로 하고 마주 봤다.

"자네가 티오를 사랑할 수 없다고 한다면, 설령 티오가 상관없다고 해도 나도 좋게 생각할 수 없어. 나에게는 **가장 사랑하는** 손녀일세. 가장 사랑해주는 사람과 이어주고 싶은 것이 부모 마음 아니겠나?"

"맞습니다."

하고자 하는 말이 강하게 전해졌다.

티오를 어떻게 생각하는지 본심을 말해달라고.

어쩌면 이제 손녀와 영영 만나지 못할 수도 있으니까 지금 들려달라고.

이 결전에 미련 없이 몸을 던질 수 있도록……

자신이 이곳에서 쓰러져도 손녀의 미래에 조금이라도 안심할 수 있도록……

하지메는 천천히 눈을 굴렸다. 리스타스와 용인족, 동료들, 아둘.

그리고 마지막으로 티오.

하지메의 올곧은 눈빛에 왠지 기가 눌린 티오는 한 발자국 물러날 뻔했다.

하지만 그 전에 하지메가 팔을 뻗어 티오의 허리를 잡고 몸을 잡아당겼다. 마치 자기 것이라고 주장하듯이……

티오의 얼굴이 더더욱 붉어졌다. 평소의 변태성은 어디 갔나 싶을 정도로 온순했다.

팔에 안긴 티오에게서 아둘에게로 고개를 돌린 하지메는 배에 힘을 주고 단호하게 말을 꺼냈다.

"요즘 자주 듣는 말이 있습니다. 저 보고 마왕 같다는군요."

"흠?"

"꼭 그게 이유는 아니지만, 원하는 건 전부 손에 넣고, 방해되는 건 전부 부숴 버립니다."

　구경꾼들이 술렁거렸다. 아둘은 조용히 듣고만 있었다.

　하지메는 아둘에게 확실하게 밝혔다.

"저는 티오를 갖고 싶습니다."

　티오가 움찔했다. 황금색 눈동자가 하지메를 뚫어지라 바라봤다.

"티오에게 제 고향을 보여주고 싶고, 앞으로도 함께 있고 싶습니다. 티오가 어떻게 생각하든 상관없이 이제 와서 놓아줄 생각은 없어요. 제가 가장 사랑하는 건 유에가 맞고 쓰레기 같은 소리인 줄은 압니다만, 그래도 티오를 사랑합니다. 그러니까—"

"그러니까, 뭐지?"

　아둘의 위압감이 강해졌다. 주변 사람이 자기도 모르게 뒷걸음칠 만큼 무거운 분위기였다.

　하지만 용인의 족장이 내는 위압 앞에서 하지메는 태연하게 용인 남자들을 돌아보았다. 그러더니 갑자기 도전자들을 앞에 둔 투기장의 챔피언처럼 대담하게 웃으며 선전포고처럼 선언했다.

"티오는 이미 내 거다. 내가 마음에 안 들면 힘으로 뺏어 봐. 언제 어디서든, 몇 번이든 받아줄 테니까."

그 불합리하기 이를 데 없고 이기적인 말에 상황을 지켜보던 용인족을 비롯해 주변 사람들까지 할 말을 잃었다.

시아와 카오리, 시즈쿠는 못 말린다는 표정으로, 하지만 자신들도 티오가 떨어지는 것을 상상할 수 없다는 표정으로 즐겁게 웃었다.

그리고 아둘은 하지메와 그 동료들을 돌아보고…….

"확실히 불합리의 화신— 옛날이야기에 나오는 마왕 같군. 훗, 알겠네. 내 손녀는 마왕의 손에 떨어진 게로군. 세상을 구할지도 모를 마왕의 손에. 으하하!"

갑자기 위압을 풀고 소리 내어 웃었다.

그렇게 한바탕 웃어젖힌 후, 넋이 나간 티오를 보고 뭔가 납득한 것처럼 고개를 끄덕였다.

"……보기 좋구나. 마을에서는 결국 보지 못한 얼굴이야. 너는 모두에게 사랑받고, 그리고 사랑하는구나."

"할바마마, 그 말이 옳아. 나는 주인님뿐 아니라 다른 이들도 사랑해. 그리고 확신이 있어. 다른 이들도 나를 사랑한다고. 너무 행복해서 지금이라면 혼자서도 신을 죽일 수 있을 것 같아."

티오의 대답에 주름이 더 깊어져 웃는 아둘은 방금 하지메가 한 것처럼 자세를 바로 하고 정갈한 동작으로 고개를 숙였다.

"그럼 마왕님, 그대가 사랑하는 이들과 함께 손녀를 잘 맡아주게나."

"······예. 이 목숨 다하는 순간까지 함께하겠습니다."

다시 존댓말로 돌아온 하지메에게 아둘은 어깨의 짐을 내려놓은 것 같은 표정으로 고개를 끄덕하더니 뒤로 돌아섰다.

가할드를 포함해 상황을 지켜보던 중진들이 기가 찬 듯한, 혹은 이미 체념한 듯한 오묘한 표정을 짓고 있었다.

"······어머니를 불러서 따지고 들면 나한테도 기회가?"

"릴리아나 씨, 왕비님한테 혼나실걸요. ······마음은 이해하지만······."

릴리아나와 아이코가 굉장히 하고 싶은 말이 있는 눈으로 하지메를 바라본다!

억지웃음을 지은 쿠제리 단장과 캐서린에게 질질 끌려 요새로 돌아갔지만 굉장히 미련이 남는 눈으로 힐끗힐끗 바라본다!

물론 하지메는 무시했다. 절대로 눈을 맞추지 않았다. 하지만 눈을 돌린 곳에서는―.

"장난 아니네. 이게 진짜 마왕이지."

"같은 반 애가 하렘 차린 썰 푼다."

"나, 결전에서 살아남을 거 같아. 이 살의를 사도에게 풀면 되는 거지?"

아츠시와 요시키 및 남자들의 경악과 원한이 담긴 목소리 외에도―.

"한두 명 정도는 몰래 껴도 모를 거 같은데?"

"하렘 등록은 어디서 하나요!"

여학생 몇 명이 정신을 놓았다. 주의를 줘야 할 리더는 왠지 부루퉁하니 있을 뿐이었다.

더불어 주위 구경꾼은 시끌벅적 축제 분위기였다.

하지메는 탄식하고 티오의 손을 끌어 구경꾼들 사이에서 탈출을 꾀했다.

그런 가운데 칠칠찮게 헤벌쭉거리던 티오가 느닷없이 분위기를 달리했다. 그러고는 하지메 옆에 나란히 서서 귓가로 입을 가져갔다.

"주인님. 무척, 무척 기뻤다. 하지만 하나 확인하고 싶구나. 그토록 확실하게 마음을 들려주는 것이 설마 이번이 마지막이지는 않겠지?"

이 싸움에서 죽을지도 모른다는 심정에서 나온 말이라면 티오는 하지메에게 충고해야만 했다.

이런 점이 티오의 반전 매력일 것이다.

하지메는 가까이 붙은 티오의 눈을 흔들림 없는 눈으로 마주 봤다.

"죽는 건 놈들이지 우리가 아니야. 마지막일 가능성은 털끝만큼도 없어. 그냥 네 가족 앞에서 우유부단하게 굴기 싫었을 뿐이야."

"후후후, 그래, 그렇단 말이지. 그럼 됐다. 주인님, 유에를 되찾으면 다 같이 사이좋게 『삐—』해서 『삐—』하자꾸나!"

"……시아도 그렇고 너도 그렇고, 마지막에 분위기를 꼭 깨야겠냐?"

하지메 뒤에서 카오리와 시즈쿠뿐 아니라, 우르르 따라온 반 아이들까지 흥미진진하게 시아를 돌아봤다.

시아는 먼 산을 보면서 뻔뻔하게 휘파람을 불며 시치미를 떼고 있었다.

그 후, 하지메는 요새 옥상에 자리 잡았다.

비치 체어를 『연성』해 누운 뒤 편안하게 『그때』를 기다린다.

그 옆에는 늦은 만큼 따라잡으려는 티오를 비롯해 카오리와 반 아이들, 잠시 후 합류한 아이코와 유카가 아워 크리스털 안에서 전용 아티팩트 연습에 전념하고 있었다.

동이 틀 때까지 앞으로 수 시간.

잠깐 눈을 붙이려는 사람이 없는 것은 자연스럽게 긴장감이 커지기 때문이리라.

그래도 하지메의 침착한 분위기 덕분에 불안에 짓눌리는 자는 없었다.

긴 의자에 누워 눈을 감은 하지메 주위에 있을 뿐인데 신기하게도 마음이 놓였다. 마치 절대 안전권에 있는 것처럼······.

그 때문일까? 그밖에도 끊임없이 다양한 사람이 하지메를 찾아왔다.

매복이라도 한 것처럼 처음으로 찾아온 사람은 상인 같은 차림새에 60살 정도로 보이는 남성이었다. 뒤에는 다크브라운 머리를 슈슈로 묶은, 하지메와 동년배인 미소녀를 데리고 있었다.

"모토, 당신 여기서 뭐 해?"

"물론 장사입죠. 전 품목 무료 행사 기간이지만요."

"그러니까 신용을 팔러 왔다는 소리야? 전후를 내다보고."

징하다고 웃는 하지메와 모토의 대화에 아이들이 주목했다. 면식 있는 시아와 카오리가 두 사람의 관계를 설명하는데, 모토는 감회에 젖어 눈을 가늘게 떴다.

"그렇지 않을까 싶었는데, 역시나 왕국에 소환된 분이었군요. 구세주님과의 신비한 인연은 오래도록 이어가고 싶습니다."

"그런 소리나 하러 왔어?"

"당신이 움직이면 미래는 계속되지 않습니까? 좋은 기회인데, 전부 정리되면 이세계의 지식을 사용해서 장사라도 해 보시지 않겠습니까? 제 상회가 힘이 되어드리겠다고 약속하지요."

"당신은 정말…… 한결같은 사람이야."

하지메의, 더 나아가 인류의 승리를 확신하고 이미 미래를 생각하는 모토에게 하지메는 혀를 내둘렀다.

"오, 그렇지. 그때는 제 손녀를 비서 대신 써 주십사 합니다."

조신하게 앞으로 나온 사람은 방금 그 미소녀였다. 그녀가 아름다운 커트시로 인사했다.

"사미아 윤케르입니다. 나이는 열일곱이에요. 공사를 불문하고 보필하겠습니다, 하지메 님."

"자자, 시간 됐어요~!"

"인사 고마워! 하지만 하지메가 지금 바빠! 알겠지! 나가는 곳은 저쪽이야!"

모토의 목적과 이상하게 적극적인 손녀의 속내를 알아채고 시아와 카오리가 신속하게 끼어들었다.

요시키와 신지가 「젠장, 저 애 엄청 귀엽잖아!」, 「공적이야. 이 싸움에서 공적을 쌓는 거야! 그러면 나한테도 기회가!」라고 떠드는데, 또 손님이 왔다.

"바쁠 때 왔나?"

"결전 전인데도 활기가 넘치네요."

옥상에 나타난 사람은 낯익은 호인족 남자였다. 그 옆에는 묘령의 익인 여성, 중년 웅인 남자도 서 있었다. 시아가 토끼 귀를 갸우뚱 기울였다.

"응? 마오 장로님과…… 경비대 대장님? 그리고 전에 우리 가족이 폐를 끼친 웅인족―."

"으아아, 하우리아?!"

웅인족의 험상궂은 전사― 레긴이 그 자리에서 머리를 감싸고 몸을 웅크렸다.

물을 끼얹은 듯 조용해지고 모든 시선이 시아에게 모였다.

"아, 아니에요! 이 사람한테 트라우마를 심은 건 가족이에요!"

필사적으로 변명하는 시아를 놔두고 하지메가 허공에서 눈을 굴렸다.

"이름이…… 길, 이었나?"

"기억해주는군. 별 볼 일 없는 경비 대장인데."

눈꼬리를 내린 길은 하지메 일행이 처음 수해에 들어갔을 때와, 제국에 사로잡힌 사람들을 데리고 다시 수해를 찾았을 때 처음 마주친 제2 경비대 대장이었다.

"정정하자면 길은 지금 전사장이에요, 나구모 씨. 전단장 아래로는 최고위, 페어베르겐에서도 다섯 명밖에 없는 직위죠."

"이야, 엄청 출세했네?"

"댁 덕분이기도 하지. 그러니까 결전 전에 마오 장로님에게 사정해서 동행한 거야."

"내 덕분?"

이해하지 못하는 하지메에게 마오가 설명했다. 마인족 습격으로 빈 전사장 자리에 누구를 앉힐지 장로 회의에서 의논하던 때, 하지메와 만난 당시 냉정한 대응을 보인 길에게 표가 모였다고 한다.

지금의 페어베르겐이 있는 것은 하지메와 좋은 관계를 맺은 덕분이었다. 그래서 첫 만남에서 냉정한 대응을 한 길의 공적은 무척 높이 평가받았고, 실력도 충분하므로 새로운 전사장으로 인정받게 됐다.

"……이 싸움이 끝나면 분명히 아인과 인간의 관계도 크게 변하겠지. 그때 또 당신과 신비한 인연이 이어졌으면 좋겠어. 최고의 무운을 빌게."

단지 그 말이 하고 싶었다며 길은 마오에게 자리를 양보하고 물러났다.

여전히 솔직하고 착실한 사람이라고 생각했는데 이번에는 마오가 미심쩍은 웃음을 지었다.

"이 대전은 역사에 남겠죠. 전후에 꼭 단독 취재를 하고 싶어서 왔습니다, 나구모 씨."

사실 장로 중 한 명이란 사실 외에도『월간 페어베르겐 편집장』이라는 직책을 가진 마오의 취재 요청에 하지메는 웃는 얼굴로 답했다.

"내가 미쳤다고 하겠냐."

"왜요?!"

왜기는…… 마오 편집장은 기사에 자의적 해석을 더하는 날조 상습범이다. 사건이 없으니까 기사로 부추겨 사건을 일으키는 악질 기자였다.

"이미 기획 선전도 했다고요! 이름하야『승전 축하 특별호! 총희(寵姬)들에게 묻는 밝은 미래 계획! 지금이라면 당신도 나구모 하렘에 들어갈 기회가?!』— 어떻습니까?! 흥미가 샘솟지 않나요?!"

"살의가 샘솟는데……."

그런데 웬걸. 반 여자들이 일제히 수다를 멈췄다. 귀를 기울이는 것처럼. 흥미진진하게!

그때, 또 누가 찾아왔다.

"시즈쿠 언니이이~!"

"헉, 네가 왜 여기에?!"

"물론 언니의 냄새를 쫓아왔답니다!"

시즈쿠에게 달라붙은 사람은 여기사였다. 원래 릴리아나의 호위 기사였고 갖가지 문제를 일으켜 강등에 강등을 거듭해 지금은 평기사까지 떨어졌다.

그리고 시즈쿠의 의자매를 자처하며 따르고 시즈쿠를 위해서라면 황제에게 어둠 속성 마법을 쓰는 것도 주저하지 않는 광기의 집단—『소울 시스터즈』의 한 명이었다.

"킁킁! 아앗, 오랜만에 맡는 언니 냄새, 너무 좋은 것이에요! 허억허억!"

"하지메! 하지메, 살려줘!"

"응? 하지메? 『나구모』가 아니라 『하지메』? ⋯⋯네 이 녀석."

시즈쿠의 가슴에 얼굴을 파묻었던 여기사의 목이 모 공포 영화처럼 하지메에게로 돌아갔다.

유카와 여자들이 비명을 지르며 뒤로 물러났다. 악마에 씐 인간이 실존한다면 분명히 이럴 것이라는 생각이 드는 소름 끼치는 움직임이었다.

하지메는 탄식하고 손가락을 딱 울렸다. 그러자 어디선가 하우리아들이 바람처럼 출현했다. 캄이 공손하게 머리를 숙이고 물었다.

"보스. 명령해주십시오."

"지금이라면 기사 한 명이 사라져도 아무도 신경 안 써. 대충 처리해 둬. 아, 그리고 이 날조 기자도."

"옛써!"

"왜, 왜 저까지?! 앗, 잠깐만 기다리세요, 캄 공! 안 돼애애!"

"소문으로 듣던 참수 토끼 집단인가요? 좋습니다. 마왕의 암살 부대와 언니의 소울 시스터즈, 누가 더 뛰어난지 자웅을

겨뤄 보죠!"

비명을 지르고 도망치는 마오와 가랑이가 꽹장히 가려워지는 어둠 속성 마법을 걸려고 불길한 기운을 내뿜는 여기사.

그리고 「목이다. 목 내놔라!」 하고 무서운 소리를 하며 모여드는 하우리아들과 「잠깐, 다들 진정해!」라며 필사적으로 중재하려는 시즈쿠.

그 뒤에도 신전 기사 단장 데이비드가 이끄는 아이코 친위대(자칭)가 아이코와의 관계를 따지고자 밀려들거나……

크리스타벨이 이끄는 여장 남자 군단이 유혹해서 하지메가 기운찬 머라이언이 되거나…….

사실 그 여장 남자 군단의 약 절반은 하지메와 유에가 가랑이를 스매시한 사람이라고 판명되어, 자신이 증식에 공헌한 사실을 알고 하지메의 혼이 날아갈 뻔하거나…….

그곳으로 허심탄회한 이야기를 나누고 싶다며 용인족 남자들이 찾아오거나…….

그것을 밀치고 빛이 없는 눈을 한 티오의 유모, 벤리가 1대 1 대화를 요청하거나…….

아무튼 손님이 끊이지 않는 시간이 흘러갔다.

언제부터인가 반 아이들은 떨어진 곳에 모여 하지메의 소란스러운 내방객 행렬을 구경하고 있었다.

"이러쿵저러쿵해도 쟤 주위에는 사람이 끊이질 않네……"

유카는 좋아하는 음식이라도 먹는 것처럼 느슨하게 풀린 얼굴로 중얼거렸다.

그 말을 들은 아이들은 떠올렸다. 소환되기 전에도 좋든 나쁘든 하지메 주위에는 항상 누가 있었다. 카오리와 친구들이기도 했고 히야마 패거리이기도 했다.

"원래 그런 인간이겠지. 우리가 사람 보는 눈이 없었을 뿐이고."

류타로의 말이었다.

"나구모, 이길 수 있겠지?"

나나가 툭 뱉은 말에 자연스럽게 모든 시선이 유카에게 모였다.

유카는 고개를 돌려 친구들을 하나하나 바라봤고―.

"당연하지."

어떤 걱정도 고민도 없는 절대적인 믿음이 담긴 웃음을 지으며 그렇게 말했다.

그 말에 이견을 표하는 사람은 없었고 다들 힘찬 웃음으로 대답을 대신했다.

마침내 일출이 찾아왔다.

동녘 지평선에서 빛나는 태양이 얼굴을 내밀고 서쪽으로 그림자를 길게 늘어뜨렸다.

따뜻한 빛으로 세상을 비추며 새빨갛게 타오르는 태양이 완전히 모습을 드러낸 그때, 눈을 감았던 하지메가 조용히 눈꺼풀을 들었다.

"왔다."

그 순간이었다.

세계가 검붉게 물들었다.

아침놀의 불타는 듯한 오렌지색이 아니었다. 더 불안을 일으키고 공포를 자극하는, 불길하고 본능적 혐오감을 품게 하는 색.

비유하자면 마물의 눈과 같은 색이었다.

조금 전까지 찬란히 빛나던 태양이 지금은 동쪽 하늘에 박힌 검은 점으로 전락했다.

대기가 떨렸다. 두려워하듯 대지가 흔들렸다.

자연스레 사람들은 【신산】 상공으로 시선을 모았다.

그리고 목격했다.

"하늘이…… 갈라진다……."

세계를 깨뜨려 부수는 소리가 들렸다. 【신산】 상공에 거미줄 같은 균열이 생겼다. 충격을 버티지 못하는 유리처럼 쩌적쩌적 기이한 소리가 울려 퍼졌다.

마침내 시작됐다.

신에게는 세계의—.

인류에게는 희롱당한 역사의—.

종말이 시작된다.

『전원! 전투 준비이이이!』

불시에 소프라노 톤 목소리가 울렸다. 아티팩트에서 전장 전체로 확성된 총사령관 릴리아나의 목소리였다.

『총사령관 릴리아나 S. B. 하일리히의 이름으로 선언합니다! ─결전의 시간입니다!』

소녀의 음성이면서 패기를 갖고 고막을 때리는 소리에 병사들은 속박에서 풀려났다. 세상의 변모에 넋 놓았던 이들이 뺨을 맞은 것처럼 일제히 움직였다.

그사이에도 【신산】 상공의 균열은 점차 넓어졌고……

병사들이 자리에 위치함과 동시에 마침내 벽력같은 굉음이 울리며 하늘이 깨졌다.

그것은 마치 천공에 뚫린 거대한 구멍이었다.

틀림없이 【신문】이지만 3일 전과는 너무나도 달랐다.

검다. 깊은 어둠을 연상시키는 검정. 사흘 전에 본 은하처럼 장엄한 모습은 온데간데없이 천지가 뒤바뀌어 생긴 나락 같았다. 그곳으로 뿜어져 나오는 끈적끈적한 독기 같은 것이 그런 인상을 강하게 했다.

그리고 검은 비가 내렸다. 아니, 비처럼 보이는─ 어마어마한 수의 마물이었다.

불길한 하늘의 나락에서 【신산】 꼭대기로 쏟아지고 있었다.

그 수는 수만 정도가 아니었다. 고도 8천 미터의 상공에 있으면서 지상에서 육안으로 확인 가능했다. 가볍게 수백만, 혹은 수천만에 달할 군세였다.

마물 호우는 삽시간에 산 정상을 검게 덧칠하고 그대로 눈사태처럼 쏟아져 내려왔다.

그 악몽 같은 광경조차 서장에 불과한 것을 인류는 바로 이해했다.

이번에는 은색 비였다. 검붉은 하늘에 대비되는 아름다운 은색 호우가【신문】에서 수평으로 퍼져 나왔다.

"……사도 수도 역시 보통이 아니네요."

릴리아나는 그 광경을 요새 가장 안쪽에 있는 총사령부에서 노려보고 있었다.

들여다보는 것은 방에 무수히 설치된 외부 영상 수신용 아티팩트『수정 디스플레이』중 하나였다.

정면의 가장 큰 화면에 절망적인 광경이 비쳤고, 요새를 지키는 각국의 우수한 결계사들과 참모 장교, 통신원들이 전율하여 경직해 있었다.

릴리아나는 수정 디스플레이를 재빠르게 돌아보고 앞쪽 단상에 묻힌『염화』용 수정 중 하나를 건드렸다.

『가할드 폐하. 너무 돌출되지 마세요. 연합군 대장인 당신이 죽어도 되는 건 싸움이 끝난 뒤뿐이에요.』

대기하던 전선 진지에서 나와 직속 부대와 함께 누구보다 앞으로 나갔던 가할드에게 충고했다.

군사 회의장에 있던 『소녀』와는 다른 사람 같았다. 가할드는 그 변화에 흡족하게 웃고는 곧 입꼬리를 씩 끌어올렸다.

『하, 말은 그럴싸하군. 하지만 연합군에서 제일 강한 남자가 제일 앞에 나가지 않으면 누가 나가? 내가 죽으면 죽는 대로 그걸 분노로 바꿔서 싸우면 돼. 그러라고 있는 여신님과 총사령관님 아닌가?』

『말을 안 듣네요…… 폐하, 「여신」과 「검」이 나갈 거예요. 작전대로, 부탁드릴게요.』

『좋아, 가자!』

가할드가 비치는 수정 디스플레이에서 눈을 떼고 란지, 알프레릭, 캄, 바루스와 크리스타벨, 쿠제리, 시몬 교황, 데이비드에게 차례대로 『염화』를 걸었다.

"여러분, 내일을 위해 지금 목숨을 겁시다."

조용한 각오가 서린 목소리로 그렇게 말하자 모두 포효 같은 함성을 내질렀다. 그것은 위축되었던 총사령부 인원들도 마찬가지였다.

지금 이 순간, 릴리아나는 분명히 총사령관에 어울리는 위엄을 갖추고 있었다.

그런 릴리아나가 말했다.

"충격에 대비하세요!"

공격이 오니까? 아니다.

시작되기 때문이다.

여신과 검의 첫 공격이…….

『연합군 여러분. 세계의 위기를 막고자 들고일어난 용맹한 전사 여러분! 두려워하지 마십시오! 신의 가호가 저희와 함께 합니다!』

확성된『풍작의 여신』— 아이코의 목소리가 울려 퍼졌다.

『에히트의 이름을 사칭하고 지금 인류를 해하려는 악신에게서 세상 모든 것을 지키는 겁니다. 이 전장에 있는 여러분은 이미 용사입니다! 제가,「신의 전령」인「풍작의 여신」이 선언합니다! 여러분 한 명, 한 명이 신의 전사라고!』

요새 옥상, 정면 난간에서 연설하는 아이코의 말을 듣고 병사들은 마음이 떨렸다. 자신들은 여신의 전사다. 성전의 일익을 맡은 용사다!

『자, 저와 함께 외쳐 봅시다! 우리는 절대로 악의에 굴하지 않는다. 우리가 쟁취할 것은!「승리」뿐이다!!』

그 직후, 대지가 흔들렸다.

쿵쿵, 쿵, 쿵쿵, 쿵. 박자를 타는 그것은 50만 병사가 발을 굴리는 소리였다. 흘러넘치는 투지를 실어 연합군은 울부짖었다.

"""""""""""승리! 승리! 승리!!"""""""""""

『악신을 멸하라! 인류에게 영광을!』

"""""""""""악신을 멸하라!! 인류에게 영광을!!"""""""""""

아이코는『선동가, 당신도 될 수 있다! 케이스 바이 케이스로 배우는 멋진 대사집』의 내용을 최선을 다해 떠올리며 첫 공격의 방아쇠를 당겼다.

『악한 신의 하인은 두려워할 필요 없습니다! 나의 검이여!

그 증거를 보여주십시오!』

아이코가 외친 순간, 차분한 목소리가 전장 전체에 메아리 쳤다.

『뜻을 받들겠습니다, 나의 여신이시여.』

그 직후, 아이코를 올려다보던 병사들은 뒤쪽에서 날아든 그림자를 보았다.

백발 안대에 검은 코트를 입은 남자— 인류의 운명을 쥔 자.

수 미터 상공에서 멈춘 하지메는 손바닥 크기의 다이아몬 드 같은 보주를 머리 위로 들었다.

그러자 보주가 찬란히 빛을 뿜었다. 마치 잃어버린 태양을 대신하는 것처럼…….

병사들이 보는 각도에서는 마치 아이코가 후광을 업은 것 처럼 보일 것이다.

물론 연출이었다. 누가 감독인지는 말하지 않아도 될 것이다.

하지메의 입이 악마처럼 찢어졌다.

그리고…… 그것이 벌어졌다.

검붉은 하늘 일부가 순간 번쩍이는가 싶더니 거대한 빛의 구슬이 【신산】에 낙하했다.

귀가 찢어질 듯한 굉음과 섬광이 터지고 비유 없이 세상에 격진이 일었다.

공기가 압축되어 눈에 보일 정도가 된 충격파가 해일처럼 밀려왔다.

그것이 연합군을 집어삼키기 직전, 왕도에서 이설한 『대결계』가 전개돼 아슬아슬하게 자멸의 위기는 면했다. 그러나 하지메가 개량해 훨씬 강인해졌는데도 불구하고 결계는 삐걱댔다. 그리고 땅으로 전해지는 진동까지 막지는 못해서 넘어지는 자가 속출했다.

정신없이 어지러운 상황에서 병사들이 가까스로 눈을 뜨고 앞을 보자―.

"……말도 안 돼, 신산이 뚫렸어……."

그 말대로 【신산】 일부가 도려낸 것처럼 소멸해 있었다. 산을 검게 물들이던 수십만 마물과 함께.

그러나 그 충격적인 광경은 한 번으로 끝나지 않았다.

하늘이 번쩍였다. 그리고 잇달아 불타는 거대한 구체가 【신산】으로 쏟아져, 고도 8천 미터의 산을 마치 모래 산에서 깃대 쓰러뜨리기를 하는 것처럼 깎아 내렸다.

그야말로 하늘에서 쏟아지는 재앙이었다.

―중력 제어식 미티어 임팩트.

미사일이 아니었다. 그저 하늘에서 금속 덩어리를 투하할 뿐.

다만, 수 톤에 이르는 대질량 및 초고밀도 금속이 자유 낙하하면 그 충격량은 상상을 초월한다. 어지간한 폭탄이 장난감처럼 보일 파멸적인 파괴력이다.

그것을 중력 마법으로 궤도를 수정해 정확한 위치에 수백 발 단위로 내리꽂는다.

세계 최고봉을 자랑하는 영산(靈山)이 허망하게 붕괴하는 모습은 현실감 없는 악몽 같았다.

마물 폭우? 사도 호우?

좋다. 그렇다면 빗발치는 운석으로 응수하겠다.

바로 이것이 하지메의 첫 공격.

—개전 직후 『신산 파괴』.

어디서 올지 가르쳐주지 않았는가. 그럼 우선 무대를 박살 낸다. 상대를 비꼬기 위한 강렬하기 그지없는 첫수였다.

시간은 불과 30초 정도. 인위적으로 일어난 천재지변이 끝을 맞이하고 거대한 모래폭풍처럼 먼지가 몰려오는 가운데, 병사들은…….

"""""""""""……."""""""""""""

떨었다. 공포가 아니었다. 환희다. 그리고 가슴 안에서 한 번 더 용솟음친 투지 때문이었다.

곧 마물과 함께【신산】을 없앤 굉음에도 지지 않는, 몰려오는 강렬한 모래폭풍조차 밀어낼 것 같은 함성이 퍼졌다.

"""""""""""와아아아아아아아아아아아아!!"""""""""""""

신화와 같은 광경 앞에서 아랫배로부터 북받치는 마음을 쏟아냈다.

"""""""""""아이코 님 만세! 여신님 만세!!"""""""""""""

이미 혼의 열기는 최고조에 달했다.

그에 반해 천공의 사도들은 붕괴한 영봉을 보고 멈춰 있었다. 제아무리 사도라도 놀라지 않고는 배길 수 없었나 보다. 그런 사도들에게 연이어 적의가 쏟아진다. 보주가 다시 빛났다.

"이 정도로 끝낼 리 없잖아? 이카로스처럼 날개를 잃고 추락해라, 꼭두각시들아."

먼 천공에서 대기를 찢고 연합군과 【신산】 사이 평원에 멸망의 빛기둥이 세워졌다.

—태양광 집속 레이저 바루스 히페리온.

그 수는 총 일곱 기.

바벨탑처럼 천지를 잇는 일곱 개 빛의 기둥은 범위 안에 있던 사도를 모조리 삼켜 버렸다.

허를 찔려 소멸한 사도는 차마 셀 수 없을 지경이었다.

퍼뜩 은색 날개를 펼쳐 분해 능력으로 방어한 사도도 물론 많았다.

하지만 의미는 없었다.

열량, 집속률 모두 전과는 비교가 안 되게 진화했기 때문이었다. 그 압도적인 위력은 사도의 강인한 육체도 숯덩이로 바꿀 정도였다.

빛이 사라진 뒤, 사선 밖에 있던 사도와 지금 【신문】에서 나온 사도는 무시무시한 파괴력 때문에 행동 방침을 수정하느라 여념이 없었다.

위험도를 재설정. 결론, 간과할 수 없음.

공중을 차듯 몸을 돌려 천공의 섬멸 병기를 파괴하고자 비상했다.

"한 방 더 먹고 싶나 보지? 좋지, 배 터지게 먹어라. 정말로 온몸이 터져 버릴 정도로."

바루스 히페리온에 탑재한 『원투석』으로 상승하는 사도들을 본 하지메는 악마처럼 웃었다. 보주가 호응해 빛났다.

그러자 모든 바루스 히페리온의 일부가 십여 개로 분리됐다. 붉은색 보석이 들어간 30센티미터 크기의 이등변삼각형 모양의 물체였다.

땅으로 흩뿌려지는 그것을 스쳐가며 사도들은 의아한 눈빛을 보냈지만, 지금은 목표를 분해 포격 사거리에 넣는 것이 우선이라서 일단 무시했다.

병기 본체만 부수면 충분하다는 판단은 나쁘지 않았다.

하지만 이때만큼은 조금 더 경계했어야 했다.

바루스 히페리온이 2차 조사(照射)를 감행했다.

대지로 떨어지는 빛을 배럴 롤처럼 피하고 마침내 사거리에 들어왔다. 은색 마력을 모아 분해 포격으로 하늘에 위치한 일곱 병기를 파괴한다. 하지만 그 전에—.

"윽?! 이건—."

경악하는 소리가 흘러나온 것은 섬광에 뚫려 가슴에 커다란 구멍이 났기 때문이었다. 시야 한쪽에서는 옆에 있던 사도의 머리가 빛에 녹아 소멸했다.

바로 뒤에서 날아온 레이저에 의해······.

1차 조사에서 살아남은 사도들은 그제야 눈을 크게 떴다.

"방금 그건, 소형 아티팩트인가요?!"

어느샌가 조금 전 분리했던 병기 일부에 포위당해 있었다.

—바루스 히페리온 전용 다각 공격기 미러 비트.

모선인 바루스 히페리온의 레이저를 공간 왜곡으로 비틀어

다각도로 적을 격멸하는 부속 기체였다.

그 능력의 무서움은 곧 증명됐다.

바루스 히페리온의 3차 조사. 단, 이번에는 산탄처럼 버티는 난사로 발사되었다.

사도가 특유의 비행력으로 회피를 시도했으나…….

"대피할 수—."

없었다. 무수한 미러 비트가 만들어 내는 레이저 우리 때문에.

공중에서 불규칙하게 꺾이고, 나아간 곳에서 또다시 꺾이고, 레이저끼리 충돌해 또 다른 방향으로 튀고……. 예측은 불가능했다. 공간 전체가 레이저로 뒤덮였다. 다각도로, 입체적으로 날아드는 죽음의 그물망에서 피할 곳 따위 존재하지 않았다.

그야말로 태양에 다가오는 불경한 자를 땅으로 떨어뜨리기 위한 킬존이었다.

그토록 위협적이던 사도가 마치 살충제에 맞은 날벌레처럼 떨어지는 광경은 실로 압권이었다.

"반드르 슈네, 아니, 오스카 오르크스인가? 누구든 간에 좋은 아이디어였어."

미러 비트의 아이디어는【빙설 동굴】에서 받은 레이저 시련에서 따왔다.

하지메는 해방자 두 명에게 감사하고 웃으면서 보주를 조작했다.

"마지막은 화려하게 갈까."

『원투석』에 비치는, 기분 탓인지 증오로 표정이 일그러진 것 같은 사도들에게 마지막 선물을 보냈다.

물량 공세로 레이저 우리를 돌파하기 시작한 사도들 정중앙으로, 아침 이슬이 이파리에서 떨어지는 것처럼 바루스 히페리온에서 빛나는 보주 일곱 개가 투하됐다.

"싹 다 사라져."

그 순간, 검붉은 천공에 태양 일곱 개가 출현했다.

―집속 태양광 폭탄 로제 헬리오스.

정체는 임계점까지 태양광을 집속해 품은 특수 보물고였다. 레이저를 쏘기 위해 내장한 것과는 별개로, 안에 모은 태양광 에너지를 자멸과 함께 해방하는 대규모 열량 폭탄이라 할 수 있겠다.

한 기당 하나밖에 탑재하지 못하는 비장의 수단이지만 위력 하나는 대단했다.

태양 플레어 같은 대폭발은 이미 전략 병기 수준이었다.

검붉은 세계가 일시적으로 대낮처럼 밝아졌다.

그리고 엄청난 위력의 충격파와 열파가 퍼졌다.

바루스 히페리온의 파괴를 목표로 하던 사도들은 흔적도 남김없이 소멸했고, 뒤따르던 사도들과 지금 막 출현한 사도들까지 모조리 나뭇잎처럼 날려 버렸다.

그것도 모자라 요새로 몰려들던 모래폭풍도 단번에 쓸려나갔다. 『대결계』가 없었으면 여파만으로 연합군이 붕괴했을 것이다.

"우와아, 어마무시하네요~."

"하지메가 총력을 기울이면 지형도 바뀌는구나……."

"……지구로 비유하면 에베레스트가 소멸하고 핵을 난발한 셈이겠어. 싸움이 끝나면 말리는 데 총력을 쏟아야겠어."

"……시즈시즈는 어디로 가든 고생이네. 나도 가능한 한 협력은 할게. 지구의 울음소리가 들릴 거 같으니까."

"토터스는 이미 울고 있겠지……. 나는 신역에 가면 신속하게 코우키부터 때려눕혀야겠다. 내가 먼저 싸우지 않으면 나구모랑 붙다가 먼지도 안 남을라."

신역에 돌입할 멤버가 각자 감상을 밝혔다. 모두 먼 하늘을 보며 헛웃음을 흘리고 있었다.

하지메가 선제공격할 예정이란 것은 알고 있었고『미티어 임팩트』와『태양광 집속 레이저』가 사용되리란 것도 알았지만, 설마 8천 미터급 산이 소멸하고 일시적으로 인공 태양이 출현할 줄은 생각지도 못했다.

게다가 그들 뒤에서는―.

"어떤가, 할바마마! 저 사람이 내 반려가 될 사람이야! 대단하지 않나!"

"…………아, 응. 그러게. 대단하네."

티오가 자랑스럽게 가슴을 폈고 아둘의 위엄이 행방불명됐다. 다른 용인들도 상황은 거기서 거기였다. 리스타스는 놀라서 아예 주저앉아 버렸다.

학생들은 모두 흰자위만 드러냈고 연합군 전체가 아연실색

했다. 다만, 토끼 귀 집단만 예외로 미친 듯이 흥분해서 축제 판을 벌이고 있었다.

"햣하!! 역시 보스야! 말도 안 되는 짓을 태연하게 해 버려!"

"보스~! 안아줘요오오오! 나 못 참겠어!"

"붉은 섬광의 윤무곡론도! 만세!!"

"흰 조아의 광표! 히이이하아아!!"

"아니지, 잠깐! 지금까지 쓰던 이명으로는 부족해! 뭔가, 보스에게 더 어울리는 죽이는 이명이 필요할 때다!"

"종언을 초래하는 백야의 마왕은 어때!"

"붉은색은 빼면 안 되지! 진홍황천(眞紅煌天)의 극파신(極破神)이다!"

싸움이 끝난 후에는 하지메의 이명이 뒤죽박죽되어 있을 듯했다.

그렇게 함성이 울리는 가운데 조금 당황한 듯한, 하지만 힘찬 목소리로 아이코가 소리쳤다.

『이, 이것이, 내 검의 힘! 승리는 우리와 함께한다!』

""""""""""승리! 승리! 승리!""""""""""

메마른 웃음을 흘리던 가할드가 간신히 마음을 바로잡고 지휘에 나섰다.

아티팩트로 확성할 필요도 없지 싶은 우렁찬 소리가 울려 퍼졌다.

"전원 무기를 들어라! 목표는 상공! 여신의 검에게만 무공을 빼앗길 셈이냐! 여신의 말대로 우리 모두가 용사다! 최후의 한순간까지 싸워라! 적을 모조리 격멸해라! 우리 『인간』의 힘을 증명하는 거다!"

"""""""""""오오오오오오오오오오오오오오오!!"""""""""""

장렬한 함성이 일어났다. 동시에 병사들이 저마다 역할에 따라 지급된 중화기로 하늘을 겨눴다.

사기는 최고조였다. 눈동자는 의지로 빛났고 그 누구도 공포에 떨지 않았다. 그 떨림은 이미 흥분이 대신했다.

하늘에서는 새롭게 출현한 사도가 태세를 재정비하려 하고 있었다.

알브가 말한 대로 사도의 수는 무한이라고 생각하는 편이 나을 것이다.

그렇다면 여기서부터는 정말로 인류와 신의 수하의 전쟁이다.

"선생님, 훌륭한 연설이었어. 역시 풍작의 여신이야."

"나구모…… 저는 이제 뭐라고 말해야 좋을지 모르겠어요."

돌아온 하지메가 큰 배역을 완벽하게 소화한 아이코에게 찬사를 보냈다.

하지만 그 연설을 생각한 사람은 하지메였다. 기막혀해야 할지 감탄해야 할지, 아이코는 이마에 손을 대고 고민했다.

그런 아이코에게 하지메는 바루스 히페리온을 조작하기 위한 보주를 건넸다.

폭탄을 받는 것처럼 아이코가 조심조심 그것을 받아들었다.

"태양광을 흡수하는 건 여신에게 어울리지. 부숴도 되니까 사양하지 말고 팍팍 써."

"네……. 나구모, 무사히 돌아와요."

각오를 다진 강인한 눈이었다.

하지메는 만족스럽게 고개를 끄덕이고 카오리에게 눈을 돌렸다.

"얼굴은 사도지만 머리색 하나로 카오리로 보여. 음, 역시 카오리는 흑발이 어울려."

"에헤헤, 그래? 그럼 빨리 끝내고 원래 몸으로 돌아가야겠네?"

하지메의 말대로 지금 카오리는 노인트의 몸이면서 은발이 아닌 흑발이었다. 사도와 분간이 되도록 하지메가 변장용 아티팩트를 준비한 결과였다.

마력도 임의의 색으로 변하므로 지금 카오리는 흑발에 검은 옷, 그리고 은흑색 날개를 가진 흡사 타천사 같은 모습이었다.

『마왕을 섬기는 사도』에는 어울리는 모습일지 모르지만…….

"뒷일은 맡기고 갈게."

"응. 여긴 괜찮아. 하지메가 돌아올 곳은 내가 지킬게. 뮤한테도 손대지 못하게 할 테니까…… 유에를 부탁할게."

"그래. 기대하고 있어. 돌아오면 유에랑 같이 놀려줄 테니까."

"하지메까지 심술이야!"

농담으로 얼버무리는 하지메에게 카오리는 볼을 부풀렸으나…… 그 눈은 어느 때보다도 상냥했다.

그것은 하지메도 마찬가지였다. 서로에 대한 두 사람의 믿음이 얼마나 깊은지 잘 느껴졌다.

하지메 뒤로 시아, 티오, 시즈쿠, 스즈, 류타로가 걸어왔다.

카오리와 시즈쿠가 묘하게 백합스러운 분위기를 풍기며 끌어안는 옆에서 하지메는 『염화』를 발동했다.

"공주님. 대 사도용 아티팩트, 잘 써."

『맡겨주세요. 기대에 부응하는 게 왕녀니까요. 그리고 무사히 완수하면 「릴리」라고 불러주셔야 해요? 하지메 씨, 건투를 빌어요.』

　이런 때에도 자기주장은 확실한 릴리아나를 유쾌하게 생각하며 이번에는 캄에게 통신을 연결했다.

"캄. 이제 와서 긴말은 필요 없겠지. ……다 죽여 버려."

『크크크, 멋진 명령, 감사합니다. 반드시 뜻대로 수행하겠습니다. 하우리아 일동은 보스의 멸신을 기대하고 있습니다.』

　괴상한 포즈를 잡으며 흉악하게 웃는 광란 토끼들의 모습이 눈에 선했다.

"소노베, 그리고 다른 애들도. 이제 곧 이 세계와도 작별이야. 마지막 스페셜 이벤트를 마음껏 즐겨."

『즐기긴 뭘 즐겨! 나구모 이 바보야…… 꼭, 무사히 돌아와.』

"그래. 그리고 엔도."

『뭐, 뭐야?』

"카오리가 에이스라면 너는 조커야. 쫄지 마. 그러지만 않으면 너한테 이길 녀석은 거의 없어."

『……네가 그렇게 말하면 열심히 해 봐야지. 그래, 해치워줄게!』

　통신 너머로 긴장은 했지만 기백 넘치는 아이들의 목소리가 들렸다. 하지메의 격려는 본인이 생각하는 것보다 훨씬 그들의 힘이 되었다.

고개를 끄덕인 하지메는 통신 너머로 가할드와 알프레릭도 귀를 기울인 것을 느끼고 정말로 가볍게 한마디를 덧붙였다.

"그럼 잠깐 가서 신을 죽이고 올게."

그런 말인데도 신기하게 힘을 느꼈다. 무조건 성공한다고 믿어 버린다.

모두 자연스럽게 얼굴을 펴고 웃고 있었다.

배웅하는 말은 마음속으로만. 그러나 마음은 하나였다.

그 직후, 하지메 일행은 동시에 날아올랐다.

이동 수단은 스카이 보드였다. 고도 8천 미터 상공으로 가려면 『공력』으로 뛰는 것보다 이게 훨씬 빨랐다.

여섯 색 마력광으로 여섯 줄기 꼬리를 그리며 하늘로 오르는 그들을 보고 연합군이 환성을 질렀다. 『『여신의 검』이 출격한다』, 「인류의 희망이다! 부탁한다!」라며 목이 터지라 소리치는 응원과 함께 하늘을 날았다.

그곳으로 사도 한 무리가 출현해 진로를 막아섰다. 함부로 돌진해 오지 않고 상황을 살피며 싸우려는 생각이 뻔히 보였다.

하지메의 입꼬리가 올라갔다. 눈동자에는 흉악한 빛이 깃들었다.

"핫, 완전히 겁먹었군. 그렇게 움츠러들어서 날 막을 수 있을 줄 알아?!"

이미 진로상에는 사도 스무 명이 모여 쌍대검을 들고 은빛 날개를 펼쳤는데도 하지메는 전혀 속도를 늦추지 않고 오히려 가속했다.

동시에 허공에 특대형 아티팩트를 소환했다.

"바람구멍을 뚫어주마!"

그건 진홍색 폭거였다.

거대한 섬광이 잇달아 터지더니 쌍대검과 분해 능력을 가진 은빛 날개의 방어를 정면에서 관통했다. 사도의 가공할 방어력이 단번에 뚫려 버렸다.

키이이이잉! 독특한 고음을 내며 고속 회전하는 여섯 개의 총신— 아니, 포신.

두꺼운 섬광을 쏘는 그것은…….

—전자 가속식 개틀링 파일 벙커.

통상적인 파일 벙커보다 장전하는 말뚝은 훨씬 작지만 총알에 비하면 파격적으로 거대했다. 사거리는 짧아도 전자 가속으로 발사하는 초중량 검은 말뚝의 파괴력은 사도의 몸으로 증명됐다.

사도라도 이미 하지메의 앞을 막아서기란 불가능했다.

지혜를 짜지 않고, 수련을 쌓지 않고, 확고한 의지도 각오도 없는 인형이 이 진격을 어찌 막을쏘냐!

그렇다면 좌우에서 협공하겠다는 것처럼 사도들이 잔상을 끌며 우회했다.

"하지메 씨에게만 맡길 순 없죠!"

"우리도 가자꾸나! 좌우는 내게 맡겨라!"

시아와 티오가 전투태세로 돌입했다. 하지만 두 사람에게 대검을 치켜든 두 사도는 아래쪽에서 날아든 섬광에 머리가 관통되어 빙글빙글 땅으로 추락했다.

"에엥?"

"뭐, 뭐냐?"

시아와 티오는 목표를 잃고 얼떨떨해했다. 다른 일행도 눈으로 섬광의 사선을 거슬러 내려갔다. 이미 고도 5천 미터에 도달해서 신체 강화에 특화한 시아와 『멀리 보기』를 가진 하지메 말고는 알 수 없었지만 그 두 명에게는 확실히 보였다.

요새 옥상에 고정한 무식하게 거대하고 긴 대물 저격총을 잡은 채 엄지를 드는 『필멸의 발트펠드』, 팔(10세)을…….

그리고 그를 포함한 하우리아 저격 부대가 지급받은 『전자 가속식 초장거리 대물 저격총』을 조준하고 광전사처럼 위험한 표정을 짓고 있는 모습을…….

원래 석궁으로도 초정밀 사격을 하던 녀석들이었다. 『멀리 보기』와 『예측』이 부여된 스코프와 『순광』이 붙은 고글이 있으면 5천 미터 저격도 가능했다.

솔직히 하지메도 조금 믿어지지 않았지만, 왠지 모르게 엄지에 담긴 발트펠드의 생각이 전해졌다.

『보스! 누님! 저희가 길을 열겠습니다!』

대충 그런 느낌이다. 그것을 증명하는 것처럼 협공을 시도하던 사도들이 절묘한 타이밍에 아래에서 날아든 섬광에 차례대로 격추됐다.

사도가 경계하면서부터는 한 방에 죽지 않게 됐지만 하지메 일행에게 다가가지 못하도록 막는 저격은 더없이 좋은 견제였다.

"우리 일족이 점점 초인이 돼 가요오……."

"이제 시아만 특별하다고는 못 하겠구먼."

"하지메랑 관련되면 다들 인간에서 멀어지네……."

"저, 저기, 시즈시즈. 나는 아직 인간이지? 맞지?"

"나는 이미 늦었을지도 몰라."

그런 농담을 주고받을 여유가 생긴 것도 하우리아 저격 부대에 이어 다른 엄호가 개시됐기 때문이었다.

아마도 릴리아나의 지시였다. 요새 대공 병기에서 미사일이 난사되어 폭풍과 충격으로 사도 집결을 철저하게 방해했다.

물론 그것을 빠져나가는 개체도 있었다.

하지만 그 정도라면 지금의 일행에게는 아무 위협이 되지 못한다.

해치우지 않고 떨어뜨려 놓는다. 상대하지 않고 무조건 앞으로!

"돌파했어! 인형들을 막아!"

드디어 나락 같은 공간의 틈새―【신문】에 도달했다.

하지메는 개틀링 파일 벙커를 넣는 대신 『저급 크리스털 키』를 꺼냈다. 전과는 달리 크리스털의 투명한 빛은 있어도 단검 형태였다. 그것을 역수로 잡고 몸 전체를 날리며 쭉 뻗었다.

"쳇, 생김새는 변해도 역시 성능은 똑같아."

진홍색 마력이 파문을 일으켰다. 흘러넘친 독기가 무산되고 거뭇거뭇한 경계가 미미하게 물결쳤다.

저급 크리스털 키의 영향일까? 일정 범위의 독기 분출이 멈추고 사도도 출현하지 않았다.

물론 【신문】은 거대해 범위 밖에서는 지금도 사도가 튀어나오고 있었다.

"못 지나가요!"

"하지메를 방해하지 마!"

"스즈, 류타로! 아래쪽을 부탁하마!"

"오케이—『성절』!"

"여기서 다 써 버리자고!"

빌레 드뤼켄이 연사 모드로 작렬 슬러그 탄막을 펼치고 시즈쿠의 흑도가 은빛 깃털 난사를 자신에게 끌어들여 막으며, 티오가 브레스로 사도들을 휩쓸었다.

스즈가 쌍철선을 흔들어 『성절』로 하지메를 구형으로 감싸고 아래쪽으로 몇 십 장이나 겹친 장벽을 쳤다.

그것을 돌파한 사도는 류타로가 샷건으로 쏴서 저지했다. 하지메가 이때를 위해 지급한 무기였다.

『엄호할게요!』

아이코의 『염화』가 들림과 동시에 미러 비트가 날아들었다. 태양광 집속 레이저를 그물처럼 펼쳐 사도의 돌격을 막았다.

"이번에야말로, 지나가겠어!"

선명한 진홍색 빛이 회오리쳤다. 『한계 돌파』의 막대한 마력이 크리스털 단검을 물들였다.

진홍과 칠흑. 쌍방이 격하게 물결치며 서로를 밀어냈다.

사도도 필사적이었다. 지금 지상에서는 【신문】 아래쪽으로 거대한 은색 고치가 만들어진 것처럼 보였다.

그만큼 몰려드는 사도를 상대로 시아와 동료들은 잘 버텨주고 있었다. 하지만 이대로 가면 1분도 버티지 못하고 단순한 물량에 잡아먹히고 말 것이다.

"우오오오오오오오오오오오오오오오오!!"

터질 듯한 기합 소리가 울렸다.

하지메의 마력이 상승하여 단검은 더 깊이 파고들었다.

검은 경계가 격렬하게 울렁거리고 조그만 금이 생겼지만 아직 문은 열리지 않았다.

레이저에 몸 절반이 소멸하고도 방어선을 돌파한 사도의 은빛 깃털이 마침내 하지메에게 닿았다.

볼이 찢어지고 팔다리가 꿰뚫렸다.

동료들도 압도적인 물량 공격과 한정된 전투 범위 때문에 상처가 늘어갔다.

단검이 비명을 질렀다. 한계를 보이며 쩌적 갈라지기 시작했다.

역시 돌파할 수 없는가? 신의 힘에는 미치지 못하는가……?

보통이라면 그런 생각이 들만도 하건만 그렇게 현실을 받아들일 줄 알았으면 이들은 애초에 이곳에 있지도 않았다.

그래서 소리쳤다. 상처를 입으면서도, 사면초가에 빠져서도……

"할 수 있어요! 하지메 씨라면!"

"나도 믿는다, 주인님!"

"괜찮아! 너를 막을 수 있는 건 아무것도 없어!"

"힘내! 나구모!"

"나구모! 박살내버려!"

그들이 외치는 소리에 하지메는―.

"당연하지. 날 방해하는 놈은 전부, 부숴 버리겠어어어어!!"

품에서 꺼낸 두 번째 무기. 밀레디에게 받은 『저급 계월의 화살』.

그것을 다른 손에 쥐고 혼신의 마력을 담아 단검이 만든 균열에 찔러 넣었다.

쩍, 하는 소리가 들렸다.

단검에서 난 소리가 아니었다. 검은 경계에서 난 소리였다.

지금까지 하던 저항이 무색하게 단검과 화살이 뿌리까지 묻혔다.

【신문】이 고통에 몸부림치듯이 격렬하게 물결치고…….

―유에!

하지메는 그 간절함을 실어 단검을 비틀었다.

문이 열린다. 【신역】으로, 유에에게로 가는 문이…….

공간이 뒤틀리고 빛나는 타원형이 출현함과 동시에 단검과 화살이 깨졌다. 그 파편이 반짝이는 마력 잔재를 뿌리며 날리는 중심에서, 하지메는 사냥개가 사냥감을 포착한 것처럼 사나운 웃음을 짓고 부르짖었다.

"야! 가자!"

"네!"

"가자꾸나!"

"알겠어!"

"응!"

"좋았어!"

시아가, 티오가, 시즈쿠가, 스즈가, 류타로가 기염만장의 기백으로 답했다.

그리고 검은 경계 안에 만들어진 진홍색 빛 속으로 하지메 일행은 다 함께 뛰어들었다.

신기하게도 뒤쫓는 사도는 없었다.

어딘지 모르게 증오가 묻어난 표정으로 닫혀가는 게이트를 바라보다가 곧 지상으로 눈길을 돌렸다.

사도로 이루어진 은색 고치가 흩어져 갔다.

그곳에 하지메 일행은 없었고 게이트가 관측됐다.

【신역】 돌입 작전— 성공.

연합군의 대환성이 하늘을 찔렀다.

그 희망에 찬 사람들을 짓밟고자 사도들이 일사불란하게 급강하를 개시했다.

이 순간, 인류의 존망을 건 진정한 대결전의 막이 올랐다.

끝없이 펼쳐진 바다 위.

햇빛을 반사해 보석처럼 빛나는 푸른 세계에 덩그러니 섬이 떠 있었다.

주위 수백 킬로미터에 암초 하나 존재하지 않는 그곳은 세상 어느 곳보다 외딴섬이라는 말이 어울렸다.

그 외딴섬의 남쪽. 깎아지른 절벽 끝에 한 여성이 서 있었다.

어깨까지 오는 쪽빛 머리와 같은 색 옷을 입었고 귀부인 같은 기품이 흐르는 초로의 인물이었다.

여성은 먼 남쪽을 우두커니 바라보았다. 가슴 앞에 양손을 맞잡고 기도하는 것처럼.

"……공주님."

벤리 코르테― 대대로 클라루스 일족을 섬긴 가신의 가문. 물과 환상을 다루는 용인이자 티오의 시종이자 유모, 그리고 제2의 어머니이기도 했다.

최근 몇 개월간, 티오가 여행을 떠난 이곳에서 안전을 기원하는 것이 그녀의 일과가 됐다.

전에 없던 심상치 않은 일이 벌어지고 있다.

그렇게 말하고 억지로 조사를 나간 티오의 말을 벤리는 의심하지 않았다.

주인에게 보내는 경애와 딸을 사랑하는 어머니의 믿음이 확신을 줬다.

하지만 바로 그래서 불안을 떨칠 수 없었다.

그러던 때였다.

"벤리 님! 카르투스 님이 감지했소! 공주님의 마력이오! 어서—."

벤리는 전령으로 온 동포의 말을 끝까지 듣지 않았다.

무의식중에 『용화』해 이미 날아올랐기 때문이었다.

바다와 동화된 쪽빛 용린이 햇빛을 받고 반짝였다. 벤리는 무작정 남쪽으로 날았다. 눈을 크게 뜨고 푸른 하늘에 뜬 검은 점을 찾았다.

얼마나 그렇게 날았을까? 이미 외딴섬에서는 100킬로미터 가까이 떨어졌다.

이제 와서 천직 『감시자』를 가진 카르투스의 감지 범위가 얼마나 넓은지 떠올리고 자신이 성급했다고 후회하기 시작했을 무렵······.

『앗, 공주님?!』

마침내 보였다. 착각할 리 없는 공주님의 칠흑 마력의 기운.

하지만 생각지 않게 당황하고 말았다. 검은 점이 아니었기 때문이었다.

회오리였다. 수평으로 날고 바늘처럼 끝이 뾰족한 칠흑색 회오리.

아직 몇 킬로미터 떨어져 있는데 거리가 급격히 좁아지고 있었다.

누구보다 곁에 있었던 벤리니까 안다. 마을을 나가기 전 티오와는 비교가 되지 않는 압도적인 속도였다. 마을 최속을 자랑하는 바람 속성 특화 남룡 용인조차 지금 티오에게는 미치지 못하리라.

『음? 벤리인가?!』

『예, 예, 공주님! 무사히 돌아오셨군……요?』

불과 몇 개월 떨어졌을 뿐인데 그리움이 사무쳐서 벤리는 그만 울먹였다. 하지만 회오리가 흩어진 순간 그 눈물도 들어가고 말았다.

『고, 공주님, 그 모습은…….』

『심려치 말아라. 형태에 조금 변화를 줬을 뿐이다. 속도를 중시했지.』

말문이 턱 막혔다. 용인족의 『용화』 형태는 태어날 때부터 정해진다. 크기는 나이와 수련을 통해 변하지만 형태 자체가 변하지는 않는다.

하지만 눈앞에는 실제로 기억하는 흑룡보다 훨씬 날렵하고 비늘 하나하나에 유선처럼 아름다운 선이 뻗은 티오가 있었다.

『회포는 나중에 풀자꾸나. 벤리, 미안하지만 조금 마력을 나눠다오. 비행하며 형태 변화를 연습하느라 예상 이상으로 마력을 소비했어…….』

벤리는 정신을 차렸다. 티오의 목소리에 숨길 수 없는 피로가 묻어났다. 허둥지둥 마력 양도 마법을 발동했다.

『고맙구나. 그럼 이제 용화를 풀고 내 등에 타거라.』

『네?! 제가 어떻게 공주님 등에 탈 수 있겠습니까?!』

『에잇, 지금은 말싸움할 시간이 없다! 명령이다! 타라!』

『으으, 시종이 주인의 등에 타다니…… 가문의 조상님들에게 뭐라고 사과를 드려야 할지…….』

『훗, 오히려 시종에게 밟히는 건 포상이지.』

"네? 공주님? 지금 뭐라 하셨습니까? 응? 왜 갑자기 숨이 거칠어지나요……?"

송구스럽게 『용화』를 풀고 티오의 등에 오른 벤리는 뭔가 이상하다고 고개를 갸웃거렸다.

하지만 대답이 돌아오기 전에 바람 결계가 벤리를 감쌌다.

『그럼 출발하마! 벤리에게 밟힌 나의 쾌감을 힘으로 바꿔서!』

"넷?! 공주님?! 지금 이상한 소리를— 아, 너무 빠릅니다아아~!"

다시 칠흑의 회오리가 나타났다. 티오는 바람 결계조차 떨어져 나갈 속도로 날았고, 벤리가 재회의 감동에 잠길 새도 없이 비명이 꼬리를 이었다.

그로부터 약 10분 후—.

"티오 님! 어서 오십시오!"

"무탈하셔서 다행입니다!"

"공주님, 조금 전 모습은 대체……."

"뭣들 하느냐, 길을 열지 않고! 공주님께는 휴식이 필요하다!"

외딴섬 해안 절벽에 온 마을의 용인족이 모여 환희와 당혹감이 섞인 말로 웅성거렸다. 그 중심에는 『용화』를 푼 티오가 있었다.

"다들 마중 나와 줘서 고맙구나! 지금 돌아왔다!"

티오는 기쁘게 말을 나눴지만 척 보기에도 피로한 상태였다. 벤리가 티오를 부축했다.

"공주님, 바로 침소를 준비하겠습니다. 우선 저택에서 쉬고 계십시오."

벤리가 공손하게 티오를 데리고 가려는데 티오는 고개를 저어 거절했다.

"아니다, 그럴 필요 없다. 바로 보고해야 할 일이 있어. 벤리, 할바마마는……."

"여기 있다."

사람들의 소음을 갈라 버리고 주황색 머리 위장부가 모습을 드러냈다. 티오의 할아버지이자 용인족의 족장— 아둘 클라루스였다.

나라는 잃었어도 그가 용인족의 왕이라는 사실에는 변함이 없었다. 그래서 티오의 귀환을 기뻐하는 목소리도, 피로를 걱정하는 목소리도 하나같이 흩어져 정적이 찾아왔다.

그 속에서 티오는 살짝 휘청거리면서도 벤리에게서 떨어져 허리를 꼿꼿이 펴고 아둘 앞에 섰다.

그 눈동자에 깃든 빛을 본 아둘은 자기도 모르게 숨을 죽였다.

"할바마마, 아니, 족장님."

"티오……."

할아버지와 손녀가 마주 서고 마주 보았다. 이유 모를 엄숙한 분위기에 당황하면서도 용인들은 귀를 기울였다.

파도 소리와 바닷바람이 잡초를 훑는 소리가 귀를 간지럽히는 가운데, 티오는 단 한마디로 만감이 담긴 보고를 입에 담았다.

"—『때가 왔다』."

"……!"

아둘의 눈이 크게 벌어졌다. 불경한 줄 알면서도 사람들이 다시 웅성거렸다.

아둘은 깊이 숨을 들이마시고 세로로 찢어진 용안으로 티오를 응시했다.

할아버지가 아니라 용인족의 운명을 짊어진 족장의 눈으로…….

똑바로 마주 보는 눈동자는 역시 기억보다 훨씬 강인하고 비장했다.

'이 변화를 보고 신의 수하에게 안 좋은 영향이라도 받았나 했지만…… 아무래도 『성장』인가 보군.'

자연스럽게 아둘의 입꼬리가 올라갔다.

"다들 들었는가? 광장으로 모여라. 티오가 우리의 미래를 결정할 소식을 들고 왔다!"

쩌렁쩌렁한 호령이 웅성대던 용인족의 정신을 되돌려 놓았다.

그리고 그 의미를 이해하자마자 터질 듯한 감정을 꾹 참으며 광장으로 이동했다.

"티오, 우선 뭐라도 먹어라. 둔해진 머리로 보고할 일이 아니지 않느냐?"

"그렇지. 보고할 게 많아. 정말로 많아……."

이제야 할아버지와 손녀의 얼굴로 돌아왔다.

가까이 다가간 아둘은 티오의 어깨에 손을 얹고 자애로운 표정을 보였다.

"좋은 만남이 있었나 보구나? 네 어미와 쏙 빼닮았어."

"으…… 할바마마는 여전히 날카롭구면."

"고, 공주님? 설마 아니라고 생각하지만……."

홍조 띤 얼굴을 소매로 가리는 티오를 보고 아둘은 웃었고 벤리는 날벼락을 맞은 것처럼 굳었다.

신의 앞잡이는 아니지만 그 좋은 만남에서 안 좋은 영향을 받아 『성장』이 아닌 『각성』해 버린 줄은 꿈에도 모르고…….

그로부터 약 15분 후.

티오가 가볍게 식사를 하는 동안 마을 중앙 광장에는 모든 용인족— 남녀노소를 합쳐 대략 300명이 모였다.

대륙 조사에서 돌아온 공주님의 중대 보고라고 하여 모두 어수선한 분위기였다.

지금까지 몇 번인가 조사 활동이 있었지만 이런 집회가 열린 적은 처음이라서 사람들의 동요는 더욱 심했다.

"다들 경청해주길 바란다."

푸른 하늘 아래 있는 야외무대, 축제나 경사가 있으면 행사가 열리는 그곳에 티오가 모습을 드러냈다. 양옆에는 아둘과 벤리가 있었고 그대로 조금 거리를 두고 마루에 앉았다.

"세상의 종말이 다가오고 있다."

신이 또 역사의 붕괴와 탄생을 가지고 노는가…… 용인들의
표정에서 의분이 느껴졌다. 자신들이 이 섬에 숨어 살게 된
원인이며 300년 전에도 일어났던 일이었다.

하지만 이번에는 그런 수준의 이야기가 아니었다.

"이번 역사가 끝난다는 뜻이 아니야. 인류 존망의 기로다.
신은 이 세계 자체를 없앨 생각인 게야! 그리고 다른 세계로
눈을 돌렸어!"

동요가 빠르게 확산됐다.

"말만으로 전하기는 어렵겠지. 다들 당황스러울 게야. 그래
서 나는 나와 동료가 경험한 사투를 이곳에서 재현하고자 한
다! 신대 마법으로! 두 눈 크게 뜨고 보아라!"

벤리가 할 말을 잃고 아둘이 심각한 표정을 짓는 앞에서 티
오는 흰 카드를 꺼냈다. 색이 다른 스테이터스 플레이트로도
보이는 카드를 머리 위로 들자—.

"아니…… 이건……."

아둘이 눈을 번쩍 떴다. 다른 이들도 마찬가지였다.

공중에 투영된 광경에 모두 눈길을 빼앗겼다.

시작은 【슈네 설원】 경계부터였다. 아티팩트를 회수할 겸
『과거 재생』으로 기록한 영상에는 사도 500명을 등에 업은
압도적인 병력이 비치고 있었다.

광장 상공이 사도로 뒤덮였다는 착각과 영상을 통해서도
전해지는 강대한 힘 때문에 용인들은 마른침을 삼켰다.

"한때 내가 싸우고 패한 괴물이 이토록 많을 줄이야."

"역시 할바마마가 죽은 줄 알았던 그 싸움은 이 녀석이 상대였구먼."

그 말대로 아둘은 옛날에 사도와 싸운 적이 있었다.

그 싸움에서 전사했다고 생각했지만 그것은 위장이었으며 아둘은 몰래 살아남아 이 은신처를 준비했다.

"티오…… 이 청년은 누구냐?"

"이름은 나구모 하지메. 이세계에서 소환된 자들 중 하나야."

그럼 그가 『용사』인가? 그렇게 중얼거리는 용인들에게 가장 앞줄에 앉은 최고참 용인 카르투스가 고개를 저었다.

"용사는 아니군요……. 세상에, 『연성사』라니……."

"아니, 카르투스 옹! 농담이겠죠?!"

젊은 남색 머리 용인— 리스타스가 놀라서 소리쳤다. 다른 용인들도 같은 기분이었다.

그럴 수밖에 없었다. 절망적인 전력을 앞에 두고 한 발자국도 물러나지 않는 백발 안대의 소년이 설마 전투 계열 천직조차 아니라는 것이 도무지 믿기지 않았다.

"그래, 주인님은 용사가 아니다. 단순한 연성사지. 허나 오르크스 심부보다 더 깊은 나락으로 떨어지고도 자력으로 기어 올라온 걸물이고…… 1대 1 싸움에서 신의 사도를 정면에서 무찌른 실적이 있지. 이른바 이레귤러야."

"사도를 혼자서…… 그래, 그래서 이런 병력을 끌고 왔군. 하하……."

아둘은 무의식중에 메마른 웃음을 흘렸다.

납득은 했으나 여전히 마음은 반신반의였다. 모두 같은 기분이라서 티오의 호칭에 신경을 쓸 여유는 없었다.

벤리를 빼고는……. 티오를 홱 돌아보고 공주님의 진지하고 늠름한 옆얼굴을 응시했다. 드디어 귀에 이상이 생겼나, 하고 의심하는 얼굴이었다.

"옆에 있는 건 옛날 최강의 흡혈귀로 이름 떨친 아레티아 왕녀…… 지금은 유에라는 이름을 쓴다."

"살아 있었나……."

"그래. 나락 아래에 봉인되었던 것을 주인님이 구했지."

"그랬나…… 응? 티오, 지금―."

맞아요, 아둘 님! 공주님이 이상한 호칭을 쓴다니까요! 어서 캐물어주세요! 벤리가 양손을 꽉 쥐고 기대를 걸었다.

"토인족 시아 하우리아는 또 다른 이레귤러라고 불러도 좋을 정도야. 내가 아는 한 이 시대의 아인 중 유일하게 마력을 가진 자이지. 뒤에 있는 갈색 머리 청년이 『용사』지만, 내가 보기에 그 호칭은 시아에게 더 어울려."

"음, 그, 그런가……."

아둘이 고개를 살짝 꼬면서도 티오가 극히 자연스러운 태도로 카오리와 시즈쿠를 자랑스럽게 소개하니 잘못 들은 셈 치고 넘어갔다. 벤리의 얼굴이 「족장님, 실망했습니다」라고 말하고 있었다.

아로이스와 리스타스도 「주인님이 무슨 뜻이지? 별명인

가?」,「이명 아닐까?」라며 의아한 표정으로 수군거렸지만, 역시 물어보지는 못했다. 공주님이 남자를 『주인님』이라고 부를 리가 없으므로 퍼뜩 그 뜻을 이해하지 못했다.

그런 가운데, 그들의 정신을 못 박는 한마디가 들렸다.

—멸종시킬 거다.

모두 등에 얼음을 넣은 것처럼 오싹한 기분이었다.

마음은 이해한다. 동향 사람과 자신을 아버지처럼 따르는 아이가 인질로 잡혔으니까 분노하는 것이 당연했다. 그래도 그 한마디에 담긴 감정은 너무나도 소름 끼쳤다…….

"허억허억, 머, 멋져……."

"공주님?!"

벤리가 기어코 참지 못해 소리쳤다. 공주님이 황홀한 표정으로 헉헉대는 탓이었다.

그 비명 같은 소리에 다른 이들이 깜짝 놀라 티오를 돌아봤지만 이미 얼굴은 『슈퍼 티오 씨 모드』로 돌아와 있었다. 벤리가 바닥을 탕탕 치고 있었다. 왜 모두 공주님의 이상을 깨닫지 못하느냐고…….

하지만 뭔가 말하고 싶어도 영상이 계속해서 충격적인 장면을 보여줘서 도저히 끼어들 수 없었다.

에히트의 강림에는 모두 주먹을 꽉 쥐었고, 하지메의 통곡에는 마음 아파했다.

에히트와 알브의 세계 멸망 선언에는 의분이 치솟고, 그 뒤 티오의 싸움에는 감탄했으며 하지메의 『존재 부정』에는 할 말을 잃었다.

　어느새 벤리 본인도 피 말리는 사투의 세계에 몰입해, 영상 속 티오가 몇 번이나 『주인님』이라고 말해도 조금밖에 신경 쓰이지 않았다.

　마지막으로 하지메 일행의 대화가 비치고 티오가 돌아온 이유를 안 용인들은 누구나 마음을 가다듬듯 심호흡했다.

　"……잘 알았다. 『때가 왔다』라는 말은 사실이었군."

　엄숙하고 만감이 담긴 아둘의 말에도 용인들은 더 동요하지 않았다. 해야 할 일은 명명백백했다. 각오라면 언제든 되어 있었다.

　"동표들이여, 일어나야 할 때는 지금이다! 살아남은 의미를 알릴 때가 마침내 찾아왔다!"

　아둘이 일어서서 티오 옆에 섰다.

　그 어깨에 손은 얹고 얼굴을 마주해 고개를 끄덕였다.

　그리고 기백을 드러낸 용인들에게 왕의 위엄을 실어 명했다.

　"전쟁을 준비하라! 이 전투에 우리의 모든 것을─."

　『하으응, 엄청 큰 게 밀려와! 주인님! 조금만 더! 조금만 더 하면 나, 지금까지 중 최고로 느낄 것 같아아아아아!』

　『오케이, 맡겨줘! 이 쓰레기 잡룡!』

　계속해서 돌아가던 『과거 영상』에서 뭔가 나오기 시작했다.

　모두 흠칫한 표정으로 공중을 봤다.

　네 발로 엎드린 티오가 주인님에게 포상을 받고 있었다.

　철썩철썩 소리가 들렸다. 티오의 크고 매혹적인 엉덩이에

가시가 돋고 흉측하게 생긴 채찍이 잔상을 남기며 쉴 새 없이 직격했다.

그때마다 티오의 표정에 황홀감이 번지고 입에서는 침 섞인 숨결이 흘러나왔다. 콧김은 거칠어지고 눈에는 환희로 눈물까지 고인다……

뒤에서는 머리를 부여잡은 시아와 카오리, 그리고 홍당무가 된 아이코와 유카의 모습도…….

아무래도 긴 거리를 비행하는 티오의 이동 속도를 늘리기 위해 『통각 변환』을 최대 발동하는 의식이 찍힌 것 같았다.

『에라잇, 마지막이다! 제대로 받아, 공전절후의 변태 자식아!』

『감사합니닷!』

마지막은 직접 손바닥으로 티오의 엉덩이를 때렸고 티오는 움찔움찔 경련하며 진심이 담긴 감사를 전했다.

하지메는 자애마저 느껴지는 얼굴로 티오를 안아 일으켰다.

『후우, 이쯤 하면 됐겠지? 티오, 갈 수 있겠어?』

『하으으. 조, 좋았어……. 마음은 이미 세상 끝까지 가 버렸구나…….』

어쩜 저리 행복해 보이고 보기 역한 웃음이 있을까.

"어이쿠. 사생활까지 보여 버렸구먼. 미안하다, 미안해."

이 잡룡님은 마왕성 기록을 찍은 뒤에 개인용 기념 영상까지 찍으셨나 보다. 추태라는 표현이 귀엽게 들리는 어마어마한 충격 영상이 가족 앞에서 흘러나왔는데, 왜 당황하지도 않고 숫기 없는 처녀처럼 부끄러워하는가…….

동포들이 기름을 안 친 양철 인형처럼 목을 끼기긱 돌려 티오를 봤다.

광장이 500년 역사 중 가장 조용해진 순간이었다.

그중에서 용기 있는 젊은이— 리스타스가 무심결에 외쳤다.

"누구냐, 넌!"

불경했다. 동포에게 몰매를 맞아도 할 말이 없다. 굉장히 불경했다.

하지만 아무도 비난하지 않았다. 생각은 다 같으니까.

"고, 공주님! 질문이 있습니다!"

"뭐, 뭔가, 벤리. 자네, 지금 얼굴이 엄청나게 망가졌어."

"저런 징그러운— 크흠, 도취한 얼굴을 한 공주님이 하실 말씀이 아닙니다!"

"자네, 지금 주인인 나를 징그럽다고…… 허억허억."

"헉헉대지 말고 진지하게 들으십시오! 나구모 하지메라고 하셨나요?! 그 남자와는 대체 무슨 관계입니까?! 주인님이란 건 또 무슨 소리고요?! 자, 빨리 이실직고하시죠!"

어릴 적 이후 보지 못했던 『유모 모드』가 된 벤리 앞에서도 티오는 왠지 자랑스럽게 가슴을 폈다.

"훗, 잘 물어보았다! 소개하마! 저분이 바로 나, 티오 클라루스가 몸도 마음도 바치기로 한 유일무이한 주인님이니라!"

니라~! 니라~! 니라~! 마을에 공주님의 목소리가 메아리쳤다.

새들이 모두 포르르 날아올랐다. 못 들어주겠다는 것처럼…….

"마, 말도 안 돼! 공주님! 농담이시겠죠?!"

심녹색 머리와 가장 빠른 용인이라는 칭호를 가진 남룡 용인이자 티오의 유력한 약혼자 후보이기도 한 아로이스가 비명처럼 소리쳤다. 제발 거짓말이라고 해달라고······.

"설마 농담이려고. 아로이스, 그리고 다른 약혼자 후보들도 듣거라. 미안하지만 나는 생애를 바칠 사람을 찾았다. 이해해다오."

"저런 잔악무도한 얼굴로 공주님을 채찍질하는 녀석이 말입니까?! 실성하셨습니까?!"

지당했다. 아무리 생각해도 공주님이 미쳤다고밖에 생각할 수 없었다.

하지만 공주님은 흔들리지 않았다. 뭔가를 떠올리듯 허공을 바라봤다.

"내 약혼 조건은 단 하나. 나보다 강할 것. 하지만 500년 넘게 시간이 지나도 내 흑린에 상처를 준 사람은 없었지. 고통조차 먼 과거가 되어 버렸어."

"그, 그건 분명히 그렇지만—!"

"허나! 주인님은 달랐다! 조종당한 나를 말 그대로 죽도록 패줬지! 손톱 사이! 잇몸! 약한 부분만 귀신같이 공격하더니 비늘을 깨고 내 브레스까지 정면에서 받아 냈어! 날개도 뜯었지!"

티오는 낭랑하게 사랑하는 사람을 노래했지만 아무도 감탄하지 못했다. 공주님의 얼굴이 기분 나빠서······가 아니라, 굉장히 황홀하고, 자기 몸을 끌어안으며 꿈틀꿈틀 기분 나쁘…… 기분 나쁘게 움직이니까!

"끝내는 주인님은 내 엉덩이에, 엉덩이에! 그런 검고 크고 커다란 것을 억지로 쑤셔 넣어 그만하라는 애원도 무시하고 무자비하게 빙글빙글, 푹푹~! 크으으, 지금 떠올려도 좋구면! 그야말로 인생의 갈림길! 새로운 문을 연 최고의 날! 주인님! 사랑한다아아아!"

공주님이 영혼의 외침을 울부짖었다.

그 직후―.

"리, 리스타스으으! 정신 차려어어!"

"안 돼, 숨을 안 쉬어! 쇼크사 직전이야!"

"아로이스? 어이, 아로이스! 제정신으로 돌아와! 나는 공주님이 아니야!"

일단 리스타스 및 남자 절반이 충격에 빠져 기절했고, 아로이스 및 나머지 절반이 이성을 잃고 근처에 있는 사람을 공주님으로 착각하는 이상 사태가 발생했다.

애들은 울고 여자는 절망해 하늘을 우러르고 노인 과반수는 실제로 하늘로 떠날 판국이었다.

아비규환의 지옥이 대전이 시작되기도 전에 펼쳐졌다.

"아둘 님! 공주님이 실성하셨습니다! 혹시 어둠 속성 마법으로 정신을 조종당하시는 것은…… 아둘 님?"

믿을 사람은 친할아버지이자 족장인 아둘뿐이다. 아둘이라면 티오를 정상으로 돌려주리라고 기대했지만―.

"서, 선 채로 기절했어……"

아둘 할아버지는 손녀의 변모를 받아들이지 못하고 우뚝 선 채 흰자위를 드러내고 있었다.

"벤리 님! 이제는 당신밖에!"

"후후, 공주님, 괜찮아요. 제가 곁에 있답니다."

마지막 희망인 벤리가 근처 나무에 대고 말을 걸고 있었다. 눈높이를 보아 어린 티오와 대화하는 꿈이라도 꾸는 듯했다. 요컨대 현실 도피로 기억 퇴행을 일으켰다.

"……자네들 왜 그러나? 내가 반려를 찾았다는데, 축복해줘 도 되지 않느냐……."

""""축복할 수 있겠냐!""""

생존자(?) 여성들이 이구동성으로 고함쳤다.

그 후 카르투스 옹이 간신히 사태를 수습하며 「공주님, 전쟁 준비를 하는 동안 다른 곳에 가 계십시오」라는 공주님에게 차마 못 할 소리를 하고 티오를 광장에서 쫓아냈다.

티오는 「이게 새로운 나다……. 받아들여다오……」라고 중얼 대며 의기소침하게 마을 외곽으로 떠났다.

그 후로 티오는 몰래 마을 바깥을 걸었다.

어릴 적 놀았던 곳, 수련 장소, 달이 잘 보이는 숲 속 비밀 장소, 연회에 쓰기 좋은 해안 절벽 등 추억의 장소를 돌며 감회에 젖었다.

숨어 살기 위한 섬이지만 우울한 기억은 없었다.

동포들을 사랑하고 동포들에게 사랑받는 500년이었다.

그래도―.

"다 옛날 일 같구먼."

그런 생각이 들었다. 그와 함께한 인상적인 날들에 비하면…….

그래서 마을을 떠난 지 몇 개월밖에 지나지 않았는데 이토록 그리운 것이다. 여기서 보낸 500년보다 하지메와 보낸 수개월이 더 길게 느껴졌다.

어느새가 티오는 자연스럽게 서쪽으로 발길을 돌리고 있었다.

나뭇잎 사이로 비치는 햇살을 지나 파도 소리를 들으며 도착한 곳은 묘지였다. 풀이 우거져 어두운 그곳에 묘비 몇 개가 나란히 줄 서 있었다.

사실은 바다가 보이는 양지바른 곳에 묻고 싶었지만 이 섬은 은신처였다.

마을은 마법으로 교묘하게 숨겨도 마을 밖 눈에 띄는 곳에 묘비를 세우면 우연히 발견될 우려가 있었다. 바다로 돌려보내는 방법도 생각해 봤지만 만에 하나 시신이 대륙으로 흘러갈 수 있어서 그러지 못했다.

그래서 묘를 이런 곳에 만들 수밖에 없었다. 그래도 용인족에게 이곳은 신성한 장소였다.

왜냐하면 이곳은 비원을 이루지 못하고 섬에서 죽어 간 이들뿐 아니라 시신 없는 이들의 영혼이 잠든 장소…… 과거 대박해에서 목숨을 잃은 동포들의 혼이 돌아와 잠드는 장소로 생각하기 때문이었다.

"아바마마, 어마마마, 보고하러 왔습니다."

묘지 가장 안쪽, 울타리를 둘러친 그곳에 흰 묘비가 안치되어 있었다. 표면에는 티오의 아버지— 하르가 클라루스와 어머니— 오르나 클라루스의 이름이 새겨져 있었다.

티오는 드문드문 말을 흘렸다.

아이가 부모에게 들어달라고 조르듯 즐겁고 열심히 이번 여행에 관해서, 그리고 자기 마음으로 느낀 바를 풀어놓았다.

그리고 목소리가 조금 갈라졌을 무렵.

"아바마마의 말이 옳았어."

—언젠가 그 존재를 없앨 수 있는 자가 반드시 나타날 것이다

아버지가 마지막으로 남긴 예언이 적중했다고 자랑스럽게 중얼거렸다.

"그 사람과 만날 때까지, 살아남은 것이야."

힘없이 웃으며 볼을 긁적였다.

"처음에는 타산이 있었지. 내 직감이 이 남자에게서 눈을 떼지 말라고 말했어. 연심처럼 달콤한 감정이 아니었지. 더 어두운, 이 마음속 검은 불길을 되살리는 위험한 흥분이 나를 움직인 게야."

티오는 가슴을 부여잡고 복수심을 토로했다.

"불로 보였어. 나와 같은 파괴적인 불을 가진 자. 그가 바로 재앙이 아닌가 싶었지. 재앙에 재앙으로 대항하면 혹시 모른다고 생각했어. 그래도……"

양심의 가책을 느끼는 표정으로 고개 숙였던 티오가 얼굴을 들었다.

그 표정은 숲 속 옹달샘처럼 맑고 부드러웠다. 그리고 금은보화를 간직한 용처럼 욕망 어린 여자의 얼굴이었다.

"두 손 들었어. 한 번 몸을 맡기니 끝없이 받아주더구먼. 내 복수심도 사명도 규칙도 전부 다. 그런데 무작정 지켜주지는 않아. 일방적으로 소원을 들어주지도 않아. 걱정하면서 무기를 만들어 건네주는 게 아닌가? 이거면 해결할 수 있지 않느냐고. 후훗."

떠올리자 자연스럽게 웃음이 나왔다.

악당에게 사로잡힌 공주님을 왕자가 구하는 이야기인데 그 왕자는 「괜찮아. 내가 지켜줄게!」라고 하지 않는다. 「공주용 최강 무기를 가져왔습니다. 이제 괜찮죠? 도와줄게요」라고 한다.

"흔들리지 않는 인간됨에 이끌리고 가차 없이 꾸짖어주는 다정함에 반했어. 내가 반한 사람을 아바마마와 어마마마께 직접 소개하지 못해 무척 안타깝구먼. ……안 그런가, 할바마마."

고개만 꺾어 뒤로 미소 짓자 언제부터 있었는지 아둘이 진지한 분위기로 서 있었다.

"나는 실성하지 않았다. 그냥 조금 새로운 취향에 눈떴을 뿐이지."

"조금…… 그래, 조금이냐?"

옆에 선 아둘의 표정은 무척 복잡했다. 눈 사이 주름을 열심히 손가락으로 주무르고 있었다.

그러나 티오의 이야기 중 절반은, 조금 전부터 뒤에 있던 자신에게 들려준 것이라는 것을 깨달았다.

솔직히 하르가와 오르나에게 무릎 꿇어 사과할까 생각하던 참이었다. 아들 내외가 맡긴 아이. 일족의 보물을 이 꼴로…… 내 책임이다…… 하고…….

하지만 저렇게 돌아보며 행복하게 미소 짓는 것을 보면—.

"받아들일 수밖에 없겠군."

쓸쓸하게 웃으면서도 그렇게 말할 수밖에 없었다.

"그래, 받아들여다오, 할바마마. 아바마마와 어마마마 몫까지 주인님의 소개를 받아다오."

"……그 주인님이란 소리는 어떻게 안 되는 거냐?"

"안 된다! 주인님은 주인님이야!"

"……하르가, 오르나, 미안하다."

"왜 사과를 해?!"

"클라루스의 조상님들, 죄송합니다!"

"그렇게 심각한 일은 아니잖은가?! 할바마마! 그 통탄스러운 표정은 그만둬 주지 않겠나?!"

아둘 할아버지는 양손으로 얼굴을 가렸다. 분명히 마음속으로는 꺼이꺼이 울고 있으리라.

티오는 삐쳤는지 얼굴이 부루퉁했다. 하지만 잠시 후 낙담한 것처럼 고개를 숙였다.

"할바마마…… 나는 지키지 못했어."

아둘은 곁눈으로 손녀를 봤다. 누구를 말하는지는 그 영상을 본 뒤라면 모를 리 없었다.

"내가 왜 『수호자』인지 모르겠구먼. 참으로 한심하지. 강해졌다고 생각했거늘, 아무것도 바뀌지 않았어. 또 아무것도 해주지 못했어."

동포들이 싸워 목숨을 잃고 어머니의 시신을 욕보이고 아버지와 영원히 이별했다.

어린 티오는 아무것도 할 수 없어 벤리의 손에 이끌려 도망치기만 했다.

다음에는 반드시 지키겠다고 맹세하며 족장 이상이라는 말을 듣게 되었는데, 보란 듯이 친구를 빼앗기고 말았다.

"바꿔줄 수만 있으면 그러고 싶구먼."

혼잣말 같은 그 말은 분명히 아둘이기에 들려줄 수 있는 속마음이었다. 손녀가 할아버지 앞에서 부리는 어리광일 것이다.

숲 속이 고요해졌다.

아둘은 고민하는 표정을 보이고 말했다.

"벤리에게 들었다. 티오, 용화한 뒤 형태를 마음대로 바꿀 수 있다는 게 사실이냐?"

"음? 사실이야, 변성 마법의 힘이지."

"영상 속에서는 용화하지 않고 흑린을 자유자재로 다루던 것처럼 보였다."

"승화 마법 영향도 있겠지만, 위기 상황에서 필사적으로 싸웠기 때문일 테지. 내『용화』기능 자체도 더 높은 경지로 오른 듯해. ……할바마마? 왜 그러는가?"

골똘히 고민하는 아둘을 티오가 걱정스럽게 들여다봤다.

꽤 오래 고민하던 아둘은 티오의 표정을 보고는 어깨에서 힘을 뺐다.

"지금이라면 괜찮을지도 모르겠군."

그러면서 따라오라고 눈짓하고 돌아섰다.

"할바마마, 어디로 가는 겐가?"

"영묘로 간다."

티오는 고개를 갸웃했다. 영묘란 초대 클라루스의 혼을 달래는 사당을 말하며 모든 용인족에게 교훈을 주는 곳이었다.

왜 교훈을 주는 곳인가?

그것은 초대 클라루스가 『용인족의 성구』를 만들게 된 원인이기 때문이었다.

아직 용인족이 인간인지 짐승인지 의문시되던 시대.

박해가 빈발하던 당시, 강대한 힘을 가졌으면서도 공존을 주장하고 고결하게 타 종족에 헌신하던 초대 클라루스는 뼈아픈 배신으로 사랑하는 아내를 잃고 기어이 이성을 잃어 짐승으로 전락했다.

미쳐 날뛰던 그는 너무나 강력해 『재앙』이라고 불릴 정도였다. 결국 초대를 해치우고 사태를 종식시킨 자는 그의 아들— 아둘의 할아버지가 이끈 용인들이었다.

용인의 강력함을 두려워해 각국의 박해는 사라졌고 거기서부터 공존을 모색하는 용인들의 긴 고난의 역사가 시작됐다.

평화의 발판은 아둘의 시대에 완성됐고 하르가의 시대에는 타 종족과의 공존이 이루어졌다.

용인의 아이가 반드시 배우는 역사이고 이를 배운 뒤에는 영묘인 초대의 우상 앞에서 성구를 읊는다. 『인간인지 짐승인지, 우리는 결의를 바탕으로 영혼을 내건다』라고. 그리고 마음에 새긴다. 역사와 규칙을…….

하지만 반대로 말하면 그것 말고는 특별할 것이 없었다.

"영묘에 무슨 볼일인가? 전쟁 준비도 슬슬 끝났을 텐데 돌아가는 편이—."

"티오. 초대께서 왜 재앙이라고 불렸다고 생각하느냐?"

질문을 받은 티오는 더욱 모르겠다는 표정이 됐다.

"그건…… 그만큼 강해서 아닌가?"

"그래, 강했다. 너무나도. 나나 하르가 아무리 노력해도 세계의 조류를 바꾸지 못했는데 초대께서 가져온 재앙은 그 흐름을 끊을 정도였다."

"아……."

티오는 무심코 놀란 소리를 냈다.

"용인족이 절반 가까이 희생됐다고 하지."

"잠깐만, 할아바바! 나는 그런 역사는 처음 들었어!"

"당연하지. 알 필요가 없으니까."

얼마나 강했는지 중요하지 않았다. 중요한 점은 초대의 비극에서 용인의 규칙을 배우는 것. 만약 초대의 힘이 그토록 강대했다고 알려지면…….

"왜 그렇게 강하지? 어떻게 하면 그렇게 되지? 그리 생각하는 자가 나오겠지. 지금 네가 그리 생각한 것처럼."

"……할아바바의 눈은 못 속이겠구나."

영묘에 도착해 두 사람은 사당으로 들어갔다. 20미터쯤 들어가자 좁았던 통로가 갑자기 확 넓어졌다. 그 공간 안쪽에는 제단이 덩그러니 있고 초대의 우상도 안치되어 있었다.

아둘은 그 우상을 잡았다. 그러더니 자기 손끝을 찢어 맺힌 피를 우상의 입에 대고 마력을 불어넣었다.

"설마…… 아티팩트였나?"

"그래. 우상은 봉인구다. 여기 담긴 것은 우리 용인이 절대로 잊어서는 안 될 교훈의 대상이지."

우상이 둘로 쪼개졌다.

그 순간, 강렬한 압박감이 불어 닥쳐 티오는 눈을 크게 떴다.

"설마? 이건, 개념 마법의 기운?!"

"역시 그렇게 보이나? 나구모라는 자의 『존재 부정』을 보고 나도 그리 생각했다."

들어 있던 것은 비늘 한 장이었다. 피가 말라붙은 것 같은 색에서 무시무시한 원한이 흘러나오고 있었다.

곁에 있기만 해도 정신을 좀먹는 듯한 끔찍하기 짝이 없는 기운은 분명히 하지메가 창조한 『존재 부정』의 개념과 닮아 있었다.

"초대의 용린이다. 이것만은 무슨 수단을 써도 없애지 못했어. 게다가 여기에 닿는 자는 강제로 용화되고 이성을 빼앗긴 짐승으로 전락한다. ……대신 강대한 힘을 준다고 하지."

초대가 사망한 후, 아직 봉인 방법이 없었던 시대에 홀린 듯이 이것을 만진 사람도 있었다.

클라루스의 핏줄을 이은 자, 혹은 특별히 강한 용인이라면 정신력으로 수십 초 정도는 버틴다고 전해진다. 과거에 매료된 자들도 도중에 정신이 돌아와 스스로 목숨을 끊었기에 제2의 재앙이 되지는 않았지만……

　"클라루스의 피와 마력에만 반응하는 특수한 봉인 방법이 확립된 후로는 이렇게 대대로 교훈의 상징으로 위장해 계승한 거지."

　"……지금 나에게 보여준 건 단순히 교훈을 떠올리게 하기 위함은 아닐 테지?"

　험악한 눈초리로 노려보는 티오에게 아둘은 고개를 끄덕였다.

　"지금 너라면 초대께 이길 수 있을지도 모른다. 그리고 그때, 너는 지금보다 강력한 힘을 얻을 테고……."

　"초대의 슬픈 잔재도 없앨 수 있을지 모른다…… 그런 뜻이구먼?"

　아둘이 다시 고개를 끄덕였다. 왜 그토록 고민했는지 이제 이해가 갔다.

　너무나도 위험하고 실패하면 돌이킬 수 없는 사태를 초래한다.

　그래도 유에를 구하지 못했다고 말했을 때 티오는 너무나도 분해 보였다.

　무엇보다 사랑하는 사람의 연인은 연적이나 마찬가지인데 악감정이 전혀 없었다. 오히려 그녀를 걱정하고 반드시 탈환하겠다고 결의하는 모습은 무척 고결했다.

　그래서 아둘은 결단했다.

마지막 선택을 맡기듯 아둘은 입을 다물고 조용히 티오를 바라봤다.

그런 아둘에게 티오는—.

"홋, 나는 주인님의 잡룡님이야. 매운맛은 포상이지! 덤벼 보아라!"

농담을 하는 와중에도 임전무퇴의 의지를 품고 망설임 없이 용린을 잡았다.

그 순간, 피도 얼어붙을 것 같은 감각과 막대한 힘의 격류가 덮쳐와 티오는 털썩 무릎 꿇었다.

"정신 똑바로 차려라! 휘말릴 셈이냐!"

"으, 익, 으그으으윽, 크하!"

진흙 같은 마력이 꿈틀댔다. 초대의 용린을 가진 티오의 손이 검붉게 변색되어 갔다. 아름다운 황금색 눈동자가 빛을 잃고 탁해진다.

"큭, 역시 안 되는 건가?! 티오, 놓아라!"

고함치지만 티오는 반응이 없었다. 마력이 휘몰아치고 정신을 먹어 치우는 압박감이 영묘 안에서 휘몰아쳤다.

"어쩔 수 없지……. 동료가 재생 마법이란 것을 쓴다고 했지?"

팔을 절단한다. 그렇게 결단하고 아둘은 손칼에 작열하는 불을 둘렀다. 그 순간—.

"기, 기다려다오, 할아바바."

"티오!"

티오가 얼굴을 들었다. 비지땀을 뻘뻘 흘리면서도 대담하게 웃고 있었다.

"초대님이 제법 난폭하구먼……. 미안하지만, 할아바바. 출발을 조금만 미루어 달라고 사람들에게 전해다오. 나는…… 이 통곡하는 초대님을 힘으로 눌러 달랠 테니까! —『금역 해방』!!"

"으윽, 이, 이 정도일 줄이야!"

초대의 마력과 경쟁하며 티오의 밤하늘처럼 어두운 마력이 솟구쳤다.

그 막대한 마력의 충돌은 아둘이라도 범접할 수 없는 수준이었다.

눈을 감고 마치 초대와 대화라도 하는 것처럼, 혹은 싸움이라도 하는 것처럼 집중하는 티오를 보고 아둘은 얼떨떨하게 웃었다.

"이미 나는 한참 뒤처져 있었군……."

격렬한 마력의 흐름을 느끼고 카르투스를 시작으로 마을 사람들이 달려왔다.

그들에게 설명과 지시를 하면서 아둘은 그저 계속 지켜봤다.

손녀가 진정한 의미로 역사상 최강의 용인이 되는 순간을 그 눈에 똑똑히 새기기 위해서…….

그로부터 하루 하고 한나절이 지났을 무렵.

어느샌가 외딴섬 하늘을 덮었던 먹구름이 날아갔다.

단 한 발의 『용의 포효^{브레스}』에 의해…….

그것은 과거 하르가 클라루스가 쏜 최후의 브레스를 아득히 능가했고 정말로 하늘을 찌르는 신화와 같은 일격이었다.

심야.

전투복을 입고 광장에 모인 동포들 앞에 티오가 위풍당당하게 서 있었다.

영묘에서 나올 때는 피폐해져 제대로 걷지도 못하고 아들에게 업혀 저택으로 옮겨졌고, 그 후로 벤리에게 간병받았지만……이제 걱정은 없어 보였다.

"동포들이여. 우리는 이제부터 미래가 걸린 결전에 몸을 던진다."

위엄 있는 목소리는 편안하게 마음으로 퍼졌다.

"500여 년…… 오랜 인고의 시간은 지금 끝난다. 세계가 우리의 힘을 필요로 한다! 수호자를! 평화의 인도자를! 전설의 용인족을! 바라고 있다!"

모두 가슴에 만감을 품었다. 공주님의 말에 주먹을 꽉 쥐었다.

"자애를 잃었을 때 우리는 그저 짐승에 불과하리! 허나 이성의 검을 휘두르는 한—."

""""""우리는 용인일지어다!""""""

만족스럽게 고개를 끄덕이는 공주님을 보면 마음이 긍지로 차올랐다.

—고결하여라. 강대한 힘은 언제나 타인을 위한 것.

그 이념이 마음 깊은 곳에서 기개와 함께 올라오는 것 같았다.

빛나는 게이트가 출현했다.

아름다운 밤이 내려오는 것처럼 칠흑빛 마력이 티오를 감싸고 용맹한 흑룡이 나타났다.

『그렇다면 부응해야지 않겠느냐! 나의 자랑스러운 동포들이여! 포효하라! 지금이 신에게서 세계를 해방할 때다!!』

외딴섬을 뒤흔드는 무수한 포효가 일어났다.

용인들은 잇달아 빛에 휩싸여 『용화』하고 티오에 이어서 게이트로 들어갔다.

인류 연합군이 얼이 빠진 가운데, 대륙으로 돌아왔다는 감동의 열기가 가슴을 가득 채웠다.

무엇보다 공주님이 있었다.

위용을 자랑하는 모습, 왕의 위엄이 느껴지는 태도와 말.

아아, 역시 그것은 무엇을 잘못 본 것이다. 분명히 백일몽이라도 본 것이 틀림없다.

우리 공주님이 그런 변태일 리 없잖아!

멋진 결론에 눈물이 날 것 같았다.

"주인니이임~! 사랑하는 하인이 돌아왔다! 어서 사랑해다오!"

그날, 결전 전의 몇 시간 동안 모든 용인족이 울었다고 한다.

자신들의 공주님은 이미…… 돌아오지 못한다고…….

■작가 후기

「흔해빠진」 11권을 읽어주셔서 정말로 감사합니다.

중2를 좋아하는 원작자, 시라코메 료입니다.

최종 결전(최종장)의 프롤로그였던 이번 이야기는 어떠셨나요?

웹 버전보다 학생들에게도 스포트라이트를 비추도록 수정했는데, 이것으로 『학급 소환물』이라는 본래 콘셉트가 약간이나마 살아났을까요?

유카와 코스케의 활약에 조금이라도 마음 설레셨다면 기쁘겠습니다.

참고로 이름도 나오지 않는 학생이 아홉 명이나 있다는 사실이 이번에 판명되었습니다. 제대로 설정을 붙여줘야 할지, 아니면 이미 늦었다고 포기해야 할지 엄청나게 고민했지만, 결국 분량 때문에 책이 사전처럼 두꺼워질 것 같아서 단념했죠. 애프터 스토리에서라도 다룰 기회가 있으면 좋겠다고는 생각하지만요.

그리고 지금까지 나온 캐릭터가 총출연! 하지는 않았지만, 상당수가 등장했습니다. 혹시 기억하고 계신가요……?

사견이지만, 제가 가장 좋아하는 사람은 사실 길드 마스터입니다.

이름부터 그 태양 집속 레이저(NEW!)와 일부 겹치기도 하고…….

솔직히 이래도 되나 싶었지만, 이제 와서 신 히페리온의 이름을 변경하기도 좀…… 그렇잖아요? 웹 버전에서는 이미 그렇게 펴져 버렸고…… 그래서 그대로 밀어붙였습니다. 절대로 길드 마스터를 파괴하는 병기가 아니고 하지메가 길드에 잘 보이려고 붙인 이름도 아니므로 「이 작가, 또 설정 대충 짜네」라고 넘어가 주시면 감사하겠습니다.

그리고 이건 여담이지만, 구매 특전 단편 소설 중 하나에 본편에서 나오지 못한 캐릭터를 가능한 한 등장시킬 예정입니다. 본편의 요새 옥상에 있는 하지메에게 많은 사람이 방문하는 장면에 캐릭터를 추가한 짧은 이야기지만, 사실 이 추가 캐릭터는 상당수 훗날의 전투 메이드 집단 멤버이죠.

흥미가 있으신 분은 꼭 구해 보시기 바랍니다. 특히 웹 버전을 읽어주신 분들이 한 번 피식 웃어주신다면 기쁘겠습니다.

마지막으로 감사 인사를 드리겠습니다.

일러스트 담당인 타카야Ki 선생님, 본편 코믹스를 맡은 RoGa 선생님, 일상의 모리 미사키 선생님, 외전 제로 코믹스의 카미치 아타루 선생님, 담당 편집자님, 교정 담당자님, 그리고 「흔해빠진」 시리즈 출판에 힘써 주신 관계자 여러분, 정말로 감사합니다.

그리고 무엇보다 이 책을 구매해주신 여러분, 언제나 응원해주시는 소설가가 되자 유저 여러분께도 진심으로 감사드립니다!

　이제 얼마 남지 않았지만, 마지막까지 「흔해빠진」을 잘 부탁드리겠습니다!

시라코메 료

흔해빠진 직업으로 세계최강 11

초판 1쇄 발행 2020년 10월 10일

지은이_ Ryo Shirakome
일러스트_ Takaya-ki
옮긴이_ 김장준

발행인_ 신현호
편집부장_ 윤영천
편집진행_ 김기준 · 김승신 · 원현선 · 권세라 · 유재슬
편집디자인_ 양우연
국제업무_ 정아라 · 전은지
관리 · 영업_ 김민원 · 조은걸 · 조인희

펴낸곳_ (주)디앤씨미디어
등록_ 2002년 4월 25일 제20-260호
주소_ 서울시 구로구 디지털로 26길 111 JnK디지털타워 503호
전화_ 02-333-2513(대표)
팩시밀리_ 02-333-2514
이메일_ lnovelpiya@naver.com
L노벨 공식 카페_ http://cafe.naver.com/lnovel11

ARIFURETA SHOKUGYOU DE SEKAISAIKYOU 11
© 2020 by Ryo Shirakome
First published in Japan in 2020 by OVERLAP, Inc.
Korean translation rights reserved by D&C MEDIA Co., Ltd.
Under the license from OVERLAP, Inc., Tokyo JAPAN

ISBN 979-11-278-5707-3 04830
ISBN 979-11-278-1840-1 (세트)

값 8,000원

Copyright ©2019 Kumanano
Illustrations copyright ©2019 029
SHUFU-TO-SEIKATSU SHA LTD.

곰 곰 곰 베어 1~11.5권

쿠마나노 지음 | 029 일러스트 | 김보라 옮김

게임이 현실보다 재밌습니까?—YES
현실 세계에 소중한 사람이 있습니까?—NO

……온라인 게임 설문 조사에 대답했을 뿐인데
말도 안 되는 이세계(아마도)로 내던져진 나, 유나.
은톨이 경력 3년의 페인 게이머.
맨 처음 장착하게 된 장비템이 『곰 세트』라니…….
이게 무어야—!?
하지만 세고 편하니까 뭐, 괜찮으려나?
울프를 쓰러뜨리고, 고블린을 쓰러뜨리고
극강 곰 모험가로서 일단 해볼까요.

은둔형 외톨이 소녀, 이세계에서 무적의 곰 모험가가 된다!

라이트노벨의 새로운 빛! L노벨의 신간은 매월 10일에 발매됩니다. http://cafe.naver.com/lnovel11

데스마치에서 시작되는 이세계 광상곡 1~20권, EX

아이나나 히로 지음 | shri 일러스트 | 박경용 옮김

한창 데스마치를 치르던 프로그래머 스즈키 이치로(29).
『사토』란 닉네임을 쓰는 그가 잠시 잠들었다 깨어나 보니
듣도 보도 못한 이세계에 방치되어 있었다!
혼란에 빠질 틈도 없이 눈앞에는 처음 보는 괴물의 대군이 다가오고,
하늘에서는 유성우가 쏟아진다.
정신을 차리고 보니, 최강 레벨의 힘과 막대한 부를 손에 넣었는데……?!
이렇게 사토의「유유자적, 가끔 시리어스, 그리고 하렘」인
이세계 모험담이 시작된다!!

최강 레벨과 막대한 재보를 가지고
시작되는 유유자적 이세계 관광!!